22. 02. 2020

KARMEN JURELA

DOPPEL

LEBEN

Lieber Stefan!
Alles Liebe!
Deine Karmen

KARMEN JURELA

DOPPEL

LEBEN

ROMAN

Umschlaggestaltung und Layout: Catherine Strefford, www.catherine-strefford.de
Fotos Umschlag: „Frau mit Kette“ alexapax/Pixabay, „Glass of alcohol …“ Jarek Pawlak/Adobe Stock
Lektorat, Korrektorat: Juliane Zaubitzer, Dr. Andreas Lampert, Dr. Michael Gutmann
Portraitfoto: Ben Wolf, www.benwolf.de
Herstellung und Verlag: BoD - Books on Demand, Norderstedt
Printed in Germany
ISBN Paperback: 978-3-7528-9844-6
ISBN E-Book: 978-3-7394-8565-2

Bibliografische Information der Deutschen Nationalbibliothek:
Die Deutsche Nationalbibliothek verzeichnet diese Publikation in der Deutschen Nationalbibliografie; detaillierte bibliografische Daten sind im Internet über http://dnb.d-nb.de abrufbar.

Für all die Menschen,
die sich am Abgrund ihres Lebens für einen Neuanfang entschieden haben,
und für diejenigen, denen das noch bevorsteht.

Wie zum Henker habe ich mich nur so irren können?

So ziemlich alle Annahmen, die ich im Laufe meines Lebens über Liebe und Freundschaft im Allgemeinen sowie Pavlos und mich im Besonderen entwickelt hatte, entpuppten sich in den letzten paaren Jahren als falsch. Ich habe mich so umfassend und grundlegend getäuscht und täuschen lassen, dass es mir mittlerweile lächerlich erscheint. Dabei tat Pavlos eigentlich die ganze Zeit nur das, was er immer schon getan hat: er trank. Und ich war eigentlich die ganze Zeit nur das, was ich immer schon war: total verknallt in ihn. Am Ende wären wir an dieser fatalen Mischung beide fast verreckt.

Jedenfalls bin ich nochmal davongekommen und inzwischen fein raus. Was aus Pavlos geworden ist, weiß ich nicht. Seit über einem Jahr habe ich nichts von ihm gehört oder gesehen. Er darf sich mir unter Androhung einer Geldstrafe von 200.000 Euro nicht nähern oder sonstwie Kontakt aufnehmen. Unsere Anwälte telefonieren ab und zu miteinander. Dann reden sie zum Beispiel darüber, ob Pavlos zum Scheidungstermin erscheinen muss oder nicht. Weil ich bei unserer Hochzeit seinen Namen angenommen habe, verirrt sich ab und zu seine Post zu mir, zum Beispiel Werbung von seinem Sex-Toy-Online-Store. Den Quatsch schicke ich ihm nicht nach, auch wenn ihm dadurch möglicherweise Bonuspunkte entgehen.

Die längste Zeit meines Lebens hätte ich für Pavlos alles getan. Ich war 15, als wir uns kennenlernten. Meine Schwester hatte mir schon vorher von diesem speziellen, griechischen Jungen erzählt, der ihr aufgefallen war. Nadja war zu der Zeit Gott für mich. Zwei Jahre älter, supercool und blitzgescheit, witzig und wahnsinnig hübsch. Sie wusste ALLES. Zumindest alles über Musik, Filme, Schauspieler, die coolen Leute in der Stadt, was man anziehen und wie man sich die Haare machen musste, um mitzumischen. Sie mochte mich so gern, dass sie mich überall mit hinschleppte. Das war damals nicht nur unüblich, es war ein ziemlicher Ritterschlag. Keine meiner Freundinnen wurde von ihren älteren Geschwistern zu irgendetwas mitgenommen.

Jedenfalls gingen wir an den Wochenenden oft in den städtischen Jugendclub *Styx,* und tanzten zu alter Hippie- und Rockmusik. Eines frühen Sommerabends, ich war diesmal ohne Nadja im *Styx* und es lief gerade irgendwas von Deep Purple, entdeckte ich am anderen Ende des total zugequalmten und dunklen Gewölbekellers ein helles, strahlendes Augenpaar. Es gehörte zu einem hübschen Jungen mit schiefen Zähnen, lachendem Mund und kurzen, hellen, strubbeligen Haaren. Und – der gesamte Junge leuchtete! Er lachte mir direkt ins Gesicht und winkte mir mit der linken Hand zu. Dazu musste Pavlos den Oberkörper zur Seite beugen und ständig in Bewegung bleiben, um weiter Blickkontakt mit mir halten zu können. Ich war augenblicklich von seinem Lächeln verzaubert und ging zu ihm hin, »Du musst Paul sein, oder?« Er sagte: »Pavlos heiße ich, Pavlos.« Ich stellte mich vor: »Ich bin Stella, wie geht's, was machst Du so?« Pavlos erzählte mir, dass er diesen Sommer mit der Schule fertig geworden und 20 Jahre alt war und in einigen Tagen bei der griechischen Armee den Wehrdienst antreten wollte. In meinem Mund zog sich irgendwas sauer zusammen... So erwachsen ist er schon, und wieso geht er denn zum Militär?

Schnell weg hier, dachte ich und verlor mich in der Menge auf der Tanzfläche ...

Etwa zwei Jahre später sah ich ihn wieder: Nach der Schule fuhr ich mit dem Bus in die Stadt und sah plötzlich Pavlos in einem orangefarbenen Kombi halsbrecherisch neben dem Bus herfahren und mir pantomimische Zeichen geben, die ich als Einladung zum Kaffeetrinken deutete. Wieder lachte er mich an, mit seinen klaren, glitzernden Augen und seinen zauberhaften schiefen Zähnen. Nachdem ich im Stadtzentrum aus dem Bus gestiegen war, rannte ich gleich zu den zwei, drei üblichen Cafés, doch Pavlos war nicht da. Ein paar Tage später war es dann soweit – ich saß abends mit einer Freundin auf der langen Treppe, die zum Kellergewölbe des *Styx* führte, als Pavlos von unten die Stufen hochkam. Wir begrüßten uns überschwänglich und überschütteten uns gegenseitig mit Fragen. Es stellte sich heraus, dass Pavlos nach seiner Rückkehr aus der griechischen Armee ganz in der Nähe des Hauses meiner Eltern eine WG gegründet hatte und jetzt Medizin studierte. Er lächelte mich die ganze Zeit mit seinem unglaublichen Gesicht und seinen entzückend schiefen Zähnen an.

Wir entdeckten eine ganze Menge Gemeinsamkeiten. Wir kamen beide aus südosteuropäischen Migrantenfamilien, uns verband die Liebe zu Rock-Musik, das Interesse an natur- und populärwissenschaftlichen Büchern wie Paul Watzlawicks *Wie wirklich ist die Wirklichkeit* und die Begeisterung für Disneys *Arielle die Meerjungfrau.* Aber das überraschendste Moment war eine geradezu physische Verbindung zwischen uns, die sich deutlich von allem unterschied, was ich bisher mit anderen Menschen erlebt hatte: Pavlos fühlte sich für mich wie Familie an, wie ein großer Bruder, allerdings mit beträchtlichem Sexappeal. Er war noch bei seinen frechsten Späßen sehr zugewandt und liebevoll, und er berücksichtigte in seinem Verhalten und mit seinen Worten, dass ich deutlich jünger war als er. Ich fühlte mich geborgen und bestens unterhalten.

Als wir feststellten, dass wir beide am 8. Januar (am selben Tag wie der von uns beiden verehrte David Bowie) im selben Krankenhaus geboren worden waren (er 1968, ich 1973) wurde ein Außenstehenden schwer zu vermittelnder Zahlenfetisch aus der Taufe gehoben. Es stellte sich heraus, dass wir noch mehr Gemeinsamkeiten teilten, wir hatten die gleichen Lieblingsschriftsteller, schauten die gleichen Filme, hörten die gleiche Musik, teilten dieselben Ansichten über das Leben. Wir schäkerten noch lange an dem Abend zusammen rum, erzählten uns alles Mögliche, waren angeregt und aufgeregt, jung und zugewandt. Wir begeisterten uns für Platons Kugelmenschen, diese schnellen, leichten und beweglichen Super-Wesen mit kugelförmigen Rümpfen und in entgegengesetzte Richtungen schauenden Gesichtern, und mit je vier Armen und vier Beinen, die aus lauter olympischer Eifersucht von Zeus zerschnitten und getrennt worden waren und seither so rumlaufen wie wir Menschen nun mal rumlaufen: auf zwei Beinen und mit nur einem Gesicht und mit dieser ewigen Sehnsucht nach Eros, Liebe und Vollkommenheit.

Als wir uns an diesem Abend trennten, wusste ich – Pavlos war ganz klar *der* Junge für mich, meine andere Kugelmenschhälfte, und wir waren auf der Welt, um einander zu treffen und für immer zusammen zu bleiben. Schon zuvor liebte ich diese Idee Platons heiß und innig, und fand nun, dass dieser alte Grieche mich und diesen jungen Griechen da richtig gut getroffen hatte.

Zwei Tage später schrieb ich Pavlos den ersten Brief, dem viele weitere folgen sollten. Zu dieser Zeit lebten wir in unmittelbarer Nachbarschaft, uns trennten lediglich vierhundert Meter Luftlinie, doch ich schrieb ihm Briefe. Und er schrieb mir zurück. Wir schrieben uns unsere Gedanken über alltägliche Erlebnisse, über die Bücher, die wir lasen, die Filme, die wir sahen. Wir schrieben uns unsere Ansichten über das Leben, den etwas anderen Blickwinkel, aus dem wir als junge Kanacken-Intellektuelle die Welt betrachteten. Es gab immer etwas zu schreiben, und während des Briefeverfassens erwachte und wuchs meine Persönlichkeit. Durch die von mir zu Papier gebrachten Worte fand und erfand ich mich selbst. Durch das Lesen von Pavlos' Briefen wiederum vertiefte sich meine Verbindung zu ihm. Und es machte irrsinnig Spaß. Oft waren die Briefumschläge eigentlich das Beste an meinen Briefen, da ich sie in kleine Kunstwerke verwandelte. Mal verzierte ich das Adressfeld mit filigranen Ornamenten, mal griff ich Pop-Art-mäßig in die knalligsten Farbtöpfe, mal bog ich aus Draht ganze 3D-Skulpturen aus dem Briefumschlag. Pavlos inspirierte mich.

Dann begannen die Vorbereitungen für unsere Geburtstagsfeier. Dazu trafen wir uns bei ihm in der WG. Sein Zimmer duftete nach seinem Parfum, hatte Vorhänge mit blauen Blumen und das Interieur eine irritierende Ästhetik. Während er selbst – immerzu rauchend und viel trinkend – mit seinen strubbeligen Haaren, den engen Jeans, den Leder- und Nietenarmbändern einen punkig-rockigen Stil kultivierte, wirkte sein Zimmer geradezu feminin. Ein schönes, dunkles Klavier, mit geschmackvollen Schnitzereien wartete darauf, gespielt zu werden. An den Wänden hingen kleinformatige, minimalistische Tusche- und Aquarell-Zeichnungen. Pavlos selbst war der Künstler. Sein Stil war klar und schwungvoll, extrem reduziert, durchaus gegenständlich und zeugte von der Lust am unbearbeiteten Papier. Außerdem hingen da unübersehbar und dekorativ meine Briefumschläge. Sie passten in ihrer Kleinheit und Klarheit perfekt zu seinen Werken und dem Ambiente seines Zimmers. Ich saß also staunend in seinem penibel ordentlichen Zuhause, während er mir etwas auf dem Klavier vorspielte und dabei auch noch sang. Meine Bewunderung für ihn wuchs und wuchs.

Für das Geburtstagsfest musste ein Raum gefunden, DJs engagiert, Getränke gekauft, Gästelisten erstellt und Einladungen verteilt werden. Alles war Jubel, Trubel und amouröse Heiterkeit. Für die Verhandlungen mit DJs und Getränkehändlern waren wir immer wieder in seinem Auto unterwegs. Vor jeder Fahrt schnappte sich Pavlos ein Kleenex, besprühte es mit seinem aphrodisierenden Parfum und steckte es kichernd und gackernd in die Belüftungsanlage vorne an der Windschutzscheibe und freute sich dabei wie ein Schneekönig. So cruisten wir in seinem ätherisch duftenden Auto durch die schwäbische Provinz. Meistens sang er beim Fahren mit der CD mit, die er gerade hörte, und wir lachten viel und hysterisch wie zwei verknallte Wahnsinnige. Unsere Geburtstagsvorbereitungen konnten nur gelingen. Am Ende feierten wir meinen 17. und Pavlos 22. Geburtstag zusammen mit etwa 300 Leuten, ein rauschendes Fest, auf dem der Alkohol in Strömen floss. Jeder, der helfen wollte, machte mal Bardienst, und die DJs heizten uns mächtig ein. Irgendwann in den frühen Morgenstunden wollte ich mich etwas frisch machen und ging dazu in einen hinteren, etwas ruhigeren Raum des Sportheims, das wir gemietet hatten. Pavlos fand mich dort allein. Wir umarmten uns fest und unterhielten uns, übertrafen uns gegenseitig mit Schlagfertigkeiten, Witzen und Kalauern, doch mir war schlecht vor Aufregung und Verliebtheit und Angst. Ich lachte unkontrolliert und viel und hielt ihn fest und hielt mich gleichzeitig an ihm fest. Er hielt mich seinerseits fest und schaute mir in die Augen und sprach lustigen Unsinn zu mir mit seiner Jungenstimme und seinen bezaubernden schiefen Zähnen.

Wir wurden auf unsere laute Art sentimental, schrien uns ins Ohr, dass wir uns so über das gelungene Fest freuten und darüber, dass wir zur gleichen Zeit am gleichen Ort auf der Welt waren ...

Und Pavlos sagte mir, dass wir zwei zusammen sein sollten, es aber nicht könnten.

Und ich sagte »ja« und »später aber auf jeden Fall«. Mein Bauch und meine Brust platzten fast vor Aufregung, meine Stimme überschlug sich. Ich war so unglaublich verknallt in ihn und zugleich voller Hilflosigkeit und Panik. Ich war Jungfrau und fürchtete mich vor Sex. Stattdessen knutschten wir ein bisschen rum.

Jedenfalls vereinbarten wir in dieser Nacht vom 17. auf den 18.3.1991, dass wir etwa vier Jahre später, am 5.5.1995 als Paar zusammenkommen würden. Das war unser Zahlenfetisch-Masterplan, bis dahin sollte jeder für sich leben und seine eigenen Erfahrungen machen ... Vor allem aber fassten wir gemeinsam den revolutionären Entschluss, nicht jetzt schon eine Beziehung zu starten. Diese Aussicht inspirierte mich und machte mich stark. Ich war zuversichtlich und voller Vertrauen, dass der Tag unserer Liebe kommen würde.

Die Party ging weiter, es wurde gefeiert und gesoffen was das Zeug hält, unsere Gäste waren aufgekratzt, die Tanzfläche kochte. In der aufgeheizten Stimmung zerbarst irgendwann ein einbruchsicheres Fenster, die Getränkekasse wurde geplündert, der Fußboden ruiniert, aber das Fest war ein voller Erfolg. Pavlos hat diesen Teil des Festes kaum mitgekriegt, weil er stehend, gegen einen Pfeiler gelehnt, irgendwann betrunken eingeschlafen war. Folglich wurde die Heimfahrt abenteuerlich. Während der gesamten Fahrt sang er mir Lieder von Bruce Springsteen ins Ohr und hielt mich dabei im Arm. Ich erinnere mich noch genau, wie sein Körper sich anfühlte, auch heute noch. Er war hart und sehnig und er hielt mich in seinem Arm fest. Dazu rochen er und sein Auto unfassbar gut. Und er sang mir ins Ohr!!!! Der Typ machte mich happy.

Einmal verlor er kurz die Kontrolle über das Auto und wir rasten 50 Meter auf dem Grünstreifen durch das Dunkel, doch es gelang Pavlos, den Wagen wieder auf die Straße zu lenken, und er brachte mich heil nach Hause.

Zu diesem Zeitpunkt lebte ich noch in einem extrem rigiden Umfeld. Mit Umfeld meine ich mein kroatisches Elternhaus, das von den konservativen und heuchlerischen Moralvorstellungen der kroatischen Gemeinschaft und einem ganz speziellen Lokalkolorit mitgeprägt wurde. Als junger Mensch stand man quasi unbestellt auf dem Laufband des Lebens, wurde von einem althergebrachten System irgendwie abgeholt und mitgezerrt und in die herkömmlichen Schablonen der Existenz gepresst: Schule, Ausbildung, Schaffeschaffehäuslebaue, heiraten und dann zwei weitere Lohnsklavenbälger produzieren, die jenes Muster erneut, bis in alle Ewigkeiten wiederholen sollten – eine alptraumhafte Dauerschleife.

In diesem Lebenskontext war ein 22-jähriger Freund, der in einer WG um die Ecke wohnt, undenkbar. Das hätte zu noch strikteren Regeln, Beschimpfungen und Strafen geführt als ohnehin schon üblich. Pavlos wusste das, obwohl wir niemals explizit darüber sprachen, und nahm ganz selbstverständlich Rücksicht. In diesem Punkt verstanden wir uns als ›Ausländerkinder‹ ohne Worte. Dieses Verständnis war von meinen deutschen Freunden oder von den Freunden in Jugoslawien nicht zu kriegen. Dieses Verständnis gibt es nur zwischen Menschen, die in mehreren Kulturen aufgewachsen sind. Es ist in seiner Einzigartigkeit und Kostbarkeit mit Geld nicht zu bezahlen und auch sonst praktisch nicht zu vermitteln. Man muss es gelebt und erlebt haben. Pavlos nahm ganz selbstverständlich Rücksicht darauf, indem wir die Beziehung, die wir uns beide wünschten, auf einen späteren Zeitpunkt verlegten, zu dem diese Fesseln, mögen sie einem Außenstehenden auch noch so absurd und im Grunde inexistent erscheinen, uns nicht mehr gefangen halten würden.

Meine Eltern hatten eine Vision, wie Nadja und ich zu leben hätten: nämlich asexuell, fleißig, fromm, moralisch einwandfrei, anständig, unauffällig, sparsam, genügsam; außerdem sollten wir Autoritäten und Traditionen respektieren. So wurde das Leben zur ständigen Prüfung. Dabei spürte schon die erste Gastarbeiter-Generation irgendwie, dass das alles hinten und vorne nicht zusammenpasste. … Zwischen dem alten Leben, das man hinter sich gelassen hatte, und dem neuen Land, das einen nicht willkommen hieß, sondern ausbeutete, wurschtelte man sich kollektiv überfordert durch – ohne verlässliche Erfolgsmodelle.

Es wollte uns nicht recht gelingen, die Vorstellungen unserer Eltern für unser Leben umzusetzen, hatten wir doch ganz andere Träume. Wir hatten zu viel Jugend und Kunst in uns, als dass wir so zahm, abgerichtet und still hätten sein können oder wollen. Auch wenn wir in einer eher konservativen Gegend aufwuchsen, in der viele typisch deutsche Neurosen gediehen, waren die dortigen Verhältnisse und Gepflogenheiten sehr viel freier und offener als im Jugoslawien meiner Eltern.

Die Deutschen hatten damals, also Ende der 80er, Anfang der 90er, die Umbrüche der 68er Revolution kulturell bereits adaptiert, es gab die Anti-Atomkraft-Bewegung, die neue Linke, die Friedensbewegung. Die junge Generation hierzulande steckte mitten im Kulturkampf für den neuen Wertekanon einer freien und offenen Gesellschaft und wehrte sich gegen menschen- und frauenfeindliche Traditionen und Alt-Nazis. die Grünen und die Frauenbewegung hatten sich längst etabliert und erhoben unüberhörbar ihre Stimmen eines aktiven Paradigmenwechsels. Die Pille trieb die sexuelle Revolution weiter voran, und sogar die DDR wurde nebenbei in einer friedlichen Revolution abgewickelt und billig an den Westen verhökert.

Die Themen in Jugoslawien waren hingegen völlig andere. Dort war eine bewusste Vergangenheitsbewältigung noch lange kein Thema, denn noch bis 1980 sorgte Titos menschenverachtende Diktatur für Gleichschaltung und Kontrolle aller denkbaren Bereiche der (Halb)Bildung, (Miss)Wirtschaft und (Un-)Kultur, ideologischen Politik und der noch ideologischeren Presse. Es gab weder Meinungs- noch Religionsfreiheit, persönliche und berufliche Entfaltung war ausschließlich mit Parteibuch möglich. Selbst die Nationalitäten-Frage war im Vielvölkerstaat tabu. Diese systematische, flächendeckende Unterdrückung führte zu Protesten und Unruhen, die Ende der 60er und Anfang der 70er Jahre im sogenannten kroatischen Frühling kulminierten. Studenten, Intellektuelle und Kirchenleute gingen auf die Straße, um für Werte wie Presse- und Glaubensfreiheit zu demonstrieren, und riskierten dabei ihre Berufschancen, ihre Freiheit und manche auch ihr Leben. Die UDBA, der jugoslawische Geheimdienst, sorgte im Kommunismus gewaltsam für Linientreue und die scharfe Verfolgung der Tito-Jugo-Kritiker. Viele von ihnen landeten im Gefängnis oder im Umerziehungslager Goli Otok. Viele andere flüchteten in die Diaspora. Ende der 1960er Jahre setzte förmlich eine Massenauswanderung ein. Deutschland lockte mit wirtschaftlichen Versprechungen, während in Jugoslawien sehr viele Menschen für sich und ihre Familien keine Perspektive sahen. Auch meine Eltern machten sich auf nach Deutschland. Nadja und ich wurden in Deutschland geboren, als ›zweite Gastarbeiter-Generation‹, eine Bezeichnung, die sich nur deutsche Gehirne ausdenken können. 1980 starb der Diktator, und eine Veränderung, die Titos Tod mit sich zog, war das immer offenere, unverhohlene Erstarken von Nationalismus in allen föderalen Republiken Jugoslawiens, besonders aber in Serbien und Kroatien.

Derweil diente der traditionelle, während der Diktatur heimlich weiter ausgeübte Katholizismus vielen Kroaten als spirituelle und moralische Richtschnur. Dies galt auch für die Ausgewanderten. Die katholische Kirche mit ihren so weltfremden wie unmenschlichen Regeln prägte, wenn auch indirekt, subkutan alle gesellschaftlichen Normen. Der Katholizismus bildete den stärksten Kontrapunkt zum Kommunismus und damit die vermeintlich intelligente, frei denkende Avantgarde. Unvorstellbar, aber wahr. Man flüchtete sich von einem Henker, indem man sich begierig in die Arme eines anderen Henkers warf. Der Katholizismus bot also den Menschen im Widerstand eine psychische und teilweise physische Zuflucht und besaß dadurch eine besondere Anziehungskraft für all jene, die nicht mit den ›*komunjare*‹, den Partei-Genossen, kuscheln wollten. Die Kirche, zumindest ein Teil von ihr, bot vielen Dissidenten und politisch Verfolgten Schutz und Verstecke in den Sakristeien und Gemeindehäusern. Zahlreiche Pfarrer und andere Kirchenleute versorgten sie mit etwas Geld und halfen ihnen zu fliehen.

In Deutschland angekommen, wirkte der Spagat zwischen den unterschiedlichen Kulturen und Traditionen für viele Migranten der ersten Gastarbeiter-Generation wie ein Schock, zumal sich die gesellschaftlichen Werte gerade in den 70er und 80er Jahren des 20. Jahrhunderts in Deutschland massiv veränderten. Diese traumatische Erfahrung wurde vielfach unterdrückt oder verleugnet. Man war ja schließlich zum Arbeiten da. Und Arbeiten ging als Outsider, aka Ausländer, immer schon am besten, wenn man einfach funktionierte, schwieg und wegsah oder behauptete, nichts zu sehen. Diese Menschen konnten sich keine größeren Aussetzer oder Denkpausen leisten, es galt zu überleben und wegen unbedachter Kritik leichtsinnig nichts aufs Spiel zu setzen. Darüber hinaus war man ja gerade erst einer Diktatur mehr oder minder ungeschoren entkommen.

Daher gehörten zu den unreflektierten und stereotypen Beschimpfungen, die ich mir von meinem kroatischen Umfeld anhören musste, verbale Rohheiten wie: »Du benimmst dich wie ein leichtes Mädchen, mit 30 wirst du verbraucht sein, du wirst in der Gosse landen, du bringst Schande über dich und deine ganze Familie, dein Vater ist krank wegen dir, wir schämen uns für dich« und so weiter. Eine solche Tirade konnte klassischerweise schon ausgelöst werden, wenn ich nur ein oder zwei Stunden später als vereinbart nach Hause kam, und sie kam sehr, sehr laut, mit großen Gesten, verletzenden Worten und zornigen Blicken … Ich kann nicht behaupten, dass mir das nichts ausgemacht hätte.

Die Jugos zerrissen sich notorisch über jeden das Maul, ganz egal warum. Man existierte, weil man verachtete, und zwar immer nur die anderen.

Es gab eigentlich nichts, was die Leute nicht schlechtmachten oder verunglimpften. Wer beispielsweise ein tiefes Dekolleté hatte aufblitzen lassen oder wer in der Schule sitzen geblieben war, wurde in der Läster-Maschinerie gnadenlos geschreddert, und am Ende konnte der aufrechte Katholik sein verdammendes Urteil herausposaunen: Die Tochter von X ist eine Hure und der Sohn von Y steckt mit einem Bein im Gefängnis.

Viele solcher Geschichten fanden ihren Weg in unser Haus. Auf unsere Familie wurde besonders kritisch geschaut, weil meine Eltern in den Augen der Migranten-Community charismatischer und erfolgreicher waren als die meisten anderen, und darum wahrscheinlich auch beneidet. Wir Mädchen waren auffällig hübsch und sogar auf dem Gymnasium, eine ziemliche Seltenheit unter den Kroaten in unserer Stadt.

Nadja und ich glaubten damals, dass wir die Konflikte mit unseren Eltern geringer halten könnten, wenn wir dies und das verheimlichten, beschönigten oder einfach logen. Folglich verheimlichten, beschönigten und logen wir während unserer Jugend nonstop. Das war damals in unserem kroatischen bzw. ausländischen Freundeskreis Normalzustand. Kinder und Jugendliche mit Migrationshintergrund waren wahre Meister in der Erzeugung eines Trugbildes, das in Richtung Elterngeneration frei von Kratzern war. Die Methode hatte sich in dem nach bigotter Ausschlachtung und Lästerei gierenden Umfeld tausendfach bewährt. Ich schwänzte zum Beispiel schon mit 14 Jahren regelmäßig die Schule, rauchte und interessierte mich für Jungs. Das mag harmlos klingen, und dennoch waren es genau solche Geringfügigkeiten, die eine riesige, schmerzhafte Blase aus Angst und Beschämung in den Kreisen der Eltern erzeugten. Verständnis oder gar Unterstützung für ihre Kinder wurde so aus den eigenen Reihen heraus unmöglich gemacht.

Ich musste also Strategien entwickeln, um die Schule schwänzen, rauchen und Kontakt zu Jungs haben zu können, ohne dass die Alten es mitkriegten. Meist gelang mir das recht gut, weil meine Noten weiterhin in Ordnung waren, ich die Unterschrift meiner beiden Eltern fälschen konnte und ich die olfaktorische Potenz von Pfefferminzbonbons für mich entdeckt hatte.

Solche herbeigetricksten Freiräume waren kostbar für mich. Ich war ständig auf der Flucht und auf der Suche nach Arrangements, wie ich der familiären und gesellschaftlichen Enge und Intoleranz entkommen konnte. Irgendwann hatte ich einen Freund, den ich zu Hause nicht vorstellen durfte. »Wenn du ihn nicht heiraten willst, dann brauchen wir ihn auch nicht kennen zu lernen«, hieß es. Daran hielt ich mich die nächsten zwanzig Jahre.

Außerdem spielte ich leidenschaftlich gern Theater, musizierte in einer Band und jobbte in einem Schmuck-Atelier. Ich diskutierte über Gott und die Welt, hing sehr viel Zeit in der Bibliothek herum und ging abends tanzen, auch wenn es die Eltern noch so grämte und ich deshalb irrsinnige Krächе auszustehen hatte. Es war eine Rebellion, die ich führen musste. Aus meiner Sicht hatte ich gar keine andere Wahl. Ich bekam eine tolle Flamenco-Gitarre als Tausch für das Bemalen der Lederjacke eines Gitarrenhändlers. Zwar hatte ich keine Ahnung vom Gitarre spielen, aber ich kannte da jemanden, der es mir beibringen würde: Pavlos. Der Anfang von *Smoke on the Water*, also der Klassiker für angehende Gitarristinnen, waren die ersten Griffe, die ich von ihm lernte.

Außerdem schrieben wir uns weiter, und ab und zu sahen wir uns. Mit 18 war ich wegen einer Knieverletzung eine längere Weile im Krankenhaus. Pavlos besuchte mich häufig und sorgte für Literatur- und Musiknachschub. Er kannte sich mit derartigem Kniekram aus, hatte er doch mit 17 auf den Tag genau (!) exakt die gleiche Verletzung erlitten.

Nach einigen Wochen Krankenhaus, mehreren Operationen und einer lupenreinen Nahtoderfahrung wurde ich endlich, mit großen Narben, Schmerzen und einem bleibenden Knieschaden aus dem Krankenhaus entlassen. Die Kniegeschichte bescherte mir nicht nur Schmerzen, sondern auch das Gefühl der Enge zog sich noch mehr zusammen: Kaum hatte ich den Führerschein und genoss die Freude, in Mutters Golf einfach ziellos herumzufahren, größere Mobilität, mehr Freiheit, erlitt ich diese Bewegungseinschränkung – die Schmerzen ließen längeres Gehen, Laufen und ähnliches nicht mehr zu … Es war fast unerträglich – ein Schritt vor, zwei zurück, so fühlte es sich zuweilen an. Ein Glück, dass ich im Lesen und im künstlerischen Ausdruck meine Oasen fand, und dass ich diese Ruhepunkte mit Pavlos teilen konnte. Wir rauchten Camel, lasen zeitgleich *Buntspecht* von Tom Robbins und waren verliebt in das Wort CHOICE, das man mit einem quer durch das geschriebene Wort gehaltenen Spiegel dennoch komplett lesen konnte. Eines unserer Exemplare schickten wir auf die Reise mit einer Widmung für die zukünftigen Leser, dass dieses Buch niemandem dauerhaft gehören, sondern es nach jedem Lesen weiter verschenkt werden solle. Wo dieses Wanderbuch inzwischen gelandet ist, würde mich wirklich interessieren ... Wir suchten uns Wurmlöcher in der *theory of fucking everything*, um dem gesellschaftlichen Erstickungstod und dem *Druck des Lebens* entkommen zu können, wo immer es nur ging.

Und so dauerte es auch keine viereinhalb Jahre, bis Pavlos und ich zum ersten Mal zusammenkamen. Manchmal ist es schön, wenn Pläne nicht aufgehen.

Eines Abends kurz vor meiner Abiturprüfung trafen wir uns in einer Disco, flirteten und tranken zusammen Ramazotti. Zum ersten Mal nahm Pavlos mich nachts mit zu sich. Wir schliefen miteinander. Sex war zu dieser Zeit schon ein großes Ding für mich. In meinem damaligen *mindset* bewertete ich Sex als nonverbale Vereinbarung, dass wir ab jetzt zusammen sein würden. Ich wusste zwar immer noch nicht, wie ich das meinen Eltern erklären sollte, doch eigentlich machte ich mir nicht allzu viele Sorgen; erstens, weil ich vorhatte, so schnell wie möglich nach dem Abitur auszuziehen, und zweitens, weil ich Pavlos unterstellte, dass auch er Sex für den Start einer ›offiziellen‹ Beziehung hielt. Pavlos wachte als erster auf und meinte, er müsse die tote Ratte aus seinem Mund vertreiben. Die tote Ratte war wohl noch recht wehrhaft, denn es dauerte lange. Zu lange für meine aufgekratzten Nerven. Es fehlte mir zum nonverbalen Agreement ganz dringend das verbale, als Bestätigung unserer Zusammenkunft. Und so war ich schon auf den Beinen und halb angezogen, als er zurückkam. Er sagte nur: »Du siehst gut aus.« Keine warme, liebevolle Umarmung, kein »Honey-Baby, du geiles Biest, *let's rock forever.*« Ich war zutiefst verletzt. Als er dann noch meinte, dass ich am Nachmittag vorbeikommen könnte, falls ich denn Lust hätte, war für mich der Ofen aus.

Ich wusste, dass mich zu Hause ein Mordsdonnerwetter erwartete, weil ich die ganze Nacht nicht heimgekommen war. Und das alles für ein läppisches »du siehst gut aus« ...

Kurz nach dem Abitur zog ich mit meiner Schwester zusammen. Nadja lebte damals bereits in einer anderen Stadt, war jedoch nicht zufrieden mit ihrer Wohnsituation. Also fragte ich sie, ob wir nicht zusammenziehen wollten. Sie war einverstanden. Was für die anderen, deutschen Kids normal war und von deren Eltern unterstützt wurde, nämlich nach der Schule eine eigene Wohnung zu beziehen, war für uns ein psychologisch und logistisch kräftezehrender Akt des Widerstands, begleitet von bitteren Kämpfen gegen unsere Eltern.

Es waren die 90er, die Zeit des Kroatienkrieges, und meine Eltern engagierten sich mitunter bei Hilfslieferungen ins Kriegsgebiet. So kam es, dass meine Eltern gerade in Kroatien für Kriegsopfer gespendete Güter verteilten, als ich meine Sachen aus dem elterlichen Haus schaffte – ein Glücksfall, denn alle Vorbereitungen für meinen Auszug mussten heimlich geschehen. Dazu gehörte die Wohnungssuche selbst, der Abschluss des Mietvertrags, alle sonstigen Absprachen und Anschaffungen, das Renovieren der zu beziehenden Wohnung, usw. Als unsere Eltern zurückkamen, waren sie von meinem Auszug überrascht und erschüttert, in ihren Worten »am Boden tzerschtehrt«.

Nadja und ich hatten die Nachbeben meines Auszugs unterschätzt. Man hätte glauben können, dass der Krieg in der Heimat die Familien und Menschen untereinander verständnisvoller und gütiger werden ließe. Dass der Auszug einer jungen Deutsch-Kroatin in der Diaspora aus ihrem Elternhaus im Vergleich zu den ECHTEN Problemen der Welt in Relation gesetzt würde. Irrtum. Manchmal ist Familienidyll nur die Fortsetzung des Krieges mit anderen Mitteln.

Von üblen Beschimpfungen und Flüchen über Heulen und Betteln bis zu Androhungen von Enterbung und Kontaktabbruch wurde die gesamte Palette südosteuropäischer, elterlicher Fürsorge und Bevormundung rauf- und runtergesäbelt. Das ging über Jahre so, bis unsere WG sich auflöste, der Krieg seinen Hauptschauplatz von Kroatien nach Bosnien verlagerte und jede von uns Schwestern in ihre Universitätsstadt zog.

Bis dahin jedoch sollten noch jahrelang Familienfehden lodern und Tränen fließen.

Trotz des zerrütteten Verhältnisses zu meinen Eltern erlebte ich den Auszug in eine eigene Wohnung als Ausbruch aus der Totalüberwachung und als eine Befreiung von jahrelang ertragener Unterdrückung. Ja, ok, es gab Lücken in der Kontrolle, die ich zu nutzen verstand, Manchmal konnte man sich einbilden, frei zu sein, dabei war lediglich noch nicht das Ende der Kette erreicht. Doch auf meine Strategien, mir etwas Freiraum zu verschaffen, war ich nicht stolz. Es war waren nur Ausflüchte, Auswege, aber eben kein selbstbestimmtes Leben, und durch Ehrlichkeit hätte ich jeden Freiraum aufs Spiel gesetzt – eine fatale Zwickmühle. Also rettete ich mich nach dem Abi schnell in einen recht gut bezahlten Aushilfsjob in einem Labor, und dann in eine eigene Wohnung.

Nicht nur meine Schwester zog mit ein, sondern auch mein Band-Kollege Micha.

Wir waren offiziell zu dritt in der WG, doch tatsächlich war die Bude immer gerappelt voll. Unser großer Freundeskreis entfaltete in unserer 3-Zimmer-Wohnung seine ganze Fülle und Pracht. Es gab es kaum Zeiten, in denen nicht mindestens fünf Leutchen zugegen waren, musizierten, Drogen nahmen, Theater spielten, vögelten oder sonstigen Quatsch machten. Es war Halligalli nonstop, keiner hatte Geld, aber alle waren jung und hatten eine Menge Unsinn im Kopf.

Drogen gehörten in unserem Freundeskreis dazu. Täglich wurde getrunken und gekifft. Schätzungsweise zwei bis dreimal wöchentlich schleppte irgendjemand Kokain, Pilze, LSD oder Ecstasy an. Die Leute, die in unserer WG ein- und ausgingen, waren dauerbreit, und sei es nur von Bier und Gras. Irgendwelche Substanzen hatten sie sich eigentlich immer gerade reingepfiffen, oder sie waren dabei irgendwelchen Stoff zu organisieren. Daher traf es sich vorzüglich, dass unser Nachbar im Keller eine Skunk-Plantage bewirtschaftete.

Ich selbst hatte keinen Appetit auf Drogen. Ich trank nicht mal Kaffee, sondern Tee. Für meine Resistenz trotz permanenter Drogenverfügbarkeit gab es zwei Gründe:

Erstens mochte ich das Gefühl, berauscht zu sein, nicht. Einmal, so mit 15 oder 16, hatte ich abends im *Styx* ein Bier getrunken. Vom Bier sediert, setzte ich mich auf einen Stuhl und verschlief die komplette Party bei dröhnend lauter Musik. Dieses Erlebnis war für mich eine Lehrstunde: Alkohol war langweilig, ging ich doch aus, um einen tollen Abend mit interessanten Sinneseindrücken, Musik und Tanz zu erleben. Dope fand ich zwar witzig, aber eigentlich war es viel witziger und inspirierender, wenn echter Humor am Start war und nicht substanzinduzierter. Aus meiner Sicht verblasste jeder Rausch im Vergleich zu einer doch schon so außergewöhnlichen, wundersamen und geheimnisvollen Realität.

Zweitens wurden mir infolge des Knieunfalls mit 18 Jahren im Krankenhaus morphiumhaltige Schmerzmittel verabreicht. Die Schmerzen waren teilweise kaum auszuhalten, zumal sich das Knie stark entzündet hatte und ich dazu sehr hohes Fieber bekam. Irgendwann ging es mir aber dann aber doch endlich besser, und es kam der Tag, an dem ich nach dem Morphium rief, obwohl es ganz klar auch mit einem leichten Schmerzmittel gegangen wäre. Mein ganzes schauspielerisches Talent brachte ich dafür auf, das begehrte Zeug zu erhalten. Es war ekelhaft. Dieses Erlebnis öffnete mir die Augen dafür, dass Drogen sogar die nettesten Menschen in Arschlöcher verwandeln konnten und dass Moral, Ehrlichkeit und Gewissen als erstes aus dem Weg geräumt werden.

Wahrscheinlich habe ich auch einfach Glück gehabt, dass mich bewusstseinsverändernde Substanzen kalt lassen. Ich brauche keine Rauschmittel, um happy oder entspannt zu sein. Mein endokrines System ist von Natur aus sehr großzügig mit guten Botenstoffen. Das erklärt auch, warum die Drogisten um mich herum sich nicht an meiner Abstinenz störten.

Auch meine Kommilitonen – ich hatte inzwischen ein Medizinstudium aufgenommen – konsumierten allerlei Substanzen, allem voran Alkohol, Grass und Hasch. In manchen Zirkeln auch Koks und Ecstasy. Sollte doch jeder machen, was er wollte, solange ich mir treu blieb.

Eine Substanz gibt es jedoch auch in meinem Leben, die ich schon immer richtig gut fand: Tabak. Meine Tabaksucht verlief von der ersten Zigarette an in großen Sinuskurven. Zehn Jahre geraucht, dann sechs Jahre nicht, dann wieder geraucht, dann wieder nicht … Zurzeit rauche ich nicht. Auch wenn Rauchen wahrscheinlich die dümmste Sucht ist, erfüllte sie für mich eine elementare Funktion.

Rauchte ich, so war ich bei mir. Rauchend distanzierten sich alle inneren Konflikte und ich spürte mich. Um mich herum entstand rauchend ein Vorhang, der mich von allen Konflikten und Problemen abschirmte, ein toxischer *smokescreen* zwar, doch er war lebenswichtig für mich.

Rauchend konnte ich die widersprüchlichen Kulturen unter einen Hut bringen, hier die fortschrittliche, technische, analytische deutsche, und daneben die balkanische rohe und poetische kroatische. Hier die deutsche Schule, mit ihren *laissez-faire*-Lehrern, und daneben die nachmittägliche parteitreue Jugo-Schule. Hier mein Freundeskreis, der hauptsächlich *high* sein wollte, und daneben meine Lust an echter Kreativität und Spiritualität, die ich am besten durch nüchterne Klarheit erreichte. Am lautesten tobte jedoch der Konflikt, eine gute Tochter und gleichzeitig ein sexuelles Wesen sein zu wollen.

In der ersten Zeit nach meinem Auszug sah und hörte ich von Pavlos nicht viel. Er rief mich nicht an und beantwortete weder Anrufe noch Briefe. Viel später erfuhr ich, dass er zwischenzeitlich wegen eines unter Alkoholeinfluss provozierten Autounfalls im Krankenhaus gewesen war, bei dem er knapp mit dem Leben davongekommen war und sich auch noch das andere Knie nachhaltig verletzt hatte.

Hier muss ich kurz ausholen: Für Pavlos war die Medizin ein Universum voller faszinierender wissenschaftlicher Fragen. Er legte also die Weichen in Richtung Forschung, jenseits der Patientenbehandlung, und zog nach Göttingen, weil er dort an einem interessanten Projekt arbeiten konnte. Eines Tages erfuhr er, dass seine damalige Freundin Heike in Tübingen wohl etwas einsam ohne ihn war und sich zwischenzeitlich mit einer anderen männlichen Begleitung tröstete. Er war darüber so in Rage geraten, dass er trotz seiner eigenen heimlichen Liaison mit der lustigen Göttingerin Nina, die wiederum ihn ab und an konsolidierte, keine mildernden Umstände für Heike in Erwägung zog. Er stieg in seinen schnellen, neuen Mazda, fuhr hunderte von Kilometern von Göttingen nach Tübingen und trank sich auf der Fahrt nebenher Mut an. Als er Heike bei sich zu Hause zur Rede stellte, gab sie ihre Untreue nicht mit Reue, sondern mit Stolz zu, und Pavlos tobte. Er jagte sie, schnappte sie und würgte sie, sie wehrte sich, bis der Kampf ihre WG-Bewohner auf den Plan rief und diese dazwischen gingen. Pavlos machte sich schimpfend aus dem Staub und trat nochmal aufs Gas. Als er in einer geschlossenen Ortschaft mit 120 km/h, geblitzt wurde, wo lediglich 60 erlaubt waren, kehrte er um und fuhr zurück, um sich nochmal und noch schneller blitzen zu lassen. Er wiederholte diese hoffnungslose Fotosession noch mehrere Male und weckte so die Neugier der Bewohner, die das Spektakel von ihren Balkonen aus beobachteten und die Polizei alarmierten. Die war dann immerhin sehr schnell zur Stelle, als er an der Kreuzung hinter der Blitzanlage in den Reifen eines Lasters raste. Als die Sirenen ihn aus der kurzfristigen Bewusstlosigkeit weckten, schaute er in die aufgestachelten Gesichter der Bewohner, die ihre Häuser und Balkone verlassen hatten, um den Irren aus der Nähe zu sehen. Sie zeigten mit dem Finger anständiger Bürger auf ihn und beschimpften ihn lauthals. Er selbst schrie halb ohnmächtig Beleidigungen zurück, sodass die Polizei ihn im Notfallwagen ins Krankenhaus begleitete. Er wehrte sich mit Händen und Füßen und einem zertrümmerten Knie gegen die unerhörte Anmaßung der Polizei, der Welt und des Kosmos, ihn nicht ungehindert toben und wüten zu lassen und ihm Blut für den Alkoholtest abnehmen zu wollen. Doch die Polizisten waren zu dritt und der diensthabende Arzt, sein zukünftiger Berufskollege, schaute weg, als zwei der Bullen ihn links und rechts auf den Boden jenes Krankenhauses drückten, in dem wir beide das Licht der Welt erblickt hatten, während der Dritte ihm zwischen die Beine trat, um ihn zu überzeugen, sein Blut doch freiwillig abzugeben.

Ich erfuhr diese denkwürdige Geschichte jedoch erst viele Jahre später, als alles schon zu spät war. Damals fuchste ich mich gerade *peu à peu* ins Medizinstudium ein und vermisste Pavlos.

Irgendwann rief er mich an, erzählte mir lediglich »von einem Autounfall« und erklärte mir so, warum er sich so lange nicht gemeldet hatte. Augenblicklich war unsere Verbindung wiederhergestellt.

Das verlotterte WG-Leben auf der einen Seite und das extrem hierarchische Medizinstudium auf der anderen warfen bei mir immer wieder existentielle Sinnfragen auf, die ich mit Pavlos teilte. Wir schrieben uns wieder – von flirtend-flirrendem Grundrauschen erfüllte, verrückte Briefe mit ontologischen, mathematischen und physiologischen Knobelaufgaben – und vertieften unsere Freundschaft, während die gegenseitige Anziehungskraft wuchs und wuchs.

Pavlos und ich führten in diesen Jahren anderweitige Liebesbeziehungen. Dieses Programm lief ›außer Konkurrenz‹. Wir sprachen miteinander nicht darüber. Ich erntete aber bei zufälligen Treffen mit seinen jeweiligen offiziellen Partnerinnen giftige Blicke und gehässige Kommentare, und meine jeweiligen Partner reagierten auf Pavlos mit Unsicherheit bis hin zu heftiger Eifersucht. Die Magie, die uns verband, war für andere durchaus wahrnehmbar.

Die immer wiederkehrenden Rohrkrepierer unserer Liebesgeschichte verbuchte ich als paradoxe Versicherungen, dass wir zwei unser Versprechen vom März 91 halten würden.

Am 5.4.1995 schrieb ich ihm ein Gedicht:

Der 05.04.dieses Jahres
Enthüllt um Haares-
Breite unser Fatum
In Form von einem Datum.

Ich steckte das Gedicht in ein Couvert, brachte den Brief zur Post und beendete danach meine damalige zweijährige Beziehung mit der ebenso unverschämten wie wahrheitsgetreuen Begründung, dass sich für mich nun Perspektiven auftäten, auf die ich schon lange gewartet hätte.

Doch Pavlos kam am 5. Mai nicht. Pavlos kam zwei Tage später, am Sonntag, den 7. Er kam am Nachmittag, rauschte nur kurz hinein, während ich schlief. Nadja und unsere Mitbewohnerin Amber hatten ihn reingelassen. Er war ganz »Sorry, hey, sorry«, wir knutschten und fummelten kurz, und weg war er wieder. Er hinterließ seinen wunderbaren Duft, aber auch Schmerz und Verheißung.

Es begann eine mehrjährige Phase immer neuer Versuche, die immer wieder im Sand verliefen. Vielleicht klappte es nicht mit uns, weil er damals schon mächtig soff und er sich selbst nicht über den Weg traute. Darüber dachte ich jedoch erst viel später nach.

Nach vielen Jahren, als wir endlich doch zusammenkamen, war seine immer gleiche Antwort auf meine wiederkehrende Frage, warum wir nicht schon damals zusammengekommen waren: »Du warst mir heilig.«

Typischerweise lief so ein Rohrkrepierer in etwa so ab: Wir trafen uns nach einigem Hinundhertelefonieren, hatten einen spitzenmäßigen Tag oder Abend, gingen entweder zu mir oder zu ihm, liebten uns, tranken zusammen einen Morgenkaffee oder auch nicht, um dann für mehrere Tage bis Wochen wieder in Funkstille zu versinken. Ich war nicht in der Lage, ein klares Ja zu unserer Beziehung von ihm einzufordern, und er war nicht in der Lage, mir zu sagen, was auch immer er dachte oder fühlte.

Eines schönen Abends in meinem Bett fragte er mich mit traurigem Gesicht: »Warum wirst Du erst entspannt, wenn du müde bist?« Diese Frage brachte mich total auf die Palme. Ich fühlte mich und unser Schicksal falsch eingeschätzt und sah eine unerwartete Finsternis über uns aufziehen.

Ich war ratlos. Zwar begriff ich, dass uns irgendetwas im Weg stand, aber ich verstand nicht, was. *The tarp has sprung a leak.* (Erst jetzt beim Schreiben begreife ich, dass diese emotionalen Bruchlandungen von Pavlos bewusst-unbewusst dirigiert wurden, damit ich eine Chance auf ein glückliches Leben ohne ihn bekam. Er traute sich selbst damals nicht zu, mir ein würdiger Partner zu sein.)

Für mich dagegen waren wir ganz klar für einander geschaffen. Mit niemandem sonst hatte ich auch nur ansatzweise dieses Gefühl von innerer Heimat. Mit ihm fühlte ich mich frei, aber nicht allein.

Doch es sollte nicht sein, noch lange nicht.

1997 häuften sich unsere Abenteuer zu zweit, und ich erinnere mich an meine aufkeimende Hoffnung, dass wir endlich ein Paar würden.

Bis er eines Abends, als wir in der Disco verabredet waren, sagte: »Ich bin jetzt mit der Sandra zusammen.« Damit war unser Stillschweige-Abkommen zum ersten und einzigen Mal gebrochen.

Und mein Herz auch.

Am nächsten Tag schrieb ich ihm den letzten Brief. Danach versuchte ich, ihn in meinem Herzen zu begraben. Mit der Zeit gelang mir das in weiten Teilen, doch der Sargdeckel wollte nicht richtig schließen. Ein kleiner Funken Liebe für Pavlos blieb – ohne Brot und Wasser – in meinem Herzen weiterhin am Leben. Ich weiß nicht wie und warum.

Ich beendete mein Studium, nahm die deutsche Staatsbürgerschaft an, lebte eine Weile in Asien und zog nach Berlin. Meine Schwester zog in die USA und meine Eltern nach Kroatien.

Pavlos und Sandra promovierten, heirateten und bekamen zwei Töchter.

In den Folgejahren gratulierten wir uns gegenseitig zum Geburtstag, schrieben uns etwas Freundliches zum *Cinco de Mayo*, mehr Kontakt hatten wir nicht. Ich lebte mich in Berlin ein, hatte ein interessantes Leben – neue Stadt, neue Freunde, neue Wohnung, neue Jobs, Kultur-Events allenthalben – und einen wachen Geist. Ich las viel, traf gute Freundinnen, hatte einen Garten, ging viel aus, war inspiriert und gut drauf.

In den folgenden Jahren kam ich mehr und mehr zur Überzeugung, dass Pavlos für mich Sandra weder verlassen noch betrügen würde. Und so wurde ich Zeugin des galligen, finsteren Sterbens des zarten, übrig gebliebenen Funkens von Liebe, und dieses letzte Verglühen bildete den qualvollsten in der ganzen Reihe großer und kleiner Tode, die ich wegen Pavlos schon gestorben war. Der Sargdeckel schloss endlich. Und ich schloss nicht nur mit Pavlos ab, sondern mit der Liebe an sich. Die Liebesbeziehungen, die ich bis dato durchlebt hatte, hatten sich früher oder später als Verwaltung von Mangelwirtschaft entpuppt, ganz entgegen meiner Vorstellung davon, wie Liebe eigentlich sein sollte: üppig, im Überfluss vorhanden und leicht. Nicht nur meine unerfüllte Liebe zu Pavlos, sondern auch einen latenten Kinderwunsch legte ich *ad acta*. Irgendwann, 2008 oder 2009, bekam ich mehrere Nachrichten von Pavlos, ausgerechnet inmitten schwerer gesundheitlicher und beruflicher Krisen. Ich reagierte nicht darauf. Ich war fertig.

Trotz eines sehr netten und großen Freundeskreises fühlte ich mich einsam, egal, ob ich gerade in oder an einer Liebesbeziehung herumdokterte oder nicht.

In Pavlos Herzen jedoch erwachte, endlich! seine ungebremste Liebe zu mir, warum auch immer. Er erzählte mir, dass er langsam aus einer langen inneren Dürre und Verzweiflung wieder auftauchte und Zuversicht fasste. Er fing an, in einsamen Nächten von mir zu träumen und meinen Namen zu rufen, wenn er es sich selbst machte. Und er bastelte daran, dass wir uns wiedersahen.

So lud er mich im Jahr 2010 zu seiner Geburtstagsparty ein. Zu diesem Zeitpunkt hatte ich gesundheitlich noch immer eine schwere Zeit, stand kurz vor einem größeren, länger vor mir hergeschobenen chirurgischen Eingriff, trennte mich zeit- und kraftraubend von einem Mann, den ich nicht liebte, aber begehrte.

Außerdem steckte ich bis über beide Ohren in Arbeit und Schulden, da ich gerade mit zwei Kollegen ein Röntgeninstitut in prominenter Lage gegründet hatte. Ich hatte keinen Bock auf Pavlos' Geburtstagsparty. Ich hatte nicht mal Bock auf meinen eigenen Geburtstag, und verkrümelte mich allein in einem Wellnesshotel in Brandenburg mit Büchern und DVDs. Meine Mutter rief mich zum Gratulieren an und begab sich auf vermintes Territorium – sie fragte, wann ich denn eigentlich ans Kinderkriegen denken würde.

Ich antwortete wahrheitsgemäß, dass ich glaubte, diese Wonnen seien für mich im Leben nicht vorgesehen. Wahnsinnig viele Schulden als Neugründerin, kein Mann, Eltern 1000 km entfernt, mit 37 Jahren – wie und wo soll da ein Kind herkommen und hineinpassen, zumal ich nie eine alleinerziehende Mutter sein wollte. All dies erklärte ich geduldig in die Leitung nach Kroatien, wo ein solches Lebenskonzept als Scheitern galt. Meine Mutter meinte jedoch wider Erwarten, keiner könne in die Zukunft schauen, und wer wisse, was das Leben mir noch bringen würde. *Wow*.

Ich überstand den chirurgischen Eingriff mit ein paar kleineren Komplikationen, und da meldete sich Pavlos wieder, ließ nicht locker, fragte nach einem Treffen. Anfang Mai 2010 fuhr er auf eine Fortbildung nach Hannover und fand, ich solle auch dorthin kommen. Ich schrieb: »Super Idee, aber nein.« Er fragte nach meiner Handynummer, und dreimal vertippte ich mich bei der Übermittlung, doch am 10. Mai 2010 sagte Pavlos mir durchs Handy mit seiner vertrauten und geliebten Stimme: »Ich komm. Ich komm nach Berlin.« BUUUM! Meine tief vergrabene Leidenschaft für ihn explodierte unmittelbar aus den Katakomben meines Herzens heraus. Begeistert klappte meine scheintote Liebe den Sargdeckel auf!

Ich versuchte, die Wirkung der Explosion einzudämmen, aber es war mir unmöglich. Mein Kugelmensch kam zu Besuch! Ich war völlig aufgewühlt. Mein Bauch war voller Schmetterlinge, mir war schlecht vor Aufregung, ich konnte nichts essen und auch nicht stillsitzen. Die Vorfreude war unfassbar aufregend und erregend zugleich.

... und dann war es endlich soweit: wir rannten die 20 Meter, die uns noch trennten, buchstäblich aufeinander los und fielen uns unsanft in die Arme. Fest umarmt sprangen, tanzten wir, drehten uns im Wartezimmer meines Radiologie-Instituts im Kreis, gackerten uns gegenseitig ins Ohr, hauten uns auf die Schultern, die Oberarme, die Hintern! Lachten aus dem Bauch heraus, krähten, johlten aus ganzem Herzen, sodass meine Mitarbeiter und Assistentinnen, die noch nicht ganz im Feierabend waren, große Augen und Ohren machten.

Sie wussten es ja nicht – hier war meine *one and only love* 20 Jahre später und aus 800 Kilometer Entfernung angereist. Pavlos, *der* Junge für mich, meine Jugendliebe. Die echte, wahre Liebe, die ich eigentlich schon abgeschrieben hatte; nachdem wir uns ein Jahrzehnt nicht gesehen und nur ab und an eine kurze Nachricht ausgetauscht hatten.

Ein paar Minuten später – wir waren immer noch am Wackeln und Gickeln – und wir staunten nicht schlecht, wie der jeweils andere inzwischen aussah – fragte Pavlos mich lachend: »Wieso verstehen wir uns so gut? Verstehen wir uns gut?« und ich – perplex über die Worte, die aus meinem Mund drangen – hörte mich sagen: »Weil ich dich liebe.«

Ich hatte nicht vorgehabt, diesen Satz zu sagen. Meine Passivität gegenüber diesen Worten verblüffte mich – es fühlte sich so an, als ob sie ein Eigenleben hätten. Ich weiß noch genau, wie seltsam es sich anfühlte, nicht Herrin meiner Worte und meines Willens zu sein. Ich fühlte mich wie ein Radio, das die Nachrichten sendet, oder wie ein Instrument, das von jemand anderem gespielt wird. Unsere Verbindung war trotz der vergangenen Jahre immer noch so spürbar und vertraut, als wäre er mein Bruder oder mein Mann oder beides zugleich. Familie eben.

Von diesem Moment an ließen wir einander nicht mehr los. Wir waren endlich zusammen. Endlich, *epithelus*, wie es auf Griechisch, und *napokon*, wie es auf Kroatisch heißt. Endlich, *epithelus*, *napokon* konnten wir zusammen sein, und es durfte sein, und wir wollten es so. *Epithelus*, endlich, *napokon*, waren meine Gebete erhört worden, und unser alter Plan ging auf …

Mein Leben stand plötzlich Kopf, und dennoch oder gerade deswegen schienen alle Puzzleteilchen am rechten Platz zu sein. Nicht, dass ich dies eine Stunde zuvor auch nur ansatzweise für möglich gehalten hätte … Es war wie ein Wunder.

Wir verbrachten den Nachmittag lachend, flirtend, uns gegenseitig nicht ausreden lassend, an der East Side Gallery, im Film-Museum und in der Raucher-Lounge des Ritz-Carlton, wo es exquisite Knabbereien zu den Getränken gab, und wo ich ihm eine Zigarette stahl und mal wieder zu rauchen begann. Wir erzählten uns im Schnelldurchlauf, was alles passiert war, wo wir standen und wohin die Reise gehen sollte. Pavlos war auf dem Papier immer noch mit Sandra zusammen, doch die Beziehung bestehe seit etwa zwei Jahren nur noch aus logistischen Absprachen zur Alltagsbewältigung, sagte er, eine sexfreie Zweck-WG, die sich auf elterlichen Verpflichtungen begründete und nur noch der Wahrung des simulierten Familienfriedens, des schönen Scheins diente. Seine Töchter wären fünf und elf Jahre alt, beide toll und hätten extravagante Hobbies.

Vor einigen Jahren habe er der Forschung wegen der politisch gewünschten, formalen Begrenzungen im deutschen Forschungsprogramm den Rücken gekehrt und nun eine Verwaltungs-Position im medizinischen Fakultätsrat unserer Alma Mater. Pavlos trank einen Drink nach dem anderen, aber ich selbst war so besoffen vor Liebe, dass ich mich nicht weiter darum kümmerte. Wir erzählten einander, was uns beschäftigte und fanden mal wieder unzählige Gemeinsamkeiten. Pavlos stimulierte mein Gehirn, und je mehr er mich mental stimulierte, desto geiler wurde ich. Eine Stunde nach der anderen verging, ich sagte: »Ich fress Dich auf«, und er sagte: »Ja, bitte.« Ich fragte: »Was ist mit Sandra?«, und er sagte: »Nichts.« Er lehnte sich zu mir, sah mir ins Gesicht, fasste mir an die Titten und küsste mich – der mit Abstand intensivste Kuss, den ich je in meinem Leben bekommen habe. Wenn ich mit 80 auf dem Bänkchen sitze und mich frage, was gut war in meinem Leben, dann wird dieser Kuss ganz weit vorne mit dabei sein. Was für ein Kuss … echt und vorsichtig und hungrig und jetzt und hier und total. Ich sagte, »Ich fände toll, wenn Du mit zu mir kämst.« und er sagte »Au ja«. Wir fuhren mit dem Taxi zu mir, und ich zeigte ihm meine wichtigsten Orte *by night*. Ich wunderte mich, warum er nicht bei sich zu Hause anrief, um zu sagen, dass er später als geplant heimkommen würde, und fragte ihn mehrmals danach, doch er schüttelte immer nur den Kopf.

Wegen der postoperativen Komplikationen war mir Sex im banalkörperlichen Sinne an diesem Tag nicht möglich. Liebe, Kreativität und Leidenschaft ermöglichten uns dennoch eine erotische Liebesnacht. Wir standen nachts um halb drei auf, und Pavlos sagte zu mir: »Stella, ich will mit dir zusammen sein. Ich will, dass wir zusammen sind. Sei gut zu mir, und ich werde gut zu dir sein.« Ich machte mir klar, dass wir es hier mit Ehebruch und zwei halbwüchsigen Kindern mit gebrochenen Herzen zu tun haben würden, und ich fragte mich im Stillen, ob ich bereit sei, das auszuhalten. Die Antwort war sonnenklar: JA.

Den eigentlichen Feind, seinen Alkoholismus, hatte ich zu dem Zeitpunkt noch lange nicht identifiziert … Es war einer der glücklichsten Tage meines Lebens, und ich begab mich verliebt und vergnügt auf den Weg ins Grauen, von dem ich damals noch nichts ahnte.

Ich antwortete ihm: »Ich will das auch.« Zwei Stunden später reiste er ab, trennte sich noch am selben Tag von seiner Frau und zog in ein Hotel in Tübingen. Indessen beendete ich meine eigene kaputte Beziehung – abrupt und ohne schlechtes Gewissen, mit dem bewährten Argument, dass sich mir nun Perspektiven böten, auf die ich schon lange gewartet hätte.

Es begann nun eine neue Zeitrechnung. Alles wurde anders. Wir waren zusammen.

Am darauffolgenden Wochenende hatten meine Eltern und Pavlos gleichzeitig ihren Besuch angekündigt.

Dem Konzept, meine Eltern nur mit Männern zu konfrontieren, die ich auch heiraten wollte, blieb ich treu, als ich ihnen nur vier Tage nach Pavlos erstem Besuch erklärte, dass sie meinen neuen Freund kennenlernen würden, wenn sie nächstes Wochenende kämen: Der Junge, der mir im Gymnasium ab und zu Mathematik-Nachhilfe-Stunden gegeben hatte und am gleichen Tag Geburtstag hatte wie ich. Sie erinnerten sich an Pavlos, und wegen seines guten Aussehens hatte er bei meiner Mutter immerhin einen kleinen Stein im Brett. Sie verzichteten jedoch auf den Besuch, und ich überließ meine Eltern ihrer Entscheidung.

Wir richteten uns in einer wahnsinnig dichten und vollgepackten Phase des Glücks, der Unsicherheit und der Rückschau in die Vergangenheit ein. Wir besprachen all die alten Verletzungen, Blindgänger und Missverständnisse. Die meisten davon waren echte Tragödien, denn, wie sich nun, 20 Jahre später, herausstellte, wollten wir schon damals meistens das Gleiche und waren nur zu jung, zu dumm, zu unerfahren, uns zu verständigen …

In den folgenden Wochen sahen wir uns jedes Wochenende. Es wurde viel gelacht, viel geliebt, viel geweint und sehr, sehr viel gesoffen. Auch ich trank etwas mehr als gewöhnlich, wenn wir zusammen waren, weil wir permanent in Feierlaune waren.

Entweder kam Pavlos zu mir oder ich zu ihm, ins Hotel. Neben dem Schwelgen in unserer ganzen verrückten Liebesgeschichte entwickelten wir beide einen ausgeprägten Ehrgeiz, dem andern ein immer noch besseres und abgefahreneres Musikstück vorzuspielen. Ganze Nächte verbrachten wir damit. Irgendwann, als ich anfing zur Musik zu tanzen, meinte Pavlos zu mir: »Wenn du und ich jemals verkracht sein sollten, dann tanz für mich. Ich liebe dich, wenn du tanzt.«

Wir gingen auch immer wieder aus, ins *Fun-ta* in Tübingen oder ins *Watergate* in Berlin.

Natürlich schauten wir auch im *Styx* vorbei.

Ein paar Wochen später hatte Pavlos' Vater Geburtstag. Er war für ein paar Wochen allein in Deutschland, da seine Frau in Griechenland ihre Mutter besuchte. Pavlos sagte zu seinem Vater, er solle eine gute Hose anziehen, weil er jemanden mitbrächte. Sein Vater murmelte etwas von »Wir werden sie ja nicht gleich heiraten« doch als wir ankamen, war der Mann tipptopp gekleidet und höflich. Ich solle ihn Tolis nennen. Pavlos witzelte immer wieder gern wegen dieser Situation – irgendwas gefiel ihm daran. Und es fühlte sich nach Heirat an, ganz egal, dass Pavlos ja schon mit jemand anderem verheiratet war. Es war ein ganz besonderer Augenblick, von dem man sich wünscht, er möge doch verweilen, für den man seine Seele verkaufen möchte.

Unser Zusammensein fühlte sich traumhaft an, Einmal, bei herrlichem Sommerwetter, sagte Pavlos zu mir: »Ich war noch nie so glücklich, wie jetzt mit dir, jetzt könnte ich sterben und es würde mir nicht leidtun. Ich könnte sterben vor Erfüllung.« Alles schien ihm mit mir möglich, er fühlte sich getragen und verstanden. Und mir ging es ebenso. Der lange vergrabene Kinderwunsch erwachte wieder, und auch mir schien alles möglich mit Pavlos. Wir waren so unbeschreiblich erleichtert über unser spätes Zusammenkommen und so glücklich, dass wir in jeder freien Minute telefonierten oder chatteten. Unsere Telefongespräche endeten fast immer spät in der Nacht, um wenige Stunden später, noch vor der Arbeit, fortgesetzt zu werden.

Wir hatten uns unendlich viel zu erzählen und hörten nicht auf, uns gegenseitig unserer Liebe für den anderen zu versichern.

Einige der Nächte verliefen auf eine sehr seltsame, für mich neue Weise. Pavlos wurde von der Sehnsucht nach seinen Kindern überwältigt und fortgerissen, und es konnte passieren, dass er zu heulen anfing und sich nicht mehr beruhigen ließ. Er weinte und heulte stundenlang, und seine Verzweiflung erfüllte 800km weiter mein Schlafzimmer und meine Seele, bis wir irgendwann vor Erschöpfung einschliefen.

Nach solchen Nächten war ich fix und fertig. Insbesondere verstörte es mich, wenn wir am nächsten Tag wieder telefonierten und ein komplett ausgewechselter, fröhlicher Pavlos ins Telefon gurrte und zwitscherte. Ich wunderte mich dann über seine Heiterkeit und fragte, wohin sich seine gestrige Verzweiflung denn hin verzogen hätte. Es kam mir falsch vor, ihn darauf anzusprechen, wo er doch jetzt so fröhlich schien, aber ebenso wenig kam es mir nicht richtig vor, ihn nicht darauf anzusprechen. Pavlos reagierte auf meine Nachfragen mit ungestümer Heiterkeit, die ich ihm fast komplett abkaufte, erstens weil er das glaubwürdig rüberbrachte und zweitens, weil ich selbst auch wünschte, dass es ihm gut ging und er happy war. Sein abrupter und totaler Gemütswandel ließ die nächtlichen Abgründe von vor wenigen Stunden nebelhaft und unwirklich erscheinen, ganz so als ob sie gar nicht wirklich stattgefunden hätten.

Damals begriff ich diese dramatischen Gefühlsaus- und -zusammenbrüche nicht als das, was sie waren, nämlich typische Folgen von Alkoholismus, sondern betrachtete sie lediglich als diffuse Exzentrizität oder Sensibilität eines Vaters, der seine Kinder vermisst und nicht verlieren oder verletzen will. Wahrscheinlich wollte ich einfach nicht die neugewonnene schöne Wirklichkeit vor meinen verliebten Augen auseinanderfallen sehen.

Dies waren die ersten Schritte von Tausenden, bei denen ich ganz klammheimlich und unbemerkt meinen Verstand verlieren sollte. Wie wirklich ist die Wirklichkeit 2.0?

Was ich wohl begriff, war, dass Pavlos mich meinte und wollte. Er kam zu mir, so oft es ging, und wollte, dass ich zu ihn besuchte, wenn er nicht zu mir kommen konnte, weil beispielsweise seine Kinder Termine hatten, bei denen er sie begleiten wollte oder musste. So führten wir in den ersten Monaten eine Fernbeziehung, in der wir uns jedes Wochenende besuchten. Wir legten ein rasendes Tempo vor, getrieben und getragen vom rauschhaften Hormon-Cocktail der Liebe im Anfangsstadium. Wir liebten uns, brachten uns gegenseitig griechische und kroatische *bonmots*, Flüche und Kosenamen bei, und nebenbei besuchte ich zum ersten Mal seit 20 Jahren die Stätten meiner Kindheit.

Ich hatte in dem Jahr für meinen Sommerurlaub ursprünglich einen New-York-Trip mitsamt Appartement gebucht, verlegte ihn aber kurzerhand in die andere legendäre Weltstadt namens Tübingen. Pavlos musste in der Zeit meines Urlaubs arbeiten. Also sprach ich die magischen Worte: »Ohne dich geh ich nirgendwo mehr hin.« Pavlos machte große Augen und war beeindruckt. Nadja, die damals in der Nähe von New York wohnte und die ich dort hatte besuchen wollen, meinte: »Du spinnst, wieso gehst du ohne Pavlos nirgendwo mehr hin?« Doch drei Wochen zusammen mit ihm erschienen mir so viel attraktiver als jeglicher New-York-Trip, sodass ich bei der kostenintensiven Stornierung von Flug und Ferienwohnung nicht mal mit der Wimper zuckte.

So kam es, dass wir zum ersten Mal im Leben drei Wochen am Stück miteinander verbringen konnten, und zwar quasi unter Normalbedingungen. Wir wohnten in einem großen Zimmer eines ehemaligen Sanatoriums, das zu einem Stadthotel umgebaut worden war und das sich mitten in einem gepflegten, bewaldeten Stadtpark am Hang befand. Pavlos wachte gewöhnlich gegen halb fünf, fünf auf und weckte mich: »Hey, komm, du musst mit mir Kaffee trinken.« Ich stand auf, wir tranken auf der Terrasse Kaffee, frühstückten, rauchten, flöteten und vögelten. Pavlos ging zur Arbeit, ich zurück ins Bett, döste, träumte, meditierte, masturbierte, bis er gegen elf, halb zwölf zurückkam, und wir die Mittagspause im Bett verbrachten oder in einem Café in der Fußgängerzone, bis Pavlos zurück zur Arbeit ging. Es war eine herrliche, laszive Zeit. Wir hatten uns, und uns gehörte die Welt.

Eines Abends gingen wir aus. Ich zog ein wunderschönes, rotes Sommerkleid an und fühlte mich wie eine Königin an Pavlos' Hand. Wir setzten uns in den Biergarten des *Bobby Brown's* und tranken Cocktails, waren von uns, vom Sommer, von der Liebe und überhaupt von allem verzückt. Es war eine herrliche warme Nacht, viele Menschen waren unterwegs, und die Kellner hatten viel zu tun. Einer der Kellner musste ein abgeräumtes Glas versehentlich auf unserem Tisch abgestellt und es dort vergessen haben. Pavlos hielt es – seine Augen schmachtend auf mich gerichtet – für seines und trank daraus. Plötzlich geschah etwas Unheimliches: Der Mann, der mich gerade noch mit Komplimenten, Scherzen und seiner Liebe entzückt hatte, sprang plötzlich wie von der Tarantel gestochen auf und prustete das halb geschluckte Zeug sofort wieder aus, fluchte wie ein Rasender und rief, nein schrie nach dem Kellner. Er hatte aus einem Glas getrunken, in dem Zigarettenkippen gelöscht worden waren! Sicherlich nicht das ideale Getränk für eine laue Sommernacht. Pavlos war jedoch derartig aufgebracht, trat um sich, lärmte und tobte so sehr, dass die Kellner, anstatt sich einfach zu entschuldigen, ihn als Krawallmacher wahrnahmen und anfingen, ihn aus dem Biergarten zu bugsieren. Ich hatte da schon begriffen, was vorgefallen war, und ergriff, loyal bis in die Zehenspitzen, natürlich lauthals seine Partei. Ich diskutierte mit dem anderen, dazu geeilten Kellner, der sich auch gegen Pavlos stellte, »Wie würde es denn dir gefallen, wenn du die Spucke eines anderen getrunken hättest?« Als ich sah, dass der erste Kellner Pavlos an den Schultern packte, ging ich in meinem Königinnenkleid dazwischen und wollte den Kellner dazu bringen, seine »Dreckspfoten« von Pavlos zu lassen. Ich rief: »Lass den Mann in Ruhe! Lass den Mann in Ruhe!« Das Ganze artete in ein Handgemenge aus, zu dem dann die Polizei gerufen wurde. So geschah es, dass wir von vier Gesetzeshütern in Empfang genommen wurden. Wir zeigten unsere Ausweise vor, in denen es von Doktortiteln nur so strotzte, und wozu unser vom Biergarten-Betreiber beschriebenes rüdes Verhalten so gar nicht zu passen schien. Dennoch kläffte die junge Polizistin uns an: »Sie kennet hier net Krawall macha und die Leit aufriahra und handgreiflich werda, sie send handgreiflich worra« – und das 12 cm vor meinem Gesicht.

Mit der Beruhigung aufgebrachter Menschen habe ich Erfahrung, und ich wende täglich sehr wirksame Tricks an, um aufgeregte Menschen zu beruhigen. So sagte ich mit tiefem, liebevollem Blick und meiner sanftesten Stimme: »Gaanz ruuuhig, mal gaaanz tiiief durchatmen, alles ist gut... « Sie verstummte und schaute mir in die Augen. Stille – nicht die geringste Regung...

Alle waren wie hypnotisiert von meiner Macht in dieser Situation, auch die älteren Polizisten. Die Zeit schien für etwa eine halbe Minute stillzustehen. Dann schauten Pavlos und ich uns in die Augen, mussten lachen, und der Bann war gebrochen. Der schmerbäuchige ältere Polizist übernahm das Kommando, alles klärte sich auf, und wir durften gehen.

Diese Geschichte ging in unsere Beziehungs-Annalen als die ›Lass-den-Mann-in-Ruhe‹-Story oder ›Weißt Du noch – im *Bobby Brown's*?‹

ein. Pavlos war entzückt, dass er mit meiner Loyalität bis hin zu Körpereinsatz und Hypnose von Polizeigewalt rechnen konnte.

Er hatte zu dieser Zeit eine Vollzeitstelle an der Uni, seine Arbeitszeiten kamen mir jedoch extrem kurz vor. Manchmal hatte er in Stuttgart zu tun, dann hing ich auch in Stuttgart rum. Ab und zu fragte ich ihn, wie er eigentlich auf seine Arbeitsstunden kam, doch in Sachen Zahlenakrobatik war er mir schon immer überlegen. Inhaltlich klang sein Job in meinen Ohren anspruchsvoll und interessant. Er hielt Präsentationen, hatte Meetings und verantwortungsvolle Entscheidungen zu treffen und schien voranzukommen.

Ich selbst war in meiner Arbeit ausgesprochen produktiv, hatte Erfolg bei den Patienten und sehr ordentliche Umsätze. Dazu hatte ich dieses Glitzern in den Augen, das die Patienten zuversichtlich macht, sodass sie mehrheitlich froher hinausgingen, als sie in unser Institut hineingegangen waren. Auch bei den Mitarbeitern erarbeitete ich mir eine gute Position – hatte ich doch auch immer ein offenes Ohr und Verständnis für ihre Sorgen und Anliegen. Durch kluges Terminmanagement sorgte ich für geringe Wartezeiten der Patienten und pünktliche Mittagspausen und Feierabend für alle. Meine Kollegen waren auch gut drauf, und jeder von uns war mit den Entwicklungen im Institut zufrieden. Es lief gut in unserem ersten gemeinsamen Jahr und zum einjährigen Institutsjubiläum gab es allen Grund zu feiern.

Es gab sowieso immer irgendeinen Grund zu feiern, und gab es mal keine Erfolge, dann durften und mussten auch die Niederlagen gebührend gewürdigt werden. Immerzu mit großer Geste, viel Gefühl und alkoholischen Getränken. Es kam recht häufig vor, dass auch ich ein, zwei Gläser Wein trank, obwohl ich weder Geschmack noch Wirkung mochte. Es war ein widerwilliges ›Mitmachen‹, weil man das halt so machte, was weiß ich. Vermutlich trank ich mit, weil ich es seltsam und verkehrt gefunden hätte, wenn mein Liebster jeden Abend alleine getrunken hätte. Ich war ja ›im Urlaub‹, beruhigte mich mit Sätzen wie »Jetzt wohnen wir zum ersten Mal zusammen« oder »Wir gingen aus«, oder irgendein sonstiger aktueller belangloser Grund durfte als Vorwand und Rechtfertigung herhalten.

Bald sollte ich Pavlos' Töchter kennenlernen. Pavlos holte die Kinder nach dem Kindergarten und nach der Schule ab, und sie verbrachten die Nachmittage mit ihrem Vater im Sanatorium-Hotel. Wir hatten die Abmachung, dass sie mich als freundlichen Hotelgast kennenlernen sollten.

Als erste lernte ich Sonja, die jüngere der beiden Töchter kennen. Es war gegenseitige Liebe auf den ersten Blick, schon nach dem ersten Treffen waren wir dicke Freundinnen. Pavlos holte sie oft vom Kindergarten ab, wenn Sandra länger arbeiten musste, und so verbrachten wir viele entspannte Nachmittage miteinander. Einige Tage später lernte ich auch Helen, Sonjas ältere Schwester kennen. Helen, die charakterlich zurückhaltender und vorsichtiger war, machte es mir nicht so leicht wie Sonja. Sie interessierte sich nicht besonders für mich, fand es aber irritierend, dass ich immer da war. Sie ließ sich nicht so leicht davon ablenken, dass in ihrer kleinen Welt gerade große Umbrüche stattfanden, denn sie war zu dem Zeitpunkt alt und klug genug zu verstehen, dass die räumliche Trennung ihres Vaters ein Zeichen der familiären Destabilisierung war. Zumal es oft zu bösen Streitereien zwischen Pavlos und Sandra kam, wenn er die Kinder abends nach Hause brachte.

Einmal kam Pavlos ins Hotel zurück und erzählte mir von einem beunruhigenden Ereignis: Nachdem er die Kinder nach Hause gebracht hatte, kam es zu einem derben Streit mit Sandra. Sie warf ihn hinaus, doch bevor er ging, stellte er in der Küche noch den elektrischen Wasserkocher aus Plastik auf die angeschaltete Herdplatte. Ich sagte: »Ruf sie an!«, und er tat es. Sandra hatte zum Glück die Schandtat sofort bemerkt.

An dem Abend entwickelte sich ein langes Gespräch darüber, dass er die Kinder würde loslassen müssen, und er meinte, dass er sich um deren Zukunft sorgte, und wer wohl der zukünftige Stiefvater sein würde. Ich war der Meinung, dass er die Kinder Sandra nicht in vorauseilendem Gehorsam überlassen sollte und sprach mich dafür aus, die Mädchen bei uns aufzunehmen, in Berlin. Kulturelle Vielfalt könne in der Entwicklung eines Kindes eher vorteilhaft sein. Er aber verstieg sich zu dem Gedanken, dass es Heiner, Helens Karate-Trainer sei, der zukünftig die Vaterrolle für die Kinder innehaben würde. Er war sich sicher, dass Sandra und Heiner ein Paar werden würden, und war von seiner eigenen Prophezeiung beruhigt. Ich fand es schade, dass er nicht ernsthaft erwog, die Kinder bei sich, also uns aufzunehmen und mit ihnen zu leben – aber er begründete das vor allem damit, dass er Sandra die Kinder nicht auch noch ›wegnehmen‹ wollte.

Pavlos und Sandra konnten nach dem Wasserkocherinzident nicht einmal mehr Organisatorisches besprechen. Sandra suchte dennoch einen Mediator für die beiden mit dem Ziel, wieder eine gute Ehe zu führen. Pavlos stimmte zu und erklärte in der Sitzung, dass er ›ergebnisoffen‹ sei. Sandra war das zu wenig, und so wurde das Projekt Paartherapie beendet.

Zwei oder drei Wochen später beschloss Pavlos, Sandra über unsere Beziehung zu informieren. Er rief sie an und erzählte ihr, dass er jetzt mit mir zusammen wäre.

Spätestens jetzt verstand Sandra, dass ihre Ehe wirklich vorbei war.

Das Verhältnis der beiden lag damals schon in Schutt und Asche. Jetzt galt es nur noch, möglichst reibungslos die definitive Trennung und die Kinderbetreuung zu organisieren. Es war klar, dass die Kinderbetreuung nachmittags mehrheitlich Pavlos Aufgabe war, und so sollte mein Verhältnis mit Helen und Sonja jetzt erst richtig beginnen. Pavlos nahm mich immer öfter vor den Kindern in den Arm und zeigte so, dass ich irgendwie *dazu* gehörte. Es war eine delikate Gratwanderung, wie viel Rücksicht und wie viel Ehrlichkeit in die Waagschalen des jeweiligen Moments geworfen werden mussten. Die Kinder hielten mich zu dem Zeitpunkt immer noch für eine nette Hotelbewohnerin und ganz sicher nicht für die neue Frau an ihres Vaters Seite.

Aber trotz dieser multiplen Balanceakte gelang es uns irgendwie immer häufiger, dass aus uns allen ein rundes Ding wurde. Das Projekt Kugelmenschvereinigung samt Neustrukturierung einer Patchworkfamilie lief auf Hochtouren.

Manchmal mussten wir tief in die Trickkiste greifen, um die Kinder nicht zu überfordern. Eines Nachmittags wollte ich gern mein Buch zu Ende lesen und blieb im Hotelzimmer. Ich saß auf meinem Stuhl und las, als Pavlos und Sonja zur Tür reinkamen. Pavlos schaffte es, Sonja ins Badezimmer zu bugsieren, ohne dass sie mich sah. Ich blieb ganz still, und nachdem Sonja im Bad fertig war, verließen sie das Hotelzimmer wieder, ohne dass Sonja mich wahrgenommen hätte. Meine eigene Blindheit wurde mir erst viel später klar, und bis heute fällt es mir schwer, auseinander zu halten, was Blindheit und was bewusstes Wegsehen war.

Hinterher ist man vielleicht klüger, aber im Grunde immer noch derselbe Esel mit vielerlei Arten von emotionalen und kognitiven Sehschwächen.

Zwischen Sonja und mir war, wie schon gesagt, von Anfang an alles klar. Als Helen jedoch schwante, dass die Trennung ihrer Eltern auch mit meinem Auftauchen zu tun haben könnte, war sie zunächst offen abweisend zu mir und beantwortete alle meine Bemühungen möglichst einsilbig oder mit Schweigen und unnahbarem Blick. Beide Kinder hatten die braunen Augen und dunklen Haare der Mutter, aber Helen war Pavlos wie aus dem Gesicht geschnitten. Diese Ähnlichkeit berührte mich immer wieder, und ich liebte sie allein schon deswegen. Ich versuchte, mich Helen gegenüber respektvoll und zurückhaltend zu verhalten und ihrem Bedürfnis nach Abstand nachzukommen. Ich vermittelte ihr, dass sie sich auf mich verlassen konnte, und wenn Sie mal Lust bekäme, auf mich zuzukommen, wäre ich bereit für sie. Diese Haltung schien die Richtige zu sein, denn langsam aber sicher taute auch Helen mir gegenüber auf, und sie begriff, dass sie von mir nichts zu befürchten hatte, sondern, dass ich ihr beistand, wenn sie es wollte. Mir lag so viel daran, dass die Kinder gern bei ihrem Vater und mir waren. Ich wollte alles richtig machen, war mir doch klar, dass die Trennung ihrer Eltern sie heftig verunsichern und verletzen würde. Die Idee war, ihnen zu vermitteln, dass der gewohnte Familienmittelpunkt sich zwar ändert, aber dafür noch ein zweiter entsteht und hinzukommt.

…

Nachdem mein Urlaub vorbei war, setzten wir für ein paar Wochen unseren gewohnten Wochenend-Modus fort. Die Nächte waren kurz, die Tage *busy*, und an den Wochenenden ging die Sonne auf.

Pavlos und ich schrieben uns viel, telefonierten und chatteten, sodass wir trotz räumlicher Distanz eng verbunden waren. Er hatte weiterhin immer wieder nachts die schon erwähnten dramatischen Gefühlsausbrüche. Ich nahm mehr und mehr an, dass er ›zum Trost‹ trank. Ich glaubte, dass er irgendwie die Trennung von Sandra und dadurch auch partiell die von seinen Kindern verarbeiten musste, auch wenn er mir immer wieder versicherte, nicht traurig zu sein, da er seiner Meinung nach genau das Richtige tat. »Na und?«, dachte ich mir, »seit wann schließt das eine denn das andere aus?«, doch wer war ich, jemandem anderen in seine Gefühle reinzureden. Sein Verhalten kam mir nicht schlüssig vor, aber was war schon schlüssig? War nicht diese ganze Verschmelzende-Kugelmenschen-Nummer komplett irrational? War nicht mein ganzer Lebensweg ein Wunder? Waren nicht Magie, Karma und Kismet ein Scheiß gegen uns? Paul Watzlawick konnte sich seine Theorien über Wirklichkeit in die Haare schmieren …

OK. Mir war schon klar, dass er zu viel trank. Was ich aber nicht wusste, war, dass es chronisches Trinken war. Mir schien damals sein Trinken eine akute Bewältigungsstrategie zu sein, die Pavlos gezielt einsetzte und selbstverständlich unter Kontrolle hatte.

Einmal erlebte ich hautnah mit, wie er eine Panikattacke hatte. Er wurde bleich, schwitzte aus allen Poren, zitterte am ganzen Leib, konnte sich nicht mehr aufrecht halten und ging buchstäblich in die Knie. Während des Anfalls war er weiterhin normal ansprechbar und machte sogar Witze über den Verlust der Kontrolle über seinen eigenen Körper. Die Episode war nach wenigen Minuten komplett vorbei und sollte die Einzige bleiben, die ich mit ihm zusammen erlebte. Während er zusammenbrach, machte ich mir große Sorgen und wollte den Krankenwagen rufen, doch mein Nachhaken und Zureden wischte Pavlos mit einer selbstbewussten Geste weg. Ihm fehle nichts und alles sei unter Kontrolle. »Lassen Sie mich durch, ich bin Arzt, hahaha.« Ich folgte seiner Erklärung, zu viel getrunken, zu wenig geschlafen, Trennung, Umbruch und so weiter … Da darf so ein Körper schon mal spinnen. Ein bisschen hysterisch gelacht zusammen, und weiter ging es, fast als ob das alles bloß ein böser Spuk gewesen wäre. Später kamen wir noch ein paar Mal darauf zu sprechen, doch Pavlos machte aus der Panikattacke einen lustigen Schwank aus seinem Leben, der nicht unnötig aufgebauscht werden müsste. *Smart has the plans, stupid has the stories* – mal wieder. Ich wusste noch nicht, wer der oder die Dumme in diesen Geschichten sein sollte. Sein unkomplizierter Umgang mit derartigen Zwischenfällen führte dazu, dass auch ich sie nicht dramatisierte, sondern meinen Blick auf die auf die Zeiten lenkte, in denen alles in Ordnung war. Und diese schienen mir klar zu überwiegen.

So verschwammen dieses und andere irritierende Erlebnisse im Nebel. Ich *redete* mir die Welt schön, wie andere sie sich schön*soffen*.

Wir lebten wie auf einer Wolke, auf der wir das hier und jetzt feierten. Wir überschütteten uns gegenseitig mit Aufmerksamkeiten, Gehör und Zuspruch. Meistens waren wir zu zweit oder zu viert mit den Kids. Manchmal trafen wir noch den einen oder anderen Freund, Haris zum Beispiel, den ich noch aus der Jugend kannte und den ich sehr mochte.

Beim ersten Wiedersehen mit Haris erlebte ich eine Enttäuschung: Haris kam nicht mit dem gleichen Überschwang auf mich zu, wie ich auf ihn. Ich freute mich sehr, ihn wiederzusehen. Haris war für mich immer schon gefühlt Pavlos' Cousin, und insofern neuerdings Familie. Ich hatte erwartet, dass er mich mit offenen Armen begrüßen und ins Herz schließen würde, doch er war mir gegenüber zwar freundlich, aber reserviert. Er erklärte mir, dass er nicht so ganz damit klarkomme, dass Pavlos Sandra mit mir betrogen und sie dann verlassen habe. Ihn verband mit Sandra immerhin auch eine langjährige Freundschaft – ich solle das nicht persönlich nehmen. Das tat ich auch nicht, doch seine gedämpfte Reaktion bedrückte mich.

Haris Bedenken darüber, dass Pavlos Sandra betrogen hatte, teilte ich nicht, war doch die Beziehung aus meinen Augen und Pavlos' Worten zufolge längst unrettbar zerstört gewesen, lange bevor ich wieder in seinem Leben auftauchte. Ich war weder Ursache noch Auslöser für das Scheitern, und die beiden hatten genug Gelegenheiten und Zeit und Gründe gehabt, sich zusammenzuraufen. Die Beziehung war kaputt, nur die Fassade war unbeschädigt. Doch im Potemkinschen Dorf des Lebens zählt oft nur diese.

So sollen sie bis zum Schluss nach außen als ›Traumpaar‹ gegolten haben, das nun von irgendeiner einer alten Flamme, also mir, zerstört wurde. Ich wurde als belanglose Affäre und Zerstörerin einer langjährigen Ehe abgestempelt. »Mann in Midlife-Crisis sucht sich jüngere Freundin und verlässt wegen ihr Frau und Kinder.«

So gesehen zu werden, tat weh.

Und was für eine Fehlinterpretation, dachte ich damals.

Auf der anderen Seite war es mir egal, was die Anderen dachten. Wusste ich doch, im Gegensatz zu allen Außenstehenden, welches Fundament und welche Geschichte Pavlos und mich verband. Im Vergleich zu unserem Glück, endlich zusammen zu sein, war Haris' reservierte Haltung ein Klacks. Sollte er doch seine Gewöhnungsphase an mich und alle Zeit der Welt gerne bekommen. Ich war mir sicher, dass die Zeit Pavlos und mir in die Hände spielen und uns Recht geben würde.

An einem heißen Sommermorgen, zuvor hatten wir eine weitere Nacht gemeinsam am Telefon durchwacht und durchheult, erhielt ich einen Anruf von Pavlos. Er hörte sich sehr aufgekratzt an und teilte mir mit, dass er in der Notaufnahme des Uniklinikums sei, weil er bei einer Verkehrskontrolle herausgezogen und mit Alkohol im Blut erwischt worden war. Da er auf die Polizei einen aufgewühlten Eindruck gemacht haben muss, brachten sie ihn ins Krankenhaus, wo besorgniserregende Befunde erhoben wurden.

Er erzählte mir das alles, als würde er mir von einem Schwank aus seinem oder einem anderen Leben berichten, selbstironisch und witzig. Er lachte dabei über sich und die Verkehrspolizisten – *smart has the plans, stupid has the story.* Jedenfalls wurde im Krankenhaus verschiedenes diagnostiziert – ein Blut-Alkoholwert, der ihn in Sachen Fahrerlaubnis gerade noch einmal so davonkommen ließ, extrem hoher Blutdruck und eine ›Anpassungsstörung‹. Er lachte darüber laut, lang und freudlos.

Dass er daraufhin krankgeschrieben wurde, machte sein Verhältnis zu seinen Bürokollegen nicht gerade besser. Die kamen generell schon vorher mit den unkonventionellen Methoden, die er von seinen früheren Jobs in der freien Forschung gewohnt war, nicht gut klar. Man beäugte sich gegenseitig kritisch und mit zunehmendem Unverständnis – Pavlos rümpfte sein feines Näschen über die Trägheit und die Fesseln des öffentlichen Betriebes mitsamt der dort herrschenden Beamtenmentalität, während seine Kollegen ihn für unzuverlässig und grenzüberschreitend hielten. Und jetzt war er auch noch in einer entscheidenden Phase eines wichtigen Projekts krankgeschrieben. Er machte einen Abstecher aus dem Krankenhaus und besuchte seine alte Freundin und ehemalige Kommilitonin Gesine, die gleichzeitig auch seine Hausärztin war. Die verschrieb ihm einen Blutdrucksenker, der wohl der neue heiße Scheiß mit ganz wenigen Nebenwirkungen sein sollte. Pavlos fing an, das Zeug zu nehmen. Wir alle sind ja Mediziner, doch sind wir mal selbst krank, dann ist es das Schlauste, sich auf den Arzt seines Vertrauens zu verlassen, weil man für sich selbst nicht den rechten Durchblick hat.

Der von Gesine verordnete Blutdrucksenker veränderte nebenbei sein Körpergefühl und seine Trinkgewohnheiten. Er nahm das Zeug brav, und wahrscheinlich fing er deshalb an, etwas weniger zu trinken.

Kurze Zeit später erhielt Pavlos dann auch noch die Kündigung vom Fakultätsrat. Er sollte nach der Probezeit nicht übernommen werden. Die Argumente für seine Kündigung, die mir zu Ohren kamen, klangen für mich einfach abstrus. Beispielsweise hätten sich seine Bürokolleginnen darüber beschwert, dass er beim Arbeiten sänge oder dass er sich über eingespielte Verwaltungsvorschriften hinwegsetzte. Pavlos war darüber stinksauer, und er bezeichnete das ganze Kollegium als unflexibel und unprofessionell. Er hatte noch Resturlaub, sodass seine arbeitslose Zeit wenige Wochen nach der Kündigung begann.

Die Kündigung setzte ihm zu. Ehe kaputt, keine eigene Wohnung, und nun war auch noch der Job weg. Pavlos war sauer, richtig sauer. In seiner Wut identifizierte er neben ›Ungehorsam und Singen im Büro‹, Ausländerfeindlichkeit, Beamtenmentalität, Neid und Mangel an Vitamin B als Hauptgründe für die Kündigung. Diese Gründe hielt ich neben seiner recht großzügigen Auslegung der Arbeitszeiten für durchaus plausibel.

Ich kaufte ein hübsches Ledermäppchen, füllte es mit Glitzerherzchen und legte meinen Hausschlüssel hinein. Dazu schrieb ich ein paar Witze über seine Rettung aus der Obdachlosigkeit und lud ihn ein, zu mir zu ziehen. Dies alles packte ich in ein Päckchen und schickte es ihm an seinen Arbeitsplatz im Fakultätsrat. Er lachte und freute sich, als er das Päckchen erhielt, doch seine Wut blieb.

Pavlos sollte in diesem Sommer Trauzeuge für seinen Cousin Giorgios in Griechenland sein. Danach wollte er die Ferien mit Helen und Sonja in Griechenland am Meer verbringen. Giorgios kannte mich noch von früher und lud uns beide ein. Ich freute mich sehr über die Einladung, sollte seine Hochzeit doch der erste offizielle Termin mit Pavlos' Familie und alten Freunden für mich werden.

Pavlos fuhr mit den Kindern mit dem Auto voraus nach Griechenland, und sie verbrachten die Ferien zusammen mit seinen Eltern im Dorf. Ich konnte mir in dem Sommer nicht nochmal frei nehmen, sodass ich nur für das verlängerte Wochenende der Hochzeit nach Kavala flog. Wir wollten uns im Hotel Neapoli treffen. Das Hotel hatte keine Zimmernummern, sondern Städtenamen als Bezeichnung. Mein Zimmer hieß ›Paris‹, und hatte den Eiffelturm auf dem Schlüsselanhänger.

Da ich vor allen anderen Gästen ankam, die auch im Neapoli untergebracht waren, hatte ich etwas Zeit, mir das Städtchen anzuschauen, das sich mir im allerbesten Licht präsentierte, malerische Küste, herrliches Meer, prächtiges Sommerwetter! Nur eine verletzte Möwe, die sich neben einem Felsen ausruhte, störte das beschauliche Idyll.

Als es Zeit wurde, ging ich zum Hotel zurück. Einige Stunden später kratzte es an meiner Tür, und Pavlos war da. Wir begrüßten uns mit einem gierig-fröhlichen Quickie. Leider riefen unmittelbar darauf seine Pflichten als Trauzeuge und Gäste-Manager, da nach und nach die anderen Freunde und Verwandten eintrudelten. Helen und Sonja blieben bis zum Vorabend der Hochzeit im Dorf, bei ihren Großeltern.

Am Abend trafen wir das Brautpaar auf ein paar Drinks, und ich lernte Polly, die Braut kennen. Giorgios freute sich sichtlich, mich wieder zu sehen, und wir begrüßten uns überschwänglich. Ich spürte in seinem Verhalten keinen Widerstand gegen mich und auch mit Polly verstand ich mich trotz Sprachbarrieren auf Anhieb wunderbar.

Pavlos jedoch wirkte wie auf der Flucht. Er hatte sehr wohl dies und das zu tun, musste sich um die Verwandten kümmern, die Gäste empfangen und dirigieren, mit der anderen Trauzeugin und dem Brautpaar die Generalprobe durchführen, das Baby des Brautpaares taufen, denn er war nicht nur Trauzeuge, sondern auch Taufpate. Doch ich empfand ihn irgendwie als fahrig und nervös, nicht fokussiert. Ich verbrachte viel Zeit ohne ihn. Angesichts der nagenden Sehnsucht, ihm so nahe wie möglich zu sein zu wollen, fiel mir das nicht unbedingt leicht. Und ich hatte Bammel vor den offiziellen Terminen mit den Familien. Dass Pavlos sich von Sandra getrennt hatte, roch bis nach Griechenland, so zumindest meine Befürchtung, nach einem veritablen Familienskandal. Galt er doch bis dahin in der ganzen Familie, und besonders für seine Cousinen und Cousins als Vorbild. Als ältester Vorzeige-Cousin bildete er mit Sandra ein akademisches Traumpaar und mit den süßen Töchtern eine Bilderbuchfamilie. Ich hatte Angst, auch hier als Zerstörerin einer intakten Familie abgestempelt zu werden und dass man uns von vornherein keine Chance gab.

Am nächsten Abend gab es ein großes Treffen im Elternhaus des Bräutigams, wo ich unter anderem auf Pavlos' Eltern, Großmutter, Tanten, Onkel und Cousins und Cousinen treffen sollte. Maria, Giorgios'

Schwester und Pavlos' Lieblingscousine war dabei, und natürlich auch die Freunde des Paares, darunter auch einige, an die ich mich noch von früher erinnerte. Hof und Garten der Familie waren schon ordentlich gefüllt mit Gästen, als wir dort ankamen. Es gab *Bouzuki*, Gitarre und Gesang, es wurde geschlemmt, getrunken und getanzt. Helen und Sonja waren auch schon da, und wir drei fielen uns buchstäblich in die Arme und herzten, drückten und knuddelten einander. Sonja suchte meine Nähe, und Helen zeigte mir ein paar neue Karatetricks.

Ich suchte mir ein unauffälliges Plätzchen in der Gruppe der deutschen Gäste. Und spähte immer wieder zu Pavlos' Eltern und Großmutter. Pavlos war irgendwie überall und nirgends, aber immer bei seinem Glas Wein. Irgendwann trat Pavlos Mutter Evi auf unsere Gruppe zu und begrüßte uns, schüttelte jedem die Hand, stellte sich vor und fragte diejenigen, die sie nicht kannte, wer wir waren. Ich stellte mich vor: »Stella, Pavlos' Freundin. Wir haben uns schon mal früher kennengelernt.« Sie schaute mich kritisch und kühl an und murmelte ein langsames »Aaaha«. Begeisterung sah anders aus, aber sie wahrte ihr Gesicht und brachte immer wieder Essen und Getränke an unseren Tisch. Es gelang mir irgendwie, mich zu beruhigen, obwohl Pavlos mich niemandem von der älteren Generation vorstellte und mich im Grunde mir selbst überließ. Jedoch inmitten einer Katastrophe ein freundliches und souveränes Gesicht zu machen, hatte ich drauf. Mein Beruf und mein juveniler Freiheitskampf kamen mir da sehr zugute.

Später in der Nacht löste sich die Party langsam auf, denn am nächsten Tag sollten die Taufe und die Trauung stattfinden. Wir fuhren in mehreren Autos in die Stadt zum Hotel, keiner der Fahrer war mehr nüchtern, aber alle waren beseelt und voller Vorfreude auf das Hochzeitsfest. In Pavlos Auto zog es unangenehm, denn einige Tage zuvor war an seinem Auto die Fensterscheibe auf der Beifahrerseite eingeschlagen worden. Die Scheibe war nur ein Vorbote der weitreichenden Dekonstruktion, die Pavlos in den kommenden Wochen erleben sollte. Er verlor unzählige Dinge, weitere unzählige gingen kaputt. Die Fensterscheibe war der Anfang, und rückblickend finde ich es schockierend, wie achselzuckend wir damit umgegangen sind.

Am Morgen wurde es ziemlich hektisch. Eigentlich mussten uns nur fertigmachen, losfahren und zu einer bestimmten Zeit an einem bestimmten Ort sein. Aber der Restalkohol führte zu Fahrigkeit und selbsterzeugtem Chaos – noch ein Anruf hier, noch eine Suche nach irgendwas da. Pavlos versuchte noch im Auto bei den Mitfahrenden sein flirrendes Charisma zu verbreiten, doch allen war klar, dass wir viel zu spät kommen würden. Ich war darüber ganz schön geknickt. Irgendwas lief grundsätzlich falsch, Pavlos hektisch, kopflos, die ältere Familie unnahbar, und wir selbst, die unzurechnungsfähigen Desperados, viel zu spät.

Wir kamen also eine Dreiviertelstunde zu spät an der Kirche an. Das Brautpaar, das mit der gesamten Entourage schon mehrfach zur Ablenkung die Kirche linksherum und rechtsherum umrundet hatte, guckte ziemlich verstört aus der Wäsche. Als Giorgios und Polly uns mit wehenden Fahnen kommen sahen, war nicht klar, ob sie nun freudig oder sauer oder enttäuscht aussahen.

Dann ging es schnell. In die Kirche saß neben mir zufällig Pavlos' angeheiratete Lieblingstante Fani. Ich hatte zuvor schon viel von ihr gehört, Pavlos liebte sie heiß und innig, ihr wurde ein glasklarer Verstand und eine freche Schnauze nachgesagt. Sie fragte mich, wer ich sei, und beschloss sofort, mich zu mögen. Was für ein Glück, denn mir war noch mulmiger zumute, als am Tag zuvor.

Nach der Kirche ging die Gesellschaft auseinander. Man wollte sich im Festsaal etwas außerhalb treffen. Pavlos und ich gingen in eine Bar und tranken ein, zwei Ramazotti. Ich verspürte komischerweise an mir und an Pavlos nur wenig Erleichterung darüber, dass der ganz offizielle Teil nun vorbei war. Seine Laune war zwar oberflächlich gut, aber zugleich unnatürlich angespannt, und dies färbte auf mich ab. Pavlos redete auf mich ein, in einem aufgestachelten, latent aggressiven Ton, ich weiß gar nicht mehr worüber. Er drehte sich verbal im Kreis, wiederholte sich selbst immer und immer wieder, während meine Worte kaum abgewartet wurden. Ich fühlte mich durch sein selbstbezügliches Monologisieren ausgeschlossen und konnte damit nichts anfangen. Er kam mir zwar nicht direkt feindselig, aber doch extrem angespannt vor. Vielleicht war es auch einfach nur der Kontrast zu meinen uneingestandenen romantischen Erwartungen angesichts einer Hochzeit in der Verwandtschaft. Ich wollte Händchen halten und den Moment genießen, aber der nächste Termin wartete auf uns. Wir fuhren mit dem Taxi zum Festsaal, alle anderen waren schon da, und es wurde ein hübscher Film gezeigt, demzufolge das Brautpaar vom Tag der Geburt bis gerade heute immer nur *straight* auf die Hochzeit zugesteuert hatte, dann gab es aufsteigende Luftballons und Pipapo, Musik, Essen und Getränke …

Pavlos saß, etwas erhöht im Raum, am Tisch zusammen mit dem Brautpaar. Ich hingegen saß an einem Tisch, an dem ich kaum jemanden kannte. Helen und Sonja waren mit allen anderen Kindern am Rumdüsen. So saß ich da ziemlich alleine und fühlte ich mich auch dementsprechend. Trost im Essen fand ich auch nicht, da es außer Kuchen und Salat nichts Vegetarisches gab. Da saß ich also hungrig und allein auf meiner ersten *big fat greek wedding* und fand es jetzt nicht wirklich berauschend … Ich stand auf, um zur Tanzfläche zu gehen, doch ich spürte auf mich gerichtete AUGENPAARE in meinem Rücken. Und nur wenige Sekunden später umarmte mich Pavlos und wirbelte mich umher.

Eines der unzähligen und unbegreiflichen interkulturellen *dos and don'ts*, nämlich die Maxime »Du sollst auf einer griechischen Hochzeit nicht alleine tanzen« hatte hier offenbar viele heimliche Verfechter, und diese hatten mir Pavlos zu Hilfe geschickt. Er erzählte mir lachend, dass er mit den entsetzten und erschrockenen Worten »Sie geht tanzen« von der Empore gescheucht worden war.

»Verrückte Welt«, dachte ich mir, und freute mich über den gemeinsamen Tanz.

Die Griechen waren sowieso von Anfang an auf der Tanzfläche, und die deutschen Freunde tauten auch schnell auf. Dadurch, dass Pavlos mir schon viel griechische Musik vorgespielt hatte, war mir die griechische Musik im Ohr und im Herzen, und *dancen* war ja schon immer mein Ding. Es wurde ein wunderschöner Abend. Als die Hochzeitsgesellschaft anfing, sich langsam aufzulösen, lief ich Pavlos Vater, Tolis, in die Arme. Er hielt mich an und fragte, wie es mir ginge und wie mir das Fest gefallen hätte. Dass er mich ansprach, machte mich richtig happy. Wir plauderten ein bisschen, und nach einer Weile gesellte sich Pavlos zu uns. Wir standen unweit vom Ausgang, und so konnten sich die aufbrechenden Gäste von Tolis, Pavlos und mir verabschieden. Hier erhielt ich von einigen Gästen sehr freundliche Blicke und Kommentare, und schließlich kam auch Pavlos' Großmutter auf uns zu. Pavlos, eineinhalb Köpfe größer als sie, drückte und herzte sie, und sie fragte ihn, wer ich sei. Pavlos übersetzte mir seine Antwort, ich sei seine Freundin, Liebe und Seelenverwandte. Giagia Dimitras Gesicht hellte sich augenblicklich auf, sie strahlte mich warm und herzlich aus ihren blaugrünen Augen an, nahm meine Hände in ihre Hände, erzählte irgendetwas auf Griechisch, was ich zwar nicht sprachlich, wohl aber in der Universalsprache des Herzens verstand. Ich bin mir ganz sicher, dass sie uns damals ihrer freundlichsten und gütigsten Segenswünsche versicherte.

Pavlos' Mutter kam auch vorbei, blieb aber reserviert und verabschiedete sich, Helen und Sonja im Schlepptau, die sich – müde und vollgestopft – auch nicht mehr dagegen wehrten, nach Hause gebracht zu werden.

Irgendwann waren auch wir soweit, dass wir den Festsaal verlassen konnten. Wir waren beide wach und gut drauf und beschlossen, noch am Strand spazieren zu gehen. Aufgekratzt schlenderten wir bis zur Yachthafen, als ich dringend mal pieseln musste. Pavlos erklärte mir, wie ich das in meinem *très* schicken Abendkleid ohne WC mitten auf der Promenade bewerkstelligen könnte, ohne dass ein neugieriger Passant mich in einer verdächtigen Pose hätte entlarven können, und es gelang mir tipptopp. Wäre ich so von selbst auch nicht drauf gekommen .... Er saß neben mir und rauchte, guckte ins Meer und zog seine neuen, drückenden Hochzeitsschuhe aus. Einer der Schuhe flog versehentlich in das ölige Hafenbecken und trieb langsam und nonchalant auf der Oberfläche davon. Es gab keine Möglichkeit, den Schuh zu retten, ohne in das schmutzige Wasser hineinzuspringen, und so auch noch die Kleidung zu ruinieren, sodass ich aus Loyalität kurzentschlossen meine Unterhose hinterherpfefferte und Pavlos seinen zweiten Schuh. Wir lachten uns kaputt dabei. Wir bekamen vor Lachen Hunger und Durst und machten uns auf die Suche nach einem offenen Restaurant. Ganz unten und unten ohne, aber dafür in eleganter Abendgarderobe und bei bester Laune fanden wir recht bald eine Snackbar. Mit neuer Energie beschlossen wir, im nächstbesten Musikclub tanzen zu gehen, eine Reggae-Bar mit verkifften Rastafaris. Bob Marley ließ ganz entspannt grüßen und wir wippten auch ein bisschen mit. Nach einer Weile verzogen wir uns auf der leeren Empore in eine dunkle Ecke, wo wir uns aufeinander stürzten und vernaschten.

Unser Treiben blieb nicht unbemerkt, und wir wurden mit Schimpf und Schande aus dem Lokal verjagt. Rock'n-Roll-mäßig war der Abend nicht zu toppen.

Nachdem wir am nächsten Tag spät gefrühstückt hatten, holten wir die Kinder ab und wollten ans Meer. Wir fuhren raus aus der Stadt, und fanden am Rande eines Fischerdorfes einen herrlichen Strand mit angegliedertem Restaurant. Es war ein heißer mediterraner Sommertag, und alle vier rannten wir aus dem Auto direkt ins Meer.

Falls es zu diesem Zeitpunkt noch letzte Zweifel an unserer Liebe gab, hier und jetzt wurden sie ausgemerzt. Poseidon und die anderen Olympischen Götter waren unsere Zeugen und jubilierten uns neidlos beim Meeresbade zu. Das Meer wirkte wie ein Katalysator, der eine Reaktion freier Radikaler auslöste und unsere Seelen, unsere Körper miteinander verschmelzen ließ. Wir waren hypnotisiert von dieser fundamentalen Verbindung, die uns durchdrang, uns magnetisierte und euphorisierte. Wir selbst wurden zu Tieren, ohne Pläne, ohne Sorgen, jetzt und hier, aufeinander ausgerichtet und angewiesen. Es war eine existenzielle Erfahrung, das hatte nichts Artifizielles, Kognitives, es war einfaches Sein, in der Gegenwart, beieinander, füreinander.

Auch die Kinder suchten unsere Nähe und Umarmung. Der Zauber hielt für das gesamte Wochenende an. Dann musste ich wieder zurück nach Berlin, während Pavlos und die Kinder weiter Sommerurlaub in Griechenland, auf Chalkidiki, machten.

Auf der Fahrt dorthin gab Pavlos' Handy partiell den Geist auf. Wegen des defekten Handys hatten wir zu der Zeit etwas weniger Kontakt, doch eine Geschichte erzählte Pavlos mir schon einen Tag nach meinem Rückflug. Die Kinder hatten allerlei Zeug mitgenommen, sodass das Auto zum Bersten voll war. Pavlos hatte die Sachen der Kinder im Auto verstaut und seinen Koffer auf dem Dachträger befestigt. Auf der Autobahn hörten sie einen heftigen Schlag, und Pavlos sah im Rückspiegel seinen Koffer vom Dach davonfliegen. Sie hielten alsbald möglich auf dem Seitenstreifen, um nach dem Koffer zu suchen, doch dieser war verloren. Seine Sachen, darunter auch ein paar Geschenke von mir, waren weg. Am schlimmsten traf uns der Verlust seines neuen Trauzeugenhemds von Versace, das ihm erstens sagenhaft stand, zweitens sauteuer und drittens, laut Bräutigam das beste Kleidungsstück auf der Party gewesen sei. Er erzählte mir von dem Verlust in seinem ironisch-witzigen Ton, doch schimmerte durchaus auch Ärger und Zorn aus seinen Worten hervor … »Hätte er doch bloß vor Reiseantritt die Dachbox angebracht, und warum gingen eigentlich immer nur seine Sachen kaputt und verloren …« Doch das griechische Essen, Retsina, Sonne und Meer heilten die Wunden, und der Kofferverlust waren bald fast vergessen.

Noch in Kavala eröffnete Pavlos, dass er nach dem Urlaub erstmal zu mir kommen würde. Ich freute mich wie bekloppt! Wir vereinbarten, dass wir uns auf seinem Rückweg in Dubrovnik treffen, von dort aus meine Eltern besuchen und uns dann auf die gemeinsame Heimreise aufmachen würden. Mein Flug nach Dubrovnik startete etwa 10 Tage später. Ich buchte ein Zimmer in einem Luxushotel direkt an der Küste, flog Pavlos entgegen und nahm alle Hormone mit an Bord. Mit Pavlos schien mir alles möglich. Ich war völlig aus dem Häuschen, weil ich ihn erst zu meinen Eltern und dann zu mir bringen würde. Und weil wir unser Zusammenleben in einem edlen Luxushotel beginnen würden. Und weil wir endlich, *epithelus, napokon* zusammen leben würden.

Ich kam im Hotel an, bezog mit meinem Handgepäck unser Zimmer Nr. 505 und versuchte, Pavlos zu erreichen. In der Zwischenzeit war bei ihm unvorstellbar viel passiert.

Er hatte am Tag zuvor die Kinder zum Flughafen gebracht, selbst aber noch eine Nacht im Neapoli verbracht. Am nächsten Morgen beim Packen seines Kofferraums hatte er versehentlich seine neuen Anzüge am Zaun neben dem Hotelparkplatz hängen lassen und sie dort vergessen. Er war schon einige Kilometer aus Kavala hinausgefahren, als ihm auffiel, dass seine Anzüge fehlten. Nach dem schmerzhaften Verlust des Koffers und der Hochzeitsschuhe nur wenige Tage zuvor, wollte er wenigstens die Anzüge retten. Er kehrte zurück zum Hotel, wo ihm die Anzüge wohlbehalten zurückgegeben wurden. Die Freude darüber war allerdings nur von kurzer Dauer. Denn beim Ausparken fuhr er über einen abgebrochenen Stahlpoller, der nur wenige Zentimeter aus dem Boden herausragte, aber dennoch einen Reifen aufbohrte. Er rief bei der Werkstatt an, die ihm vor wenigen Tagen schon die zerstörte Fensterscheibe ausgetauscht hatte, und er hatte Glück. Der Reifen konnte repariert werden, und Pavlos konnte starten – viele Stunden später als geplant …

Er war also noch in Kavala, als ich schon in Dubrovnik auf ihn wartete. Er sagte, er wisse nicht, ob er über Kosovo oder über Albanien fahren wollte, entschied sich dann während der Fahrt für Kosovo. Und nun setzte sich das Chaos fort: Nicht nur sein Navi, auch sein Handy versagten in den letzten kosovarischen Gebirgszipfeln ihren Dienst. Es war dunkel, er kannte den Weg nicht, und es gab kaum Verkehrsschilder. Er fuhr, soweit er konnte, ab und zu meldete er sich von unterwegs, schon müde von all dem Durcheinander. Und ich wartete. Irgendwann erreichte ich ihn nicht mehr per Telefon, und ich fing an, mir Sorgen zu machen. Irgendetwas Unheimliches kroch unter meine Haut, in mein Herz und flüsterte mir ein, dass ich Pavlos verloren hätte. Im Fernseher lief Musik, ein dreistündiger Mix mit alten Funk- und Soul-Gassenhauern von Stevie Wonders *As* bis Marvin Gayes *Sunny* … Ich heulte, weil ich keine Möglichkeit hatte, ihn zu erreichen, außerdem wurde ich mir klar darüber, dass nicht ich, sondern Sandra Auskunftsrecht hätte, wenn ihm wirklich etwas zugestoßen sein sollte. Ich hatte weder eine Nummer von seinen Eltern, noch von den Kindern. Ich fühlte mich von allen guten Geistern verlassen, meine Brust und mein Bauch verkrampften sich unter Schmerzen, aus den Augen quoll Wasser, aus der Kehle Jammern. Ich lag eingehüllt in feinstes ägyptisches Leinen, in einem lächerlich teuren Kingsize-Bett in einem Luxushotel an der Adriaküste, und die Verbindung zu meiner Liebe war abgerissen. Ich war verstört und todunglücklich …

Am nächsten Morgen hatte ich immer noch kein Lebenszeichen von ihm und fühlte mich wie gerädert. Ich ging ein paar Bahnen im Hotelpool schwimmen, bestellte zwei Frühstücke aufs Zimmer, und ENDLICH, *epithelus, napokon* kam der ersehnte Anruf – Pavlos lebte! Mir fielen tausend Tonnen Last von den Schultern, ich weinte am Telefon und sagte zu Pavlos, dass ich Riesenängste ausgestanden hatte und dass es sich angefühlt hatte, als ob ich ihn verloren hätte. Er war noch in Kosovo, an der Grenze zu Montenegro, hatte in der Nacht Rast gemacht, als ihm klar wurde, dass er sich in der Dunkelheit nicht zurechtfinden würde. Er sei eben von ein paar Kosovaren am Parkplatz geweckt worden, die gegen die Scheibe klopften. Einer der jungen Männer sei der Cousin seiner Haushälterin in Tübingen.

Gegen halb 12 war er endlich da. Braungebrannt, in seinem geretteten, leichten Sommeranzug und mit Sonnenbrille sah er zum Anbeißen aus. Ein *late Check-out* ermöglichte uns ein inniges Schäferstündchen, danach fuhren wir los. Nachdem er die letzten 1000 Kilometer gefahren war, setzte ich mich ans Steuer. Er hatte ein paar CDs von mir im Auto, und wir legten eine Jugo-CD ein, die ich aufdrehte und lauthals mitsang. Er jubelte und schrie vor Aufregung und Freude.

Wir kamen bei meinen Eltern an, aufgedreht wie Teenager. Meine Eltern boten uns erst Hausschnaps, dann Hauswein an, es wurde gegessen, getrunken und gefeiert. Mein Vater meinte, dass er sich durchaus etwas verwaist gefühlt hatte, weil ich niemals einen Freund mit nach Hause gebracht hatte, und es wurde jovial gewitzelt, auf Schultern geklopft und gesoffen, was das Zeug hält. In einem privaten Moment jedoch fragte mich mein Vater, ob es nicht besser wäre, wenn Pavlos sich zunächst eine eigene Wohnung in Berlin suchen würde, was ich ohne nachzudenken wegfegte.

Wir blieben für zwei Nächte. Ich zeigte Pavlos Split, dann fuhren wir in unsere gemeinsame neue Heimat Berlin.

Die Fahrt nach Berlin fühlte sich an wie die Metapher für ein neues Leben. Pavlos wünschte sich, dass ich von ihm fordern sollte, wenn ich etwas von ihm brauche. Und ich forderte – seine Scheidung von Sandra. In der einsamen, verzweifelten Nacht in Dubrovnik verstand ich, dass sein Familienstand mich von den elementarsten Zugängen zu ihm ausklammerte, und das musste sich ändern. Er versprach mir, seine Scheidung voranzutreiben.

Zusammen in Berlin anzukommen fühlte sich wie Flitterwochen an.

Am zweiten Abend unseres Zusammenlebens meinte Pavlos: »Ich muss kurz raus, weil sonst …« und hielt mir dabei seine heftig zitternden Hände unter die Nase. Ich nickte, er verschwand, und dann war es an mir zu zittern. Ich bekam zum ersten Mal eine Panikattacke und hatte die Zukunftsvision eines Säufers vor Augen, der an der Hand seines Kindes gestützt und schwankend von der Kneipe abgeholt wird. Ein Bild, das ich aus der Kindheit von Vätern aus der Nachbarschaft kannte. Nur diesmal ging es nicht um den stadtbekannten Säufer und Vater eines namenlosen Kindes, sondern um meinen Lebensgefährten, die Liebe meines Lebens, *der* war der Säufer. Schon eine halbe Stunde später kam Pavlos wieder. Ich fragte nicht, wo er gewesen war und was er gemacht hatte. Ich war einfach unbeschreiblich glücklich, dass er wieder da war und offensichtlich nicht besinnungslos betrunken. Es war theoretisch möglich, dass er einfach eine Runde spazieren gegangen war. Am nächsten Tag ging er abends wieder raus – diesmal ohne Erklärung – und kam kurz darauf wieder.

In mir rangen extrem widersprüchliche Gedanken und Gefühle, am lautesten war die Angst. Ein Gefühl, das mich im Leben bis dahin noch nicht besonders herausgefordert hatte. Genauer gesagt handelte es sich um mehrere Ängste. Ich hatte Angst um Pavlos, dass er wirklich ein Trinker sein könnte, der sich chronisch ins Koma säuft und nach und nach alles durch seine Sucht verliert, seinen Führerschein, seine Arbeit, seine Kinder, sein Ansehen und seine Wertvorstellungen. Und Angst um mich, dass ich in einer völlig hoffnungslosen Liebe gefangen sein könnte, aus der ich nicht heil herauskam. Ich hatte finstere Visionen, dass ich seine Sucht nicht aushalten und die Beziehung beenden würde. Da Pavlos jedoch so schnell und scheinbar normal von seinen Streifzügen zurückkam, – er war süß und charmant, flirtete mit mir und brachte mir immer irgendeine Kleinigkeit mit – verflüchtigten sich meine Sorgen. Diese zwei diametral entgegengesetzten Seiten konnten in meiner Vorstellung nicht beide zugleich wahr sein. Ich tat meine Horrorvision als Hirngespinst ab.

Ich fing einige Tage später wieder zu arbeiten an, und Pavlos fuhr mich hin und holte mich ab. Jeden einzelnen Tag hatte ich nun einen Privatchauffeur. Ich genoss seine Aufmerksamkeit und seine Fürsorge und freute mich auf die gemeinsame Zukunft. Mit seinem Ordnungsfimmel schaffte er es, dass unsere Wohnung immer schöner wurde, obwohl sie für zwei Personen eigentlich viel zu klein war. Er meldete sich um, und an meiner Wohnungstür standen plötzlich zwei Namen, meiner und seiner. Wir machten ständig Fotos davon und schickten sie uns gegenseitig. Wir waren glücklich und fassungslos über diesen *Beweis*, dass wir wirklich zusammenlebten. Da wir die laufenden Kosten teilten, entlastete er mich finanziell. Es war das, unser Paradies auf Erden. Wir freuten uns jeden Tag und jede Nacht aufeinander. Ich stellte ihm alle meine Freunde und Freundinnen vor. Ich zeigte ihm meine Arbeit und mein Atelier, das ich mit meiner Freundin Sascha teilte. Ich zeigte ihm meine Videothek, meine Restaurants und Clubs. Ich schleppte ihn zu meinen Thai-Masseusen und meldete ihn in meinem Fitnessstudio an. Er packte seine Instrumente aus. Er hatte viele und verteilte sie dekorativ in der Wohnung. Sein Hauptinstrument zu der Zeit war ein E-Klavier. Seine zweitliebsten waren seine Gitarren. Er spielte auch einige Blasinstrumente und traditionelle griechische Saiteninstrumente wie eine Bouzouki und eine Laute. Als meine Kollegin ihn mal fragte, wie er so seine Tage verbrachte, meinte er, die Zeit verginge mit Klavier und Gitarren sehr schnell. Wenn nicht ich ihm gerade um den Hals hing, dann hing dort eine Gitarre, und so machte er musikalisch Fortschritte. Bis er wieder losfuhr, um mich abzuholen.

Ich habe einen sehr breiten Freundeskreis, in dem es von verschiedenen Charakteren nur so wimmelt, und es war schon seltsam, dass er mit niemandem unter ihnen wirklich warm wurde. Keiner von meinen Freunden kam an ihn heran. Alle fanden ihn irgendwie gut, aber unzugänglich oder unnahbar. Und er erzählte zwar viel, aber sagte eigentlich nichts, wenn wir im Freundeskreis zusammenkamen.

Die Stadt Berlin selbst zeigte ihm ihr hässlichstes Gesicht. Mitten in der Finanzkrise 2010, bei offen ausgelebtem Berliner Schwabenhass, hoher lokaler Arbeitslosigkeit und einer mir auch schon wohlbekannten Abneigung gegen fremde, schwer auszusprechende Namen fand er keinen richtigen Anschluss. Ich erlebte mehrfach, wie er in Alltagssituationen an der Supermarktkasse oder in der Videothek mit kalter Berliner Arroganz abgefertigt wurde, weil er so sprach, wie ihm der Schnabel gewachsen war, nämlich schwäbisch. Er sehnte sich nach seinen Freunden, der schwäbischen hügeligen Landschaft, seinen Kindern und einer ihn erfüllenden neuen Arbeit. Berlin und Umgebung waren kein Standort für sein früheres Forschungsfeld – Wahrnehmung, Psychophysik und Neuro-Physiologie.

Außerdem fror er zum ersten Mal in seinem Leben. Die Blutdrucksenker nahmen Einfluss auf seinen Stoffwechsel, und er nannte seinen körperlichen Wandel ›mein erster Winter als Mädchen‹. Es nervte ihn zu frieren und weniger Antrieb als gewohnt zu haben. Das Medikament beeinflusste auch seine Leistungsfähigkeit und seinen Appetit auf Sex. Abends war er einfach müde und schlief schon auf dem Sofa ein. Wir kamen nicht auf die Idee, das Medikament auszutauschen, da Gesine die

Kardiologin unseres Vertrauens war, und wir davon ausgingen, dass sie Pavlos das beste ihr bekannte Medikament ausgesucht hatte, was sie auf Nachfrage auch bestätigte.

So passierte tatsächlich nicht viel, Pavlos fuhr mich zur Arbeit und holte mich wieder ab. Abends ging er für eine Stunde in die Kneipe, und manchmal begleitete ich ihn, auch wenn mich das mal nervte, mal langweilte. Ich mag erstens keine alkoholischen Getränke, weder den Geschmack noch die Wirkung. Ich mag aber zweitens auch nur sehr wenige nicht-alkoholischen Getränke. Daher ist der Begriff ›etwas trinken gehen‹ für mich erstmal mit der wahnsinnig unaufregenden Frage verbunden – »*Wasser oder Tee*?«, die sogar mich selbst langweilt. Und das ewige Rumsitzen auf einem Stuhl in der Öffentlichkeit, umgeben von anderen lauten Menschen, geht mir meist schon nach 20 Minuten mächtig auf den Zeiger. Es gab diffuse Nachklänge des Gefühls vom ersten Abend in Berlin, doch ich hielt die Panik in Schach. Pavlos war immer noch viel in Tübingen, was wegen der Flüge und Übernachtungen ziemlich ins Geld ging. Da er kein Arbeitslosengeld erhielt, ging er an seine Reserven, die zusehends dahinschmolzen, ohne dabei eine Aussicht auf eine neue Arbeit zu haben.

Trotzdem waren wir glücklich. Häufig sang er mir abends seine liebsten Lieder vor, besonders gerne sang er »Geiler is schon« von Westernhagen.

Ich brauche kein Geld
Ich brauch' keine Fraun
Ich brauch' kein' Ferrari
Kein Baden mit Schaum
Ich brauch' auch kein Schloss
und keinen Sonnenschein
Ich muss auch kein
Rock'n'Roll Star sein
Ich brauche kein' Whiskey
und kein Kokain
Aber geiler is' schon
als in der Gosse zu liegen
Ich kann mit dir leben

in einem Zimmer
mit dem Klo über'm Hof
und einer Menge Kummer
Ich klage auch nicht,
wenn die Kinder schrei'n
wenn deine Mutter mich schimpft
schuld sei ich allein
Es macht mir nichts aus
wieder arbeitslos
Aber geiler wär's schon
wir hätten viel Moos ...

Wir lachten viel und feierten unser Leben zu zweit, und wir hörten zusammen Musik und tanzten im Wohnzimmer, bis wir müde wurden. Wenn er sang und ich tanzte, wiederholte Pavlos immer wieder: »Baby, tanz für mich, ja ... Wenn wir irgendwann in eine Krise kommen, dann tanz einfach für mich ... Ich liebe, wenn du tanzt, und du wirst mein Herz immer berühren, wenn du tanzt.«

Es kam unser erstes gemeinsames Weihnachtsfest, ein Jahreswechsel, unsere Geburtstage. Zu Weihnachten kamen zum ersten Mal die Mädchen zu uns. Hier konnte die Theorie bestätigt werden, dass es nie an Platz mangelt, wenn das Herz groß genug ist.

Normalerweise ist meine Wohnung manchmal schon für eine einzige Person zu klein, doch nun waren wir für 10 Tage zu viert. Und es war fantastisch. Alle vier liebten wir Filme und machten ein cineastisches Erlebnis daraus. Die lokale Videothek wurde instruiert, den Mädchen die Filme auszuleihen, wenn wir nicht dabei waren, und wir gingen zusammen ins Kino. Natürlich gab es auch Sightseeing, und wir kochten zusammen, aber am besten waren unsere Filmabende. Am zweitbesten waren die Griechisch-Lektionen, die wir uns zur Frühstückszeit gönnten. Wir suchten uns Themenfelder, die wir auf Griechisch lernen wollten, und fragten uns dann gegenseitig am nächsten Tag ab. Helen gewann fast immer. Sonja war sehr anhänglich, und wir kuschelten viel und Helen wurde immer nahbarer. Ab und zu, wenn es passte, brachte ich den anderen auch ein kroatisches Wort bei. Ich war richtig traurig, als sie wieder zurückmussten. Doch verabredeten wir uns schon für das nächste Mal. Auch für Pavlos und mich war es romantisch, zusammen zu feiern. Es war wie ein Wunder, dass wir nun wirklich griechische und deutsch-kroatische Weihnachten und Silvester zusammen mit den Kindern feiern konnten. Während die Kinder bei uns waren, war Pavlos abends nicht mehr ausgegangen. Danach nahm er seine Angewohnheit, abends allein in die Kneipe zu gehen, wieder auf – jedoch deutlich seltener. Ich ging davon aus, dass sich sein Seelenleben so langsam wieder normalisierte.

Wir blieben abends gern zu Hause, aßen, spielten etwas, plauderten, oder Pavlos spielte mir auf einem seiner Instrumente etwas vor. Ich las immer wieder mal ein Buch und war insgesamt happy und verliebt.

Kurz darauf hatten wir Geburtstag. Ich bastelte ihm eine Mix-CD und die Reihenfolge der Stücke folgte einer auf uns zurechtgeschnittenen und inspirierten Numerologie. Ich nahm mir eine Woche frei, um ihn mit einer Reise nach Rügen zu überraschen. Unser erster richtiger gemeinsamer Urlaub war kurz, wunderschön und romantisch. Es schneite an der Ostsee, doch wir hatten ein schönes Hotelzimmer mit Meerblick und einen tollen Spa-Bereich. Ich erinnere mich noch genau daran, wie zart und unsicher wir zu der Zeit immer noch miteinander waren, und wie wir zusammen weinten, als wir meinen Herzschmerz-Musikmix das erste Mal zusammen hörten. Ich hatte immer wieder Ängste, dass er einfach verschwinden und zu seiner Familie zurückkehren würde. Ich fragte ihn auch immer wieder, wie es denn käme, dass wir nun zusammen seien, nachdem wir uns 10 Jahre nicht einmal gesehen hatten. Er konnte mir darauf keine Antwort geben, und ihn irritierte meine Frage sehr. Manchmal zankten wir sogar darüber, und er sagte immer wieder, er sei ja jetzt hier.

Wir fingen an, kleine Paar-Routinen zu entwickeln, Arbeitsteilungen im Haushalt kristallisierten sich heraus. Allmählich schenkten wie der Tatsache Glauben, dass wir nun wirklich ein Paar waren, und wir rückten noch ein bisschen näher zusammen.

Im Sommer reichte Sandra überraschend noch vor Pavlos die Scheidung ein. Sie sagte, es hätte kräftig geknallt zwischen Heiner und ihr. Ha! Pavlos hatte es Monate zuvor schon kommen sehen! Pavlos und Sandra einigten sich bei den Scheidungsfragen auf einen kleinsten gemeinsamen Nenner, und die Scheidung verlief Pavlos zufolge zivilisiert und ohne besondere Vorkommnisse, wenn man außer Acht lässt, dass Sandra Pavlos nicht einmal die Hand geben wollte.

Pavlos kam als geschiedener Mann zu mir zurück nach Berlin, und wir feierten seine neugewonnene Freiheit. Für mich war seine Scheidung tatsächlich bedeutsam und keine reine Formsache. Ich war froh, dass er nun nicht mehr mit jemand anderem verheiratet war, während er mir Liebesschwüre ins Ohr flüsterte. Seine Ehe mit Sandra hatte sich für mich ohnehin von Anfang an verkehrt angefühlt, auch wenn ich die einzige Person auf der Welt sein mochte, die so fühlte. Es war sogar so, dass ich trotz Einladung damals nicht zu seiner Hochzeit mit der hochschwangeren Sandra ging, weil ich dachte – das stimmt doch hinten und vorne nicht, und Pavlos sollte mit mir verheiratet sein. Und wenn, wie in den Hollywoodfilmen die Frage aufgekommen wäre, ob jemand etwas gegen diese Ehe einzuwenden hätte – was hätte ich da tun sollen? Mit der Scheidung war aus meiner Sicht der natürliche Zustand wiederhergestellt, und theoretisch war es nun möglich, dass wir heirateten. Auf Nachfrage, wie es ihm mit der Scheidung ging, meinte Pavlos: »Ja, ist ok. Es war halt schade, dass Sandra nicht mal nach der Scheidung ein paar nette Worte für unsere langen, auch guten Beziehungsjahre übrig hatte.« Aber viel mehr ließ er nicht über seine Gefühle verlauten.

Wir verlängerten den Berliner Sommer, indem wir im September nach Kreta flogen, wo wir einen herrlichen Urlaub verbrachten. Wir badeten im Meer, die Olympischen Götter waren wieder ganz bei uns. Wir zerflossen im blauen Zauber des Meeres, das uns verband. Es hatte etwas Betörendes, Magisches, wenn wir beide im Meer schwammen, anders als im Schwimmbad oder im See. Im Meer zirkulierte ein besonderes Fluid zwischen uns, als würde die Liebe, die uns verband, durch eine Lupe vergrößert und in allen Einzelteilen wahrnehmbar,

Ich trug mein Herz auf der Zunge, als ich schwimmend zu Pavlos sagte: »Ich würd dich gern heiraten, ich wär gern mit dir verheiratet«, und wir lachten und knutschten.

Es war die schönste Zeit. Pavlos besorgte uns jeden Tag Frühstück, dann machten wir Kniegeschädigten-gerechte Ausflüge, hingen am Meer rum oder erzählten uns, was wir gerade lasen. Abends gingen wir in Strandrestaurants und schwelgten in der opulenten griechischen Küche und in Retsina. Wir wechselten immer wieder die Ferienwohnungen, sodass wir die Insel bald sehr gut kennenlernten.

Die letzten Tage auf Kreta brachen an, und ich war traurig, dass wir bald zurückkehren mussten. Pavlos erschien mir in Griechenland sanfter und entspannter als je zuvor, und ich hatte es zutiefst genossen, ihn so zu erleben. Sein notorisch schnelles Tempo, die Rastlosigkeit tauschte er ein gegen einen fließenderen, weicheren Modus ein, der ihm ausgezeichnet stand. Ich ahnte, dass ihn und mich in Berlin die ungelösten Themen wieder einholen würden, wie Arbeitslosigkeit bei erschwerter Arbeitssuche, wirtschaftlicher Niedergang, Mangel an Freunden und Netzwerk und insgesamt ein starker Gegenwind von allen möglichen Seiten.

In *Agios Pavlos*, ja, der Ort hieß wirklich so, unserer letzten Station vor dem Heimflug, wurde uns beiden richtig übel. Irgendein Darmvirus hatte, wie ein böses Omen, erbarmungslos zugeschlagen. Während ich über dem WC hing, trauerte ich darüber, dass wir dieses Paradies verlassen mussten. Berlin kam mir anders vor, seit ich es mit Pavlos' Augen betrachtete. Da er die Stadt immer weniger mochte, fing ich an, sie auch immer kritischer zu sehen, zumal meine Freiheit, sie einfach zu verlassen, zu dem Zeitpunkt sehr begrenzt war, angesichts des Gesellschaftsvertrages mit meinen Institutskollegen und der Schulden, die wir dafür aufgenommen hatten. Pavlos war überzeugt davon, dass er beispielsweise in Zürich und in Boston sehr schnell Arbeit haben würde, zumal er in beiden Städten sehr gute Kontakte hatte. In Zürich hatte er schon geforscht und am MIT in Boston ab und zu Vorträge gehalten. Er fühlte sich zunehmend gefesselt durch meine Gebundenheit.

Es nützte nichts, ihm zu sagen, dass wir es auch schaffen würden, wenn er wegziehen müsste. Er erklärte, dass er zum einen nicht an Fernbeziehungen glaubte und zum anderen bei mir sein wollte. Er schien nicht gewillt, ernsthaft darüber nachzudenken. Für ihn stand fest, dass er bei mir in Berlin bleiben würde. Ich wollte auch mit ihm zusammen sein, jede Minute am liebsten, doch ich wäre auch zu einer Beziehung mit größerer Distanz bereit gewesen. So flogen wir zurück nach Berlin, weil mein Institut auf mich wartete.

Ich weinte, als wir in unser Mietauto stiegen, um nach Heraklion, zum Flughafen zu fahren. Pavlos verstand nicht, warum ich weinte. Es kam mir ganz schön durcheinander vor, als könnte er nicht vor mir eingestehen, dass er auch traurig über das Ende dieses Traumurlaubes war. Ich weinte, weil ich ahnte, dass ab jetzt alles wieder schwieriger werden würde. Der Berliner Winter stand vor der Tür, und Pavlos hatte keine Perspektive. Mir wurde richtig eng ums Herz bei der Vorstellung, bald wieder in Berlin zu sein und irgendwie nicht voran zu kommen. Pavlos' Perspektivlosigkeit wirkte sich auch auf mich aus. Wir machten keine gemeinsamen Zukunftspläne, alle Wege schienen blockiert. An Zukunftsplänen herumzubasteln war immer schon ein elementarer Charakterzug von mir, Pläne schmieden machte mich glücklich und erfolgreich, während diese Stagnation und Aussichtslosigkeit mich zunehmend deprimierte.

In Berlin angekommen, besiegte ich schnell den Darmvirus, während Pavlos latent weiter damit zu kämpfen hatte. Schon bald hatte uns der Alltag wieder, und Pavlos sah in Berlin allenthalben die Armut, den Dreck, die Chancenlosigkeit und die Arroganz, die von typischen Berlinern nicht weiter in Frage gestellt werden, sondern als gesetzte Charakteristika der Stadt angenommen werden. Nun nahmen wir diese Ausprägungen doppelt wahr.

Meine diffuse Angst auf Kreta, in die Wirklichkeit zurückzukehren, erwies sich, schleichend und zerstörerisch, als berechtigt.

Pavlos wurde immer unglücklicher, er schrieb ab und zu eine Bewerbung. Entweder wurde er wegen Überqualifikation abgelehnt oder der Job war so schlecht bezahlt und so weit weg, dass es dumm gewesen wäre, zuzusagen. Er trank sich auf einen Minimalpegel ein, der in Kombination mit den Blutdrucksenkern einer sich ausweitenden Lethargie und inneren Leere Vorschub leistete.

Dazu hatte das Darmvirus bei Pavlos schwere Folgen hinterlassen: Es triggerte eine chronische Darmentzündung. Er kam wochenlang nicht mehr aus den kräftezehrenden Bauchkrämpfen heraus. Es wurde so schlimm, dass er sich eines Samstagabends selbst ins Krankenhaus einlieferte. Was wir infolge der Untersuchungen erfuhren, machte uns nicht froher. Er hatte eine Autoimmun-Entzündung entwickelt – sein Darm fraß sich selbst auf, und plötzlich waren noch mehr Sorgen und Medikamente im Spiel.

Nicht nur ich, auch Pavlos war zunehmend irritiert. Gewöhnt daran, überall gut anzukommen, immerzu, und nach allen Seiten brillante Ideen zu versprühen und nicht zuletzt, dass die Dinge, die er anfasste, alle gelangen, war er nun mit einem sich für ihn verengenden Radius konfrontiert. Es schien, als ob ihm manche Türen nicht zur Verfügung stünden. Dass es solche Türen geben musste, war dennoch indirekt wahrnehmbar, weil *Andere,* für die Berlin eine bunte, weite Spielwiese war, sich schon jenseits der Tür befanden. Als wären sein Zungenbrecher-Name und seine schwäbisch-griechische Mentalität nicht zugelassen im preußischen Spiel der Coolen und Schönen.

Im gleichen Jahr kam es neben der in Berlin deutlich spürbaren Wirtschaftskrise zu grundlegenden Änderungen in meinem Institut. Unser Team fiel auseinander. Die Hälfte des Teams war in diesem Jahr dauerhaft krankgeschrieben oder schwanger, was in der Radiologie zu einem sofortigen Berufsausübungsverbot führt. Eine andere, wichtige Mitarbeiterin sabotierte uns durch übermäßiges Surfen im Internet während der Arbeitszeit. Zum ersten Mal seit der Eröffnung kam es zu größeren Umsatzeinbußen. Obwohl wir mit allen Mitteln versuchten, das Team wiederaufzubauen, gelang uns das nicht, zum einen wegen des dramatischen Fachkräftemangels und zum anderen, weil wir die langzeit-krankgeschriebenen Mitarbeiterinnen nicht einfach rausschmeißen wollten. Es fühlte sich wie eine Sackgasse an, und egal, welche Maßnahmen wir ergriffen, die Lage wurde immer ungemütlicher.

Die Entwicklungen schienen mir nicht mehr steuerbar, zu Hause wie im Institut. Zum ersten Mal im Leben war ich überfordert, hilflos, ideenlos.

Pavlos beschloß, den Blutdrucksenker abzusetzen. Ich konnte und wollte ihn nicht daran hindern. Er schien wegen Wirkung und Nebenwirkungen nur mit halber Kraft zu funktionieren, war oft erledigt und dabei schlecht gelaunt. Ich konnte es ihm also nicht verdenken. Immerhin kehrte in ihn sehr schnell seine Lebenslust und in unser Liebesleben neuer Schwung zurück.

Es tat mir leid, dass auch mein Bekanntenkreis Pavlos bei der Arbeitssuche nicht helfen konnte. Aber Pavlos öffnete sich eben niemandem gegenüber wirklich, und außerdem nörgelte er an schlechten Tagen mir gegenüber an allem und jedem herum. Dieses Kritisieren und Lamentieren kulminierte eines Tages in dem Satz »Meine Freunde sind geiler als deine!«, den er mir in einer verzweifelten Stunde entgegenschleuderte. Ich liebte meine Freunde heiß und innig und konnte mit dieser Herabwürdigung nicht gut umgehen. Ich wollte nicht, dass Pavlos meine Freunde schlechtmachte, wollte jedoch auch nirgendwo ohne ihn hingehen. So fing ich stattdessen an, meine Freunde zu meiden und sie immer seltener zu treffen. Mein Freundeskreis fehlte mir sehr, doch ich war nicht stark genug, meine Freundschaften ohne Rücksicht auf Pavlos' Überheblichkeit weiter zu pflegen.

Pavlos war unglücklich in Berlin. Nicht von Anfang an und nicht in jeglicher Hinsicht. Aber ganz langsam sickerte sein Widerstand gegen Berlin in meine feste und gewachsene Verbindung zu Berlin, indem er hier und da eine abfällige Bemerkung gegen die Deutschen, die Berliner oder Berlin selber fallen ließ. Er hasste Edeka, Rewe, Kaufland und alle anderen Supermärkte im Kiez. Die anfänglich sporadischen Unmutsbekundungen verwandelten sich mit der Zeit in Zornestiraden. Irgendwann ging mir sein Genervtsein auf die Nerven, und es kam zu Streitereien. Es war irgendwie auch klar, dass Edeka nur ein Vorwand war, an anderer Stelle verdrängten Frust abzulassen. Mir fehlte manchmal die Kraft, das einfach wegzustecken, oder verständnisvoll darauf einzugehen. Zumal ich diese Attacken auch immer als einen persönlichen Angriff gegen mich empfand. Ich liebte die Stadt, trotz ihres Schmutzes und ihrer Stillosigkeit. Und fand mich gut zurecht im Berliner arm-aber-sexy Dschungel, trotz der öffentlichen Verwahrlosung, Arroganz und des piefigen Lokalpatriotismus. Berlin fühlte sich für mich von Beginn richtig und gut an und hat mir als erster Ort ein Gefühl von Heimat gegeben. Zu der Zeit als Pavlos wieder in mein Leben trat, hatte ich mich mit dem Institut sehr fest an die Stadt und an meine Praxispartner gebunden. So herrschten Liebe und Verbundenheit zu Berlin auf meiner, hingegen Ablehnung und Nichtankommen auf Pavlos' Seite.

Die Loyalitätsansprüche des Instituts mit Pavlos unter einen Hut zu bringen, gestalteten sich für mich im Laufe der Zeit immer schwieriger. Mein Körper reagierte – ich bekam Schmerzen. Im Rücken, in den Hüften, in den Knien, in den Füßen. Am Schlimmsten erwischte es mich jedoch in den Schultern. Ich ging zu verschiedenen Orthopäden, bekam verschiedene Therapien, die ich auch ordentlich anwandte, doch es wurde nicht dauerhaft besser. Passenderweise machte ich zu dieser Zeit eine umfassende Weiterbildung zum Thema alternative Schmerztherapie, und ich wandte mein neuerworbenes Wissen – Akupunktur, Hypnotherapie, basische Ernährung, Muskeltraining usw. – auch an mir selbst an. Aber trotz aller Bemühungen wurden die Schmerzen immer stärker – und mit den Schmerzen kamen auch die Schlafstörungen. Seelisch schmerzten die düsteren und scheinbar alternativlosen Zukunftsperspektiven, körperlich schmerzten Muskeln, Gelenke und chronischer Schlafmangel.

Ich ging regelmäßig zu Massagen, damit die Thai-Partisaninnen meinen Schmerzen mit ihren beinahe tödlichen Kunstgriffen zeigten, wo der Hammer hängt. Das Massagestudio war direkt um die Ecke unserer Wohnung. Pavlos buchte ab und zu parallel zu mir einen Termin, aber meistens begleitete er mich nur. Manchmal blieb mir buchstäblich die Luft weg, wenn mir meine Stamm-Masseurin Joy ihre kleine Faust unter das Schulterblatt schob und sie dort verweilen ließ. Ich bewunderte ihr Draufgängertum und sie meine Gelassenheit. Sie ahnte nicht, dass ich nur durch Selbsthypnose ihr abartiges Ziehen und Drücken aushalten konnte. Die Luft blieb mir auch symbolisch weg, weil ich eigentlich keine Zeit mehr für mich alleine hatte. Es war tatsächlich so, dass Pavlos mich ausnahmslos jeden Tag zur Arbeit fuhr und mich von dort auch wieder abholte. Und wenn ich einen Massage-Termin hatte, brachte er mich auch da hin. Meine Freundinnen und Freunde traf ich nicht mehr, weil ich dann blöde Kommentare aushalten musste, oder Pavlos sich früher oder später dazu gesellte, um danach wieder nach allen Seiten auszuteilen.

Ich war also monatelang niemals ohne seine Begleitung, nachdem ich doch jahrelang alleine gelebt hatte. Zeit für mich hatte ich nur, wenn Pavlos in Tübingen bei seinen Kindern war. Dann hatte ich Sehnsucht nach ihm.

Dass er nun schon zwei Jahre kein festes Einkommen hatte, verkleinerte seinen Radius spürbar. Seine Ressourcen waren aufgebraucht, aber einfach irgendeinen Job anzunehmen, war unter seiner Würde. Er bewarb sich unter anderem an der Humboldt-Universität um eine Assistenzstelle, wo der Lehrstuhl-Inhaber geringere Qualifikationen als er selbst hatte. Das Vorstellungsgespräch deprimierte Pavlos so sehr, dass er kurz davor war, alle Hoffnung zu verlieren, jemals in Berlin Fuß zu fassen. Als er die x-te Absage wegen Überqualifizierung erhalten hatte, riet ich ihm, mit den Bewerbungen aufzuhören und sich ehrenamtlich zu engagieren oder sich weiterzubilden. Ich bat ihn, diesen scheinbar aussichtslosen Weg zu verlassen, der Arbeitsmarkt war einfach zu ungünstig. Nichts bewegte sich, er schrieb ein oder zwei erfolglose Bewerbungen pro Monat – und das war's. Es schien mir, als wartete er auf einen Impuls von außen. Er rutschte in eine Lethargie oder vielleicht sogar eine Depression ab. Seine Darmerkrankung lief indessen komplett aus dem Ruder, er hing stundenlang auf dem Klo.

Und ich litt unter permanenten Schmerzen im Rücken, in den Schultern, in den Beinen … Alles wurde immer schlimmer.

Der Tiefpunkt war erreicht, als meine Mutter mir eine E-Mail schrieb, in der sie mich für völlig bescheuert und Pavlos zum Parasiten erklärte. Sie schrieb, sie könne und wolle sich nicht mehr verbiegen und sie wolle diesen nichtsnutzigen, unmoralischen und faulen Griechen nicht mehr in ihrem Haus sehen, und dass ihr am liebsten wäre, wenn ich dafür sorgte, dass er zukünftig auch zu ›meiner‹ Wohnung gebührenden Abstand hielte. Sie schäme sich für mich und mein Leben, das ich mit einem geschiedenen Mann lebe, der seine Familie verlassen habe und sich seither auf meine Kosten durchfüttern ließe. Wüsste ihr Umfeld über mein Leben Bescheid, dann müsste sie vor Scham aus dem Dorf flüchten. Es war eine Schmähschrift erster Güte, und ich war total vor den Kopf gestoßen.

Damit hatte ich nicht gerechnet. In meiner rosaroten Wahrnehmung waren alle versöhnt mit meinen Entscheidungen und meinem Leben, doch ich hatte mich geirrt. Die vordergründige elterliche Akzeptanz war nur Show und Theater. Was letzten Endes meine Mutter dazu brachte, diese Brandrede abzusenden, wird mir wohl immer ein Rätsel bleiben, doch dieses Ereignis zog mir in der damaligen Situtation den Boden unter meinen Füßen weg. Meine Brust, meine Muskeln, mein Bauch, alles zog sich zusammen, und ich sah einen Abgrund. Schon beim Lesen der E-Mail verspürte ich einen Verlust. Für mich gab es keinen Zweifel, dass ich mit ihnen nichts mehr zu tun haben wollte. Ich hielt klar zu Pavlos und meiner Liebe zu ihm. Ich übersetzte Pavlos die E-Mail, und er war außer sich. Sein Gesicht wurde zu einer Fratze. Er unterstellte mir, dass ich das gleiche dachte wie meine Eltern, und schrie mich an, dass ich das Letzte sei, dass er wegen mir seine Kinder verlassen hätte und ich ihm nun in den Rücken fiele. Er steigerte sich so in einen Furor hinein, dass er mich an den Schultern stieß, mehrmals, und nach mir schlug, ins Gesicht und gegen den Oberkörper. Er kam mir so paranoid vor, so aggressiv, und ich verstand überhaupt nichts mehr!

Meine Eltern verachteten mich für meine Liebe, und meine Liebe schlug mich wegen der Respektlosigkeit meiner Eltern. Ich war eine Enttäuschung und ein Schandfleck auf der penibel sauber gehaltenen Familiengeschichte, weil ich ihrer Meinung nach das Miese und die Misere gewählt habe. Und dennoch schaffte ich es, mich Pavlos gegenüber zu erklären, meine Loyalität ihm gegenüber herauszubrüllen. Ich heulte und schrie, dass er sich irre, dass ich zu ihm halte und dass er mich verkenne. Überall entlud sich Aggressivität an der falschen Stelle. Alle scheiterten an den Erwartungen, die an sie gestellt wurden. Pavlos erfüllte weder die Erwartungen meiner Eltern, noch seine eigenen oder meine. Ich erfüllte weder die Erwartungen von Pavlos, noch meine eigenen oder die meiner Eltern. So projizierten wir unsere eigenen Wunschvorstellungen aufeinander, entfachten lodernde Nebenkriegsschauplätze und mehrten unser Unglück.

Pavlos begriff mich damals nicht, und ich weiß nicht, ob er überhaupt irgendwann irgendwen oder irgendwas verstanden hat. Aber dieses Gift des Misstrauens war nun zwischen uns gesät. Und wir sollten es niemals wieder loswerden.

Ich beteuerte unzählige Male, dass ich nicht das gleiche dachte, wie meine Eltern. Tatsächlich brach ich sofort mit ihnen und schrieb ihnen genau das – dass sie mit mir in ihrem Leben nicht mehr zu rechnen bräuchten, ich sei ab sofort für keinerlei Beziehung mit ihnen mehr zu haben. Und sie sollten sich zum Teufel scheren.

Es tat grausam weh, eine Abrissbirne aus Kummer und Ausweglosigkeit knallte permanent gegen meinen Brustkorb. Sie war sowohl von den verletzenden Ansichten meiner Eltern, als auch von Pavlos' Gewaltausbruch und seinen Unterstellungen beschwert. An seinen falschen Auslegungen verzweifelte ich noch stärker als an den völlig entglittenen Handgreiflichkeiten. Er verstand offensichtlich überhaupt nicht, wie ich tickte. Er musste doch wissen, dass diese Liebe für mich heilig war. Ich hatte für ihn mit meiner Familie gebrochen, doch das schien ihn nicht zu erreichen. Er klebte an der Vorstellung, dass ich ihn – als Kind meiner Eltern – verachten musste, und ich klebte an der Vorstellung, dass das doch alles nicht wahr sein konnte.

Ich fühlte mich so alleine und verlassen, so durcheinander wie nie zuvor. Ich verstand die Welt nicht mehr und musste sie doch irgendwie zusammenhalten.

Wir sprachen immer wieder darüber, was eigentlich los war, aber die Leichtigkeit war ebenso dahin wie das allgemeine Verständnis für einander als Personen, geschweige denn als Liebende.

Es war für mich weniger die Gewalt, die mich verwirrte, sondern dass Pavlos mir unterstellte, ich würde ihn nicht wirklich lieben und respektieren, ihm also nur etwas vormachen. Dass er mir nicht vertraute, brachte mich komplett aus der Fassung. All das führte jedoch nicht dazu, dass ich mich von ihm abwandte, im Gegenteil, ich brauchte ihn mehr denn je. Ich brauchte seine Zustimmung und sein Einverständnis mit mir als Mensch und als Frau. Immer häufiger fragte ich ihn, warum wir eigentlich nicht heirateten, und seine Antwort war: »Ich sag ja nicht nein.«

Ich konnte das nicht verstehen, folgten doch seinen Worten keine Taten. Dabei spürte ich, dass er mich wollte und brauchte. Es passte alles nicht zusammen: Er war anhänglich, zärtlich und liebessüchtig, seine Worte waren indifferent, Heirats- und Familienplanung inexistent. Sah er denn nicht, dass ich keine Familie mehr hatte, und dass ich mich danach sehnte? Sah er nicht mein Alter, das für die Familienplanung schon recht fortgeschritten war?

Hatte er denn kein Mitgefühl mit mir? Ich spreche nicht von Mitleid – aber fühlte er nicht mein Menschsein, meine Femininität, meinen Wunsch nach Familie? Auch mein vielmals vorgebrachtes Argument, dass ich mir doch das natürlichste und normalste von der Welt wünsche, nämlich Zugehörigkeit, Zusammenhalt und Familie, änderte nichts an seiner Tatenlosigkeit – er war einfach nicht bereit dazu.

Damals konnte ich das weder begreifen noch glauben. Diese Inkongruenz seiner Worte und Taten ließ mir keine Ruhe. Es war wie ein

Zwang, ich konnte nicht lockerlassen. Letztlich fehlte auch mir das Mitgefühl mit Pavlos – und tatsächlich war er nicht ganz tatenlos: seine Verzweiflung brachte ihn dazu, eine Gesprächstherapie zu beginnen.

Vielleicht wäre hier vielleicht eine Trennung der heilsamste Schritt gewesen, doch weder für mich noch für Pavlos war Trennung eine Option. Wir glaubten an die Idee unserer *lovestory* mehr, als die von uns geleugnete Realität hergab. Und so begann die finstere Ära des Streitens und der Gewalt.

... und wir kamen immer wieder darauf zurück, was sich abgespielt hatte.

Jeder auf seine Weise – Pavlos warf mir beispielsweise vor, dass ich ihn für einen ehrlosen Parasiten hielt, was mir ein Gefühl der Hilflosigkeit erzeugte und mich aus der Haut fahren ließ. Oder ich nervte ihn mit meiner Dauerbrennerfrage, warum wir eigentlich nicht heirateten – was Pavlos auf die Palme brachte.

Keines dieser Themen wurde jemals sachlich ausdiskutiert oder abgehakt, und in den Abgründen unserer Herzen blieben wir beide Zurückgewiesene. Einige Monate nach der ersten Gewalteskalation verlangte unsere verbal aussichtslose Auseinandersetzung nach weiteren Kommunikationswerkzeugen, und so flogen plötzlich Sachen durch die Wohnung, Hände schlugen gegen Arme, Gesichter, Schultern – er fing an, ich schlug zurück.

Wieder waren wir völlig aufgelöst darüber, was da passiert war und wie das hatte passieren können.

Und wieder war nicht die körperliche Gewalt des Pudels Kern in meiner Wahrnehmung, sondern der Eindruck, dass Pavlos mich nicht richtig einschätzte und mich zurückwies. All das in dem deprimierenden, grauen Nebel, in dem wir nicht vorankamen und in dem unsere Gegenwart und Zukunft immer trüber wurden. Im obsessivem Gefühl gefangen, dass wir nur noch uns hatten, konnten wir es uns nicht leisten, uns zu trennen, Es hätte für uns das Ende der Welt bedeutet. Trennung stand überhaupt nicht auf dem Programm. Heiraten, blühen und gedeihen stand hinter dem Nebel auf meinem Programm, und persönliche und materielle Wertschätzung auf Pavlos'.

Wir heulten vor jedem Krach, während des Krachs und nach dem Krach mit subtil veränderten Stimmungen, aber geheult wurde viel in dieser Zeit, zusammen und allein.

Nachdem wir mehrere Male beide bis hin zu Handgreiflichkeiten völlig ausgerastet waren und wir trotz aller Versuche, darüber zu reden, um das zukünftig zu verhindern, niemals zu einer Lösung kamen, begannen unsere inzwischen schon ziemlich ramponierten Geisteszustände, ohne unser aktives Zutun, in unseren Lebensumständen eine verrückte, neue, innere Ordnung zu schaffen. Diese neue Ordnung integrierte hinter dem Schleier des nicht Hinschauens die Gewalt fest in unser Leben. In dieser verschobenen Lebensordnung waren für mich, bei all der Gewalt, die seelischen Schläge und Verletzungen irgendwie schlimmer, schmerzten stärker als alles andere. Die körperliche Gewalt verstand ich eher als lästigen und hässlichen Kollateralschaden. Die Gewalttätigkeiten waren nicht Ursache allen Übels, sondern ein aus dem Ruder gelaufenes Symptom von irgendwas anderem, das ich allerdings nicht identifizieren, benennen und einordnen konnte.

*****

Seit einem Monat komme ich mit dem Schreiben nicht weiter.

Meine Erinnerungen an die Zeit der Gewalttätigkeiten sind trübe. Ich weiß nicht mehr genau, wie es wann zu welchem Schlag kam und wie sich diese Abende dann weiterentwickelten. Die Ereignisse sind in meiner Erinnerung verschwommen. Ich erinnere mich auch nicht mehr daran, wie diese Situationen in den Alltag eingeflochten wurden, nur, dass wir beide sie wohl nicht für wichtig genug empfanden, ein großes Drama daraus zu machen. Wir sahen kurz hin, fanden es unerhört und setzten fort, was wir unterbrochen hatten. Oder wir gingen schlafen, und am nächsten Morgen war ein neuer Tag. Morgens begannen wir eigentlich immer liebevoll und versöhnlich.

Ich erinnere mich also nur verschwommen an die Ereignisse, doch an meine Gefühle dabei erinnere ich mich genau. Ich könnte also über meine Gefühle in dieser Zeit schreiben, aber dann würde ich die Seiten mit Schilderungen innerer Verwirrung, geistiger Umnachtung und Chaos füllen.

Ich kann jedoch sagen, dass es in den folgenden eineinhalb Jahren immer wieder zu Gewalt und Schlägen kam. Je mehr Zeit verstrich, desto häufiger und desto heftiger aber auch desto verwirrender waren die Schläge. Es ist schwer zu beschreiben und zu glauben, aber ich war mir zu der Zeit nicht einmal darüber bewusst, dass diese Gewalttätigkeiten inzwischen ein wiederkehrendes Muster waren. Ich glaubte allen Ernstes an Ausrutscher, absolute Ausnahmefälle. Denn vor und nach der Gewalteskalation gab es auch ein anderes, ein ›echtes‹ Leben, das wir führten, mit tollen Gesprächen, mit Musik, Veranstaltungen, die wir besuchten, Filmen, die wir sahen, Kindern, die uns besuchten.

Die sich steigernde Häufigkeit und Heftigkeit der Gewalt korrelierte mit Pavlos' Trinkgewohnheiten, doch das konnte ich damals nicht erkennen.

Ich lebte in zunehmender geistiger Umnachtung und bemerkte dabei weder, wie Charaktereigenschaften wie Ehrlichkeit, Aufrichtigkeit und Respekt durch Pavlos' Verhalten kompromittiert wurden, noch die schleichende Abschaffung meiner Alarmsysteme – die roten imaginären Lichtlein, die bei erneuten Gewalttätigkeiten aufleuchteten, die ich aber lernte zu ignorieren, weil meine Liebe und mein Wunsch, die Beziehung aufrecht zu erhalten, sich davor drängten. Blinde Liebe.

Viel wichtiger und bewusster erlebte ich die ›Wunder‹, die in der Dämmerung wachsender Zweifel geschahen. Pavlos bekam eine Arbeit, bei einer international agierenden Plattform, in der medizinische Forschungen im größeren Stil koordiniert wurden. Die Arbeitsbedingungen klangen in Ordnung und das Gehalt auch. Und es war nur 15 Minuten von unserer Wohnung entfernt.

Wir freuten uns sehr über den Neuanfang, *epithelus*, *napokon*, aber machten uns auch Sorgen wegen Pavlos' Darmerkrankung. Er entschied nach langem Zögern, die schon länger angedachte Cortison-Therapie zu beginnen. Bei solchen Darmentzündungen fängt man mit recht hohen Cortison-Dosen an und reduziert diese dann bei einsetzender Wirkung nach und nach. Er nahm das Cortison allen hinlänglich bekannten Nebenwirkungen zum Trotz, um sein neues Arbeitsleben aufzubauen zu können. Den Auswirkungen des sofortigen und unkontrollierbaren Stuhldranges wollte er sich im Job nicht aussetzen, zumal nach blutigen, langen und schmerzhaften Darmentleerungen eine umfassende und auch anhaltende körperliche und geistige Schwäche einsetzte.

Nach einiger Zeit der Cortisoneinnahme klangen die Darmprobleme ab, aber die Nebenwirkungen schlugen voll zu – er war aufgeputscht, in einem künstlichen High, und er konnte nicht mehr schlafen. Ihn störten vor allem die cortisonbedingten Wassereinlagerungen im Körper sehr – der schlanke, athletische und schöne Mann ging zusehends auseinander.

Ich dagegen ging auch ohne Cortison auseinander. Ich nahm mehr und mehr zu und fand mich irgendwann bei 75 kg wieder, was mir weder von innen noch von außen gefiel. Mein Selbstbewusstsein ging in den Keller, und meine Gelenkschmerzen nahmen ungeahnte Ausmaße an, flankiert von starken Bewegungseinschränkungen. Im Frühjahr konnte ich vor Schmerzen kaum mehr Fahrrad fahren, im Sommer nicht mehr die Arme heben.

Als es im Knie so schabte, dass mir beim Fahrradfahren die Tränen in die Augen schossen, besuchte ich einen Knie-Spezialisten und folgte seine Empfehlung, ›mal reinschauen zu lassen‹. Pavlos machte mit und gab sein Knie auch unters Messer, hatte er doch auch noch eine Kniespiegelung ausstehen.

Wir gingen zusammen in die OP, ich wurde zeitlich *vor* ihm, örtlich *neben* ihm in Narkose versetzt. Das war ein komisches Gefühl, zumal ich mich kurz vor dem Wegschlummern erinnerte, wie ungünstig die letzten OPs verlaufen waren, und dass ich dabei an postoperativen Entzündungen beinahe gestorben wäre …

Wir liefen also die nächsten Wochen im Partnerlook an Krücken und mit Knie-Schienen umher. Weil wir das zusammen erlebten, machte es irgendwie Spaß, und wir besuchten ein paar Konzerte, bei denen wir in die Bereiche für Rollstuhlfahrer hineindurften. Doch bei mir verlief die Wundheilung wieder mal unendlich lange. Die ersten Wochen hatte ich gefühlt eine ausgewachsene Wassermelone anstelle eines Knies. Die Diagnosen waren für uns beide bedrückend, im Volksmund sagt man dazu: Knie kaputt. Dennoch – das Gehen fiel mir nach dem Eingriff etwas leichter und wurde daher als Erfolg verbucht. Pavlos war mit seinem Knie nach dem Eingriff auch etwas zufriedener. In dieser Zeit gab es keinen Streit oder Gewalt. Als wäre der reduzierte körperliche Allgemeinzustand ein kluger Dirigent für den Frieden zwischen uns.

Mit meinen Schultern aber ging es bergab, und ich fand mich bei einem Orthopäden wieder, der mir Cortison-Spritzen empfahl. Darauf konnte ich endlich wieder Beweglichkeit in den Schultern genießen, es war ein Befreiungsschlag!

Ein weiterer Grund für die allgemeine Entspannung war, dass wir spürbar mehr Geld hatten, seit Pavlos arbeitete. Ihm ging es damit viel besser, er konnte endlich wieder seine Rituale pflegen, im Restaurant die Rechnung übernehmen, mir Geschenke kaufen. Und er fing an, nach der Arbeit Abstecher in Bars oder Kneipen zu machen.

Oft verabredeten wir uns in Restaurants, und wenn er vor mir da war, hatte er schon seinen Wein oder sein Bier vor sich. Ich kam dazu, und wir aßen zusammen. Manchmal, meistens sagte er, er wolle noch auf ein Bier in einer Bar einkehren, und ich ging dann nach Hause.

Mir gefiel das nicht. Er bekam Cortison und ein Chemotherapeutikum in recht hoher Konzentration und trank täglich reichlich Alkohol. Man muss nicht Medizin studiert haben, um diese Kombination gefährlich zu finden. Ich hatte ein ziemlich ungutes Gefühl. Ab und zu kommunizierte ich meine Sorgen über die Nebenwirkungen und Wechselwirkungen seines Medikamentes mit Alkohol. Er schaute dann ungläubig und amüsiert, grinste dämlich und sagte so etwas wie »so ein Quatsch!«. Irgendwann einmal fragte ich ihn dann doch, wie er das denn meinte, und er sagte: »Ich trinke doch total wenig.« Da war es an mir, »so ein Quatsch« zu denken. Im Nachhinein stimmte es – er trank damals etwa drei bis vier Bier und vielleicht zwei Gläser Wein täglich. Das war im Vergleich zu dem, was da noch kommen sollte, eine Weisenknaben-Ration, aber davon wusste ich, im Gegensatz zu ihm, freilich noch nichts. Im Gegenteil, ich lebte in der Sicherheit der Annahme, dass Pavlos wusste, was er tat, und natürlich wegen der Wechselwirkungen und Nebenwirkungen sein Trinken reduzieren würde. Ich war mir sicher, dass er ›eigentlich‹ genauso dachte wie ich, warum auch immer, denn seine Taten sprachen eine ganz andere Sprache, und seine Worte eben auch. Er fand ja ganz ehrlich, dass er wenig trank und überhaupt kein Grund zur Sorge bestand. Promovierter Mediziner und Forscher hin oder her. Und ich praktizierende Ärztin hin oder her. Das Berufliche war selten so getrennt vom Privaten wie hier. Pavlos war aber auch nicht mein Patient, und ich war nicht seine Ärztin, auch wenn es sich manchmal unterschwellig so anfühlte.

Im Sommer hatten wir Urlaub, und wir planten, Helen und Sonja in Griechenland zu treffen und dort zusammen Strandurlaub zu machen.

Fünf Tage vor Abflug erfuhr ich, dass Nadja mit ihrem Sohn Glen in Kroatien weilte. Sie kam inzwischen nur noch selten nach Europa, und wir hatten uns einige Jahre nicht gesehen. Es war für mich Ehrensache, sie zu besuchen, auch wenn sie bei unsren Eltern in Split war, mit denen ich seit sieben Monaten nichts mehr zu tun haben wollte. Ich buchte einen Flug für Donnerstag und einen Rückflug für Samstagvormittag. Am Samstagnachmittag sollten nämlich Pavlos und ich nach Griechenland fliegen, um seine Kids in Kavala, bei Pavlos' Eltern abzuholen. Pavlos unterstützte meine Reise, auch wenn er immer noch sehr mit der Zurückweisung und den Beleidigungen durch meine Eltern zu kämpfen hatte. Er sagte: »Buch den Flug nach Split und komm rechtzeitig nach Kavala.« Von Split nach Kavala gab es keine passenden Verbindungen, also blieb es beim Abflughafen Berlin.

Diese Tage Split-Berlin-Kavala waren geprägt durch ein unbeschreibliches Durcheinander an Gefühlen und Ereignissen.

Seit Januar und dem unsäglichen Brief meiner Mutter hatte ich meine klare Abgrenzung zu den Eltern immer wieder bekräftigt. Sie schrieben immer wieder, dass sie den Kontakt mit mir vermissten, doch nicht mal zwei Todesfälle in der Familie ließen mich wieder einlenken – für mich hatte es keinen Sinn, den Kontakt aufrecht zu erhalten, wenn sie meine Wahl so verachteten und meinen Mann so hassten. Und wenn es mich noch so schmerzte, und ich sie noch so vermisste. Für mich war klar, dass ich weiter zu meiner Liebe stehen würde.

Die beiden Tage bei meinen Eltern ermöglichten jedoch ein etwas aufrichtigeres Gespräch, besonders mit meiner Mutter. Sie entschuldigte sich für die Beleidigungen, und es tat ihr Leid, den Kontakt mit mir gefährdet zu haben. Immerhin hörte ich zu und verstand, dass es nicht nur Vorurteile, sondern auch Missverständnisse gab. Insbesondere fiel mir auf, wie wenig ernst Pavlos und ich die Sorgen meiner Eltern genommen hatten. Im ersten Jahr besonders die Sorge, was das für ein Mann sein musste, der Frau und Kinder verließ und der noch nicht mal geschieden war, und wie sich das auf mich auswirken würde. Und nun schauten sie aus der Ferne einem promovierten Akademiker bei der Arbeitslosigkeit zu, und wir gaben keinerlei Erklärungen dazu ab. Wir taten meinen Eltern gegenüber so, als wäre dies ein normaler und für alle zu akzeptierender Zustand.

Irgendwann, ein, zwei Jahre zuvor, hatte ich beispielsweise auf Nachfragen meiner Mutter geantwortet, dass Pavlos wegen der schlechten Arbeitsbedingungen nicht an der Uni beschäftigt sein wolle, und das war so ziemlich die einzige Info, die sie hatte. In ihrem Kopf wurde daraus, dass er gar nicht arbeiten wollte und stattdessen lieber mir auf der Tasche lag. Wir hielten die Bewerbungen und die Absagen und unser Leiden darüber von den Eltern fern, so dass sie nicht wissen konnten, wie schwer und deprimierend das alles war. Ich erklärte ihr bei unserem Treffen in Split unsere Kämpfe, und dass Pavlos inzwischen eine gute Stelle hatte, was sie sehr erleichterte und zusätzlich milde stimmte. Insgesamt begriff ich, dass ihre Motivation, die E-Mail zu schreiben auch von Unwissen geprägt war, welches durch Verständnis und Verstehen abzulösen auch in meiner und Pavlos Hand lag. Doch wir hatten verpasst, die Verantwortung zu erkennen und die richtigen Dinge zu tun, nämlich meine Eltern mit ins Boot zu holen und ihnen zu erzählen, wie schwer es in Zeiten der hohen Arbeitslosigkeit war, eine Stelle in Berlin zu bekommen oder eine größere Wohnung in Zeiten explodierender Phantasiepreise für Immobilen. Wir hatten angenommen und darauf gezählt, dass sie dem Geist unserer Liebe einfach zustimmen würden. Sie wussten wenig über unsere Probleme, was daran lag, dass wir ihnen darüber nichts erzählten. Wir bedienten uns des gelernten Musters zu schweigen, wenn Unerfreuliches zu berichten war.

Es wurden extrem schwierige und aufwühlende zwei Tage, immer knapp am Riesenkrach und am Nervenzusammenbruch vorbei, dennoch bemüht, etwas Licht ins Dunkel zu bekommen.

Am Freitag erhielt ich am späten Nachmittag einen völlig aufgelösten Anruf von Pavlos – seine Schlüssel und sein Geldbeutel seien ihm gestohlen worden, alle Karten und Ausweise seien weg, und sogar sein Dokumentenmäppchen, in dem er seine griechischen Ausweise aufbewahrte, sei spurlos aus der Kommode in der Wohnung verschwunden. Sein Schlüssel sei weg und er wisse nicht, wie er bis morgen an Ersatzpapiere kommen sollte, wo wir doch nach Griechenland fliegen wollten.

Ich beruhigte ihn und mich. Die Mäppchen würden schon wieder auftauchen.

Wir verabredeten uns am nächsten Vormittag am Flughafen, wo wir ihm einen vorläufigen Personalausweis direkt im Zoll ausstellen lassen wollten.

Ich landete in Berlin, suchte das Zollamt und fand heraus, dass wahrscheinlich alles wie geplant klappen würde.

Etwas später traf Pavlos sichtlich angeschlagen, mit starker Fahne und verheult am Flughafen ein, wir umarmten uns fest und mussten zunächst zehn Minuten in der Umarmung weinen und uns wieder fühlen und begreifen.

Wir fassten uns und eilten zum Zollamt. Dort konnte er anhand des Interneteintrages der Firma, in der er arbeitete, klar identifiziert werden, und wir bekamen das Dokument.

Zu Hause angekommen wurde mir anhand der Möbel, die von den Wänden abgerückt standen, klar, dass er offensichtlich überall geschaut hatte und dass wir die Originale und die Mäppchen wahrscheinlich nicht mehr finden würden. Sodass wir uns nun auf die Sperrung der Dokumente und unsere bevorstehende Reise nach Griechenland konzentrierten.

Das war nicht so einfach, weil Pavlos immer wieder lauthals und leidenschaftlich den Verlust der Schlüssel und Dokumentenmäppchen beklagte. Er sah darin ein Omen und konnte gar nicht aufhören, darüber zu lamentieren und zu jammern, während wir unsere Sachen packten und die Stunde des Abfluges immer näher rückte. Irgendwo tief drinnen nervte mich dieses ewige Klagen über Berlin, meine Freunde, meine Eltern, die lange Arbeitslosigkeit ... Es kam mir vor wie Nebenkriegsschauplätze, die er mit hohem Aufwand befeuerte, um sich nicht mit den Ursachen seiner Unzufriedenheit und Aggressivität befassen zu müssen.

Doch irgendwann am Nachmittag saßen wir mit klopfendem Herzen im Flugzeug und konnten endlich lockerlassen, – und wieder keimte die Hoffnung auf einen guten Ausgang. Die Ferien begannen, die Kinder warteten auf uns, und alles würde gut werden.

Tatsächlich waren diese Ereignisse nur weitere Stufen, die tiefer ins Unglück hineinführten. Obwohl uns kaum faktische Nachteile durch den Verlust der Ausweise entstanden, hatte das Erlebnis eine zersetzende Wirkung auf uns.

Pavlos kam mir danach irgendwie unsicherer und fahriger vor. Dieses Flüchtige, schwer zu Fassende an ihm und auch seine Aggressivität verstärkten sich, vielleicht umso mehr, als ich ihm meine Erkenntnisse von meinem Treffen mit meiner Familie erzählte und dabei nicht ausließ, dass sich mein Blickwinkel auf den Bruch mit meinen Eltern etwas verändert habe. Ich erklärte, dass wir es meinen Eltern nicht unbedingt einfach gemacht hätten, ihn als meinen Freund zu akzeptieren. Waren wir doch allzu selbstverständlich aufgetreten, als gäbe es zu unserer Lebensführung keine Alternativen, auch wenn sehr viele, uns nahestehende Menschen uns eben nicht als die *conditio sine qua non* verstanden. Im Gegenteil, Sandra und ihre Familie, deren gemeinsamer Freundeskreis, Pavlos' und meine Eltern und Familien nahmen uns als destruktiv und von Grund auf kaputt wahr. Und wir bemühten uns bei all diesen Leuten nicht sonderlich um eine Richtigstellung oder um tieferes Verständnis für uns als Liebespaar. Wir hatten weder den Segen noch die moralische Unterstützung unserer Familien. Zwar bekam Pavlos während der schlimmen, arbeitslosen Zeit finanzielle

Unterstützung von seinen Eltern, doch die allseits bekannten Sünden wie Ehebruch und Verlassen der Kinder und Makel wie Arbeitslosigkeit in einer fremden Stadt und schwere Erkrankungen waren für unser familiäres Umfeld nur Symptome dafür, dass wir ein verkehrtes Leben führten. Und wir behaupteten uns mehr schlecht als recht in diesem Meer aus Zweifeln, Unterstellungen, Misstrauen, gewappnet nur mit unserer Liebe.

Der Umgang mit ihm wurde schwieriger, auch für ihn selbst: Er konnte sich selbst auf den Urlaubsfotos kaum ertragen, fand sich aufgedunsen und unattraktiv. Er löschte fast alle der Fotos, auf denen er drauf war, und überließ sich seiner Unzufriedenheit. Und die endete nicht nach der Bikinisaison, sondern setzte sich im Business-Anzug nahtlos fort. Seine Arbeit missfiel ihm, seine Kollegen nervten ihn. Die Meetings konnte er nicht ausstehen, seinen Chef verachtete er, und an allem hatte er etwas auszusetzen. Angesichts der super Arbeitsbedingungen, des interessanten und zukunftsfähigen Themas, der schicken Adresse kam mir seine Verdrossenheit überzogen vor. Doch auch diese Diskrepanzen verschwammen im Nebel der Verleugnung und Vertuschung und seinem Selbstmitleid, so wie das gesamte restliche Jahr 2013.

Es waren seltsame Zeiten. Pavlos' Arbeitsstelle, auf die wir unfassbar lange gewartet haben, entpuppte sich, meinen Erwartungen zum Trotz, überhaupt nicht als Heilbringer, sondern als kaum zu ertragender Stressfaktor. Pavlos hatte während seiner Arbeitslosigkeit immer und immer gepredigt, dass er sich erst wohl fühlen und entspannen könnte, wenn er endlich einen Job hätte, und eine Heirat wäre dann auch möglich. Doch mit der Stelle kam eine neue Aggressivität ins Spiel. Seine Angriffe gegen meine Freunde erschienen im Vergleich zu der neuen Wut auf seine Kollegen harmlos. Er konnte sich gegen seine Kollegen so in Rage hineinsteigern, dass er ihren Kindern auf dem Spielplatz Rasierklingen in den Sandkasten wünschte … Ich interpretierte das als besonders kreatives Fluchen, was auf dem Balkan ein renommiertes Kunst- und Kulturgut ist, aber mir war irgendwie schon auch klar, dass das nicht die ganze Wahrheit sein konnte. Er platzte fast vor chronischem Zorn, auch wenn de facto einfach nur die Arbeit in seinem Leben Platz finden musste, und immer wieder richtete er seinen Zorn auch gegen mich, doch wegen der vielen schönen gemeinsamen Stunden wog er nicht so schwer. Über uns hing einerseits diese graue matschige Wolke aus Zorn, Misstrauen und Unmut und auf der anderen Seite blühte zwischen uns heiße, leichte Liebe, nicht zuletzt auch im Bett. Der gute, alte Kitt Sex, der es immer wieder richtet …

Mit meinen Eltern begann die Zeit der langsamen Entspannung – und meine Mutter wollte sich bei Pavlos für die E-Mail und die Unterstellungen entschuldigen. Sie tat es – telefonisch und persönlich, weil ich nämlich zu meinen Eltern sagte, sie sollten uns besuchen kommen. Und sie kamen.

Als meine Mutter zur Tür hineinkam, war das erste, was sie tat, auf Pavlos zuzugehen und ihn um Verzeihung zu bitten. Pavlos nahm an, aber die beiden waren sich nach der vernichtenden E-Mail niemals wieder wirklich grün. Die Wunde, die dieser Schrieb geschlagen hatte, sollte nie ganz verheilen. Das Jahr verging – was auch immer sonst geschah, geschah hinter einem Vorhang der Verleugnung, des nicht wahr haben Könnens und Wollens. Froh waren wir nicht und unfroh konnten wir nicht sein. Die Gründe dafür waren mir damals unklar. Doch sie waren stark genug, dass wir nicht darüber sprachen, nicht darüber sprechen wollten und konnten.

In der Rückschau fühlt sich dieses Jahr 2013 an, als hätten wir damals unbewusst (oder bewusst?) den Nährboden für die kommenden Implosionen und Devastationen gelegt. Wie die Ruhe vor dem Sturm, bei der man alle Vorboten des Grauens ignoriert und stattdessen schon mal wie verrückt das Tafelsilber für die angekündigte Höllenparty poliert.

Das Dräuen und Dämmern wurde mit einer Traumreise beendet: 2014 begann mit einem fantastischen, schon langen ersehnten Reise – New York, wir kommen!

Wir feierten unseren Geburtstag in New York, meinen 40. und Pavlos 45. Wir planten und buchten die Reise im Neujahrsrausch – sodass schon der Jahresbeginn uns tolle, neue Perspektiven brachte, tatsächlich fühlte es sich wie ein ganzheitlicher Neuanfang an.

Die eine oder andere gewaltsame, versoffene und zerstrittene Nacht bürsteten wir inzwischen routiniert wie Türsteher von unseren Herzen ab, und es wurde kaum mehr darüber gesprochen. Und wenn doch, dann schaffte es Pavlos, auch noch die letzte Widerwärtigkeit in einer lustige

Anekdote zu verwandeln, sodass wir uns in der Rückschau auf noch das Schlimmste den Bauch vor Lachen halten mussten.

Bei unserer Zwischenlandung in London Heathrow hatte Pavlos unsere Tickets und Ausweise bei sich. Er fand kurzfristig die Anschlusstickets nicht, und ich meinte irrtümlich, er hielte sie in der Hand. Das waren aber die Gepäck-Nachweise. Mein Hinweis, »Da hast Du sie ja«, führte zu einer hässlichen Tirade aus Geringschätzung und Beleidigungen gegen mich, die mit einem verächtlich ausgespucktem »Du Idiot« abgeschlossen wurde. Ich war bestürzt, denn die Feindseligkeit hatte eine neue Qualität erreicht … Zumal seinem Auswurf an Grobheiten außer meinem kleinen Irrtum keine Unstimmigkeiten oder Missstimmungen vorausgegangen waren, keine Überlegungen zu meinen Eltern, keine Nachfragen zum Alkoholkonsum im Zusammenhang mit Medikamenteneinnahme und auch keine Zukunfts- oder Heiratspläne meinerseits. Dazu waren wir auf der Reise – Reisen hatte uns bislang immer viel Freude gemacht, und wir hatten eine wundervolle Tradition, unsere Reisen zusammen zu bejubeln und in den Erlebnissen zu schwelgen. Seine Gemeinheiten gingen wie aus heiteren Himmel auf mich hinab. Ich war völlig vor den Kopf gestoßen und verletzt, doch Pavlos beharrte auf seiner Schärfe, trat unruhig von einem Fuß auf den anderen und spähte vor und zurück, ruckartig und erregt. Er warf mir vor, ich sei mir immer so sicher in meinen Urteilen, und dass ihn das fertig machte, und ja, er sah fix und fertig aus – wie auf der Flucht.

Auch in New York kam es immer wieder zu Konflikten. Immerhin hatten wir Geburtstag und wir waren am coolsten Ort der Welt, ich hatte mir vorgestellt, dass es romantisch sein würde. Doch sein Ingrimm und seine Zurückweisungen häuften sich – waren sie auch nur in Kleinigkeiten bemerkbar. Ein kalter Blick, eine Abweisung bei sexueller Annäherung, ein ausgeschlagener Wunsch. Eigentlich nichts Gravierendes, aber dennoch verwirrend … Natürlich gab es auch tolle, lustige, fröhliche Momente. Eine besonders witzige und ikonische Begegnung hatten wir mit einem etwa achtjährigen Jungen in der Vorhalle eines Restaurant-WCs. Er trocknete sich die Hände an dem Handtrockner-Gerät und schaute sich selbst im verchromten Gerät wie in einem Fernseher dabei zu, wie er lauthals und mit unüberhörbarem Groove ›No sleep till Brooklyn‹ rappte und sich dazu wie ein cooler Gangster-Rapper bewegte. Er verzauberte sein gesamtes Publikum in der Vorhalle. Wir mussten das immer wieder kommentieren und lachen …

Und so ging es weiter – wir unternahmen tolle Sachen, gingen auf Konzerte oder auf Reisen und erlebten schöne gemeinsame Aktivitäten, seine Darmgeschichte wurde besser, das Cortison konnte endlich allmählich ausgeschlichen werden, er verlor langsam aber stetig die Wassereinlagerungen, sah immer besser und gesünder aus und gewann an Selbstvertrauen und Selbstbewusstsein. Er geizte nicht mit Liebesbekundungen, wurde kreativer und ausdrucksstärker in seinen Liebesschwüren. Er wiederholte immer wieder, dass seine Liebe zu mir ihn gesünder und selbstbewusster gemacht hätte und dass unsere Liebe ihn aus der Schwäche in diese neue Ära hinein katapultiert hätte. Auf der anderen Seite war er immer häufiger und länger abends allein in den Kneipen und wurde mir gegenüber immer bissiger und aggressiver. Das war nicht nur im einzelnen Ereignis wahrnehmbar, in dem sein Groll und Ärger sich zuspitzten, es war latent ständig fühlbar, dass er sich zurückhielt, um nicht außer sich zu geraten und zu wüten und zu schlagen. Ja, das Schlagen wurde häufiger und brutaler.

Kurz nach unserem New-York-Trip musste ich deshalb zum ersten Mal ins Krankenhaus. Inzwischen war etwas mehr als ein Jahr seit der ersten Gewaltattacke vergangen, und Pavlos schlug mir in einer Auseinandersetzung so heftig ins Gesicht, dass ich noch eine Stunde später Sehstörungen hatte. Im Krankenhaus belog ich aus Scham die ärztlichen Kollegen zur Vorgeschichte – und auch mich selbst. Ich sagte, ich sei mit den Sehstörungen aufgewacht, und verschwieg den Schlag aufs Auge. Ich bekam zwei Infusionen, beruhigte mich ein wenig, und das Sehvermögen kehrte zurück. Ich war erleichtert. Die Kollegen suchten noch nach neurologischen Ursachen, doch ich war mir sicher, dass sie nichts finden würden. Ich entließ mich auf eigene Verantwortung selbst.

Noch nicht einmal jetzt dachte ich an Trennung oder daran, das Leben mit Pavlos grundsätzlich in Frage zu stellen. Im Gegenteil, ich rief ihn an und sagte ihm, dass er mich abholen solle, und er tat es. Er war geknickt, aber einsichtig war er nicht. Und ich kehrte einmal mehr die Handgreiflichkeiten und Schläge schön unter den Teppich und wandte mich erneut meinen Träumen von Heirat, Familie und Heimat zu. Irgendwo um diese Zeit bat mich Pavlos, ihn mit meinen Heiratswünschen mal für eine Weile in Ruhe zu lassen, er würde bis zum Robert-Plant-Konzert im Juli etwas für mich vorbereiten. Wir beschlossen außerdem, zu unserem Jahrestag eine Reise nach Paris zu unternehmen, während Pavlos' Zustand sich insgesamt nun auch nach außen hin auffällig veränderte, und zwar in verschiedene Richtungen.

Einerseits wurde er immer schöner und selbstbewusster, das Cortison war auf einen sehr niedrigen Pegel ausgeschlichen, er sah wieder athletisch, schlank und attraktiv aus. Er hatte den einen oder anderen größeren Erfolg auf der Arbeit und wurde selbstsicherer. Bei seinen Kneipenabenden lernte er ab und zu jemanden kennen, mit dem er ins Gespräch kam, und so wurde auch seine Einsamkeit etwas weniger und er etwas zufriedener und selbstbewusster. Als seine Gastro-Enterologin ihm im Frühjahr nach einer Darmspiegelung attestierte, dass die Darmentzündung klinisch nicht mehr nachweisbar sei, weil sie durch die Medikation so gut unterdrückt wurde, gab es kein Halten mehr. Er beendete seine Psychotherapie und war völlig aufgekratzt.

Nach seiner letzten Sitzung erzählte er ganz aufgeregt, dass er mit Frau Zeit, seiner Psychotherapeutin, den Abschluss seiner Therapie gefeiert hätte und diese ihm nur Gutes prophezeite – jetzt der Job, bald die Heirat und dann die Yacht mit der Kapitänsmütze – alles richtig gemacht. Er lachte erst mit ihr, dann mit mir – und strahlte eine seltsame, unangenehme Mischung aus Aggressivität und Übermut aus. Ich fragte ihn, wie er sich damit fühlte, und er triumphierte: »Kannst Du Dir vorstellen, dass ich mit Frau Zeit in eineinhalb Jahren niemals über das Trinken gesprochen habe?« Irritiert fragte ich: »Wieso nicht?«, und er sagte: »Weil ich das Gespräch so lenke, dass sie mich darüber nichts fragt.« Dieser Triumph, die diebische und irgendwie angriffslustige Freude über seine Taktik stieß mich irgendwie ab. Er spürte das, und ruckzuck waren wir in einem handfesten Streit. Das war die andere Seite der Medaille. Sein neuer – gesundheitlich, beruflich und äußerlich viel besserer Zustand – ging mit einer irritierenden Arroganz und Abgehobenheit einher. Er schimpfte nicht mehr nur über die anderen, wie dämlich alle anderen seien und wie unfähig. Seine Psychotherapeutin, seine Kollegenschaft, meine Freunde, meine Eltern, Sandra, sondern auch über mich. Meine Sonderstellung verschwamm.

Er behandelte mich immer wieder herablassend, als wäre ich eine engspurige, unwissende Person, über die er sich in besonders weinseligen Stunden erheben konnte. Er warf mir in hässlicher Regelmäßigkeit vor, dass ich keine Ahnung von nichts hätte und dass ungefähr alle meine Vorstellungen naiv und kurzsichtig seien.

Auch ich veränderte mich – die Schmerzen, die Schlafstörungen und das Übergewicht machten mich fertig. Ich ging von einem Arzt zum anderen, doch es gab keine medizinische Hilfe für mich. Ich zog psychosomatische Beschwerden in Betracht und besprach mit meinem Hausarzt, eine Gesprächstherapie anzufangen. Ich fand eine Psychotherapeutin, und wir vereinbarten Termine.

Ihren Anamnesebogen füllte ich gewissenhaft aus. Wir redeten in den ersten Terminen über meine Jugend, das Verhältnis zu meinen Eltern, den ganzen Migrationsmist, über alles Mögliche.

Ich muss wohl während der ersten fünf Gespräche mit Frau Gregorian geäußert haben, dass mein Freund Alkoholiker sei, doch weder sie noch ich identifizierten diesen Aspekt als des Pudels Kern. Auch wenn mir klar war, dass es sich bei Pavlos laut Definition um Alkoholismus handelte, da er täglich eine beträchtliche Menge an Alkohol zu sich nahm, so blieb mir doch die Bedeutung des Trinkens und dessen Folgen verborgen. Auf die Frage, wie es mit meinem Freund so liefe, erzählte ich ihr die ganzen schönen Seiten dieser Liebe, vom Glück, endlich mit ihm zusammen zu sein, und dass ich mich reich beschenkt und glücklich fühlte. Nicht einmal hier erzählte ich, dass ich in der Woche zuvor krankenhausreif geschlagen worden war. Ich war der Meinung, dass das nicht im Zusammenhang mit meinen Problemen stand, mit meinen Schmerzen, meinem inneren Unglücklichsein, zumal ich aus dem Zusammensein mit Pavlos immer noch so viel Sinn und Glück zog.

Trotz der Menge an Alkohol, die Pavlos trank, erschien mir sein Leben überhaupt nicht wie das eines Alkoholikers. Er lag nicht in der Gosse, er soff sich nie besinnungslos, er hatte volle Kontrolle über seine Körperfunktionen, er konnte noch mit 2 Promille wahnsinnig gut Auto fahren, er hatte einen anspruchsvollen Job, er war witzig und smart und bestach bei Fremden immer wieder mit seinem Charme und seinem Geistreichtum. Wir hatten häufig sehr schöne gemeinsame Momente,

Zukunftspläne, wir wollten zusammen blühen und gedeihen und gemeinsame Kinder großziehen. ›Echte‹ Alkoholiker waren für mich kaputte Existenzen, Penner von der Straße, die eingenässt mit sich selbst gestikulierten und weiße Mäuse sahen. Leute, die kein gesellschaftliches Leben mehr hatten, die durch ihren Alkoholmissbrauch ihre Besinnung und ihr Lebensumfeld verloren hatten – das alles war mein Pavlos nicht. Ich sah seinen Alkoholmissbrauch eher als ein Gesundheitsrisiko für die Zukunft, und nicht als ein Geschehen, das schon längst unser aller Leben vergiftete.

Ich spürte dennoch, dass irgendeine diffuse, schwer zu fassende Gefahr sich zusammenbraute, was ich weder intellektuell begründen, noch verbal ausdrücken konnte. Dass es für das ganze Übel eine einzige Ursache gab, nämlich Alkoholismus, erkannte ich erst recht nicht. Die Sucht bewirkte, dass Pavlos sein Trinken zum Normalzustand erklärte und damit bagatellisierte und verleugnete, und dass ich seine Sucht nicht als sein grundlegendes Problem erkannte, förderte diese noch. In meinen Augen war sein Trinken Zeichen eines sinnesfreudigen Mannes, der gerne guten Wein genießt und feiern kann. Aber seine Art, offen zu trinken, und dabei nach außen hin sozial verträglich und produktiv zu bleiben, war sein wirksamster Trick, alle hinters Licht zu führen.

Im Mai flogen wir nach Paris. Ich buchte die Flüge und mietete uns eine sehr hübsche Ferienwohnung in der Nähe des *Place de la Bastille*. Für mich sollte es das erste Mal in Paris sein, und ich war voller Vorfreude, doch meine Stimmung steckte Pavlos keinesfalls an. Bis dahin war es eigentlich immer egal, wohin wir reisten, wir freuten uns einfach, etwas anderes zu sehen und aus unserem Berlin herauszukommen. Diesmal war es anders, er hatte irgendwie keine Lust auf Paris. Er sagte im Vorfeld immer wieder: »Warum eigentlich Paris?« und »Ich weiß nicht, was wir in Paris sollen.« Ich dachte mir, die Stadt der Verliebten würde es wohl schon richten, und war guter Dinge.

Ich weiß nicht mehr, was Pavlos zu mir sagte, aber ich weiß, dass er mich in Paris, ohne mit der Wimper zu zucken, zum x-ten Mal sexuell abwies und mir dabei irgendwas Kaltblütiges entgegen knurrte, was mir alle Kraft nahm. Ich war wie betäubt, kam morgens nicht aus dem Bett. Es schien einerlei, ob ich aufstand oder nicht. Er war richtig bösartig und meinte, dass er dann alleine rausgehen würde. Ich heulte mich in einen depressiven Tagesbeginn. Irgendwann kam Pavlos zurück, um mich abzuholen. Ich brauchte irrsinnig lange, fühlte mich narkotisiert, gelähmt. Aber ich war erleichtert, dass er wieder da war. Wir verbrachten eine Woche in Paris, und wir zofften uns jeden Tag bis aufs Blut und hauten uns ekelhafte Beleidigungen um die Ohren. Es ging um Songtexte, die ich angeblich nicht verstand, allen voran ›*Hurt*‹ von Nine Inch Nails, um den Kinderwunsch, den ich hegte, zu dem er nicht nein sagte, aber auch überhaupt nicht ja, um Vorwürfe, ich würde heimlich wie meine Eltern über ihn denken. Daneben besichtigten wir auf Mietfahrrädern die wunderschöne Stadt, unternahmen Spaziergänge, besuchten Museen, picknickten im Park. In Paris zeigte sich das absurde Nebeneinander von Freud und Leid, Glück und Gewalt – die Stadt strahlte ihr duftiges, elegantes Frühlingsflair aus, während meine Seele, meine Knochen, meine Muskeln und mein Herz irrsinnig wehtaten. Und auch Pavlos machte einen elendigen Eindruck: Eines Abends, wir waren mitten in einem üblen Streit, fing er an zu heulen und rannte zur Tür hinaus, und ich hinterher.

Ich fragte ihn: »Was machst du?«

Er sagte: »Lass mich in Ruhe.« Und: »Geh weg!«

Ich sagte, »Nein, ich lass dich nicht allein.«

Und er sagte »Ich halt das nicht mehr aus.«

Er lief vor mir her. Wir waren zwei verrückte Deutschkanaken mit Abitur in Paris, beide völlig aufgelöst, in einer tiefen, dumpfen Krise, und er blieb an der Ecke eines Hauses am Boulevard Bonmarchais stehen, packte seinen Schwanz aus und sprach zu der Hausecke, die er weinend und zitternd anpinkelte. »Ich halt das nicht aus, und ich brauche einen Platz.« Was immer er damit meinte, mich beschlich zum ersten Mal das Gefühl, dass der Kapitän des Bootes, in dem wir saßen, weder wusste, wohin wir fuhren, noch wie oder ob das verdammte Ding zu steuern sei. Ich spürte, dass wir verloren waren, ohne bemerkt zu haben, wann und wie. Er ging in den Kiosk und kaufte 10 Bierdosen. Er flennte und ich auch, und er schrie gegen den dreispurigen Verkehr auf dem Boulevard an und rollte die Bierdosen eine nach der anderen unter die fahrenden Autos. Dabei reckte er seine Faust in den Nachthimmel und schrie und fluchte. Wir flennten jeden Tag, ich weiß nicht mal mehr warum, und wir stritten nonstop. Ich kann mir nicht erklären, wann und wie wir es geschafft haben, etliche Fotos von uns zu schießen, einzeln und zu zweit, auf denen wir guter Dinge in die Kamera lächeln. Diese Fotos existieren. Am Flughafen sagte Pavlos irgendwas zu mir, ich erinnere mich nicht, was es war, aber ich fing an zu heulen. Ich fror vor Trauer und Verzweiflung, und ich hörte nicht auf zu weinen und zu zittern, bis wir zu Hause waren. Nachdem ich den Nervenzusammenbruch überstanden hatte, kamen wir zum überraschenden Resümee, dass Paris eigentlich eine richtig tolle Stadt ist. Darüber lachten wir stundenlang und kullerten uns im Lachkrampf auf dem Boden.

Zwei Tage später hatten wir vierjähriges Jubiläum, und Pavlos' Cousin Ilias besuchte mit seiner Freundin Selina Berlin ... Wir trafen die beiden mit noch ein paar von Selinas Bekannten in einem netten Restaurant, und danach gingen wir tanzen. Wir hatten bis dahin niemandem gesagt, dass wir Jubiläum hatten, aber als wir dann im Kaffee Burger mit Ouzo, Ramazotti und Vodka zu den uralten Hippie- und Rock-Klassikern tanzten, die wir schon im *Styx* bejubelt hatten, erzählten wir Selina und Ilias, dass wir heute vor vier Jahren zusammengekommen waren. Die beiden freuten sich sehr für uns, und wir zwei waren auch ein Herz und eine Seele. Es wurde ein langer Abend, und wir kamen zu sehr später Stunde nach Hause, glücklich, betrunken und schön müde. Wir waren wieder eng verbunden und vergnügt und vom Schmerz geheilt, voller Liebe, Zärtlichkeit und Zuversicht.

Am nächsten Wochenende kam Pavlos zum ersten Mal über Nacht nicht nach Hause. Ich, konnte ich ihn nicht auf seinem Handy erreichen. Irgendwann gegen 4 Uhr morgens fing ich an, mir Sorgen zu machen und in der Wohnung herumzutigern. Nach 5 Uhr saß ich nervös auf dem Balkon und wusste nicht, was ich tun sollte ... Ich guckte in die Luft und zur Straßenecke, und da kam mir ein müder, aber entspannter Pavlos entgegen. Ich war so unfassbar erleichtert, dass ich strahlend aufsprang, und die Arme nach ihm ausstreckte! Es war ihm nichts Schlimmes passiert ...

Er lächelte mich süß an und kam hoch in die Wohnung.

Er erzählte, dass er ins Kaffee Burger gegangen und dort von der Musik mitgerissen worden war, getanzt und getrunken und einfach gefeiert hatte. Ich fand das süß und dachte mir nicht allzu viel dabei.

Ans Handy war er nicht gegangen, weil der Akku leer war. Ich erzählte ihm, dass ich mir richtig Sorgen gemacht hatte, und er verstand das und entschuldigte sich dafür.

Seit unserem Jahrestag fühlten wir uns innig verbunden – und diese Nacht, in der er sich nicht gemeldet hatte, tat unserer Verbindung keinen Abbruch.

Schon am selben Abend blieb er aber wieder weg. Am nächsten Morgen in der Frühe kam er mit einem etwas jüngeren Mann nach Hause. Sie waren ausgelassen und spielten auf dem Balkon Gitarre. Sie hatten sich in einem Club kennen gelernt, zusammen getrunken, Yuri hat wohl auch gekokst und wollte daraufhin Nutten bestellen, aber Pavlos wollte da nicht mitmachen. Sie kamen dann zu uns nach Hause.

Ihr sinnloses, sich im Kreise drehendes Gebrabbel ging mir auf die Nerven. Für mich war es aber ein früher Morgen, und ich hatte zum zweiten Mal infolge die ganze Nacht auf meinen Liebsten gewartet. Nicht ganz so fröhlich wie die beiden zog ich mich an und ging ins Institut, da gab es immer CTs und Röntgenbilder auszuwerten.

Yuri versuchte noch, mich zurück zu halten, aber ich sagte: »Ich bin doch gar nicht da, wo ihr seid. Ich kann da nicht mithalten.«

Sie ließen mich ziehen.

Ich war überzeugt davon, dass Pavlos mich in ein paar Stündchen anrufen würde. Aber ich fuhr nach Hause, ohne seinen Anruf, und fand ihn nicht vor.

Ab da ging Pavlos fast jedes Wochenende alleine aus. Manchmal ging ich mit, aber mich nervte, dass er immer bis zum bitteren Ende bleiben wollte. Ich ging eigentlich auch ganz gern aus, aber mir war beim Ausgehen genauso wichtig auch wieder nach Hause gehen zu können, wann immer ich will. Mein Abgang war nicht selten ein unauffälliger. Einfach verschwinden, ohne mich groß zu verabschieden.

Und mit Pavlos ging das nicht. Keine Drei-Lieder-Regel, kein polnischer Abgang, kein Abschied, bevor nicht auch die Resteficker, die wie Geier um die letzten 3 verbliebenen betrunkenen Frauen geiferten, schon die Stätte verlassen hatten.

Pavlos hätte den Club am liebsten selbst abgeschlossen, nachdem die Gäste alle weg waren. Dann noch ein paar obsessive Aufräumgriffe, die Tür von außen zuziehen und abschließen, den Schlüssel in die Brusttasche stecken, mit der Hand darüberstreichen und dann die Nachtschicht beenden. Einfach zu verschwinden, ohne dass jemand Notiz von seinem Verschwinden nimmt – das war nicht mein Pavlos. Das war *way too* unprätentiös.

Pavlos schaffte es irgendwie immer, ein Getränk in der Hand zu haben, das noch zu Ende getrunken werden musste, sodass wir niemals vor 5, 6 Uhr morgens gehen konnten. Ich sagte manchmal, dann geh ich schon mal vor und du kommst nach – aber das ließ er nicht gelten. Er überredete mich, noch für ›ein Bier‹ zu bleiben. Aus dem einem Bier wurden bei ihm 5, 6 Biere und zwei, drei, vier, fünf Kurze. Ich genoss es dann, in seiner Gesellschaft zu sein, aber die Umgebung ging mir spätestens gegen 3 Uhr nachts normalerweise auf die Nerven. Das verzweifelte gegen die Musik Anschreien, das krampfhafte sich an der Bierflasche Festhalten, das verräterische Glotzen und das Senden falscher Signale auf allen Seiten – all das langweilte mich, sodass ich die letzten Stunden nur noch abwartete, bis auch Pavlos genug hatte.

Doch er hatte niemals genug.

Eines Abends waren wir im Bett, und es lief nicht. Vielleicht war ich zu fordernd oder er zu betrunken. Er wurde unangenehm und haute mir eine runter. Ich trat ihn. Er schrie mich an und packte mich an den Handgelenken. Ich schleuderte ihm etwas Geringschätziges ins Gesicht. Er schrie, ich mach dich fertig. Und ich schleuderte ihm ein »Du versoffenes, ekelhaftes Schwein« entgegen. Nun brachen einige Dämme. Er schlug mich, ich trat ihn, er stieß mich umher, und ich versuchte, mich zu decken und vor seinen Schlägen zu schützen. Ich weiß nicht mehr, wie wir auseinander gingen und wie der Kampf beendet wurde, wahrscheinlich verschwand er in der Nacht und ließ mich fassungslos zurück. Welches Gift ließ mich ihn so verletzen, ihn so beleidigen? Er war doch mein Pavlos! Es war alles so unverständlich und krank, aber ich liebte ihn, und ich fühlte, dass auch er mich liebte.

Im Juni fuhren wir nach Süddeutschland, in unsere Heimatstadt, weil Pavlos ein Abi-Jahrgangstreffen hatte. Wir verbrachten die Zeit mit den Kindern und auf unseren alten Spuren.

Eines Tages waren wir im Hotel, und ich sagte irgendetwas über die Ungenauigkeit von wissenschaftlichen Studien, und dass vieles, was uns als Fakt erscheint, zu einer anderen Zeit als ein transienter Glaubenssatz revidiert oder modifiziert wird. Pavlos wurde darüber richtig sauer, und er steigerte sich in eine Meinung hinein, die er gewöhnlich nicht vertreten hätte, nämlich in die Unfehlbarkeit ›echter‹ Wissenschaftler, die ihr Herzblut und ihr Leben für die einzig wahre Wahrheit geben, und nur deshalb forschen, um der einzigen Wahrheit näher zu kommen. Er bezichtigte mich, es mit der Wahrheit nicht so genau zu nehmen und stieß mich auf den Boden. Ich argumentierte überhaupt nicht mehr, sondern fragte nur noch, was das sollte und wieso er jetzt so ausflippte. Er schrie mich an, dass mein wissenschaftliches Niveau unterirdisch sei, er aber mit den weltweit besten Köpfen geforscht hätte. Das ging so 5 Minuten lang, dann verschwand er zu seinem Treffen. Später trafen wir uns und machten einen Spaziergang, ohne nochmal auf das Geschehene einzugehen. Irgendwann standen wir vor seiner Grundschule, und vor der Schule stand ein Kaugummiautomat.

Wir kramten unsere Groschen und 50-Cent-Stücke zusammen.

Pavlos bekam einen quietschgelben Ring in Blumenform, der ihm viel zu klein war. Ich rief: »Ich will den!«, denn ich sah, dass er mir passen würde. Und er rief total aufgeregt: »Also was jetzt – hier oder was?« Und ich rief: »Ja, her mit dem Ring!«

Er kniete sich auf dem Trottoir vor mich hin und lachte und schrie: »Stella, willst du meine Frau werden?« Ich lachte mich schief und rief: »Ja, her mit dem Ring!« Und er schrie: »Nochmal – willst du mich heiraten?« Und ich antwortete: »Ja klar, aber jetzt her mit dem geilen Ring.« Und wir lachten uns kaputt, zwei Akademiker über 40 …

Herrlich war das und ganz nach unserem Geschmack!

Ich erhielt aus dem Kaugummiautomaten ein weißes Kordelarmband mit Kreuzchen an den Enden, dass mir zu groß war, aber dafür Pavlos tadellos stand.

Im Sommer sollte das Robert-Plant-Konzert stattfinden. Pavlos holte mich von der Arbeit ab, und wir fuhren über den Berliner Ring zur Zitadelle. Pavlos meinte zu mir, ob mir etwas an ihm auffiele. Ich wusste nicht, worauf er hinauswollte, und er verriet es mir auch nach einigem Rätseln nicht – aber wir waren in sehr gehobener Stimmung und hatten Musik im Laufwerk, und Pavlos schrie mich an, guck mal da im Handschuhfach.

Ich schaute hinein und fand ein Schmuckkästchen. Darin hing mein seit Jahr und Tag getragener Kettenanhänger, dessen Lederband vor einiger Zeit gerissen war, an einem neuen Lederbändel. Ich freute mich sehr über seine Aufmerksamkeit, doch er meinte, guck weiter im Handschuhfach!

Dabei fuhr er auf der Autobahn ›gen Westen, die Sonne putzen‹ und strahlte übers ganze Gesicht.

Ich fand ein weiteres Schmuckkästchen mit einem wunderschönen eleganten Ring aus Weißgold mit einem Diamanten. Und ich sagte: »Wooow.« Wieder entwickelte sich ein fröhliches Geschrei und Gegacker zum Thema »Willst du meine Frau werden?« und »Willst du mich heiraten?«, und wieder sagte ich überglücklich »ja«. Ich fühlte mich geliebt. Er meinte, guck weiter, was ist da noch? Und ich fand noch ein Schmuckkästchen mit einem weiteren Ring mit einem grünen Stein, der meinen persönlichen Schmuckgeschmack exakt traf. Es war ein Fest, und wir waren noch gerade mal auf halbem Weg zum Konzert.

Es war ein köstliches Glück, flirrende Euphorie, alles war wunderbar!

Wir kamen beim Konzert an, und ich hatte all den Klunker angelegt und trug zufällig auch den Ring aus dem Kaugummiautomaten. Wir tranken Sekt und Bier, freuten uns auf das Musikerlebnis und fühlten uns sehr verliebt und verlobt.

Ich hatte bis zum Ende des Konzertes bestimmt zwei Sekt und zwei Bier getrunken und wollte nicht mehr fahren. Ich war so euphorisch und beschwipst, dass ich nichts riskieren wollte. Pavlos meinte aber, dass er uns heimfahren würde.

Wir fuhren an der Tankstelle vorbei, und ich nahm mir eine Cola und Pavlos eine Whisky-Cola, wir drehten den CD-Player auf sehr laut und fuhren johlend und aufgeheizt durch die Nacht. Irgendwann wurden wir, fast schon zu Hause, von der Polizei angehalten und kontrolliert. Wir hielten an der Ampel und öffneten die Fenster. Es folgte eine unschöne Szene, in der unser Auto von einem der Polizeibeamten zur Seite gefahren wurde. Ich ahnte, dass dies ein Wendepunkt in unserem Leben war. Eine Tür des Lebens schnappte zu, Pavlos musste zur Wache, zur Blutabnahme, und mich ließen sie gehen.

Ich wartete, bis die Polizei mit Pavlos wegfuhr, setzte mich aus lauter Trotz ins Auto und fuhr es nach Hause. Dann nahm ich die öffentlichen

Verkehrsmittel und fuhr nach Tempelhof, wo mein frisch Verlobter in Gewahrsam war. Während er auf seine Blutentnahme wartete, wartete ich auf ihn im Eingangsbereich. Ich durfte nicht zu ihm, wir durften nicht miteinander reden, und sein Handy war ihm weggenommen worden.

Nach ein paar Stunden wurde er endlich frei gelassen. Sein Führerschein war vorerst weg.

Wir waren vordergründig sauer und aufgebracht, aber innerlich waren wir zutiefst verstört und verunsichert. Es fühlte sich scheiße an, den Abend unserer ›offiziellen‹ Verlobung zu 50% im Gefängnis verbracht zu haben. Wir versuchten unseren *Rock'n-Roll-Spirit* aufleben zu lassen – ›*smart has the plans, stupid has the stories*‹ – aber diese Story war selbst uns irgendwie zu gallig.

Auch am nächsten Tag fühlten wir uns beide wie nach einer Prügelei. Wir waren kaum in der Lage, uns in die Augen zu sehen.

Einige Tage zuvor hatten wir für ein paar tausend Euro den Mietvertrag für ein Wohnmobil unterzeichnet. Die Idee war, mit den Kindern in den Ferien eine Camper-Tour durch Frankreich zu machen. Jetzt war ich die einzige Chauffeurin, und ich hatte durchaus Respekt vor dem großen Auto und der langen Fahrt.

Dass Pavlos 2 Wochen vor unserem Wohnmobil-Urlaub seine Fahrerlaubnis aufs Spiel gesetzt hatte, brachte mich ins Grübeln. Erneut drängte sich der Verdacht auf, dass er möglicherweise nicht so genau wusste, was er tat. Ich musste zugeben, dass ich selbst auch nicht durchblickte und schaute deshalb nach Büchern im Zusammenhang mit Alkoholmissbrauch. Ich kaufte mir eines, in dem es um Co-Abhängigkeit ging.

Das Buch öffnete mir die Augen. Es war wie eine Erleuchtung. Ich begriff, dass Pavlos nicht nur dem Namen nach Alkoholiker war, sondern, dass sein Trinken unser Leben längst massiv beeinflusste, das ging durch alle möglichen Bereiche unseres Lebens. Ich begriff, dass sein Alkoholismus unser Zusammensein schon von Anfang an beeinflusst hatte, vom ersten Tag unserer Beziehung, tatsächlich schon in unserer Jugend.

Ich lernte, dass Alkoholismus nicht mit dem Verlust von Führerschein, Job, Ehe und sozialen Leben *beginnen*, sondern dass diese Phänomene erst bei sehr weit fortgeschrittener Alkoholsucht eintreten. Ich las, dass

Alkoholiker es sehr häufig schaffen, für viele Jahre und Jahrzehnte, sich, zumindest außerhalb der engsten Beziehungen, nach außen hin unauffällig zu benehmen, und sogar insgesamt sehr häufig als geistreich, lustig und interessant wahrgenommen werden. Die elendigsten Abgründe werden derweil zu Hause ausgetragen, ungestört und unbemerkt von der Außenwelt, während die Fassade des schönen Scheins gewahrt wird. Ihre Partnerinnen (meistens sind die Geschlechterrollen so verteilt, dass Männer trinken und deren Frauen co-abhängig werden) vertuschen das süchtige Verhalten, und zwar vor sich selbst und vor dem Rest der Welt. Sie haben mit verschiedenen Sorgen und Ängsten zu kämpfen: um ihren trinkenden Partner, um ihr eigenes Selbstbild, um ihre Liebe. Sie tun alles, damit der Geliebte und die Liebe nicht wegen einer flüssigen Substanz scheitern.

Die Partnerinnen werden also zu willigen Komplizinnen im Spiel der Vertuschung, sie lügen und täuschen die Außenwelt, weil sie glauben und hoffen, dass die Entgleisungen Ausrutscher sind. Sie trauen ihren trinkenden Partnern bis zum Schluss ernsthaft zu, mit dem Trinken aufhören zu können und es auch zu wollen, wenn sie nur das Offensichtliche einsähen, dass es nämlich allzu schädlich geworden ist – ganz egal, wie tief der Trinker schon verstrickt ist, und obwohl Aufhören für ihn überhaupt nicht in Frage kommt. Dennoch legen Trinker sehr großen Wert darauf, nach allen Seiten zu vermitteln, dass sie selbstverständlich jederzeit reduzieren oder aufhören können. Das Buch entlarvte mich als seine Komplizin, die unbewusst die Trink-Mechanismen mittrug und mithalf, die Krankheit Alkoholsucht zu verheimlichen.

Aber damit sollte nun Schluss sein. Ich konfrontierte Pavlos.

Er hatte schon sehr die Stirn gekräuselt, als ich das Buch mit nach Hause brachte – er machte einen etwas verunsicherten Eindruck und ein paar Kommentare, und was ich mir denn dabei dachte. Zu diesem Zeitpunkt konnte ich noch antworten, dass ich glaubte, den Führerscheinverlust mit verursacht zu haben, zumal ich auch eine Anzeige wegen ›Beihilfe zur Trunkenheitsfahrt‹ erhalten hatte. Ich erklärte Pavlos, dass ich mehr über die Dynamiken beim Trinken verstehen wollte.

In der Mitte des Buches angekommen, konnte ich aber nicht mehr behaupten, nicht zu verstehen, dass die Folgen seines Trinkens uns massiv beeinflussten …

Seine ganzen Stress-Aktionen am Rande des Nervenzusammenbruches, die uns in Atem hielten, wie zum Beispiel immer gerade so pünktlich oder 3 Minuten zu spät zu sein und dann von einer Krise in die nächste zu stolpern, Geldbörsen oder Schlüssel zu verlieren, die ewigen, kleinlichen Streitereien mit Sandra wegen der Treffen mit den Kindern, die stets mit formalem Stress verbundenen Überweisungen der Alimente, Terminvereinbarungen, Flugbuchungen, all diese Eskalationen waren altbekannte, vielfach beschriebene Begleitumstände des Trinkens – nur war mir das zuvor nicht bekannt gewesen.

Ich konfrontierte Pavlos, und er reagierte nicht mal verärgert, eher ausweichend, fast amüsiert. Er behandelte mich ein bisschen von oben herab, weil ich glaubte, ›irgendwas kapiert‹ zu haben, und fuhr fort, so zu sein wie immer.

Mir war aber wichtig, dass er verstand, wovon ich redete, und ich verlieh meinen Worten und meiner Sorge mehr Nachdruck. Ich ließ nicht locker, doch er erzählte nichts über sich selbst. Als ginge es um den kollegialen Austausch von wissenschaftlichen Daten, Ansichten und Interpretationen über das Phänomen Sucht.

Der Urlaub kam, und ich fuhr das Wohnmobil mit den Kindern durch halb Europa, die Fahrräder hinten im Stauraum.

Pavlos benahm sich immer wieder völlig daneben. Oft verschwand er nachts und kam im Morgengrauen wieder, während ich und die Kinder im Wohnmobil schliefen. Einmal wollte er Sex, während die Kinder direkt daneben schliefen, und er bedrängte mich so lang, bis ich einwilligte. Ich hatte nicht damit gerechnet, dass er völlig die Kontrolle verlieren würde. Es wurde ein lautes, wildes und langwieriges Gerüttel und Geschrei. Die Kinder ließen sich am nächsten Tag nichts anmerken und wir auch nicht – es war nur ein weiteres Ereignis, das unter den Teppich gekehrt wurde. Nicht selten beschwerte er sich darüber, wie ich das Wohnmobil fuhr, und darüber, dass er selbst nicht fahren durfte, und viele Male bedrängte er mich, ihn ans Steuer zu lassen, was ich konsequent ablehnte und die Stimmung zwischen uns trübte.

Die Stimmung zwischen ihm und mir wurde insgesamt immer verkorkster, und als wir endlich am Atlantik ankamen, war er jede Nacht draußen, und ich richtete es so ein, dass ich tagsüber alleine blieb, und meine neuen Bücher über Alkoholismus und Co-Abhängigkeit las. Ich fühlte mich mehr und mehr in Not. Ich hatte keine Möglichkeit, mit Pavlos zu sprechen, er entzog sich, und ich wollte den gemeinsamen Urlaub nicht sprengen. Um des lieben Friedens willen tolerierte ich sein nächtliches Weggehen und seine Saufeskapaden. Irgendwie fühlte es sich an, als wären wir aneinander gekettet, durch die Kinder, die mit uns den Urlaub verbrachten, und weil ich als einzige das Wohnmobil fahren durfte.

Nach drei Wochen trafen wir irgendwo in Frankreich Sandra und Heiner, die die Kinder übernahmen, und für Pavlos und mich fühlte sich das nach einer neuen Perspektive an. Wir überlegten, nach Kroatien weiterzufahren, denn Nadja und Glen waren gerade in Split, und wir hatten beide sehr viel Lust auf den Zusatztrip. Nach 2000 km am Steuer war ich selbstbewusst genug, es noch mit 4000 weiteren aufzunehmen.

Nun waren es auch nur noch Pavlos und ich – *on the road together …*

Nachdem wir die Kinder abgegeben hatten, kamen wir immer wieder auf meine neuen Einsichten zum Thema Trinken und zu Co-Abhängigkeit zu sprechen. Er wehrte sich nicht gegen das Gespräch, aber alles blieb sehr akademisch. Er sprach mit mir über Alkoholismus, als hätte es nichts mit ihm zu tun. Es war wirklich mühsam.

Wir fuhren durch Frankreich, Italien, Slowenien nach Kroatien. Es war ein herrlicher Road-Trip, und Pavlos ließ mich nachts auch nicht mehr allein. Wir genossen unsere Reise, als wäre diese andere, dunkle Seite unserer Beziehung nicht vorhanden. Irgendwann kamen wir mit einem Riesen-Hallo bei meinen Eltern in Split an! Pavlos und Nadja hatten sich 15 Jahre nicht mehr gesehen, und Glen und Pavlos kannten sich noch gar nicht.

Pavlos mochte Glen, und Glen mochte Pavlos. Sie hatten sich dies und das zu erzählen und spielten zusammen Schach, wobei Glen einfach immer und gegen jeden gewann.

Es wurden ein paar sehr nette Tage, die nur durch ein einziges Ereignis gestört wurden, nämlich als es Pavlos eines Nachts hinauszog und er von mir die Schlüssel des elterlichen Hauses verlangte.

Ich war bestürzt, dass er offensichtlich nicht unterscheiden konnte, was ging und was nicht. Doch er setzte mich so unter Druck, dass ich einen

Schlüssel suchte und fand und ihm übergab. Ich bat ihn unter Tränen, dass er vor Morgengrauen zurückkommen möge, damit meine Eltern nicht ausflippten.

Am Ende flippten nicht meine Eltern aus, sondern er. Zwar kam er vor Morgengrauen zurück, aber er war tierisch geladen. Ich war froh, dass ich sein nächtliches Ausgehen vertuschen konnte, aber er selbst machte es am Frühstückstisch zum Thema. Er fing an, dass er einmal etwas teilen wolle, von heute Nacht. Dass er einfach zum Wohnmobil gegangen sei, das am nahe gelegenen Campingplatz stand, weil es dort kühler sei als im Haus. Und er stellte die Frage, wie wir alle darüber dachten.

Meine Eltern guckten bedröppelt, ließen sich aber nicht festnageln, meine Schwester blieb indifferent, und ich sagte, kommt Leute, gebt einfach zu, dass so ein Verhalten nicht nur befremdlich, sondern auch völlig unpassend ist. Keiner wollte zugeben, dass Pavlos' Verhalten aneckte, aber allen war anzusehen, dass sie irgendwie entsetzt darüber waren.

Man muss dazu sagen, dass mein Vater niemals um die Häuser gezogen war, das machten in den Augen meiner Familie irgendwie nur Verlierertypen. Die ›normalen‹ und gescheiten Leute gingen nachts nicht allein Trinken …

Am selben Morgen nach dem Frühstück zeigte Pavlos Glen einen Zaubertrick, bei dem eine Murmel aus seiner Hand verschwand und in der anderen Hand wieder auftauchte. Natürlich starrten wir alle auf Pavlos Hände – sie zitterten wie verrückt. Es sah nicht gut aus.

Meine Mutter erkannte in diesem Augenblick das eigentliche Problem, aber sie sagte nichts. Ob die anderen das Zittern bemerkten, und was sie sich dabei dachten, weiß ich nicht.

Nach ein paar Tagen mit meiner Familie fuhr ich uns schließlich wieder nach Hause. Wir nahmen unsere jeweilige Arbeit wieder auf, hatten unsere Zärtlichkeit und unsere Kräche. Das Projekt, für das Pavlos arbeitete, näherte sich seinem Ende. Ab Dezember würde er keine Stelle mehr haben, sollte es nicht zu einer Vertragsverlängerung kommen, und das machte uns nervös.

Wir setzten uns in den Kopf, im Oktober zu heiraten, der 2. oder 10.10. waren unsere Wahltermine, und wir setzten alle Hebel in Bewegung. Uns blieben nur wenige Wochen, alles zu organisieren. Zugleich musste ich im September oft nachts aus der Wohnung davonlaufen, weil Pavlos auf mich einschlug. Ich kaufte mir einen Schlafsack, den ich in der Praxis deponierte und den ich benutzte, wenn ich dort übernachten musste. Zu meinen Freundinnen zu fliehen, das kam nicht in Frage.

Während der Hochzeitsplanung flirrte immer wieder dieser diffuse Gedanke durch meinen Kopf, »Sag mal, ich hau alle paar Nächte von zu Hause ab, weil Pavlos mich angreift – wieso heirate ich nochmal?« Aber diese *blurred lines* waren niemals von Dauer und niemals eindringlich genug, um mich zu stoppen. Nicht mal der hässliche Abend im Kaffee Burger konnte mich dauerhaft von unseren Heiratsplänen abbringen, als Pavlos sich in meinem Beisein von einer Frau anmachen ließ und ihr gewährte, dass sie ihm mehrfach das Gesicht ableckte und ins Ohr brüllte: »Alle wollen mich ficken! Fick du mich!« Es war ekelhaft, zuzuschauen, und ich fand ihn unfassbar peinlich und sein Verhalten stillos. Von ihrem Verhalten mal ganz abgesehen, das war mir egal – sie war eine drogensüchtige bemitleidenswerte Kreatur. Doch dass er sie gewähren ließ, zuließ, dass sie sich an ihn schmiegte, ihn ableckte, und zwar immer wieder, über einen Zeitraum von mehreren Stunden, schockierte mich und ließ mich beschämt und gedemütigt zurück. Im Club blieb ich nach außen cool, ich machte keinerlei Szene, aber nach dem Verlassen des Clubs wollte und konnte ich das Geschehen nicht unkommentiert lassen. Auf unserem Heimweg entstand wegen der Situation ein schlimmer und zu Hause ein handfester Krach. Pavlos tat so, als würde er zu Unrecht beschuldigt und gab keineswegs zu, dass er sich irgendwie daneben benommen hatte. Im Gegenteil, er fand mich ›krankhaft eifersüchtig‹, was ich wiederum an den Haaren herbeigezogen fand. Ich war nicht eifersüchtig, denn er hatte die Tante ja nicht angemacht. Doch dass er ihr gewährte, ihn so intim zu berühren, fand ich respektlos – sich selbst und mir gegenüber. Er wiederum konnte damit gar nichts anfangen. Er sagte immer wieder: »Aber ich hab doch gar nichts gemacht«, und bestand darüber hinaus darauf, dass seine Ausstrahlung wegen mir so leuchtete. Dass sein Bekenntnis zu mir ihn überirdisch strahlen ließe.

Diese Szene ging schließlich im allgemeinen Hochzeitsvorbereitungsrausch unter, Kleider und Ringe aussuchen, Einladungen schreiben, eine Location aussuchen, Musik und Essen organisieren ... Wir hatten sensationelle Ideen für die Feier – *something old something new, something borrowed something blue* und so weiter … Und ich schaltete auf Robotermodus, während Pavlos für sich den Part des Bad Cops ausmachte, wenn es mal bei der Organisation des Restaurants oder irgendwo klemmte. Wir luden 20 Leute ein, von denen einige von weiter her anreisen mussten, vier davon waren unsere Eltern.

Wir beschlossen, auf einem Schiff zu heiraten und lernten dabei Lorenzo und Katja kennen, die ein solches Charterschiff mit Möglichkeit zum Heiraten anboten. Wir freundeten uns an. Lorenzo war Künstler, Halbspanier, Ex-Junkie und Vollspinner und Katja eine schlaue Architektin mit Sinn für Ästhetik und Abgründe – zu viert hatten wir etwas Tarantinohaftes, Unberechenbares, zutiefst Menschliches und comichaft Überzeichnetes. Pavlos und Lorenzo klauten bei einem Treffen auf Katjas Wunsch hin ein Zirkusplakat von einem Zaun, und Lorenzo riss sich dabei seinen Daumen so tief auf, dass er im Krankenhaus genäht werden musste. Es gab also immer noch Leute, die vielleicht noch schärfer auf Messers Schneide wandelten … Zu sehen, dass wir nicht die Verrücktesten waren, half, die Illusion aufrecht zu erhalten, alles wäre in Ordnung. Auch wenn wir zu zweit schon alle möglichen Grenzen eines respektvollen, liebvollen Miteinanders tausendfach überschritten hatten.

Am letzten Wochenende vor der Hochzeit waren wir von lieben Freunden zum Essen eingeladen worden. Die Dame des Hauses war schwanger und die anderen Gäste außer Pavlos und mir waren entweder gerade junge Eltern geworden oder standen ebenfalls kurz davor. Pavlos hatte sich aber in den Kopf gesetzt, dass die Jungs aus der Runde mit Ihm Junggesellenabend feiern sollten. Allgemeines Rumgestöhne und Genöle, nnnööööö, neeee, ouuuuuhhh …

Also schlug ich ihm vor: »Ich komm mit dir mit, wir machen zusammen Junggesellenabschied.«

Wir verabschiedeten uns von der Dinnerparty und gingen in den nächsten Club. Tranken und tanzten. Irgendeine Tante knutschte Pavlos ins Gesicht, und ich war verstört. Wieso ließ er zu, dass eine Fremde ihn ins Gesicht knutschte? Was strahlte er überhaupt aus, dass so etwas passierte? Kurz darauf versuchte sie es wieder, und ich streckte – ohne richtig hinzugucken – meinen Arm aus und hielt sie an der Schulter zurück. Pavlos wurde sauer und fing an mich verbal zu attackieren und mich kleinzuschimpfen. Ich sagte nur: »Ich hab kein Bock dass die Alte dich ableckt.« Er wurde immer erregter und schrie mich an, dass ich seinen Polterabend versaue, dass ich jetzt ein Taxi rufen solle, das uns nach Hause bringt. Ich hielt eines an, und wir fuhren heim. Ich war am Boden zerstört und wie in einer alptraumhaften Matrix, einem surrealen Zeit-und-Raum-Kontinuum gefangen. Ich fühlte mich irgendwie nicht mehr, alles war in seltsamer Distanz, als stünde ich hinter einer Scheibe, einer Wand, dennoch hämmerte mein Herz in meiner Brust. Roboterhaft getrieben eröffnete etwas in mir den heimischen Polterabend. Und ich fing mit ungerührter Mine an, unser Geschirr auf dem Boden zu zerschmeißen. Ich war betäubt, im Ausnahmezustand, verzweifelt, traurig, aufgelöst, hilflos. Und Pavlos machte mit. Bald waren wir in einem Zerstörungsmodus. Wir lachten und weinten hysterisch und vernichteten alle Sachen, die nicht niet- und nagelfest waren, es blieb nicht beim Geschirr. Es flogen Stühle und Handys, Laptops, Kunstwerke, Gefäße, Vasen und Lampen gegen Wände und vom Balkon herunter. Wir schrien und brüllten Kampfparolen und warfen herumliegende Gegenstände gegen die Bilder an den Wänden. Das Glas der Rahmen splitterte, und Originale wurden nachhaltig beschädigt. Eine Krücke flog gegen mein liebstes Bild, den wunderschönen Druck eines zeitgenössischen Künstlers. Es wurde von der auftreffenden Krücke und dem splitternden Glas beschädigt und ging noch mehr kaputt, als ich es verzweifelt aus dem Rahmen herausriss. Ich gab dem Bild den Rest und zerriss es mit den Händen, und Pavlos zündete die Fetzen auf dem Balkon an, bis es verbrannte. Irgendwann hatten wir Messer in unseren Händen und gingen auf unser Sofa los. Plötzlich fiel helles, gleißendes Licht durch die Fenster. Wir gingen auf den Balkon, und unten standen etwa 20 Polizisten und drei große Polizeifahrzeuge und leuchteten zu uns hoch. Das Bild der Verwüstung zu ihren Füßen, mit dem gegen das Kopfsteinpflaster zerborstenen Globus, war die Krönung.

Sie fragten uns, ob bei uns alles in Ordnung sei und ob die Gegenstände von uns waren. Jetzt beim Schreiben fühle ich die Hysterie, den Nervenzusammenbruch, der das alles begleitete. Blitzschnell setzte ich mein Pokerface auf: jaja, alles in Ordnung und neinnein, keine Ahnung, danke auch. Ich log, offensichtlich so glaubwürdig, dass die Polizisten dachten, der Lärm und die auf dem Gehweg herumliegenden Gegenstände kämen nicht von uns. Die Polizisten meinten, es hätte Beschwerden aus der Nachbarschaft gegeben, und ich sagte, dass wir nichts mitbekommen hätten, weil wir laut Musik gehört hätten. Die Polizisten bestiegen ihre Einsatzwagen, und wir kehrten mit Messern zum Tatort zurück. Wir schlitzten das Sofa auf. Das ging nicht so einfach, wie erwartet, man musste sich richtig anstrengen, das Messer durch das feste Bezugsmaterial hindurch zu jagen. Doch das ganze herausquellende Füllmaterial und die Federn aus den aufgeschlitzten Sofakissen gaben uns eine finstere, kaputte Befriedigung. Wir massakrierten das Sofa von allen möglichen Seiten, und während Pavlos schlussendlich auf das Sofa pisste, erdolchte ich eine japanische Papierlampe. Kaputt, kaputt, kaputt sollte alles gehen, zum Teufel mit allem. Diese alten Geister der Gewalt, die Ängste und Hoffnungen, die Liebe und der Hass, alles sollte untergehen, alles sollte bei diesem Polterabend beendet und begraben werden, auf dass eine neue Ära begänne.

Am nächsten Morgen stand Aufräumen auf dem Plan, immerhin sollten in vier Tagen unsere Eltern kommen und kurz darauf noch mehr Gäste. Ich krempelte die Ärmel hoch, und Pavlos machte den Kommentator. Er besorgte uns außerdem einen professionellen Putztrupp und eine Entrümplungsfirma, die beide am Montag kamen und unsere Wohnung auf- und halb leerräumten. Er hatte sich extra frei genommen, um die Putzleute hereinzulassen und die Abholung der zerstörten Möbel zu koordinieren. Als ich am Abend nach Hause kam, hatte er mit den verbliebenen, heilgebliebenen Möbeln ein ganz annehmbares Interieur arrangiert. Er war schon ziemlich angetrunken und aufgedreht … Ich schlug vor, noch schnell wenigstens eine Grundausstattung an Tellern und Gläsern und Tassen einzukaufen, und Pavlos willigte ein. Wir gingen in ein großes Kaufhaus mit Haushaltsabteilung, und Pavlos schlief seinen Rausch auf einem Brokatsofa aus, während ich die Küchenausstattung aussuchte.

Nachdem unser DJ seit Tagen untergetaucht war, beschloss ich einen Hochzeits-Musik-Mix zusammenzustellen. Während Pavlos mit Haris, der schon ein paar Tage vor der Hochzeitsfeier angereist war, um die Häuser zog, bereitete ich die musikalische Untermalung für unsere Hochzeitsparty vor. Ich erledigte meine Aufgabe mit Bravour – ein sensationeller Musikmix mit griechischer, Jugo- und Lieblingsmusik um das Herzstück *As* von Stevie Wonder wurde aus der Taufe gehoben.

Bevor alle Gäste eintrudelten, schafften wir es irgendwie, unsere Wohnung in einen Zustand zu bringen, der zwar einige Fragen aufwarf, es aber ermöglichte, dass wir gemeinsam essen und trinken konnten. Angereiste Freunde und Verwandte waren in umliegenden Hotels untergebracht, und am Abend vor der Hochzeit – wir saßen in unserer spartanischen, minimalistisch leerzerstörten Wohnung auf kurzfristig vom hilfsbereiten Nachbarn ausgeliehenen Stühlen –, lernten sich unsere Eltern kennen und waren sich auf Anhieb sympathisch, was nicht unbedingt zu erwarten gewesen war. Die Sause konnte starten!

Wir starteten morgens bei uns mit Haris, der Pavlos' Trauzeuge war, mit einem deutschen, feinen Pflaumenschnaps, dem *Ganzloser*, da meine Eltern es in der kurzen Zeit nicht geschafft hatten, den kroatischen Sliwowitz mitzubringen, der zu meiner Taufe von meiner Oma für mich eingeschweißt worden war und erst an meiner Hochzeit geöffnet und getrunken werden sollte. Wir nahmen uns ein Taxi und holten damit erst Pavlos' und dann meine Eltern ab, alle in feinstem Zwirn und guter Dinge. Wir gingen zu Fuß zum Historischen Hafen, wo das Schiff bestiegen und die Hochzeitszeremonie stattfinden sollte. Erstaunlich war, dass die gesamte Hochzeitsgesellschaft farblich aufeinander abgestimmt war, ohne dass jemals ein Dresscode vereinbart worden war. Mein Vater band Pavlos unterwegs einen kroatischen Krawattenknoten, und schließlich war es soweit: Das Schiff legte an, die Hochzeitsgesellschaft enterte es in Pfennigabsätzen und Stilettos, die Standesbeamtin hielt die offizielle Trauung ab, und machte viele Worte, denen niemand folgte. Ich antwortete ja, Pavlos antwortete nai, ja, yes, oui, da, ich schluckte, weinte, und wir waren ein Ehepaar, das sich vor allen Freunden und Eltern küsste.

Die Standesbeamtin verließ das Schiff, und die Musik setzte ein, es wurde vom ersten Augenblick an getanzt und gefeiert, geschlemmt und getrunken. Die Schifffahrt durch Berlin dauerte etwa 3 Stunden, wir hatten sensationelles Wetter, fantastische Musik, feinstes Fingerfood und Ouzo, Schnaps und Co. Wir wurden in der Nähe des Restaurants abgesetzt, in dem wir weiterfeiern wollten. Es war herrlich, die Hochzeitsgesellschaft verlangte nach einer Rede, und alle Augen waren auf mich gerichtet. Ich hob ein Glas Ganzloser, rief: »Hoch die Tassen!«, und erntete Anerkennung und Applaus für meine auf den Punkt gebrachte Ansprache.

Wir aßen zusammen und verlegten uns danach ins Renaissance Theater, in dem Gunter Gabriel und Vassiliki Roussi das Stück von Johnny und June Cash spielten. Am Ende gab es stehende Ovationen und lauter glücklicher Gesichter. Danach verabschiedeten sich einige unserer Freunde und die Eltern, bis auf einen kleinen Rest der Hochzeitsgesellschaft. Pavlos, ich, Haris, Amber, meine ehemalige Mitbewohnerin, die meine Trauzeugin war, und ihr Freund Neil gingen noch in einen Club an der Warschauer Brücke zum Feiern. Es war herrlich, wir in unseren Hochzeitsklamotten im schmuddeligen Berliner Nachtleben. Wir feierten und tanzten bis um 5 Uhr morgens, und dann ließen wir uns mit dem Taxi nach Hause kutschieren. Zuhause angekommen, erwartete ich eigentlich eine sogenannte Hochzeitsnacht, doch da wurde nichts draus. Pavlos wollte nicht ins Bett, ich aber schon. Zwei Stunden später wachte ich vom Klackern der nur angelehnten Haustüre auf. Ich schaute hinaus und fand Pavlos verwirrt in seinem Hochzeitsanzug mit gelöster Krawatte auf der Treppe sitzen. Ich fragte ihn, was denn mit ihm sei, und er sah so verloren und durcheinander aus und sagte, er wisse es nicht. Auf die Frage, was er denn auf der Treppe mache, wusste er auch nicht zu antworten … Ich verstand, dass mein Mann sich anstelle einer zärtlichen Hochzeitsnacht für einen Blackout entschieden hatte. Das machte mir Angst.

Am Morgen waren wir mit unseren Eltern und Haris bei uns zum Frühstück verabredet. Pavlos brauchte eine Weile, bis er weder ganz beisammen war, und als die Eltern eintrudelten, wurde wieder Schnaps eingeschenkt. Das löste die Laune.

Ich holte Haris in seinem nahegelegenen Hotel ab. Er nutzte die Gelegenheit, mit mir alleine zu sein, und bat mich eindringlich um ein Gespräch unter vier Augen.

Wir setzten uns auf der Terrasse seines Hotels zusammen, und er öffnete mir sein Herz. Er erzählte, dass ihn Pavlos' Alkoholkonsum total verstörte und dass er, wann immer er in den letzten Tagen mit Pavlos unterwegs gewesen war, es nicht geschafft hatte, nach Hause zu gehen, wenn er es wollte, oder gar mit dem Trinken aufzuhören, wenn er es für angebracht hielt, weil von Pavlos' Verhalten eine Zwanghaftigkeit ausging, der selbst er sich schwer entziehen konnte. Er erzählte, dass Pavlos ihn immerzu eingeladen hatte, noch ›auf ein Bier‹ mitzugehen, woraus dann sieben oder acht wurden, garniert von ebenso vielen Kurzen. Und dass er Pavlos beobachtet hatte, der zwischendurch regelmäßig die Rechnung beglich und zur Rechnung noch einen weiteren Kurzen hinzu bestellte und direkt runterkippte. Er beschrieb auch, wie Pavlos in den Bars Tumulte erzeugte oder einfach Aufmerksamkeit auf sich zog, wie er andere Gäste erst ins Gespräch und dann den Abend in die Länge zog. Er sagte, es käme ihm vor, als wollte Pavlos davon ablenken, dass er saufen musste, und sich so überhaupt die Gelegenheit verschaffen, soviel zu trinken, wie er wollte.

Haris war sauer auf mich. Er war der Meinung, dass unsere Heirat Pavlos' Saufen noch schlimmer machte, weil Pavlos durch die Heirat eine Legitimierung erhielte – ihm zufolge bestätigte ich durch unsere Heirat, dass ich sein Trinken in Ordnung fände, und er daher ungestört damit weitermachen könne.

Ich fragte ihn: »Was soll ich denn Deiner Meinung nach tun?«

»Ihn nicht heiraten«

»Zu spät, das haben wir gestern gemacht.«

»Na, ihm sagen, dass es scheiße ist.«

»Hab ich hundert Mal gemacht. Hat überhaupt nichts gebracht.«

Ich sah die Sache nämlich ganz anders: Zum einen war ich meiner Kenntnis nach die einzige Person, die mit Pavlos über die Folgen und Probleme sprach, die wir durch sein Trinken hatten. Niemand außer mir nahm diese Aufgabe auf sich. Ich erzählte Haris, dass ich wegen des Trinkens und meiner Hinweise darauf schon knietief in einer gewalttätigen Beziehung steckte und durch meine unbequemen Fragen sowohl Pavlos Unzufriedenheit als auch seine Gewaltausbrüche gegen mich schürte. Zum anderen wüsste ich nicht, *wie* mein Argumentieren eine Verhaltensänderung bewirken könne – ich sah doch, dass es bisher gar nichts gebracht hatte, mit Pavlos zu reden, er musste es selber wollen. Daneben gab es aber auch die andere Seite in mir, die an Argumentation und Vernunft glaubte, und die dachte und hoffte, dass ich es einfach nur noch nicht *richtig* gesagt hatte. Auch das erklärte ich Haris, während er versuchte, mir zu erklären, dass ich deutlicher und ›konsequenter‹ werden müsse, insbesondere nachdem er hörte, dass Pavlos mich immer wieder schlug. Er war komplett entsetzt. Sowohl darüber, dass Pavlos mich schlug als auch, dass ich dennoch bei ihm blieb.

Er erinnerte mich an die Szene im *Bobby Brown's* vor Jahren – als Pavlos einen Tumult erzeugt hatte – und meinte, mein Verhalten dort sei völlig fehl am Platze gewesen, da ich ihn zu asozialem Verhalten und Saufen ermutigt hätte. Fand ich ziemlich weit hergeholt, das damalige Ereignis in Zusammenhang mit unseren heutigen Problemen zu bringen …

Aber immerhin, ich war froh und erleichtert, dass endlich auch jemand anders erkannt hatte, wie schlimm es um Pavlos stand, denn nach außen hin waren wir das verliebte, frisch verheiratete, schöne Paar. Endlich mit jemandem über Pavlos' Trinken sprechen zu können, tat wirklich gut!

Haris und ich kamen deutlich später als von Pavlos und den Eltern erwartet in der Wohnung an, und Pavlos hatte schon einen kritischen Pegel erreicht … Er war aggressiv gegenüber Haris und schleuderte ihm auf eine lockere Bemerkung ein »Ich schlag Dir gleich eine rein« entgegen, und allen Eltern gefror das Gesicht. Ich überspielte Pavlos' Fauxpas, indem ich ihn als Witz zu kaschieren versuchte und irgendwas von »Massenschlägerei nach Hochzeitsfeier in Berlin« faselte.

Irgendwann waren die Hochzeitsfeierlichkeiten beendet und die Gäste wieder in ihre Heimatorte zurückgekehrt. Ich hatte Pavlos' Nachnamen angenommen. Ein seltsames Hoch vermischte sich – schleichend und nicht stets bewusst – mit einem beängstigenden Tief. Zwischen den Katastrophen das Warten auf eine weitere Katastrophe, gleichzeitig aber auch die Hoffnung, dass doch alles gut werden kann. Unsere Gäste erzählten noch lange später, wie schön und fröhlich und liebevoll unsere Hochzeit war. Es war ein gelungenes Fest, an das wir gerne zurückdachten …

Wir hatten vor, im nächsten Jahr eine große Party für unsere Freunde zu schmeißen. Wir wollten wirklich ALLE einladen, von überall her. Über ein passendes Datum wurde auch schon heiß diskutiert, die Party sollte im Mai steigen.

Vorher rückte jedoch ein anderer Zeitpunkt unausweichlich näher: Pavlos' Arbeitsabschluss.

Ende November war das Ende des Projektes und ihm wurde eine Verlängerung in Aussicht gestellt, da noch nicht alle Punkte des Projektplanes erfüllt worden waren. Die Termine für die Nachverhandlungen wurden immer wieder verlegt. Pavlos wurde immer ungemütlicher und immer betrunkener. Inzwischen trank er schon nachmittags Alkohol in seinem Kaffee oder Tee. Er machte sich Gedanken um die Verhandlungsführung – er wollte mehr Gehalt und mehr freie Zeit erzielen. Da passte es ganz gut, dass er eine Konferenz organisierte, zu der die nationalen Forschungsgruppen nach Berlin eingeladen wurden. Er war einer der führenden Initiatoren der Konferenz, und als sie schließlich stattfand, war auch ich zum Abendprogramm eingeladen. Ich konnte also Pavlos in seinem Arbeitsumfeld erleben, und zwar in dem etwas informelleren Teil des gemeinsamen Abendessens.

Zu sehen, dass Pavlos auch im professionellen Setting gläserweise Wein und Schnaps in sich hineinschüttete, brach mir das Herz. Nicht Mal für einen Abend konnte er seine Angewohnheit, abseits der Gruppe am Tresen noch den einen oder anderen Kurzen zu kippen, bleiben lassen. Als wäre ihm nicht klar, dass diese Zeichen von allen gesehen und gedeutet würden, und dass er eigentlich niemanden mehr täuschen konnte. Aber natürlich konnte er noch täuschen und zwar im großen Stil. Man gab sich jovial, machte sogar noch zwei, drei Bemerkungen über die Besonderheiten von diesem oder jenem Wein oder über die außerordentlichen Fähigkeiten mancher Leute, richtig viel zu vertragen …

Das war nun die Zeit seines rauschhaften Absturzes, als wäre mit der Hochzeit eine Falltür geöffnet worden, der erste Blackout, dem viele weitere folgen sollten, bei denen Pavlos sich nicht erinnern konnte, wo er gewesen war, was passiert war, oder warum schon wieder Geld oder irgendwas Elementares fehlte. Ich sah diesem Spektakel zu, mein Herz barst jeden Tag ein bisschen mehr, die Luft blieb mir weg, mein Verstand setzte mehr und mehr aus. Ich fühlte mich dermaßen machtlos, wirkungslos, abhängig von den Taten und Entscheidungen Pavlos' und in einem magnetischen Strudel, den ich nicht stoppen konnte, so sehr ich auch um Hilfe schrie. Ich kam mit dem Prinzip des ›kontrollierten Trinkens‹ an, ein geführtes Programm, das dem Trinker ermöglichen soll, eigene Trinkziele zu benennen und einzuhalten. Ich schleppte Artikel,

Broschüren und Büchlein an, die Pavlos las oder überflog und die ihm ein »interessant« entlockten. Er entglitt mir mehr und mehr, und ich wusste nicht, was ich tun sollte. Er war inzwischen jeden Abend betrunken, mit dem Unterschied, dass ICH nun den Unterschied bemerkte. Ich hatte vier Jahre neben diesem Mann gelebt und war bis vor Kurzem nicht in der Lage gewesen zu erkennen, wann er betrunken war, doch nun fiel es mir wie Schuppen von den Augen. Es waren äußerst subtile Änderungen in der Sprache, minimal veränderte Betonungen der Silben oder Wortwiederholungen, die aber klangen, als hätte er sich einfach nur verhaspelt. Aber nein, das war der Alkohol, der sein Gehirn auffraß, und ich war live dabei. Ich wusste, wann das Methanol die Neuronen zersetzte, ich hörte ihm dabei zu, denn es sprach durch Pavlos' Mund – ich hatte nun den Code geknackt. Es war abgründig. Pavlos kam kaum mehr heim.

Nach der Hochzeit vergingen sechs volle Wochen, in denen ich ihn abends nur einmal sah. Drei Tage vor unserem einmonatigen Ehejubiläum verschwand er abends im Bademantel und mit einer Saunatasche in Prenzlauer Berg. Zum Jubiläum traf ich ihn nach einigem Hin- und Hermailen auf einem Konzert wieder. Tasche und Bademantel waren unterwegs verloren gegangen. Nach dem Konzert verlor auch er sich wieder.

Er ging wohl noch täglich zur Arbeit, doch es war der letzte Monat, bevor sein projektbezogener Arbeitsvertrag auslief. Er war kaum mehr zurechnungsfähig, tagsüber schon hier und da am Trinken, und ich vermute, dass auch seine Kollegen das irgendwie mitbekommen haben mussten.

An einem Abend, sechs Wochen nach der Hochzeit, hatten wir Karten für die Komische Oper, *Carmen*. Wir trafen uns nach der Arbeit und gingen hin. Es war eine wunderbare Aufführung, wir waren inspiriert und gingen zusammen nach Hause, wo Pavlos dann sagte, dass er noch ›auf ein Bier‹ rausginge. Da war es mit meinem Stolz endgültig vorbei. Ich bat ihn, nicht auszugehen und diesen einen einzigen Abend mit mir zusammen zu verbringen. Ich musste ihn ungefähr 10-mal darum bitten, anflehen, doch bitte nicht zu gehen, und er lenkte ein und blieb zu Hause, bei mir. Wir hatten eine schöne Nacht, gefolgt von unaussprechlichem Zorn und Gewalt.

Alles war verkehrt, und der Gedanke, dass es mit der Hochzeit zu tun haben könnte, drängte sich laut auf. In diesen letzten Wochen seiner

Arbeit hatte er auch viel in anderen Städten zu tun, er reiste zu Kongressen und Meetings, ins Ruhrgebiet, nach Sachsen-Anhalt und Bayern, nach Baden-Württemberg und Hamburg. Er kam jedes Mal ramponierter zurück, irgendwas war auf jeder Reise verloren gegangen, ein Buch, ein Mäppchen, ein Notebook, irgendwas fehlte andauernd. Und er wurde immer unzurechnungsfähiger, unvorhersehbarer … Manchmal strahlte er einfach und zog alle Blicke auf sich und überschlug sich mit poetischen Liebesbekundungen für mich, und dann heulte er die ganze Nacht lang leere, bittere Tränen der Verzweiflung, und dann wieder wütete er wie ein Berserker. Oft alles an einem Abend, innerhalb weniger Stunden …

Er verlor seinen Job. Und sein Gesicht. Er hatte verhandelt und war gescheitert. Dazu bekam er ein lausiges Arbeitszeugnis. Er nahm seinen Resturlaub und ward kaum mehr gesehen.

Eines Sonntagmorgens rief mich Amber an, und wir vereinbarten, uns im Institut zu treffen, weil sie sowieso in der Nähe war. Ich machte mich gehbereit, als der Herr Gemahl schwankend zur Tür hineinkam. Ich sagte, ich treffe Amber im Institut, und er bellte: »Ich komm mit.«

Ich nahm ihn mit, und als ich Amber etwas im Büro zeigen wollte, sagte Pavlos, er wolle nur schnell eine rauchen und bat mich um den Institutsschlüssel. Amber und ich plauderten. Pavlos kam nicht zurück.

Sie fragte, wie es mir so ginge. Und ich öffnete zum ersten Mal, außer gegenüber Haris, mein Herz. Sie war schockiert. Sie fragte mich folgenden Satz: »Ist dir bewusst, dass du in einer Beziehung mit häuslicher Gewalt steckst?« Ich schaute in ihre besorgten Augen und nickte langsam, doch ich spürte, dass ihre Worte nur fragmentarisch in mein Gehirn sickerten und dass ich sie nicht richtig verstand. Ich nickte, doch ich begriff in Wirklichkeit nichts. Ich war sicher, dass die Gewalt nicht unser Problem war. Und ich sagte: »… aber wenn er nicht saufen würde …«

Es vergingen Stunden in denen ich erzählte, was bei uns los war, und Amber hörte mir zu. Pavlos kam nicht zurück.

Ich hatte Pavlos meinen gesamten Schlüsselbund gegeben, und ich konnte das Institut nicht verlassen, weil ich es nicht abschließen konnte. Ich konnte auch nicht ins Auto oder nach Hause, weil Pavlos *alle* meine Schlüssel hatte. Amber blieb bei mir und verlegte ihre eigenen Pläne. Ich sagte ihr, dass ich Pavlos in der Bar um die Ecke vermutete. Sie zog los und fand ihn dort, hackedicht. Sie fragte ihn, ob ihm bewusst sei, dass er uns im Institut zugleich ein- und ausgesperrt hatte, und er machte einen blöden Witz, woraufhin sie meinen Schlüsselbund von ihm forderte. Sie bekam ihn und brachte ihn mir. Abi und ich trennten uns, und ich fuhr heim.

Ich war komplett verstört. Ich wusste, ich musste Hilfe suchen.

Ich rief Maria in Thessaloniki an, Pavlos' Cousine, die Psychotherapeutin. Ich liebte sie, weil Pavlos sie liebte, und war mir sicher, dass sie alles versuchen würde, um uns zu helfen.

Ich erzählte, und sie hörte zu. Sie war schockiert. Sie verstand, dass Alkohol und Gewalt ihren geliebten Cousin und unsere Liebe zerstörten. Sie versprach mir, dass sie mit ihm reden würde. Dann kam Pavlos heim, zerstört, aufgelöst, verheult, versoffen. Ich sagte, dass ich mit Maria telefonierte und dass sie auch mit ihm sprechen wolle.

Die beiden redeten über eine Stunde, und danach wollte Maria nochmal kurz mit mir sprechen.

Sie sagte: »Pavlos hat es verstanden, und er wird aufhören zu trinken.«

Und ich Schaf glaubte ihr. Sie selbst glaubte sich! Die dritte vom Fach ohne blassen Schimmer. Und auch Pavlos glaubte sich selbst für einen Moment, als er sagte, er würde mit dem Programm des ›kontrollierten Trinkens‹ anfangen.

Ein einziges Gespräch mit Maria – und er versprach, sich zu verändern. Ich war erleichtert und befremdet zugleich. Die Situation, dass ich noch vor wenigen Stunden wegen seines Vollrausches das Institut nicht verlassen und nirgendwohin konnte, weil er einfach gedankenlos alle meine Wege abgeschnitten hatte, hing mir noch nach. Ich war auch völlig erschöpft, und am nächsten Tag blieb ich zu Hause und ging nicht zur Arbeit, ich war am Ende meiner Kräfte und musste mal ausschlafen und meine Nerven irgendwie beruhigen.

Er wiederum verbreitete eine Stimmung, die Aussicht auf ein besseres Leben enthielt, indem er von Zeit zu Zeit fallenließ, dass er sich dem Programm ›kontrolliertes Trinken‹ anschließen würde. Wer würde da nicht aufatmen, hoffen, glauben? Ich jedenfalls war in meiner Unwissenheit überzeugt davon, dass er das machen würde, und zwar schon am nächsten Tag, wenn der Rausch ausgeschlafen wäre. Aber er betrank sich weiter –

vielleicht sogar noch mehr – nur erzählte er jetzt zusätzlich, dass er mit dem Programm anfangen würde, er im Prinzip innerlich schon damit angefangen hätte. Nachdem ich nun einige Bücher gelesen hatte, wusste ich, Druck oder Kontrollversuche von außen waren das Letzte, was helfen würde. Ich versuchte, mich in Geduld zu üben.

Lorenzo und Katja luden uns zu einer abendlichen Lichterfahrt auf dem Schiff ein. Ich sagte für uns beide zu, obwohl es von Pavlos seit zwei Tagen keine Spur gab. An der Anlegestelle erfuhr ich von Lorenzo, dass Pavlos an einer anderen Anlegestelle draufhüpfen würde. Er las also seine Nachrichten, und ich freute mich auf ihn. Aber er kam schon völlig betrunken und streitsüchtig aufs Boot. Es war ätzend. Nur Lorenzos und Katjas Anwesenheit machte seine Ausfälle erträglich, weil sie es mit humorvollen Bemerkungen irgendwie ausbügelten. Er war aggressiv und sentimental, beleidigte uns alle, und dabei heulte er Rotz und Wasser in seinen Ärmel, es war ekelhaft anzusehen.

Nach der Fahrt wollten wir uns noch in einer Kneipe in Mitte treffen.

Ich nahm Pavlos mit und hoffte das Beste, zumal er total gereizt war. Er spielte mit Helens rotem Karategurt herum, wie so oft, wenn diese innere Unruhe ihn übermannte. Auf einer vierspurigen Stelle nach Mitte hinein fuhr ein Radfahrer mir direkt vors Auto, und ich war zum Glück in der Lage, rechtzeitig zu bremsen und nach links auszuweichen. Pavlos griff mir ins Lenkrad und lenkte den Wagen nach rechts, zum Anhalten. Noch bevor ich stand, sprang Pavlos zeternd nach draußen in Richtung Radfahrer. Ich konnte es nicht genau sehen, weil ich den Motor abstellen, mich abschnallen und aussteigen musste. Als ich um das Auto herumging, sah ich nur Pavlos' Rücken, und es schien, als ob sie sich gegenseitig am Kragen hielten, da raste ein anderer Radfahrer blitzschnell und auch irgendwas schreiend hinzu. Dieser versuchte, dazwischen zu gehen, während ich schrie: »Hört auf, halt, stop!« Es sah unheimlich aus, die drei schrien sich gegenseitig an, stießen, schlugen und prügelten aufeinander ein, und auch ich schrie, »aufhören, auseinander …«

Der zweite Typ schrie ständig was von Erwürgen und einem roten Tuch – er schrie auch mich an, dass Pavlos den ersten angeblich mit einem roten Tuch gedrosselt hätte, und ich schrie: »Was? Das kann nicht sein …«

Zum Glück war in diesem Moment die Polizei zur Stelle. Es war der 9.11. und die ganze Stadt war voller Patrouillen. Ich winkte den Polizeiwagen zu uns, und es stiegen zwei Beamte aus.

Sie konnten langsam den Tumult beruhigen, doch die drei waren total aufgeheizt und aggressiv.

Es stellte sich heraus, dass der erste Radfahrer hackedicht war, er lallte und konnte kaum stehen. Der andere war nüchtern, und mir wurde nicht klar, ob die beiden sich kannten oder ob der zweite nur zufälliger Passant war.

Der Betrunkene gab ein Bild des Elends ab, er schwankte und beschimpfte und beleidigte Pavlos und mich in einem fort, wir seien Arschlöcher und Wichser, während Pavlos, der andere Betrunkene, sich etwas spitzfindiger ausdrückte und versuchte, die Polizisten zu manipulieren, indem er krakeelte, dass sein Kartenetui fehlte und einer der beiden es geklaut haben müsste. Ich selbst war völlig geschockt, während der andere Radfahrer uns als Kriminelle und Mörder beschimpfte, weil Pavlos angeblich den Betrunkenen mit einem roten Tuch hatte umbringen wollen. Für mich passte das alles nicht zusammen.

Die Polizeibeamtin befragte mich, und ich sagte ihr im Wesentlichen, dass ich eigentlich nichts gesehen hätte und nicht wüsste, von was für einem roten Tuch der andere sprach. Ich sagte ihr, dass nichts passiert sei, keine Verletzungen, keine Schäden, und dass sie uns bitte gehen lassen mögen. Dass es meiner Meinung nach nichts bringe, weiter nach dem Hergang zu forschen, weil die Typen alle betrunken seien. Der männliche Beamte war kurz davor, meiner Anregung zu folgen, doch Pavlos krakeelte wieder irgendwas davon, dass sein Mäppchen fehlte. Und die Polizistin wollte auch nicht so schnell lockerlassen. Es nervte mich und machte mich wahnsinnig, dass Pavlos immer weiter pöbelte. Er hätte auch die Karte ›Wir sind die Vernünftigen und Verhandlungsbereiten.‹ ziehen können, aber er schien zu glauben, irgendwas herausschinden zu können.

Nachdem die Polizistin mich gehört hatte, und sich nicht hat abbringen lassen, der Sache weiter auf den Grund zu gehen, wollte sie, dass ich das Auto etwas mehr zur Seite fuhr. Inzwischen hatten noch zwei weitere Polizeiautos bei uns gehalten, und es waren etwa 10 Polizisten im Einsatz. Ich rollte das Auto zur Seite und stellte mich zu Pavlos. Er nahm mich in die Arme und flüsterte mir ins Ohr: »Stella, nimm den Karategurt und verstecke ihn.« Ich wusste überhaupt nicht, was er meinte, aber er sagte: »Guck hinterm Auto.«

Und ich löste mich und sah tatsächlich hinter dem Wagen Helens roten Karategurt auf dem Asphalt liegen. Mir schwante Übles.

Hatte Pavlos den Betrunkenen mit dem Karategurt gewürgt?

Überall waren Polizisten, aber keiner achtete auf mich, und ich schaffte es unbemerkt, den Gurt verschwinden zu lassen.

Ich hob den Gurt auf, und stopfte ihn, so unauffällig und tief wie möglich, unter die Pedale. Während ich das tat, schossen mir Gedanken durch den Kopf wie »Was tue ich hier, was ist das für eine verfickte Scheiße???? Hat er wirklich den Betrunkenen gewürgt???? Was macht er für einen Scheiß??? Was ist das für eine verfickte Scheiße???«

Es dauerte ewig, und es war eine kalte Novembernacht, doch die Polizisten ließen uns nicht gehen, sie befragten uns immer wieder, was eigentlich los war. Während der ganzen Zeit warteten Lorenzo und Katja in einer Bar in Mitte auf uns.

Irgendwann durchsuchten zwei Beamte mit Taschenlampen das Auto, und nach einiger Zeit fanden sie den Karategurt. Sie hielten ihn mir unter die Nase und fragten, wie der da hinkomme und wie ich überhaupt gedachte, mit dem Gurt unter den Pedalen zu fahren. Ich stellte mich dumm und sagte, ich wüsste nichts darüber. Der Tonfall aber änderte sich, und der nüchterne Radfahrer nahm den Fund des Karategurtes zum Anlass, noch mehr Beleidigungen auf uns hinabregnen zu lassen.

Pavlos trat gegen sein Vorderrad, und der Andere schnappte sich Pavlos am Kragen. Pavlos mimte, mit seitlich herabhängenden Armen und demonstrativer Leidensmine vor den Augen der Polizei das Opfer, und die Polizisten trennten die beiden. Wann immer sich die Situation beruhigte, fing Pavlos wieder mit dem erfundenen Dokumentenmäppchen an – es war kaum auszuhalten.

Nach etwa eineinhalb Stunden durften wir gehen – der Gurt blieb als Beweisstück bei der Polizei. Ich fühlte mich wie zerrupft und geschlagen …

Ich fragte Pavlos, ob er den Betrunkenen wirklich mit dem Gurt gedrosselt hätte, und er sagte: »Ja. Es tut mir nur leid, dass ich ihn nicht umgebracht habe.«

Ich war völlig verstört … Wir fuhren zur Bar, wo Lorenzo und Katja warteten. Ich setzte mich zu Katja, und Pavlos erzählte die Geschichte auf seine Weise: Die Polzisten waren Schweine und die betrunkenen deutschen Radfahrer Idioten. Ich hatte dem nicht viel hinzuzufügen. Katja sagte zu mir, dass sie auch Gewalttätigkeiten kennen würde, aus ihrer eigenen Beziehung, und ich befragte sie darüber. Einmal mehr verschwamm in meinem Kopf alles … War es vielleicht normal, dass Männer Frauen schlugen?? Gehörte körperliche Gewalt dazu? Wo waren die Grenzen? Was war in Ordnung und was nicht? Ich hatte keine Ahnung mehr, traute meiner Wahrnehmung, meinem Urteil nicht mehr. Und Pavlos hatte zwei polizeiliche Anzeigen wegen Körperverletzung, eine davon wegen schwerer Körperverletzung. Einer der Polizisten hatte unfreundlich durchklingen lassen, dass Drosseln mit Hilfsgegenständen auch als versuchter Totschlag ausgelegt werden könne.

Die letzten Tage seiner Berufstätigkeit erlebte ich Pavlos dauerbetrunken und permanent auf Krawall gebürstet. Ich sah ihn immer nur kurz, beim Essen oder ›auf ein Bier‹ in einer Kneipe nach Feierabend, und ab und zu ein paar Tage auch gar nicht, weil er nicht in Berlin war oder weil er nicht nach Hause kam, wenn ich da war. Ungefähr zu dieser Zeit hörte er auch auf, mir morgens einen Kaffee zu machen. Das war eine liebevolle Geste, mit er mir all die Jahre den Morgen versüßt hatte. Es war unser ›Guten-Morgen-Ritual‹, und er hatte es sich bis dato niemals nehmen lassen, mir am Morgen den Kaffee zu bereiten oder ans Bett zu bringen und bei meinem Aufwachen das erste zu sein, was ich sehe und was ich erlebe. Dieses kleine Ritual wurde *peu à peu* abgeschafft. Weil er einfach morgens nicht da war, oder in einem desolaten Zustand, oder weil es am Abend oder in der Nacht davor einen fürchterlichen Krach gegeben hatte …

Dennoch hörte ich auf zu verhüten. Sex war immer wieder ein kleiner gemeinsamer Nenner, und wir wollten ein Kind, obwohl die jüngsten Entwicklungen mir große Sorgen bereiteten. Eines Samstagmorgens cruisten wir durch Weissensee, weil wir laut darüber nachdachten, dort eine Wohnung zu kaufen, und ich hielt an der Apotheke, um einen Schwangerschaftstest zu kaufen. Pavlos fragte mich: »Was machen wir, wenn du schwanger bist?«, und ich sagte: »Am liebsten wäre mir, wenn es von selbst abginge.«

Er geriet außer sich. Er schrie mich an, dass ich wohl niemals zufrieden sei und dass ich ihn verarschte, dass ich immer neue Probleme suchte und dass er meine Ansprüche erfüllen werden würde. Ich verstand nicht, wieso er so sauer wurde, und ich sagte: »Du bist doch kaum zu Hause, und du sagst mir nicht mal, wo du die ganze Zeit bist. Du besäufst dich jede Nacht, und du schlägst mich. Wie sollen wir da gute Eltern sein?« Ein Wort gab das andere, und zu Hause angekommen schlug er mich viele Male, bevor er wieder in der Stadt verschwand. Er wollte also, dass ich schwanger werde, und war sauer, dass ich nicht bereit dazu war. Ich verstand schon lange nichts mehr, aber immerhin so viel, dass er grundsätzlich ein Kind wollte, und das reimte sich in meinem wunschdenkenden Kopf darauf, dass er sich um sein Suchtproblem kümmern würde. Das sagte er ja auch immer wieder, seit er mit Maria telefoniert hatte. Zwar hatte er noch keine konkreten Schritte unternommen, aber im Grunde hatte er versprochen, mit dem Programm ›Kontrolliertes Trinken‹ anzufangen.

Er hatte inzwischen seine restlichen Urlaubstage angetreten und stand kurz vor der Arbeitslosigkeit. Er war kaum mehr auszuhalten, schwankte zwischen Krakeelen, Drohen und Schlagen. Auch äußerlich veränderte er sich zusehends. Er wurde immer dünner und faltiger. Seine Gesichtsfarbe wurde immer grauer, die Falten immer tiefer. Aber er sah immer noch attraktiv und schön aus, und wenn er lachte, strahlte der ganze Raum … Er bekam auch weiterhin sehr viel Zuspruch von außen, für sein Aussehen und sein Charisma.

Wenn wir zusammen unterwegs waren, kam es immer wieder vor, dass die Menschen ihm hinterherschauten, pfiffen und seine Schönheit kommentierten. Einmal saßen zwei junge Kerle an einem Imbiss in der Torstraße, und beiden fiel die Kinnlade runter, als sie Pavlos entgegenkommen sahen. Einer davon zeigte auf ihn und rief, nicht nur zu seinem Kumpel: »Schau dir ihn an! So will ich aussehen, wenn ich 50 bin.« Zwar war Pavlos noch lange keine 50, aber trotzdem sah er heiß aus. Ich war hingegen permanent verquollen, verheult, schlaflos, verstört. Ich glaube, er genoss es, von Frauen und von Männern begehrt und bestaunt zu werden …

Ein Geschäftspartner unseres Instituts hatte uns radiologische Kollegen mitsamt Eheleuten zu einer Weihnachtsfeier in ein tolles Restaurant eingeladen. Ich hatte Spätdienst und fuhr vom Institut direkt nach Wilmersdorf in das Restaurant. Pavlos hatte ich seit Tagen nicht mehr gesehen, und ich machte mir riesige Sorgen. Auch übers Handy erreichte ich ihn nicht. Das letzte Mal hatte ich zwei Tage zuvor um halb fünf Uhr morgens von ihm gehört, als er mich fragte, ob ich Lust hätte, zu seinen neuen Bekannten, Tom und Caro, mitzukommen. Sie hätten alles dort, Zigaretten, Alkohol, Grass. Ich sagte, dass ich nicht käme, da ich ja auch morgens arbeiten gehen musste. Was ich mit Zigaretten, Alkohol und Grass anfangen sollte, das war die andere Frage, die zu beantworten blieb – wenn es wenigstens etwas Interessantes dort gegeben hätte? Pavlos reichte mir Caro ans Telefon, die mit einer lätschigen und lallenden Stimme zu mir sprach: »Ooooh, kooomm doch aaaauch, du hast so einen tooollen Maaann«, und ich sagte: »Ich kenne ihn.« Ich war unglaublich angewidert von ihrer Stimme. Ich verachtete ihn und sie und mich und das Leben an sich insgesamt in diesem Moment wie selten zuvor.

Ich sagte: »Nein, danke«, und seither hatte ich nichts von meinem frisch angetrauten Ehemann gehört. Bis er mich auf dem Weg zur Weihnachtsfeier anrief und mich in seiner unnachahmlich kaputten Art anbellte, dass er auch zur Party kommen würde. Und dass ich ihm sagen solle, wo das sei. Ich sagte: »Ich will nicht, dass du kommst.«, und am Telefon brach ein Streit aus. Er war total aggressiv, und ich war mir sicher, dass er sich und mich vor meinen Geschäftspartnern blamieren würde.

Am Ende war er noch vor mir da und redete auf meinen Institutskollegen Alex ein. Ich kam dazu und war stinksauer, aber geschwächt von den angsterfüllten Tagen, an denen ich nicht wusste, wo Pavlos war, und ob ihm etwas zugestoßen war, und an denen ich eigentlich niemanden um Hilfe anrufen konnte, weil dadurch das gesamte Elend aufgedeckt worden wäre. Ich war aber angepisst genug, um nicht zur Begrüßung die in der Öffentlichkeit übliche Turteltauben-Nummer abzuziehen, sondern blieb auf Distanz und sagte abweisend: »Was machst du hier? Ich will nicht, dass du bei meinen Geschäftspartnern auftauchst, wenn du 3 Tage nicht zu Hause warst, ohne ein Wort zu sagen. Alex, Pavlos war die letzten drei Tage nicht zu Hause, und ich weiß nicht, wo er war. Ich hatte totale

Angst, dass ihm etwas passiert ist, aber jetzt bin ich mir sicher, dass er sich einfach nur betrunken hat.« Pavlos setzte sein arrogantes Pokerface auf und sagte solchen Bullshit wie: »Jetzt bin ich ja hier«, und: »Ja, ich war unterwegs.«

Es war total beschämend, und der Gastgeber bemerkte, dass bei uns irgendwas nicht in Ordnung war. Pavlos stank ekelhaft nach Alkohol und sah ungepflegt aus. Er hatte ja drei Tage nicht die Kleidung gewechselt, und das sah man. Und er flirtete mit den anderen weiblichen Gästen und verschlang sie mit den Augen. Mir war das unglaublich peinlich, und ich fand ihn abstoßend. Aber mein Herz und meine Liebe für ihn ließen diese Aversion nicht zu. Es war wie ein Wettrennen, bei dem von vorn herein klar war, dass das Herz gegen den Verstand und die Selbstachtung gewinnen würde. Am Ende gingen wir gemeinsam nach Hause, und er benahm sich zur Abwechslung mal einigermaßen freundlich.

An Heiligabend und Weihnachten hatten wir uns verabredet, zu Hause zu bleiben und gemeinsam schön zu kochen. Am 27.12. erwarteten wir Besuch von Helen und Sonja. Pavlos war die ganzen Tage davor kaum nach Hause gekommen, und das machte mich fertig, zumal ich ihn oft stundenlang nicht erreichen konnte. Ich hatte immer wieder Angst um ihn, weil ich fürchtete, dass er draußen in den Kneipen und in den Straßen Streit suchte. Ich war traurig, zornig und enttäuscht, dass er sich mir gegenüber immer gleichgültiger und kaltherziger verhielt. Inzwischen hatte er wegen Pöbeleien und Kämpfen mit anderen Barbesuchern in zwei, drei Kneipen Hausverbot erhalten. Ich glaubte, die Hausverbote spielten mir in die Karten, dachte ich doch, dass er anfangen würde, sich selbst dadurch zu hinterfragen. Stattdessen belegte er die ehemaligen Lieblingskneipen mit Zorn und Flüchen und ging einfach woanders hin. Er erklärte, die Wirte hätten ihn aus Eifersucht rausgeworfen und dass er sich normal verhalten hätte. Das klang schon damals unglaubwürdig in meinen Ohren, aber es war mir nicht so wichtig, das gerade zu rücken. Durch Zurückhaltung gelang es mir manchmal, dass er in mir wieder die Verbündete und die Freundin sah und wir auch fröhlich-leichte Zeiten hatten. Dann lachten wir, scherzten, machten Urlaubspläne, sprachen über Sonja und Helen, guckten Filme, sprachen über Bücher, die wir freilich viel früher gelesen hatten, denn lesen ging seit einer Weile überhaupt nicht mehr. Oder wir machten Liebe, aßen, tranken, plauderten über kommende Konzerte oder dies und das, ganz normales Paarleben, denn das hatten wir auch, immer noch, immer wieder. Dann puzzelten wir auch weiter an den Partyvorbereitungen … Wir hatten die perfekte Location gefunden, wo wir schon mal die Kaution hinterlegten, und auch ein perfektes Datum. Die Sause sollte am 2.5. stattfinden, sodass die Gäste das lange Wochenende mit dem 1. Mai ausnutzen und ein verlängertes Wochenende mit uns feiern konnten. Wir wussten, wer den DJ machen würde, und Amber überraschte uns, indem sie die Organisation eines Live-Gigs für die Party anbot. In den guten Zeiten erschienen mir das Grauen und diese unkontrollierbaren Ausbrüche, die finsteren Abgründe als surreal und gar nicht wahr.

An unserem einzigen gemeinsamen Heiligen Abend als Ehepaar blieb Pavlos zwar zu Hause, aber er genehmigte sich, während ich unser Abendessen vorbereitete, so viele Drinks, dass er am Tisch anfing, heftig zu lallen, und ihm die Augen zufielen und das Essen beim Kauen aus dem Mund fiel. Als ich ihn fragte, was los sei, brach er zusammen – erst mit dem Kopf auf den Tisch, und dann vom Stuhl auf den Boden. Da lag er, mutwillig ausgeknockt am Heiligen Abend, auf dem Steinfußboden. Ich wusste nicht, wie mir geschah … Ich war völlig überfordert, enttäuscht, verängstigt und sehr erschöpft.

Ich versuchte vergeblich, ihn zu wecken, und dann ließ ich ihn da liegen. Weinte. Schlief selbst auch ein. Pavlos kam irgendwann zu mir ins Bett. Am Weihnachtsmorgen frühstückten wir zusammen, wie gerädert. Wir waren völlig fertig. Pavlos erzählte mir, dass er sich am Abend zuvor zwei Diazepam-Tabletten reingepfiffen hatte. Er sagte, dass er unbedingt ruhig bleiben wollte, damit wir einen schönen Heiligen Abend haben konnten. Er hatte einfach überdosiert.

Über den Tag hinweg erholten wir uns und fingen an, uns auf den Abend zu freuen. Wir waren bei Amber und Neil zum Weihnachtsdinner eingeladen. Es wurde ein sehr netter und froher Abend, es wurde viel getrunken und gelacht. Als wir gegen ein Uhr nachts nach Hause wollten, ließ ich das Auto stehen, und wir nahmen uns ein Taxi. Schon auf der Fahrt brach aus Pavlos eine unerwartete Gereiztheit. Ich glaubte immer noch, dass jeder Augenblick, der mal normal oder gut war, für immer andauern würde, und dass die wahnsinnigen und brutalen Momente absolute Ausnahmeerscheinungen und überwindbar seien. So traf mich seine Aggressivität im Taxi wie immer unvorbereitet. Als wir gerade zehn Minuten zu Hause waren, fing Pavlos an, mich zu schlagen. Ich war noch komplett angezogen, nahm mir meine Jacke und flüchtete. Ich beschloss, zu Fuß das Auto abzuholen, und marschierte los. Es waren etwa acht Kilometer zu Ambers Wohnung, und kurz bevor ich dort ankam, rief mich Amber an. Es war schon deutlich nach 2 Uhr. Sie war versehentlich auf die Anruftaste gekommen, aber wir unterhielten uns kurz, und ich sagte, dass ich wieder ganz in ihrer Nähe sei, und sie lud mich nochmal zu sich ein.

Amber und Neil hörten sich meine Geschichte an, und Neil wurde stinksauer auf Pavlos, während Amber mich tröstete und mir empfahl bei ihnen zu schlafen. Meinem Einwand, dass doch morgen die Kinder kämen, entgegnete sie, bis morgen würde ich ja auch wieder zu Hause sein. Am nächsten Morgen weckte mich Pavlos mit einem Anruf. Er war extrem streitsüchtig und fragte, warum ich nicht bei ihm sei und wo ich sei. Ich sagte, dass ich bei Amber übernachtet hätte, nachdem er mich gestern Abend geschlagen hätte. Er bellte ins Telefon: »Ich zeig dir, was du damit anrichtest, hörst du? Ich zeig dir, wer hier geschlagen wird!«, und ich hörte, wie er mit jemand anderem das Gespräch aufnahm und pöbelte. Wie er rief: »Was gibt es zu glotzen, was willst du, soll ich dir zeigen, was es da zu glotzen gibt?« Ich fragte, wo er sei, und er meinte, am Rosa-Luxemburg-Platz, bei dem Friseursalon. Und dann sagte er: »Ich lass jetzt das Telefon für dich mitlaufen, hör zu, Stella!«

Was ich daraufhin zu hören bekam, machte mir schlimme Angst. Es schrie sich mit den Leuten beim Friseur Beleidigungen und Bedrohungen zu, es polterte, und fremde Stimmen schrien durcheinander. Es hörte sich bedrohlich und nach einer größeren Krawall-Situation an. Egal, wie ich versuchte, dazwischen zu gehen, er reagierte nicht. Ich glaube, er hatte das Handy in der Jackentasche und hörte gar nicht, dass ich versuchte, ihn aufzuhalten. Ich hörte mir das Geschehen 10 Minuten lang an und beschloss dann hinzufahren. Neil und Amber weckte ich nicht, sondern schrieb nur eine kurze Notiz zum Dank. 10 Minuten später war ich schon dort, die Stadt war an diesem zweiten Weihnachtsmorgen wie leergefegt. Ich fuhr auf ein größeres Polizeiaufkommen an der Torstraße zu. Etwa 15 Polizisten und zwei Kastenwägen standen um Pavlos herum, der mit einem roten Schal um den Hals aus der Menge leuchtete. Er lehnte mit dem Rücken an der Hauswand, durch Handschellen an die Schutzgitter der Fenster angeschlossen, beide Arme seitlich vom Körper weggestreckt. Wie ein kaputter, fluchender, krakeelender Jesus ohne Kreuz. Er schrie Beleidigungen gegen die Polizisten und lamentierte lauthals vor sich hin. Ich stellte das Auto ab, näherte mich zu Fuß von der Gegenfahrbahn und fragte, was los sei. Ein Polizeibeamter klärte mich auf, dass Pavlos in dem benachbarten Friseursalon herumgepöbelt hätte und dass zwei Angestellte des Salons ihn wegen Körperverletzung angezeigt hätten. Die Angestellten seien heute nur zufällig dort gewesen, als Pavlos in den Laden hineinging und anfing, die Mitarbeiter zu beschimpfen und bedrohen. Die beiden hätten versucht, ihn hinauszuwerfen, woraufhin Pavlos mit Shampoo-Flaschen nach ihnen geworfen hätte und handgreiflich geworden wäre. Ich sah ihn in seinen teuren Klamotten, mit seinem tollen Parfum ... All das konnte nicht mehr darüber hinwegtäuschen, dass der Mann völlig kaputt und unberechenbar geworden war. Er sah aus wie ein ausgemergelter, 70-jähriger, psychotischer Clochard. Mitleid, Wut, Enttäuschung, Fassungslosigkeit, alles zusammen überschwemmte mein Herz und vermischte sich mit der Liebe, die schon immer für ihn da war. Die Vermischung der Gefühle und der kühle Blick auf Pavlos zerrissen mich innerlich. Dieser schrie mich an, dass ich ihm helfen solle.

Es zeichnete sich ab, dass er in die Ausnüchterungszelle kommen sollte, oder was immer ›in Gewahrsam‹ bedeutete. Was sollte ich denn tun? Am zweiten Weihnachtstag? Ich rief ihm zu: »Was machen wir mit den Kindern, sollen sie bei Sandra bleiben?« Er schaute nur irritiert und schrie mich an: »Tu etwas, hilf mir! Ruf Bernhard an oder Ivo! Die Kinder sollen kommen!« Bernhard und Ivo waren zwei befreundete Rechtsanwälte.

Kurz darauf wurde Pavlos von drei Polizeibeamten in den Kastenwagen gezerrt und in dieses kleine Extra-Kabuff gesperrt. Er schaute mir dabei triumphierend und trotzig ins Gesicht, als wollte er mir demonstrieren ›Schau Stella, das hast du jetzt davon!«

Ich schaute dem Kastenwagen nach, dann fuhr ich nach Hause und setzte mich ans Telefon. Von der Polizei bekam ich nur Informationsfetzen, an denen ich mich entlanghangelte, um herauszufinden wo Pavlos sich befand. Ich war total außer mir.

Wir hatten immer noch keine Weihnachtsgeschenke für die Kinder, die wir am Nachmittag erwarteten. Ich rief Amber an und bat sie, mir Weihnachtsgeschenke für Pavlos' Kinder zu kaufen. Nachdem wir die Hochzeitssause bezahlt und ich immer wieder Pavlos' Kontostand ausgeglichen hatte, war ich ziemlich pleite. Er gab seit Monaten viel zu viel Geld aus, seine täglichen Barabende waren nicht nur lang, sie waren auch teuer. Sein Dispo war schon lange immer wieder über dem Limit, während ich mich als Selbstständige noch im Kontokorrent bewegte. Aber an diesem Weihnachten wurde es auch auf meinem Konto eng … Ich bat Amber also, die Geschenke für Helen und Sonja auszusuchen und zu kaufen. Das ausgelegte Geld würde ich ihr zurückgeben, wenn ich könnte. So bankrott wie ich war, fühlte ich mich auch.

Irgendwann rief Ivo zurück, aus seinem Weihnachtsurlaub. Er versprach, sich darum zu kümmern, und etwa eine halbe Stunde später wusste ich, dass Pavlos in der Polizeidirektion 33, Abschnitt 3 saß. Ich könne dort hinfahren und ihn abholen, denn er würde demnächst freigesetzt werden.

Inzwischen hatte Amber für beide Kinder ein Geschenk gekauft und war auf dem Weg zu mir. Ich bat sie, mit mir zu kommen, um Pavlos abzuholen. Ich hatte Angst vor ihm und um ihn. Und um mich. Wir fuhren zusammen zur Polizeidirektion in der Perleberger Straße, und nach einer Wartezeit wurde uns gesagt, dass Pavlos schon entlassen worden sei. Wir machten uns also auf den Heimweg. Amber stärkte mir den Rücken und machte mir Mut, für jedes mögliche vorstellbare Szenario.

Zu Hause angekommen fanden wir Pavlos bei weit aufgerissenen Fenstern, mit unfassbar lauter Musik. Er war total aufgeheizt und gereizt. Er machte eine Riesenszene, beschwerte sich über das Unrecht, das ihm widerfahren war, tischte nochmal in voller Pracht – sehr aufgebracht – die Story von vor über 20 Jahren auf, als er im Krankenhaus in die Hoden getreten worden war, und setzte das in Bezug zu den morgendlichen Ereignissen. Er sagte keinen Ton davon, dass er die Leute im Friseursalon bedroht hatte, und auch nicht, dass er zuvor seine Ex-Freundin Heike damals gewürgt hatte. Als ich ihm entgegenhielt, dass er die Leute vom

Friseursalon bedroht habe, schaute er mich an, als würde ich spinnen. Völlig entgeistert und ungläubig. Aber er kommentierte meinen Einwurf nicht, er sagte weder, dass es stimmte, noch dass es nicht stimmte. Er machte einfach dort weiter, wo ich ihn unterbrochen hatte.

Ich bat ihn, die Wohnung für die Kinder vorzubereiten und Essen einzukaufen, weil ich Amber noch zu einem Termin fahren wollte. Als ich zurückkam, war Pavlos tief und fest eingeschlafen, und es war unmöglich ihn zu wecken. Er hatte weder eingekauft noch aufgeräumt. Ich fuhr zum Supermarkt. Mit den Einkäufen zurück gelang es mir schließlich, Pavlos zu wecken, und das war auch bitter nötig, denn es war langsam Zeit, die Kinder vom Bahnhof abzuholen. Wir fuhren zum Bahnhof, Pavlos völlig erschöpft, ich am Rande des Nervenzusammenbruchs, doch wir kamen pünktlich am Gleis an, und die Kinder freuten sich und fielen uns in die Arme. Nachdem die Sachen nach Hause gebracht waren, hatten alle Lust auf Pizza, und wir gingen zum Italiener um die Ecke. Während wir auf das Essen warteten, erzählte Pavlos mit aufgesetzter Fröhlichkeit irgendwelches zusammenhangloses Zeug. Er wiederholte sich mehrmals, erzählte in Spiralen, die nur für ihn Sinn ergaben. Helen senkte den Blick, beschämt, aber mit undurchdringlicher Miene, um sich den Schmerz nicht anmerken zu lassen. Sonja schaute ihren Vater an, schaute ihm direkt ins Gesicht, schweigend, still und traurig, erschüttert. Ihr flossen lautlose Tränen aus den Augen. Sie sagte nichts, sie rührte sich nicht, man hörte keinen Mucks, aber die Tränen konnte sie nicht aufhalten. Ich glaube, sie bemerkte gar nicht, dass sie weinte. Ich wusste nicht, wie ich sie trösten sollte, war ich selbst doch untröstlich.

Die Ferien mit den Kindern verliefen im Großen und Ganzen recht nett, außer, dass Pavlos an 2, 3 Nächten die Wohnung verließ und erst in den frühen Morgenstunden wiederkam. Ich half Pavlos ganz selbstverständlich, seine nächtlichen Sauftouren vor seinen Kindern zu vertuschen. Ich glaubte sogar, dass er jetzt die Kurve kriegen würde, weil es auch immer wieder harmonisch und friedlich war und wir viel Spaß zusammen hatten. Wir spielten, kuschelten, guckten Kinderfilme, lernen griechische Vokabeln, unternahmen dies und das. Silvester verbrachten wir zusammen auf einer Party, und nach Mitternacht gingen wir heim und spielten uns gegenseitig Musik vor. Das erste Lied kam von mir – *Take me to church* von Hozier. Es sollte in diesem Jahr 2015 noch mehrmals eine ruhmlose Rolle spielen, doch an diesem Abend waren alle begeistert und freuten sich über meine Auswahl. Es war ein schöner Neujahrsmorgen. Am nächsten Tag hatte ich eine Verabredung mit einem Heilpraktiker, der auf seiner Webseite versprach Zucker- oder Zigaretten- oder Chips-Sucht mit der Weiss-Methode ›wegzaubern‹ zu können. Ich war gespannt, denn ich war inzwischen ziemlich Chips-süchtig … Ich kam zurück, und es funktionierte. Alle waren erstaunt, und es war ein schöner, erfolgreicher und erleichterter Jahresbeginn. Keine Gewalt, keine Beleidigungen, keine Chips. Doch kaum waren die Kinder weg, wurde alles noch viel schlimmer als je zuvor. Denn auch das Projekt ›Chips-Fressen beenden‹ war in Pavlos' Wahrnehmung nur eine weitere Provokation, die ich ihm zufügte. »Die makellose Radiologin legt ihr letztes Laster ab.«

Ich fing im Januar wieder an zu arbeiten, und Pavlos zog um die Häuser. Am 7. Januar war der Terroranschlag auf die französische Satirezeitschrift Charlie Hebdo. Das nahm uns alle sehr mit, allen zuvorderst Pavlos. Er heulte und schrie und zeterte, und nachts, wenn er auf Sauftour war, wurde das zum Thema, mit dem er radikaler, lauter und aggressiver auftreten konnte. Er lamentierte, heulte, schrie und winselte über den Terroranschlag. Er setzte sich in die Perspektive eines Rächers. Er fabulierte an einer Geschichte herum, dass er nachts, wenn er um die Häuser zog, eine Armee für die globale Gerechtigkeit zusammenstellte. Er warf mir vor, nicht zu wissen, was für ein Rächer und Retter der Entrechteten und Unterdrückten er sei. In der Zeit hatte er immer einige Requisiten bei sich – *drumsticks*, Krücken oder einen Gehstock. Damit fuchtelte, trommelte, gestikulierte er wild durch die Luft, schlug gegen Wände, Türrahmen oder auch gegen mich. In Bars trommelte er mit seinen *sticks* zur Musik, um Interesse zu erzeugen, sein Gehstock und die langen grauen Haare unterstrichen seinen coolen Style. Er sah sehr extravagant aus und zog die Blicke auf sich. Draußen dienten ihm diese Accessoires als Halt, Schmuck, Zeitvertreib und zogen die Aufmerksamkeit der Nachtgestalten auf sich. Zu Hause waren sie Demonstration der Gewalt und Überheblichkeit. Und dann erzählte er, die Krücke wie ein Gewehr, die *drumsticks* wie Schwerter vor sich haltend, von seiner Infanterie, der er als

General vorstand. Seine Armee für die Gerechtigkeit würde die verdorbenen Bänker und die Hintermänner der Macht eines Tages aufmischen und zur Rechenschaft ziehen. Die Soldaten würden sich sowohl des vereinten Hirnschmalzes als auch der mächtigen Waffengewalt bedienen, um die Weltherrschaft zu stürzen. Oft kam er nachts sturzbetrunken und auf Krawall gebürstet nach Hause, während ich versuchte zu schlafen, und drehte die Musik so laut, dass ich aufstand und ihn bat, sie leiser zu machen. Diese Bitte führte regelmäßig dazu, dass er mich angriff oder schlug, mit oder ohne Requisiten – untermalt vom überlauten Soundtrack des Films in seinem Kopf, in dem er die Welt mit seiner Armee und seiner Krücke retten würde.

Inzwischen hatte ich stets eine Notfalltasche griffbereit, in der ich alle Schlüssel aufbewahrte und die unauffällig neben dem Hocker lehnte, auf dem ich meine getragene Kleidung ablegte. Ich schlief in einem Jogginganzug, sodass ich mich gar nicht mehr anziehen brauchte, wenn ich aus dem Schlaf geweckt oder geprügelt wurde, schnell die gepackte Tasche greifen und ohne größeren Zeitverlust wegrennen konnte. Im Institut hatte ich einen Stapel Unterwäsche, Hygieneartikel und frische Kleidung, sodass ich dort jederzeit unvorbereitet übernachten konnte.

Es gab nur diese unangenehme Situation, wenn mir die Putzfrau morgens über den Weg lief. Sie fragte nichts, ich erklärte nichts, aber ungewöhnlich war es für sie wahrscheinlich schon, ihrer Chefin um fünf Uhr morgens auf dem Gang zu begegnen … Zumal allen bekannt war, dass ich vor gerade mal zwei Monaten geheiratet hatte. Alex und Jana, meine beiden Institutskollegen waren inzwischen halb im Bilde – ich hatte ihnen beiden im Vertrauen und in der Hoffnung, dass sie mir beistehen würden, erklärt, dass Pavlos trinkt und sich immer wieder unberechenbar benimmt. Die Gewalttätigkeiten redete ich kleiner, als sie in Wahrheit waren, aber ich deutete sie nicht nur an. Beide reagierten bestürzt und erschrocken. Und beide boten mir ihre Hilfe an und bei ihnen zu übernachten, wenn es notwendig würde.

Ich nahm ihre Angebote aus verschiedenen Gründen nicht an. Ich wollte sie nicht mit meinen Problemen behelligen, und ich wollte weiter ihren kollegialen Respekt genießen. Ich befürchtete, dass sie mein privates Chaos für als berufliche Unzurechnungsfähigkeit interpretieren würden, und es war mir sehr daran gelegen, dass dies nicht geschah. Ich war weiter sehr sorgfältig und ehrgeizig auf der Arbeit, und die Patienten waren mit meiner Arbeit zufrieden. Mir war äußerst wichtig, meinen Kollegen, Freunden und der Familie gegenüber die Schwere und Häufigkeit der Gewalttätigkeiten zu verschleiern, unter denen ich litt. Es erschien mir, als ob ich Pavlos verraten würde, wenn ich meinen Kollegen die Wahrheit erzählte, und dass ich dadurch seine Motivation, mit dem Trinken aufzuhören, aufs Spiel setzte. Ich konnte durch das Vertuschen weiter daran glauben, dass er bald die Entgiftung und die Abstinenz wählen würde, oder zumindest das ›kontrollierte Trinken‹. Auch wenn alles mehr und mehr außer Kontrolle geriet … Ich besprach diese Themen mit meiner Psychotherapeutin, und eben nicht mit meinen Kollegen. Irgendwann im letzten Sommer war ich mit ihrer und mit Hilfe der Sachbücher über Sucht und Co-Abhängigkeit auf den Trichter gekommen, dass die Folgen des Saufens alle unsere Probleme verstärkten, und in vielerlei Hinsicht sogar die Ursache fast aller Konflikte waren. Mein Unglücklichsein, die Schmerzen, meine Gefühle der Ohnmacht hatten alle damit zu tun, dass Pavlos trank und dadurch immer unberechenbarer und unzurechnungsfähiger wurde.

Ich besuchte eine Suchtberatungsstelle in Berlin Moabit. Die Beraterin, Frau Rosenkranz, erschien mir sehr kompetent. Dinge, die auszudrücken mir schwer fiel, verstand sie sofort und fasste sie in ihren Worten viel akkurater und prägnanter zusammen, als ich das jemals vermocht hätte. Sie verstand meinen Kummer, meine Ängste, und sie machte mir keine Vorwürfe, weil ich zu meinem Mann hielt, obwohl er sich wie ein Idiot benahm. Sie begriff, all diese Situationen, in denen Pavlos Blackouts hatte, psychotische Zustände, dieses ganze politische, revolutionäre Gehabe als Folge der alkoholbedingten Degenerationen im Gehirn. Sie verzeichnete diese Verhalten nicht mal als ›besonders‹. Auch wenn ich versuchte, ihr zu beschreiben, wie irritierend und verwirrend es für mich war, dass er auf seinen sozialen Netzwerken massiv über Ungerechtigkeiten in der Welt, die Morde bei Charlie Hebdo, die Ausbeutung der dritten Welt, Gewalt in der Berliner U-Bahn und so weiter postete, aber nachts mir gegenüber zum Gewalttäter und Schläger wurde – sie konnte damit was anfangen, es einordnen. Und sie wusste, dass es nichts bringt, mir zu empfehlen, diesen

Mann zu verlassen. Sie verstand die Situation zutiefst, und sie wusste, dass ich von alleine da rausfinden musste, und keine Empfehlung oder Fürsprache in der Welt mich dazu bewegen könnte, die Ehe zu verlassen, bevor ich nicht selbst den Glauben daran verloren hätte. Sie empfahl mir, mich einer Gruppe anzuschließen, die aus Angehörigen von Alkoholikern bestand, da die Beratungsstelle nicht wirklich ausgestattet war, auch Angehörige zu beraten. Frau Rosenkranz gab mir die Visitenkarte ihres Kollegen Herrn Ludwig, der gerade im Begriff war, eine Gruppe ›Kontrolliertes Trinken‹ zu formieren, und einige wirklich sehr gute Broschüren zum Thema.

Ich gab Pavlos die Broschüren und die Visitenkarte und folgte ihrem Rat und ging in eine Angehörigen-Gruppe, Al-Anon. Diese Al-Anon-Gruppen sind eine Selbsthilfeorganisation, die neben den Anonymen-Alkoholikern entstanden ist. Es gibt viele Gruppen, die sich zu bestimmten Terminen treffen. Ich besuchte einige, und es stellte sich heraus, dass mir die Freitag-Abend-Gruppe am Prenzlauer Berg am besten zusagte. Worüber gesprochen wurde und wer da war soll und muss anonym bleiben – die Anonymität ist Grundvoraussetzung, dass solche Gruppen stattfinden können. Mir persönlich half diese Anonymität sehr, überhaupt hinzugehen, und mich irgendwann zu öffnen und meinen Kummer zu teilen.

Beim ersten Mal habe ich einfach nur geweint. Während der gesamten Zeit. Die anderen Angehörigen erzählten, wie sie mit den Problemen und Konflikten mit ihren trinkenden Partnern, Vätern oder Verwandten umgingen. Für mich klangen ihre Geschichten, als wüssten sie sehr gut über die Verstrickungen und Abgründe Bescheid, und als wüssten sie, was zu tun sei. Als wäre Routine, Alltag, ja, ein Leben mit einem suchtkranken Angehörigen möglich. Mir war nicht klar, wie diese Gruppe mir würde helfen können, insbesondere, da während der Beiträge nicht wirklich Bezug aufeinander genommen wurde. Jeder erzählte etwas von sich selbst, aber man kommentierte die Beiträge der anderen nicht. Das war weder erwünscht, noch zugelassen. Auch wenn ich nicht verstand, wie das funktionieren sollte, es wirkte dennoch und half mir. Dieses seltsame Rauschen der Wahrnehmung – sich selbst nicht mehr vertrauen können und dem Anderen sowieso nicht – all das waren auch Themen der anderen Teilnehmer. Ich bekam Mitgefühl, Verständnis und Trost, auch wenn es nicht so explizit ausgedrückt wurde und immer eine gewisse Distanz zu den anderen vorhanden war. Sich wiederzuerkennen in den Berichten der Anderen und zu hören, dass auch andere Frauen und Männer – intelligente, charmante, gebildete und geistreiche Personen – in einem ähnlichen Chaos gefangen sind, versöhnte mich ein wenig mit mir selbst. Ganz anders als Pavlos: Direkt nach meinem ersten Meeting trafen wir uns in einem Restaurant. Er war schon sternhagelvoll, als ich dort ankam, hatte sein Gericht schon fast aufgegessen und fing gleich an, gegen mich zu pöbeln. Er hatte mir zwar ein Buch mitgebracht, von Laury Penny, und ich freute mich darüber, aber er hatte sich von vornherein darauf eingeschossen, dass ich mich nicht freute und nicht mal begriff, dass dies ein politisches Buch sei. Ich sah ihn an und musste unwillkürlich lachen. Es war ein Lachen aus Verzweiflung, aus Spott, ein Eingeständnis der gesamten Lächerlichkeit der Situation. Es geschah etwas Merkwürdiges – Pavlos lachte mit. Zwei, drei Minuten lachten wir über alles und uns und ihn und mich. Und dann war der Spaß vorbei. Dann wurde es Ernst. Er wurde bedrohlich. Er funkelte mich verächtlich und hasserfüllt an. Er spuckte Beleidigungen durch seine Zähne, während er zahlte, und wir verließen das Lokal.

Ich hatte das Auto etwa 80 Meter weiter geparkt, aber es brauchte mehrere Minuten, bis wir dort ankamen, weil er immer nur zwei, drei Schritte vorwärtsging, um dann wieder stehen zu bleiben und mit seiner Krucke die Passanten anzupöbeln, mich zu beleidigen oder irgendwas zu krakeelen. »Je suis Charlie« oder »ihr verfickten Deutschen, ihr analphabetischen Berliner« … Wehe dem Passant, der sich angesprochen fühlte – dann konnte aus solch einer bescheuerten Provokation eine Riesendiskussion, ein Wortgefecht oder auch eine Rauferei entstehen. Ein Fußgänger war kurz davor, sich auf ihn einzulassen, überlegte es sich dann aber doch anders, und Pavlos hatte wieder Energie übrig, die er gegen mich richten konnte. Ich war erschöpft, voller neuer Eindrücke aus der Al-Anon-Gruppe, in der ich bitterlich geweint hatte, und eigentlich nicht mehr zurechnungsfähig. Dennoch wollte ich nicht, dass er mich wieder verlässt, und ich schlug vor, dass wir zusammen in eine Kirche gingen. Wir waren früher schon immer mal wieder, wie Touristen, in Kirchen gegangen, um die friedliche Atmosphäre oder Stille dort zu genießen. Wir zündeten aus folkloristischen Gründen auch hier und da mal eine Kerze an und ließen den Frieden im Gotteshaus in uns hineinfließen. Ich sagte also: »Du kannst dich jetzt wieder hineinsteigern und den gesamten Groll der ganzen Welt ausleben, oder wir können zusammen eine Kirche besuchen.« Ich weiß nicht, wieso, aber er ließ sich darauf ein … Hoziers *Take Me To Church* war sehr präsent in unserem Leben, weil Pavlos es auf der Gitarre und auf dem Klavier immer wieder übte. In dem Song steht ›church‹ eigentlich für sexuelle Erfüllung. Da Pavlos und ich uns zu der Zeit kaum mehr sahen, waren wir wahnsinnig weit entfernt von sexueller Erfüllung, der titelgebende Refrain aber schien mir dennoch geeignet, ihn ein wenig zu beruhigen oder zumindest die Möglichkeit zu öffnen, dass er bei mir blieb und an diesem Abend weniger soff … Er spuckte nur: »Wenn die Zionskirche nicht offen ist, dann Gnade dir Gott!« zwischen den Zähnen aus. Wir beide wussten, dass die Zionskirche fast immer geschlossen war, wenn nicht gerade eine Veranstaltung stattfand. Und auch an diesem Tag war sie zu. Ich fuhr uns zur Sophienkirche, die allerdings auch zu war. Pavlos wurde aggressiver, und seine Gesten und seine Stimme wirkten immer bedrohlicher. Ich erinnerte mich, dass 100 Meter weiter der Berliner Krisendienst in Mitte ein Büro unterhielt. Das wusste ich, weil ich einige Tage, nachdem Pavlos Amber und mich im Institut eingesperrt hatte, genau dieses Büro aufgesucht hatte, als ich nicht mehr weiterwusste. So sagte ich: »Ich weiß, wo wir rausfinden, welche Kirche offen ist: komm mit!«, und bugsierte ihn zum Krisendienst. Dort fragten wir die Mitarbeiterinnen, welche Kirche offen sei. Eine der beiden Frauen verschwand in einem anderen Raum und versuchte telefonisch, eine offene Kirche herauszusuchen. Die andere sprach mit Pavlos und mir, wobei Pavlos versuchte, sie zu verunsichern und sie bei Wissenslücken zu ›ertappen‹. Er versuchte, sie bloßzustellen und zu diskreditieren, dass Psychologen und Psychologinnen doch auch besser dotierte Stellen haben könnten …

Die andere Mitarbeiterin rief mich zu sich, in den anderen Raum. Sie fragte mich unverhohlen, ob ich Hilfe brauche und ob sie die Polizei rufen soll. Ich antwortete, dass wir tatsächlich sehr dicke Luft hätten, ich aber hoffte, mein Partner würde sich in der Kirche, die wir aufsuchen wollten, beruhigen. Sie drückte mir einen kleinen Zettel mit einer Notfall-Nummer in die Hand, die ich anrufen könnte, wenn ich in Gefahr sei. Ich glaube, es war eine Nummer, mit der ich Zuflucht in einem Frauenhaus bekommen konnte. Ich bedankte mich, fragte nochmal nach einer offenen Kirche, und sie gab mir eine Adresse in Hermsdorf.

Immerhin stand uns eine Fahrtzeit von einer guten halben Stunde bevor, und bis zum Auto dauerte es schon eine Ewigkeit, weil Pavlos wieder alle paar Schritte stehenblieb und sich über die Psychologinnen, die Passanten, den IS, Berlin und mich auskotzte und lautstark herumpöbelte. Er blieb stehen und wartete, bis auch ich stehenblieb, und meinen Blick auf ihn richtete. Dann schimpfte er unter hektischem Hin- und Her-Gestikulieren, um dann weitere 4 Schritte zu gehen. Es war unfassbar nervig und peinlich. Ich wollte einfach zum Auto und nach Hermsdorf zur Kirche ... So ging ich ein, zwei Schritte voraus, und allein in dem sich ändernden Abstand zwischen ihm und mir lag so viel Widerstand, Spannung, Ungeduld, Wut, Schmerz, Frust und Hass, dass es kaum auszuhalten war ... Und ich ahnte, dass auch der Kirchenbesuch nichts verändern würde, zumindest nicht dauerhaft.

Nach diesem Parcours von nicht mal 100 Metern fuhren wir irgendwann doch los. Pavlos schlief im Auto ein, und das war der friedlichste Moment. Aber er dauerte nicht lange. Kurz bevor wir an unserem Ziel ankamen, wachte er auf und fing sofort wieder zu pöbeln an, machte mein Fahren schlecht, und warum das so lange dauerte. Ich hielt an, wir stiegen aus und gingen zu der Kirche, die tatsächlich offen war. In der Kirche verlegte Pavlos sich auf ein unsägliches Geplapper darüber, dass ich Gott nicht genüge und ihn enttäusche. Das ging etwa 15 Minuten so, bis sogar er genug hatte. Wir gingen hinaus und fanden die Polizei bei unserem Auto, die Autotüren sperrangelweit offen. Wir näherten uns der Polizei und vermittelten den Beamten, dass wir die Besitzer des Autos und nur einen Moment in der Kirche gewesen seien und weiterfahren wollten. Sie ließen uns kopfschüttelnd gehen, mit mehrfachen Warnungen, dass so ein Auto auch geklaut werden könne und dass die Nachbarschaft das offene Auto bei der Polizei gemeldet hätte. Ich verspürte den klitzekleinen Impuls, die Polizisten um Hilfe zu fragen, aber ich fühlte mich zu schwach und zu unvorbereitet für so eine Kamikaze-Aktion, also setzten wir uns ins Auto und fuhren los. Pavlos aber war durch die Situation noch weiter aufgestachelt, zumal *ich* die Autotüren offengelassen hatte, so konnte er noch mehr auf mir rumhacken, wie verrückt und wie durcheinander ich sei, wie bescheuert. Er steigerte sich so rein, dass er anfing, vom Beifahrersitz gegen meinen Oberarm zu schlagen und gegen meinen Kopf, obwohl ich am Fahren war, es dunkel und teilweise glatt war. Ich schrie zurück »hey, hör auf«, und er riss mir die Brille von der Nase, die ich zum Autofahren, insbesondere nachts, brauche. Ich griff nach der Brille in seiner Hand, und sie brach entzwei, was ein ziemlicher Schaden war, denn es war ein teures Designergestell. Er griff mir ins Lenkrad, ich ließ los, mit einem fatalistischen Anflug von ›Das war's dann wohl‹, und das Auto rammte gegen einen Bordstein, auf dem ich es schließlich zum Stehen brachte. Beide Reifen auf der linken Seite waren geplatzt. Ich fuhr das Auto unter Pavlos' Geschrei und Beschuldigungen auf den Aldi-Parkplatz, der zu dieser Stunde leer stand. Nur ein paar Jugendliche hingen vor der Filiale rum und warteten auf ihre Freundin, die noch Inventur im Markt machte. Sie kamen auf uns zu und erkannten, dass Pavlos extrem gereizt und gewaltbereit war. Die Kids kannten sich offenbar mit solchem Verhalten aus, denn sie bedrohten Pavlos so gekonnt zurück, dass er mit seiner Krücke und seinen kaputten Knien davonlief. Die Kids riefen die Polizei, und ich konnte nichts dagegen tun. Das Handy wurde mir gereicht, damit ich der Polizistin am anderen Ende erzählte, was vorgefallen war. Ich sagte, dass ich eigentlich nicht die Polizei habe rufen wollen und nichts passiert sei. Sie nahm es mir ab, oder akzeptierte es zumindest. Ich rief ein Taxi, und es hieß, dass es 20 Minuten brauchen würde, bis es da sei. Ich fing an, mir Sorgen um Pavlos zu machen, was er denn machen würde ohne einen Euro und ohne öffentliche Verkehrsanbindung. Ich versuchte, Ihn anzurufen und ihm zu simsen, dass er zurückkommen solle und dass ich ein Taxi gerufen hätte. Und tatsächlich mit dem Taxi tauchte auch Pavlos von der gegenüber liegenden Straßenseite auf. Die Kids boten nochmal ihre Hilfe an, ich lehnte ab und bat den Taxifahrer kurz, auf den sich extrem langsam nähernden Pavlos zu warten. Er stieg auch ein und fing sofort an, mich zu beschuldigen, dass ich die Kids auf ihn gehetzt hätte und dass ich ihn in Gefahr gebracht hätte und das Auto nicht nur offengelassen, sondern auch zu Schrott gefahren hätte. Ich fühlte mich wirklich beschissen … Und dann fing er an, den Taxifahrer zu belästigen und anzuschreien, wohin er denn fahre und wie und überhaupt. Das alles mit seiner Krücke in der Hand, mit der er wild rumfuchtelte. Ich schämte mich und fühlte mich unfassbar bloßgestellt und schwach. Ich versuchte, Pavlos zu bremsen in seiner Wut und den Fahrer in Schutz zu nehmen. Pavlos schrie mich an: »Fick doch den Taxifahrer«, und zum Taxifahrer: »Wenn Du ficken willst, dann fick sie, fick meine Frau.« Das wiederholte er mehrmals, und ich sagte zum Fahrer, dass er ihn an einer U-Bahnstation rauswerfen solle.

Er hörte auf mich, und Pavlos verabschiedete sich mit den herausgebrüllten Worten: »Das wirst du bereuen, ich zeig's dir, ich mach dich fertig«, Worte, an die ich mich nicht gewöhnen konnte, obwohl sie mir seit einigen Wochen immer wieder entgegen geschleudert wurden. Er verschwand mit lautem Knall, und ich brach zusammen und weinte bis ich zu Hause ankam. Ich bat den Fahrer, kurz auf mich zu warten, damit ich einige Sachen zusammen kramen konnte, um zum Übernachten weiter ins Institut zu fahren. Dort schlief ich ein, nur um gegen halb fünf wie von einem Elektroschock geweckt zu werden. Ich saß senkrecht auf der Liege, mein Herz klopfte wie wild, ich schwitzte, und mir war flau im Bauch. Ich wusste, dass in dem Moment irgendwas wirklich Schlimmes zu Hause passierte. Ich nahm ein Taxi nach Hause und hörte an der Haustür Pavlos und eine Frauenstimme leise miteinander reden. Ich hörte die Gitarre und die *drumsticks* – es wurde geredet und musiziert, und ich kauerte auf den Knien vor meiner eigenen Haustür, an der unsere beiden Namen standen. Ich konnte nicht rein, ich konnte nicht raus, so setzte ich mich auf die Treppenstufen und wusste nicht, was tun. Die Stimmen aus unserer Wohnung wurden lauter, und es hörte sich so an, als würden sie gleich herauskommen. Ich stand auf, und tatsächlich, zuerst kam eine junge Frau heraus und direkt dahinter Pavlos. Ich nahm Schwung von der fünften Stufe, und mit den Füssen voraus sprang ich gegen ihn. Er fiel zu Boden und ich auf ihn drauf. Die beiden waren total überrascht, die Frau war auf der dritten, vierten Stufe nach unten stehen geblieben, schaute mit großen Augen auf Pavlos und mich zurück, während wir uns langsam aufrappelten – und ich fuhr sie an: »Was glotzt du so? Was machst du in meiner Wohnung? Weißt du, dass der seit zwei Monaten mit mir verheiratet ist? Wie findest du das?« Sie schaute völlig überfordert und sagte: »Ich glaub, ich geh dann mal.« Und Pavlos und ich waren endlich mal einer Meinung, »ja, du gehst dann mal« …

Pavlos und ich machten daraufhin einen Spaziergang, und ich fragte ihn all die bescheuerten Fragen wie »Wer ist das, was soll das, was macht die mitten in der Nacht in unsrer Wohnung, wo kommt die her, wie lang kennst du sie?« und den ganzen anderen verzweifelten Mist, auf den es keine gescheiten Antworten gibt.

Er sagte, er hätte sie in der Kneipe um die Ecke getroffen und ihr angeboten, sein letztes Bier mit ihr zu teilen, und sie hätte zugestimmt. Und ich wäre ja nicht da gewesen. Ich wollte ihm glauben, war völlig neben der Spur, geschwächt, übermüdet, verheult, am Ende meiner Kräfte – und wir gingen zusammen heim. Pavlos schlief schnell ein, und ich machte mich auf den Weg, das Auto abschleppen zu lassen. Die Werkstatt veranschlagte knapp 1000 Euro für die Reifen und die Felgen, und wenn an den Achsen nichts beschädigt wäre, könnte ich das Auto Mitte der Woche wieder abholen.

Das Leben mit Pavlos wurde immer härter. Ich lernte Angst in all ihren groben und feinen Facetten kennen … Pavlos selbst wurde immer dünner, und auch durch die schicken Klamotten war sein Zerfall nicht mehr zu kaschieren. Manchmal, aus der Ferne, sah er wie ein Penner von der Straße aus. Ich erhielt ab und zu Kommentare von Bekannten, wie »sag mal, was ist denn mit Pavlos los?«, »er sieht irgendwie krank aus«, oder »er ist so komisch«, dann sagte ich: »Ja, frag ihn, bitte, sprich mit ihm und nicht mit mir.« Dieses Phänomen, dass Leute mich ansprachen, um mit mir über Pavlos zu sprechen, anstatt ihn sich selbst wegen seines komischen Verhaltens oder seines kaputten Aussehens vorzuknöpfen, ging mir mächtig auf die mitgenommenen Nerven. Alle erwarteten von mir, dass ich etwas täte, Als wäre ich nicht in Wahrheit die Einzige, die zu ihm sprach und ihn und sein Verhalten aushielt und ihn kritisierte. Genau deswegen sah ich mich ja so in der Schusslinie. Ich verstand ja selbst nicht, was um mich herum geschah, was mit meinem Liebsten und mir geschah, was uns wiederfuhr, und wie wir dort jemals rauskommen könnten. Obwohl ich mir permanent genau diese Fragen stellte – »Warum ist er so? Warum bin ich so? Wie komme ich wieder in ein normales, liebevolles Leben? Wieso hört er nicht einfach zu trinken auf, obwohl uns doch allen klar ist, dass das die Wurzel all unserer Probleme ist? Warum verhält er sich so kaltblütig und aggressiv obwohl er mich liebt?« Ich drehte mich mit solchen Fragen permanent im Kreise …

Ich fürchtete, dass er von jemandem nachts auf seinen Streifzügen so zusammengeschlagen werden würde, dass er unglücklich fallen würde und sterben würde. Dass er sich vom Balkon stürzen würde, was er tatsächlich immer wieder thematisierte. Ich fürchtete, dass er sich einfach totsaufen würde. Oder bewusstlos ausgeraubt und totgeprügelt würde. Er kam oft mit blutigem T-Shirt, ohne Schuhe, ohne Portemonnaie, ohne Handy nach Hause. Er verlor dauernd irgendwas. Oder es wurde ihm geklaut. Die Jacke, das Fahrrad, die Krücke, die Tasche mit dem Trainingszeug. Er schürte meine Angst umso mehr, als er mich oft die ganze Nacht im Unklaren ließ, wo er war, oder mich nachts um 4 anrief, dass er nicht wisse, wie er nach Hause kommen und ich ihn abholen solle. Das wurden oftmals bittere Kämpfe, weil ich eigentlich nicht bereit war, ihn abzuholen. Ich sagte ihm: »Wenn du in die Kneipe hineingehen kannst, dann kannst du auch aus der Kneipe hinausgehen.« Manchmal aber knackte er mich, indem er mir bitterlich ins Telefon heulte, dass ihm seine Knie so weh täten, und dass er kein Geld mehr hätte. Dann konnte es vorkommen, dass ich ihn um 4 Uhr morgens aus dem Bassy oder Kingsize oder Golden Gate heraus abholte. Ganz egal, ob ich am nächsten Tag auf der Arbeit fit sein musste.

Im Nachhinein finde ich es erstaunlich, dass mir in all der Zeit der Schlaflosigkeit, Gewalt, Angst und geistiger Umnachtung keine Fehler auf der Arbeit passiert sind. Im Gegenteil, ich bekam weiter Dank, positives Feedback, sehr nette Bewertungen von meinen Patienten, meinem Team, und auch ich selbst war zufrieden mit meinen medizinischen Ergebnissen und Umsätzen. Meine Arbeit gab mir Halt während der gesamten Phase des langsamen, aber dafür totalen Zusammenbruchs meines Privatlebens. Ich lernte, dass ich selbst in absoluten psychischen Ausnahmezuständen auf höchstem Niveau arbeiten konnte, und ich staunte, und staunte auch nicht, weil ich in meiner Rolle als Ärztin weiterhin authentisch war. Dort konnte ich alle Register ziehen, obwohl mich die nächtlichen Horrorszenarien mit meinem Liebsten in meinen Grundfesten erschütterten. Meine Arbeit jedoch blieb von diesen Erschütterungen ausgenommen. Das war ein sehr interessantes Phänomen, und ab und zu sprach ich mit meinen Kollegen Alex und Jana darüber. Es gab immer wieder Situationen, in denen wir sogar Witze darüber machen konnten.

Außerdem hatte er, kurz nachdem ich ihm Herrn Ludwigs Visitenkarte und die Broschüren aus der Suchtberatungsstelle gegeben hatte, dort einen Termin vereinbart, und er kam sehr guter Dinge heim. Er sagte, Herr Ludwig – »Michael« – gefiele ihm, er sei schlau und kompetent. HALLELUJA!!!

Ich war so froh, das zu hören, und dieser Schritt nährte meine Zuversicht, dass alles wieder ins Lot kommen würde. Pavlos war nun tatsächlich auf der Warteliste für die Gruppe ›Kontrolliertes Trinken‹. Bis zum Start der Gruppe bot Michael ihm freie Gesprächstermine an. Und Pavlos nahm sie an. Fast regelmäßig. Wir verhüteten nicht mehr, und ich hoffte, dass ich schwanger werden würde. Doch Pavlos war in den Zeiten, in denen Empfängnis theoretisch möglich gewesen wäre, nicht da. Trotzdem hielten wir beide, zumindest verbal, weiterhin an unserem Kinderwunsch fest. Da waren wir einer Meinung, auch wenn wir ansonsten immer weiter auseinander drifteten.

Einmal wöchentlich ging er nun zur Moabiter Suchtberatungsstelle, zu seinem Termin mit Michael. Danach ging er in die *Bierklause* 100 Meter weiter, von der aus er mich fast immer anrief, um ihn abzuholen.

Parallel dazu besuchte ich regelmäßig meine Al-Anon-Gruppe und auch einige offene Treffen der Anonymen Alkoholiker. Ich wollte einfach alles darüber wissen, und ich kann den Teilnehmern und Gründern dieser Gruppen nicht genug für ihre Initiative danken. Das waren wichtige Stunden der Einsicht, Erkenntnis und des Mitgefühls.

In der Bierklause lernte Pavlos Dietrich, einen knapp 70-Jährigen, versoffenen und verkrachten ehemaligen Textilwaren-Vertreter, kennen, mit dem er sich jeden Mittwoch aufs neue verbrüderte. Dietrich war so schmierig und zerstört, dass er notorisch anzügliche Bemerkungen auf meine Kosten machte und jede Gelegenheit nutzte, mich zu berühren oder lüstern anzustieren. Ekelhaft. Und das alles im schmuddeligen Ambiente einer furniervertäfelten Zigarettenrauch-geschwängerten Säuferkneipe in Moabit. Ich fragte mich: *»Pa našta sam ja spala??«* – »Wie tief bin ich gesunken??«

Ich holte ihn ab, doch häufig blieb es nicht beim Abholen, ich ›musste‹ mich dazu setzen und mir die sich im Kreis drehenden Geschichten vom Textilwarenvertreter und seiner freizügigen, türkischen Ehefrau anhören

... Dietrich versuchte mich mit seinen speichel- und sabbertriefenden Lippen zum Abschied auf den Mund zu küssen, und ich konnte mich nur erwehren, indem ich den Kopf zur Seite drehte. Pavlos schien das in Ordnung zu finden. Während ich mit Würgereiz und Selbstekel zu kämpfen hatte, konzentrierte ich mich darauf, dass er immerhin zuvor bei Michael gewesen war, und dass bald die Gruppe losgehen würde. Ich konnte Pavlos irgendwie diese Moabiter Abgründe nicht vermiesen, weil direkt daneben die ersehnte Zukunft wartete ... Es war wie ein hirnrissiger Deal: Ich hole Pavlos aus der Bierklause und Pavlos geht dafür zu Michael.

Eines Tages schrieb mir Pavlos, während ich auf Arbeit war, den ganzen Tag verliebte und sexy Nachrichten, und ich schrieb ihm die Uhrzeit, wann ich wohl nach Hause käme. Wir freuten uns aufeinander, doch als ich heimkam, war er nicht da. Ich rief ihn an und hörte sein Handy klingeln. Es war zum Laden an die Steckdose angeschlossen. Ich näherte mich und sah auf dem Display das Nacktfoto einer Frau aufleuchten, unter meinem eingehenden Anruf. Mechanisch nahm ich sein Handy in die Hand, und was ich zu sehen bekam, schickte mich per Express in die Hölle. Fotos aus einem Pornokino waren noch am leichtesten wegzustecken. Es gab auch Nachrichten von fremden Frauen, mit denen offensichtlich nächtliche Treffen vereinbart wurden. Er fragte noch zwei Monate zuvor eine Katrin um 4 Uhr nachts »Wann? Wo?«. Die Nachricht blieb unbeantwortet, doch die Antwort konnte auch gelöscht worden sein. Ein explosionsartiger Adrenalinausstoß jagte durch meinen Körper, ich stand kurz vor einem Herzinfarkt. Mein Puls raste, mein Herz stotterte, mir war kotzübel, und ich bekam kaum Luft. Ich guckte mir die Nachrichten und Fotos an, und ich verstand einige Funde als Hinweise, dass er mich betrog. Das machte mich fix und fertig.

In allen Sachbüchern hatte ich gelesen, dass Alkoholismus sehr oft in fortgeschrittenem Stadium zum Verlust der Werte, wie beispielsweise der Verlässlichkeit und Ehrlichkeit, der Arbeit und eben auch der Liebesbeziehung führt, nicht selten wegen Untreue. Von allen Kollateralschäden bei Alkoholismus hatte ich mir bis dato die wenigsten bis keine Sorgen um Pavlos Treue gemacht. Während der gesamten Zeit hatten wir nach wie vor Lust aufeinander, und tatsächlich gab es nach der Hochzeit diesen einen Bereich, in dem wir noch besser harmonierten als je zuvor – nämlich unser Sexleben. Wir wurden noch sensibler füreinander und noch inniger beim Sex. Obwohl wir uns kaum sahen, wenn Pavlos halbwegs nüchtern war, und wir deshalb auch wenig miteinander schliefen, konnte ich mir eigentlich nicht vorstellen, wie man auch nur annähernd ähnlich befriedigenden Sex mit Fremden haben konnte. Ohne Liebe, ohne gewachsene Intimität. Ich verstand die Welt schon lange nicht mehr, doch nun wurde wirklich ALLES infrage gestellt, woran ich glaubte, was mir real erschien. Es konnte doch nicht sein, dass Pavlos fremdging. Er erzählte auch nie von Frauen, sondern eben von diesen verrückten paramilitärischen nächtlichen Manövern, von seiner Liebe zur Musik, wenn er in Clubs ging, davon, dass er tanzte und trank. Und wörtlich, dass andere Frauen ihn nicht interessieren. Das hatte er mir insbesondere nach den Exzessen im Kaffee Burger erklärt, als ich mit eigenen Augen mitansehen durfte, wie sich notgeile Frauen ihm an den Hals warfen. Eine Welt mehr brach zusammen. Mein Herz beruhigte sich kaum. Doch ich musste nochmal zur Praxis, weil ich etwas vergessen hatte. Im Büro angekommen fragten mich Alex und Jana, was mit mir los sei, und es platzte aus mir heraus, dass ich glaubte, Pavlos betrüge mich. Beide schauten betreten und fragten, wie ich darauf käme. Ich erzählte, was ich gerade erlebt hatte, und Jana versuchte, sich ein Bild darüber zu machen. Sie sagte, zurecht: »Das kann auch ein Missverständnis sein. Du weißt doch, wie verdreht manchmal schriftliche Nachrichten rüberkommen.« Ich musste ihr Recht geben, nichts davon war wirklich ein Beweis für Untreue, es waren nur Hinweise. Alex schaute mitfühlend und meinte, dass er für mich da sei, wenn ich was brauchte. Und dass ich bei seiner Familie übernachten könne, wenn ich raus musste.

Kurz darauf klopfte es an der Bürotür und Pavlos linste hinein. Er kam hinein, und ich schleudert ihm entgegen: »Ich glaube, dass du mich betrügst!« Er wurde ernst, aber ganz ruhig und schaute nur. Abwechselnd zu Boden, zu mir und den anderen. Wir drei standen da wie angewurzelt – und Pavlos an der Tür. Ich sagte, dass ich ihn angerufen hätte, weil er nicht, wie verabredet zu Hause war, und dabei in sein Handy geschaut hätte. Und was ich gesehen hatte. Er sagte, dass ich mich täuschte. Dass ich mich irrte. Und immer wieder schüttelte er einfach nur den Kopf.

Er schien auch nicht sauer oder nervös. Er sah zwar zerknirscht aus, aber nicht schuldbewusst. Und die Zurückweisung meiner Anschuldigungen kam authentisch rüber, weder aggressiv noch rechtfertigend. Er sagte: »Komm Stella, lass uns gehen«, und wir gingen heim. Er erklärte mir jede einzelne Nachricht, jedes einzelne Bild, auf das ich ihn ansprach, und keine seiner Erklärungen beinhaltete Betrug und jede für sich klang plausibel. Er wollte, dass ich ihm glaube, und ich glaubte ihm. Ich konnte ihm nur glauben. Er bemühte sich um mich. Und ich entspannte mich etwas, da er doch auch ein bisschen erschrocken war über meine Annahme und meine Deutung seiner Handynachrichten. Er nahm sich etwas zurück und blieb zu Hause, zwei Nächte lang, um in der dritten wieder zu verschwinden. Und mich in den frühen Morgenstunden aus irgendeiner Bar anzurufen und mich zu überreden, ihn abzuholen. Einmal rief er mich vom Kitkat-Club an. Ich weigerte mich, ihn von dort abzuholen, und er rief wieder und wieder an. Es war mir nicht möglich, das Handy einfach auf lautlos zu stellen, ich hatte zu viel Angst um ihn. Ich konnte auch kaum mehr schlafen, da ich auf jedes Geräusch reagierte – »Kommt er gerade nach Hause? Schleicht er sich hinaus? Ist er gewaltbereit?« Meine Frage, was er denn im Kitkat mache, beantwortete er mit ›Party‹ und, dass er mich brauche und begehre. Seine Begierde reichte leider nicht, um zu mir nach Hause zu kommen, sondern er verlegte sich aufs wiederholte Anrufen, bis sein Handy wieder mal keinen Saft mehr hatte oder ich aufstehen und mich für die Arbeit fertigmachen musste.

Eines Nachts rief er mich mehrfach an und drohte, wenn er nach Hause käme, würde er mich zusammenschlagen. Diesmal blieb ich, weil ich dachte, er kommt sowieso nicht nach Hause, doch er kam und war unglaublich gereizt. Ich lag im Bett, und er fing ohne Vorwarnung an, auf mich einzuschlagen, mit den Händen und mit seiner Krücke. Ich wehrte mich, doch es dauerte lang, bis ich ihm entkommen konnte. Ich floh mit meiner Notfall-Tasche zum x-ten Mal ins Institut. Am nächsten Tag hatte ich Fortbildung und am übernächsten auch. Ich ging an diesem Wochenende nicht nach Hause, sondern verbrachte die Zeit außerhalb der Fortbildung im Institut und wertete Röntgenbilder und CTs aus. Irgendwann erhielt ich einen Anruf von Amber, die über die gesamte

Entwicklung im Bilde war, weil wir viel telefonierten und sie mir immer wieder sehr beistand und half. Sie war aufgewühlt und meinte, dass ein völlig aufgelöster Pavlos sie angerufen hatte, und dass er sich Sorgen um mich machte. Ich sagte einfach nur: »N Scheiß macht er.« Ich erzählte ihr, dass ich auf der Fortbildung und alles in Ordnung sei. Ich war einfach auch mal zwei Nächte nicht zu Hause gewesen und hatte nicht aus Pavlos Anrufe reagiert, genauso wie er es schon seit Monaten zu tun pflegte. Durch diese Flucht, diesen Abstand hatte ich tatsächlich endlich wieder ein kleines bisschen Klarheit und innere Stärke erlangt, und es ging mir gut damit, auch wenn ich mir furchtbare Sorgen machte, was wohl werden würde. Amber erzählte, dass sie lange mit ihm telefoniert und ihn gefragt hätte, warum er denn glaube, dass ich nicht heimgekommen wäre. Er hatte daraufhin zugegeben, dass er mich einmal geschlagen hätte. Amber wusste natürlich, dass es Dutzende Male waren, aber neu war, dass er es nicht komplett leugnete. Sie erklärte ihm, dass es Menschen gäbe, die sich zurückzogen, wenn sie Gewalt erfuhren, ganz egal ob einmal oder mehrmals. Er weinte wohl bitterlich am Telefon und sagte ihr viele Male, dass ich zurückkommen solle.

In der Zeit pflegte er einen intensiven Mail-Austausch mit seinem Freund und ehemaligen Kollegen Arthur, der in Spanien lebte. Pavlos setzte mich manchmal auch in den Empfänger, damit ich mitlesen oder mich beteiligen konnte. Arthur hatte Literatur und Germanistik studiert, übersetzte inzwischen Bücher ins Deutsche und unterrichtete Germanistik an der Uni in Madrid. Ich hatte ihn bei einer Visite in Tübingen kennengelernt, als Pavlos noch dort im Hotel lebte. Arthur war sehr geistreich, und schon damals fielen mir seine sarkastischen aber extrem witzigen Kommentare auf. Nun konnte ich seine E-Mails lesen, die von einem herausragenden sprachlichen Talent zeugten. Pavlos schrieb gehässige Anekdoten aus seinem Leben, in denen er die Welt schlechtmachte. Eines Tages schrieben sie sich über das Massaker bei Charlie Hebdo, und Arthur vertrat eine etwas andere Meinung als Pavlos. Die beiden heizten sich gegenseitig übel ein, und ein wilder Streit brach aus. Ich klinkte mich ein und kommentierte die entfachte Aggressivität der beiden so, dass es bei solcher Aggressivität immer irgendwo mindestens ein Opfer gebe. Weiter schrieb ich, dass ich mich mit Opfern gut auskenne, da Pavlos ›seine Frau‹ schlüge. Elegant übergingen beide meinen Einwurf mit Allgemeinplätzen, und meine Offenbarung gegenüber Arthur blieb unkommentiert.

Mein Schlaf war zu der Zeit völlig gestört, von Pavlos Schlafqualität mal ganz zu schweigen. Pavlos schlief kaum, und er aß auch fast nichts mehr. Er wog irgendwann unter 70 Kilo, zeitweise war er leichter als ich. Und dennoch viel, viel stärker. Um diese Zeit herum hatten wir wieder Geburtstag, doch uns war nicht nach Feiern zumute, wir waren beide am Limit. Ich hatte ein paar Tage frei genommen, und wir beschlossen, weder wegzufahren, noch Freunde einzuladen. Wir waren einfach völlig erschöpft, und auch unsere Dispo-Kredite knirschten laut. Pavlos' Nachtleben war irrsinnig teuer, und ich übernahm ständig seine Rechnungen, wenn mal wieder die dritte Mahnung kam. So bat er mich auch um einen Zuschuss für das Geschenk, das er mir zum Geburtstag schenken wollte. Ich gab ihn ihm einfach.

An unserem Geburtstag bekamen wir morgens Überraschungsbesuch von Oliver, Pavlos' ehemaligem Arbeitskollegen. Und wir gingen zusammen frühstücken. Zum Frühstück gab es ein, zwei Sekt pro Nase, hatten wir doch unsere beiden Geburtstage zu feiern und Olivers Genesung, denn er war länger krank gewesen. Doch am Nachmittag hatte Pavlos ein Vorstellungsgespräch wegen einer Forschungsstelle an der Uni, und so gingen wir bald auseinander, und Pavlos bereitete sich vor. Als seine Chauffeurin achtete ich darauf, dass wir überpünktlich ankamen. Pavlos rauchte noch eine vor der Tür. Ich sagte immer wieder: »Komm, geh rein«, doch er rauchte noch eine zweite Zigarette. Er ging mit voller Absicht ein paar Minuten zu spät hinein, obwohl er rechtzeitig da war.

Später am Tag bekam ich tatsächlich ein sensationelles Geburtstagsgeschenk: Pavlos hatte es irgendwie hingekriegt, dass der Künstler Helmut Anton Zirkelbach das große Bild, das wir am Polterabend massakriert und zerstört hatten, noch ein weiteres Mal produzierte – und es erwartete mich in der Galerie unseres Vertrauens, in der Friendly Society in Mitte. Wir kamen – nach dem Vorstellungsgespräch, das laut Pavlos »so lala« lief, in der Galerie an, und Pavlos sah total kaputt aus, versoffen, dürr und aufgedunsen. Entweder der Pegel stimmte nicht, oder es war einfach der Tribut, den er für seinen Lebenswandel zahlen musste. Wir hingen immerhin ein, zwei Stündchen in der Galerie herum, und das war die herausragendste gesellschaftliche Leistung, die wir seit langem zustande gebracht hatten. Wir gingen mit diesem tollen Geschenk, dem Bild, nach Hause, und irgendwas in meiner und unserer Seele konnte dadurch heilen …

Ich schenkte ihm ein wunderschönes altes Akkordeon, und ich muss nicht weiter ausführen, dass er schon nach ein paar Minuten herumspielen die Grundlagen begriff und darauf klimpern konnte. Er war zu dieser Zeit sehr in der Musik, er sang und spielte jeden Tag, meistens Gitarre, manchmal auch Klavier. Sein Zugang zur Musik und sein Talent waren wirklich bewundernswert. Er lernte viele Leute kennen, auch Straßenmusiker, mit denen er ab und zu jammte, oder es zumindest beabsichtigte. Er schien sich auch da immer wieder schnell zu zerstreiten. Mit Frank, einem Künstler aus Chicago, dem er sich sehr verbunden fühlte, trafen wir uns öfter zu dritt und halfen ihm bei seinen Behördengängen. Pavlos hatte auch diese liebevolle, hilfsbereite und engagierte Seite, doch leider wenig Durchhaltevermögen. So kam es, dass ich auch Frank alleine traf, meist in seinem Atelier im Hotel Maritim pro Arte. Frank begriff, dass Pavlos trank, und er gab mir zu verstehen, dass er wusste, was los war. Eines Tages – nachdem mich Pavlos am Vortag zur Friedrichstraße bestellt hatte, um ihn abzuholen, und einfach nicht da war, ohne Nachricht, und mit ausgeschaltetem Handy – saß ich bei Frank auf dem Sofa und brach weinend zusammen. Ich erzählte ihm, wie ich gestern vergeblich in den umliegenden Bars und Kneipen nach Pavlos gesucht hatte. Und wie er dann frühmorgens hackedicht nach Hause kam und mich ohne Grund und Vorwarnung verdreschte, zum dutzendsten Male. Ich war fix und fertig mit den Nerven, konnte mich kaum beruhigen. Frank war bestürzt und versuchte, mich zu trösten. Er glaubte wie ich, dass Pavlos es schaffen könnte, mit dem Trinken aufzuhören oder zumindest den Konsum zu reduzieren, und versprach mir, mit Pavlos zu reden, von Mann zu Mann. So hatten wir nun zwei Großbaustellen am Laufen: Franks Renten- und Behördenkram und Pavlos' Alkoholproblem. Wir konfrontierten Pavlos zu zweit, und er gab sofort und unumwunden zu, dass er ›reduzieren sollte‹ und auch wollte. Solche Eingeständnisse bedeuteten mir unbeschreiblich viel, weil ich ihnen

Glauben schenkte, zumal Pavlos Frank wirklich sehr schätzte. Ich war mir sicher, dass er ihm nicht einfach sein Wort geben würde, ohne dahinter zu stehen. … Und plötzlich war ich nicht mehr ganz allein mit meinen Bitten.

Auf der einen Seite war ich erleichtert, dass Pavlos Frank zuhörte. Auf der anderen Seite verlor Pavlos immer mehr das Vertrauen in mich. Nachdem ich nun sogar seinen Freundeskreis infiltrierte, wie er meinte, zog ich noch heftiger seinen Zorn auf mich: Er bedrohte mich inzwischen fast jede Nacht verbal, ausgenommen waren nur die Nächte, in denen er sich gar nicht meldete und auch nicht erreichbar war. In solchen Nächten erschien mir die Sorge um seine Unversehrtheit als Bedrohung. Wenn er da war, hagelte es ganz sicher Schläge und Tritte – und seinen Zorn, dass ich seine Trink- und Gewaltorgien nicht für mich behalten hatte. Es nützte nichts, dass ich beteuerte, mir nicht anders zu helfen gewusst zu haben. Ich drohte ihm sogar, es noch weiteren Leuten zu erzählen, was ihn noch rasender machte.

Inzwischen ging Pavlos seit mehreren Wochen zu Michael, und die Gruppe ›Kontrolliertes Trinken‹ hatte sich endlich formiert. Pro Woche gab es einen Termin mit der Gruppe, und zusätzlich noch einen mit Michael. Es fühlte sich gut an, neben allen Eskapaden, Gewaltorgien und Alkohol-Abstürzen! Ich gewann Zuversicht, endlich war ich nicht mehr die Einzige, die gegen die Sucht kämpfte. Er erzählte mir von den Gruppentreffen, was dort besprochen wurde, und er malte mir eine freundlichere Zukunft inklusive eigenem Nachwuchs aus.

Einen Tiefpunkt markierte ein Freitag im März, bevor er nach Griechenland flog, um seine kranke Oma zu besuchen. Er kam morgens um halb 5 nach Hause gerumpelt und fing sofort an zu wüten. Er schrie mich an und schlug mit der Krücke auf mich ein. Ich zog mir schnell eine Jeans über, doch er stieß mich aufs Bett zurück und riss mir die gerade hochgezogene Hose von den Beinen runter und verschwand damit in der Küche, wo er sie mit einem Duftöl begoss und auf dem Balkon anzündete. Ich nutzte den Moment, um mich anzuziehen und aus der Wohnung zu verschwinden. Vor der Haustür begegnete mir meine Nachbarin von schräg oben, die erst zum Balkon hochstarrte, und dann zu mir. Während sie wortlos im Haus verschwand, sah ich zu, wie meine Jeans, die ich vor

5 Minuten noch anhatte, auf dem Balkon verbrannte. Ich machte ein, zwei Beweisfotos und wartete, bis die brennenden Fetzen auf den Gehweg hinunterfielen. Ich trat sie sorgfältig aus und fuhr ins Institut. Ich zitterte am ganzen Körper. Weinte und fühlte mein Gehirn schmelzen. Mein Herz pumpte und stotterte. Vor mir hatte sich gerade ein neuer Abgrund aufgetan. Ich kapierte, wie ich lebte, war saugefährlich.

Am nächsten Morgen flog er nach Griechenland, während mein Team vom Institut und ich geschlossen auf eine Medizinermesse nach Frankfurt flogen. Wir hatten vor, einige Investitionen tätigen und schauten uns auf der Messe um. Beruflich funktionierte ich weiterhin tadellos, was ich selbst kaum glauben konnte. Die wiederkehrende Frage nach meinem Befinden beantwortete ich professionell, mit einem routinierten Lächeln, »vielen Dank, ja, sehr gut«. Danach folgten oft ein paar freundliche, neckende Kommentare im Sinne von, »na, jung verheiratet, wie soll es einem da auch anders gehen, hahaha«, und ich erzählte bereitwillig die romantische Geschichte von der Hochzeit, weil man sich das gerne anhörte. Doch der Kloß in meinem Hals wurde immer größer, und mein Herzschlag stolperte nun täglich viele Male …

Zu dieser Zeit bemerkte ich einen unangenehmen Juckreiz im Intimbereich, der meine Unsicherheit nur noch befeuerte. Was war das, und woher kam das?

Diesen unangenehmen Fragen zum Trotz kümmerte ich mich um den Juckreiz nur durch Selbstmedikation. Eine Pilzinfektion im Zusammenhang mit einem überstrapazierten Immunsystem lag nahe. Ich wollte rational bleiben und nicht gleich den Teufel an die Wand malen. Und tatsächlich verschwanden die Symptome mit Hilfe des Mittels, das ich aus der Apotheke geholt hatte, auch ganz schnell.

Während er in Griechenland weilte, formierte sich in meinem Kopf endlich wieder ein klarer Gedanke, epithelus, napokon. Ich verstand, dass ich in einer extrem gewalttätigen Beziehung feststeckte. Was sollte denn nach einer brennenden Hose noch kommen? Was oder wen würde er als nächstes anzünden? Mir wurde bewusst, dass ich sein Verhalten nicht weiter tolerieren wollte. Wir telefonierten viel während seines Griechenlandaufenthaltes, und ich sagte ihm: »Wenn du mich noch einmal schlägst, dann bin ich weg!« Diesen Satz wiederholte ich viele

Male. Ich sagte ihm auch, ich wolle, dass er einen Entzug macht. Dass ich seine Versuche, kontrolliert zu trinken, als gescheitert ansähe, zumal er immer mehr trank und er immer gewalttätiger und unzurechnungsfähiger wurde. Er hörte mir zu, doch er sagte nichts dazu. Er berichtete aber, dass er sich lange mit seiner Oma unterhalten habe, und dass sie seine Depressionen verstand, zumal er ihr zum ersten Mal richtig von der Darmerkrankung erzählt hätte.

Ich vergaß den Juckreiz, bis er wiederkam, leicht zeitversetzt mit Pavlos' Rückkehr. Ich dokterte wieder mit Fungiziden herum, die diesmal nicht so richtig wirkten. Doch wir waren abgelenkt von mehreren besonderen Ereignissen, die uns inspirierten und uns Zuversicht gaben: Es ereignete sich eine Sonnenfinsternis, die in unseren Breitengraden sehr gut zu beobachten war. Pavlos baute ein einfaches Fernrohr, auf dem sich die Sonnenfinsternis abzeichnete, und wir machten vor dem Haus viele Fotos davon. Nachdem ich irgendwann in die Wohnung zurückgegangen war, blieb er noch eine Weile draußen mit seiner Konstruktion, und ich konnte am Fenster sehen, wie sich zwei verschiedene Frauen nacheinander zu ihm gesellten, ohne dass er sich darum bemühte. Sie setzten sich einfach zu ihm und unterhielten sich mit ihm. Als die Erste weiterging, kam wenige Minuten später die nächste und leistete ihm Gesellschaft. Es war seltsam. Wenn ich mal auf einer Bank im Park saß, setzte sich niemals jemand zu mir. Mir war schon klar, woran das lag. Nonverbal strahlte ich aus, dass ich keine Kontaktaufnahmen wünschte, durch subtile aber deutlich lesbare Signale. Ich erinnerte mich auch an Zeiten als Single, in denen ich unbewusst vermittelte, dass man sich doch bitte gerne neben mich setzen möge, und wo dies dann auch wie von Zauberhand geschah. Ich verstand beim Zusehen, dass Pavlos sich zwar nicht aktiv um Anhang bemühte, aber dass er etwas ausstrahlte, was fremde Frauen einlud, ihn anzusprechen und sich ihm anzunähern.

Aber wie bringt man das ins Gespräch, ohne dass die Sonnenfinsternis gleich zur Metapher wird? Wie beschreibt man das, ohne gleich als krankhaft eifersüchtig abgestempelt zu werden? Ich wusste es nicht, und daher schwieg ich. Ich hatte auch weiß Gott schwerwiegendere Probleme als zufällig zugelaufene Frauen. Und – immerhin schlug er mich nicht mehr.

Ein weiteres, wirklich bemerkenswertes Ereignis war unser KUSS, der um die Welt ging: Wir gingen zusammen auf eine Demonstration im

Zusammenhang mit dem Besuch des neuen griechischen Premierministers Tsipras bei der Bundeskanzlerin Angela Merkel. Mit der Bankenkrise hatten sich größere Spannungen zwischen Griechenland und der EU, insbesondere Deutschland aufgebaut. Die Demonstration hatte das Motto »Deutsche und Griechen knutschen gegen den Krieg der Worte an«, und ging es um die Völkerfreundschaft. Tatsächlich knutschten wir beiden Ausländerkinder vor dem deutschen Kanzleramt und wurden interviewt, fotografiert und gefilmt. Ich stand stellvertretend für ›die Deutsche‹ und Pavlos für ›den Griechen‹. Alle Abendnachrichten zeigten unser Foto oder Ausschnitte aus dem Interview, die Online-Magazine waren voll davon – und wir bekamen aus aller Welt süße Postings und Kommentare auf Facebook. Selbst unsere Eltern hatten uns im kroatischen und griechischen Fernsehen beim Knutschen gesehen, und auch aus den USA kamen ein paar Kommentare. Wir fühlten uns gesegnet und waren geradezu high. Unser Kuss, der um die Welt ging, und der für die Liebe und das Verständnis zwischen den Kulturen stand …

Wir widmeten uns dem Wunsch, ein Kind zu bekommen, etwas ambitionierter, und konzentrierten uns an den entscheidenden Tagen meines Zyklus auf unsere Lust und Sexualität.

Daneben wurden die Vorbereitungen für die große Hochzeitsparty immer konkreter. Eine katholische Segnung kam für mich nicht infrage, da ich die katholische Kirche inzwischen nur noch für einen schmuddeligen Club krimineller Kinderschänder und Frauenhasser hielt. Wir hatten den protestantischen Gottesdienst in der Zionskirche angehört, der uns aber auch nicht wirklich inspirierte. Das war dann doch sehr deutsch … Die griechisch orthodoxe Segnung kam für mich auch nicht infrage, da dort ALLE Teilnehmer aus einem Kelch trinken – das war mir als Ärztin zu virulent. Pavlos fand alle meine Gründe fadenscheinig, doch so richtig angetan war er auch nicht von den bisherigen Optionen. Wir fanden, dass uns eigentlich der Segen der Olympischen gebührte, doch uns war nicht klar, wie wir den bekommen sollten.

Ich fand im Internet einen Philosophen, Markus Gutermann, der sich in seiner Arbeit grundsätzlich auf Sokrates berief. Wir fragten ihn, ob er Zeit und Lust hätte, eine sokratische Zeremonie für uns abzuhalten. Er fand das ziemlich gut, und wir trafen uns zwei, drei Mal. Wir wollten ein kleines

Konzept für die Feier erarbeiten, ich stieß aber bei Pavlos immer wieder auf Granit, wenn ich fragte, was wir eigentlich feiern wollten, und warum. Nach Monaten der Gewalt war mir der Grund für das Fest doch ziemlich abhandengekommen. Von der warmen, vertrauten Liebe war eigentlich nur noch eine blasse Erinnerung übriggeblieben. Klar liebte ich ihn noch, und es gab immer wieder Lichtblicke, aber wir wurden mehr und mehr zu Marionetten im Alkoholdrama. Doch wir dachten laut über die Party Location, das Catering, die Musik und die Gästeliste nach.

Der Kuss war noch lange Zeit etwas, worauf Pavlos sich berief, auch Markus Gutermann gegenüber. Gleichzeitig versank er immer tiefer in der Abwärtsspirale des Alkoholismus. Nur zwei Tage nach dem Kuss trafen wir Frank zu dritt, und er bot Pavlos an, ihm seine eigene Wohnung zur Verfügung zu stellen. Er bewohnte sie kaum und glaubte, dass eine räumliche Trennung sicherer für mich wäre. Und er spekulierte auch darauf, dass Pavlos, wenn er auf sich allein gestellt war, mehr Antrieb hätte, mit dem Trinken aufzuhören. Pavlos und ich waren von der Idee angetan, und er nahm Franks Schlüssel an. Frank bot auch mir einen Schlüssel an, aber ich lehnte ab.

So kam es also dazu, dass wir Pläne machten, Franks Wohnung ein bisschen zu renovieren und etwas besser einzurichten. Ich wollte Pavlos dabei helfen. Unter anderem übernahm ich einige von Franks nicht bezahlten Stromrechnungen, damit Pavlos der Strom nicht abgestellt wurde, und fuhr einige Autoladungen von Pavlos' Sachen quer durch Berlin.

Sehr viele Nächte verbrachte Pavlos zu dieser Zeit draußen irgendwo in der Stadt. Einmal hörte ich ihn mitten in der Nacht die Treppe heraufkommen und schaute durch den Türspion. Ich sah, wie er taumelte, wie er sich mühsam und unbeholfen an die Wand lehnte. Sogar angelehnt schwankte er weiter. Er schien Kräfte zu sammeln, um in die Wohnung hineinzugehen. Er sah 30 Jahre älter aus, als er eigentlich war, und konnte sich kaum noch auf den Beinen halten. So standen wir 2 Minuten, ich hinter der Tür am Türspion. Nur meine Pulsschläge waren zu hören. Auf der anderen Seite Pavlos in seinem Suff. Ich öffnete die Tür und sagte, komm rein. Er sah mich an, wie aus einer weit entfernten Parallelwelt, und es schien, als könnten sich unsere Wege unmöglich kreuzen …

Ein anderes Mal hörte ich ihn erneut spät nachts nach Hause kommen. Er machte Lärm im Treppenhaus in der Etage über uns, fummelte am Türschloss unserer Nachbarn herum. Ich rief nach oben: »Komm runter Pavlos, du bist an der falschen Tür.« Und er lachte hysterisch, stolperte die Treppen hinunter und tat so, als sei das alles ganz normal. Etwa eine Stunde später klopfte die Polizei an unsere Haustür. Pavlos war halbnackt, verschwitzt und immer noch total aufgedreht. Die Polizisten erzählten, die Nachbarn hätten einen versuchten Einbruch im Haus gemeldet, und ob wir etwas beobachtet oder gehört hätten.

Mir war sehr daran gelegen, dass die Polizisten schnell verschwanden, damit Pavlos sich nicht verplapperte. Doch Pavlos redete energisch auf die Polizisten ein, dass diese Einbrüche ein wiederkehrendes Phänomen seinen, da nämlich im Sommer auch bei uns eingebrochen worden sei, und dass uns seither wichtige Mäppchen und Dokumente fehlten. Die Polizisten schienen sehr irritiert von seinem Äußeren – in Shorts und völlig verschwitzt und aufgekratzt, die E-Gitarre um die Schultern –, seinem lauten und gestenreichen Auftreten, seiner Art, alles zwei- oder dreimal zu wiederholen und den Gesichtern der Beamten mit seinem eigenen Gesicht extrem nahe zu kommen … Der Beamte, der die Gesprächsführung übernommen hatte, wich immer nochmal 10 cm von ihm zurück.

Ich schaltete mich ein und sagte: »Stimmt, aber das ist ja schon Monate her, und wir haben das nie bei der Polizei gemeldet. Wir wissen auch nicht sicher, ob wirklich jemand eingebrochen ist. Wir können uns lediglich keinen Reim darauf machen, dass einige Sachen einfach fehlen, die niemals das Haus verlassen sollten.«

Die Beamten schienen erleichtert, als ich ihnen damit einen Vorwand lieferte, sich nicht weiter mit uns befassen zu müssen. Sie baten uns dennoch, ihnen Bescheid zu geben, falls uns nachträglich doch noch irgendwas Auffälliges einfallen sollte.

Nachdem sie weg waren, sprachen wir nicht weiter darüber, jeder verkroch sich in eine andere Ecke der Wohnung. Vielleicht kapierte Pavlos, dass ich sein Verhalten völlig daneben fand – oder seine Gitarre schien ihm einfach attraktiver als jegliche Unterhaltung. So sauer ich war, befürchtete ich doch am meisten, dass sein polizeiliches Führungszeugnis immer dicker wurde, und er sich dadurch selbst immer weitere Steine in den Weg legte. Ich wusste, dass ich ihm jetzt nicht damit zu kommen brauchte. Seine allgemeine Einschüchterungstaktik hatte mein Verhalten und meine Kommunikation stark verändert, und seine blinde Wut glühte immer heißer. Das war trotz des Abstandes zwischen uns genau spürbar, und ich wollte ihn nicht weiter provozieren. So hielt ich den Mund. Am nächsten Tag hing in unserem Hauseingang ein Plakat, das die Hausbewohner über den Einbruchsversuch informierte. Als ich am Abend heimkam, hing es in unserem Wohnzimmer, wie eine Trophäe. Mir wurde davon übel, doch ich sagte erstmal nichts. Ich hatte andere Sorgen.

Zu Ostern kündigten sich die Kinder mit zwei Karatefreundinnen an. Wir freuten uns auf den Besuch und überlegten, was wir Schönes unternehmen könnten, doch die Älteren wollten eigentlich in ein Trainingscamp außerhalb Berlins, sodass wir uns zunächst mal eigentlich nur um Sonja zu kümmern hatten. Ich war schon wieder knietief im Institut eingebunden und hatte nur an den Abenden Zeit für Sonja. Es war diesmal anders als die vorigen Male, denn im Vorfeld hieß es, dass Sonja gar nicht mitkommen wollte. Ich erfuhr darüber nichts Genaues, außer, dass sie fand, ihr Vater sei sehr streng mit ihr, und sie deshalb nicht mehr zu Besuch kommen wollte. Doch Pavlos' Eltern überredeten ihre Enkelin.

Pavlos hielt es nach Ankunft der Mädchen gerade mal einen Abend aus, nachts nicht auszugehen. Schon am nächsten Tag, an Karfreitag, bemerkte ich nachts gegen halb drei, dass er weg war, und versuchte ihn anzurufen, ein Dutzend Mal, doch er ging nicht ran. Ich rief seinen Kumpel Johann an, mit dem er oft ausging, doch auch der wusste nichts. Pavlos machte sich sogar dann aus dem Staub, wenn Sonja 1000 km zu ihm gefahren kam, nur um ihren Vater zu sehen. Ich hasste ihn in dem Moment wie nie zuvor. Schwitzend und heulend betete ich, dass Sonja nicht aufwachte und fragte, wo ihr Papa sei. Ich rief ihn nochmal an und hatte ihn wider Erwarten am Telefon. Ich sagte ihm unmissverständlich, dass ich es total scheiße finde, dass er weggegangen ist, und dass er wegen Sonja nach Hause kommen solle, weil ich jetzt gehen würde. Ich hatte schon meine Sachen zusammengepackt, Schuhe und Jacke angezogen und war bereit das Haus zu verlassen, als er etwa 15 Minuten später nach Hause kam. Ich sagte irgendwas Unfreundliches, und er riss mir das Tablet, das ich mitnehmen wollte, aus der Hand und schlug es so heftig und so oft gegen meinen

Kopf, bis es splitterte. Ich ging dabei in die Knie und versuchte, meinen Kopf zu schützen. Als das Tablet endlich kaputt war, rappelte ich mich auf und verließ mit meiner Notfalltasche die Wohnung, obwohl Sonja nebenan schlief. Ich wusste, dass ich UNBEDINGT zu meinem Wort stehen musste, zu gehen und nicht mehr zurückzukehren, wenn er mich jemals wieder schlagen würde. Pavlos hatte sich boshafter Weise einen Moment für eine weitere Gewaltorgie ausgesucht, von dem er genau wusste, dass ich nicht konsequent bleiben und ich ihn nicht hängen lassen würde. Dazu liebte ich seine Kinder zu sehr.

Nun war jedoch erstmal aus dem Haus und hatte ein fürchterlich schlechtes Gewissen Sonja gegenüber. Ich hatte regelrecht Angst um sie. Deswegen rief ich meine Schwiegereltern an und erzählte ihnen alles, unter anderem auch, dass Pavlos nun mit Sonja alleine in der Wohnung sei und dass ich im Institut übernachten würde. Sie waren zu diesem Zeitpunkt in Süddeutschland, und sie begriffen sofort, was los war, ich musste gar nicht viel erzählen. Evi, meine Schwiegermutter sagte mir sofort ihre Hilfe zu. Sie sagte auch, dass sie sofort Pavlos anrufen würde, um sicher zu stellen, dass er bei Sonja blieb.

Am nächsten Morgen ging ich sehr früh zurück zur Wohnung, und Sonja hatte gar nicht bemerkt, dass ich über Nacht weg gewesen war. Damit Sonja sich weiter wohl fühlte, versuchte ich mich so zu verhalten, als sei alles in Ordnung, ich hatte die Maske ›fröhliche Stella‹ aufgesetzt. Pavlos gelobte feierlich, die Kids aus dem Karatecamp abzuholen. Doch natürlich wurde auch das eine Farce. Er hatte nicht bedacht, dass samstags die Regionalzüge seltener fuhren, und so war es am Ende doch ich, die den Karren aus dem Dreck holte, bzw. die Kinder aus dem Karate-Lager.

Die beiden Freundinnen und Sonja sollten in den Bus nach Tübingen gesetzt werden, und Helen sollte noch bis Dienstag bei uns bleiben. Das Kommen und Gehen der Mädchen klappte ohne weitere Zwischenfälle, wie immer funktionierte ich reibungslos. Als ich mit Helen dann zu Hause ankam, erzählte ich ihr, dass ich nicht in der Wohnung bleiben könne. Dass Pavlos mich nun zum x-ten Mal zusammengeschlagen und ich ihm gesagt habe, dass ich nie wieder zulassen würde, dass er mich schlüge. Ich gab ihr zur Wahl, auch nach Hause zu fahren oder mit mir bis zu ihrer Abreise im Hotel zu wohnen.

Sie entschied sich für das Hotel. Ihr Hauptmotiv war, dass sie das ganze Desaster auf diese Weise zu Hause verheimlichen konnte. Sie wusste, dass zukünftige Besuche noch schwieriger oder gar nicht stattfinden würden, wenn ihre Mutter davon erfuhr.

So verbrachten wir einige Tage im Hotel, machten Ausflügen und gingen ins Kino, um uns von unserem Kummer abzulenken. Wann immer wir zu Hause vorbeischauten, um nach Pavlos zu sehen, war er nicht da. Wir hinterließen ihm immer wieder Nachrichten auf dem Tisch, wann wir wieder vorbeischauen würden, doch er war niemals da. Er kam dann nachts schwer betrunken und auf Krawall gebürstet zum Hotel, randalierte in der Lobby und verlangte, dass wir ihn hineinließen. Das kam für mich nicht in Frage. Er versuchte es mit Erpressung. »Wenn du mich nicht reinlässt, dann wirst du schon sehen, was ich mache, es gibt noch schönere Frauen als dich in Berlin.« Und ich antwortete: »Das musst du mit deinem Gewissen vereinbaren, und nicht mit mir.« Damit hatte er einen neuen miesen Trick, mich fertig zu machen, dass er nämlich bei anderen Frauen ganz leicht finden würde, was ich ihm verwehrte. Trotz der Wucht seiner Drohungen ließ ich mich diesmal nicht umstimmen. Und so kam es, dass wir Pavlos erst am Ostersonntag zu Hause antrafen. Helen und ich verlangten, dass er einen Entzug macht. So schnell wie möglich. Er war sofort in der Defensive und berief sich auf den Termin im April, den er schon mit Michael Ludwig organisiert hatte. Ich sagte: »Aber du hast mich doch schon wieder geschlagen – wie sollen wir leben? Ich bin zu Hause nicht sicher! Verstehst du das nicht?« Er stritt alles ab alles und behauptete, dass ich zu Hause sehr wohl sicher sei, und dass er mich niemals geschlagen hätte, um mir weh zu tun. Und dass seine Schläge auch niemals wirklich hart gewesen seien.

Wir setzten ihm dennoch mehrere Stunden heftig zu und erzwangen, dass er mit uns ins Krankenhaus fuhr, um sich selbst zur Entgiftung einzuliefern.

Am Ende gab er nach, und wir fuhren zu dritt zum DRK Klinikum, das eine Suchtabteilung hat und Entgiftungen durchführt. Bevor wir aus dem Auto stiegen, sagte Pavlos, dass er das Gespräch an der Rezeption selbst übernehmen wolle. Helen und ich waren einverstanden, und hielten uns während des Anmeldungsprozesses in größerer Distanz zur Rezeption, aber dennoch in Hörweite. Pavlos erzählte, dass es etwas schwierig sei, mich hier einzuliefern, doch dass ich vorhin zugesagt hätte, endlich ärztliche Hilfe anzunehmen, nachdem ich immer wieder in schlimme aggressive und auto-destruktive Krisen gefallen wäre, und dass er vermute, ich sei Borderlinerin. Ich näherte mich der Rezeption und schaltete mich ins Gespräch ein. »Wir sind hier, weil du trinkst und du uns versprochen hast, dich selbst zur Entgiftung einzuliefern!« Wir machten einen solch tragischen Eindruck an der DRK-Rezeption, dass Helen von der Rezeption befragt wurde, wer von uns jetzt eigentlich ins Krankenhaus eingewiesen werden solle. Sie antwortete wahrheitsgemäß, dass ihr Vater noch vor einer halben Stunde einverstanden gewesen sei, sich in die Alkoholentgiftung zu begeben, und jetzt irgendwas anderes erzählte. Pavlos rückte von seiner Story nicht ab, und erzählte immer mehr vom Terror meiner Unausgeglichenheit, Depression und Aggressivität, bis Helen und ich aufgaben. Wir verließen die Anmeldungshalle, und vor der Tür stellte sich für uns alle die Frage, wie es nun weiterging mit dem Tag. Pavlos fragte, ob wir weiter zusammenbleiben wollten, und alle willigten ein. Jedoch schon 10 Minuten später, als wir vor dem Haus parkten, meinte er, dass er doch nicht mit uns nach Hause wolle, woraufhin Helen völlig entgeistert und traurig schaute. Ich war von der Situation komplett überfordert und nicht in der Lage, über Helen hinweg zu entscheiden oder Sandra anzurufen und sie zu bitten, die einzig richtige Entscheidung zu treffen, nämlich Helen nach Hause zu schicken. Pavlos hatte alle Verantwortung aufgegeben und winkte noch schäbig-fröhlich mit der Hand, als er verschwand.

Weil ich die eigene Wohnung inzwischen als Minenfeld wahrnahm, wollte ich mich ohne konkreten Grund nicht dort aufhalten, und so vertrieben Helen und ich uns die verbliebene gemeinsame Zeit in Restaurants und mit Spaziergängen. In der Nacht kam Pavlos wieder zum Hotel, randalierend. Ich wies ihn wieder ab. Und wieder hörte ich mir seine Rachedrohungen an.

So verging die Zeit mit Helen, bis sie wieder nach Hause musste. Ich fragte sie, mit wem sie wohl über diesen desaströsen Berlinaufenthalt reden würde. Ich erklärte ihr, dass sie ihren Vater wahrscheinlich nicht mehr besuchen dürfe, falls sie mit ihrer Mutter oder Heiner darüber spreche. Sie verstand das und meinte, dass sie es dann wahrscheinlich niemandem erzählen würde. Ich versicherte ihr, dass sie mich immer anrufen könne und dass ich immer Zeit für sie finden würde. So brachte ich sie zum Bus nach Hause und wusste beim besten Willen nicht, was ich nun tun sollte und was werden würde …

Ich wollte auf keinen Fall zurück nach Hause. Amber und Neil hatten mir wiederholt ihr Sofa angeboten. Diesmal nahm ich das Angebot an und teilte es mir für ein paar Tage mit dem Haushund Waldo. Inzwischen hatte ich meine engsten Freundinnen und auch meine Schwester darüber informiert, dass Pavlos übermäßig trank und gewalttätig wurde. Alle waren schockiert und fragten, ob sie etwas für mich tun könnten. Meine Berliner Freundinnen boten mir an, bei ihnen zu wohnen, und plötzlich hatte ich einen Schlüsselbund mit vier weiteren Wohnungsschlüsseln: Sascha, meine Ateliersgenossin, und Carmen, meine alte Theaterfreundin, hatten mir ohne zu zögern angeboten, ihre Wohnungen zu nutzen.

Dennoch musste ich ab und zu in meine Wohnung, um Wäsche zu waschen, mich mit frischer Kleidung zu versorgen und um zu sehen, ob alles in Ordnung war. Natürlich fürchtete ich ein unvermitteltes Wiedersehen. Wann immer ich jedoch in die Wohnung zurückkehrte, traf ich Pavlos niemals an.

Da ihm einige Tage zuvor mal wieder ein Laptop in der Kneipe abhanden gekommen war, benutzte er zu Hause mein Zweitgerät, das eigentlich vornehmlich zum Musikhören und Filmeschauen diente. Zufällig sah ich, dass er auf dem Gerät mit all seinen sozialen Netzwerken angemeldet geblieben war, und ich schaute hinein. Was ich sah verstörte mich, war er doch in den Netzwerken, anders als zu Hause, nach allen Seiten heiter, fröhlich und charmant. Er flirtete offen mit Frauen, die mir unbekannt waren, und die mir außerdem recht niveaulos erschienen. Ich las vertrauliche Nachrichten, die er sowohl in Berlin, als auch in Griechenland mit mehreren Frauen austauschte.

Ein Nachrichtenthread verstörte mich besonders: Einen Tag, nachdem Frank ihm den Schlüssel zu seiner Wohnung übergeben hatte, bot er Martha, einer sehr netten Kellnerin aus der Kneipe um die Ecke, an, mit ihm dort einzuziehen. Martha bedankte sich artig und lehnte ab. Ich traute meinen Augen kaum.

Am selben Tag hatte ich einen Termin bei meiner Frauenärztin, weil dieser Juckreiz einfach nicht wegging. Sie untersuchte mich und nahm Proben für eine mikrobiologische Untersuchung.

Inzwischen hatten die Schwiegereltern Bahntickets und ein Hotel in Berlin gebucht. Ich war sehr erleichtert. Wir trafen uns zu viert im Hotel der Schwiegereltern, und sie engagierten sich sehr, Pavlos zur Einsicht zu bringen, dass er erst eine Entgiftung und dann den kompletten Entzug braucht. Mir dagegen nahmen sie übel, dass ich nicht mehr in der gemeinsamen Wohnung schlief. Sie baten mich, als Zugeständnis zu Pavlos bevorstehender Entgiftung, wieder nach Hause zu kommen, und Pavlos solle sich endlich in die Klinik begeben. Pavlos erzählte, dass er dafür einen Kostenübernahmeschein von seiner Krankenkasse benötigte, und wir drei setzten ihm so zu, dass er sich schließlich darauf einließ, mit uns zu seiner Krankenkasse zu fahren, wo er genau diesen Schein bekam. Auf der Fahrt zur Krankenkasse spritzte er sein Gift in alle Richtungen, er verfluchte uns alle und teilte Beleidigungen und Verletzungen in rauen Mengen aus. Wir ertrugen es mit Fassung.

Die Tage bis zu Pavlos Klinikaufenthalt vergingen in großer Anspannung, Ich war wieder zu Hause, Pavlos trieb sich nachts draußen rum, seine Eltern waren im Hotel und hatten große und ganz konkrete Erwartungen.

Nach ein paar Tagen lud mich meine Frauenärztin zur Befundbesprechung ein. Sie eröffnete mir, dass bei der mikrobiologischen Untersuchung eine durch Geschlechtsverkehr übertragbare bakterielle Infektion nachgewiesen wurde. Ich stürzte in ein zorniges, bitteres Fegefeuer. Rasend vor Wut rief ich Pavlos an und schrie durchs Telefon, dass er mich mit einer Geschlechtskrankheit infiziert hätte, dass ich mich vor ihm ekelte, und dass ich das alles für eine unfassbar schmutzige, widerliche Schmierenkomödie hielte.

Auch er war im Handumdrehen extrem aufgebracht, er schrie zurück, dass ich mich irre, und dass ich ihn total verletze und ihn zu Unrecht beschuldige, und wir brüllten uns gegenseitig durchs Telefon an. Er befand sich in dem Augenblick im Wartezimmer seines Berliner Hausarztes, weil er dort einen Termin wegen seiner Darmerkrankung hatte, und so fuhr ich mit dem schriftlichen Nachweis der bakteriellen Infektion dorthin. Der Hausarzt sah die Sache etwas anders – er war der Meinung, dass ich mir die Infektion auch auf einem anderen Wege als der Übertragung durch Pavlos eingefangen haben könnte. Es war zum verrückt werden. Zu Hause angekommen gerieten wir in einen schlimmen Streit, und Pavlos beschimpfte mich als krankhaft eifersüchtig, schlug mich, und ich schlug zurück. Es war eine hässliche Prügelei, in der keiner von uns zu früh nachgab.

Es kam mir so vor, als würde Pavlos durch seine Trunksucht täglich seinen und dazu auch meinen Tod provozieren. Oft stellte ich mir vor, dass er auf seinen Kneipentouren jemanden, der genauso unzurechnungsfähig war wie er selbst, so anpöbelte, dass dieser ihn bewusstlos schlug und er an den Verletzungen starb. Oder dass er irgendwo im Park betrunken einschlief und andere aggressive Nachtgestalten ihn ausraubten und zu Tode prügelten oder ihn niederstachen. Zu der Zeit gab es vermehrt tödliche Messerstechereien in Berlin. Ein weiteres Horrorszenario war, dass er bei seiner offensichtlich sehr freizügigen Sexualität erst sich selbst und dann mich mit Hepatitis C oder HIV ansteckte oder dass er mich im Suff erwürgte und dann sich selbst vom Balkon stürzte. Egal welches Hirngespinst, alle machten mir Angst, und alle schienen mir plausibel. Unterdessen hatten wir Hunderte von Leuten eingeladen, in wenigen Wochen mit uns unsere Ehe und unser ›Glück‹ zu feiern. Mir war nicht klar, wie das alles gehen sollte. Pavlos wollte zur Entgiftung und direkt zwei Wochen später eine Riesensause ausrichten, auf der er nicht trinken durfte? Ich fragte immer wieder danach – und auch, was es eigentlich zu feiern gäbe. Er sagte einfach »na eine Party« oder »uns«. Halbherzig kümmerten wir uns um Getränke, Essen und Gäste. Beziehungsweise ich – Pavlos krümmte keinen Finger.

Ich fühlte mich gefesselt in einem schmutzigen und selbstzerstörerischen Netz von Suff, Krankheit und Gewalt. Doch Pavlos, der eine Woche vor der Entgiftung stand, an der eine Tonne Hoffnung hing, erpresste mich mit raffinierten Sätzen wie: »Wenn du gehst, dann sehe ich keinen Sinn in der Entgiftung.« So hielt ich trotz allem weiter zu ihm, zumal ich mir unendlich viel von der stationären Entgiftung erhoffte.

Die Schwiegereltern reisten ab, und ich war nun mit dem immer unzurechnungsfähigeren Pavlos allein zu Hause. Es kam der Dienstag der Voruntersuchung und der Mittwoch des Therapiebeginns. Ich war unfassbar erleichtert. Pavlos erschien mir auch ganz motiviert, zumal ein Arzt von der Entgiftungsstation zu ihm sagte, dass er eigentlich da nicht hingehöre. Durch die Blume teilte er ihm dadurch mit, dass er einem Anderen, der es wirklich nötig hatte, den Platz wegnahm. Pavlos wiederholte diesen Dialog unzählige Male, triumphierend, wobei er mir mit seinem versoffenen Aussehen einfach nur widerwärtig vorkam. Unterschwellig glaubte ich aber weiterhin an die Wiederkehr des wundervollen, klugen, sanften, begabten, lustigen und vertrauten Pavlos, so wie ich ihn immerhin über 20 Jahre kannte.

Ich besuchte ihn zu den Besuchszeiten im Krankenhaus, und er sah wieder sensationell aus. Schon am nächsten Tag wirkte er klar und schön und 10 Jahre jünger. Am übernächsten verjüngte er sich nochmals um 10 Jahre. Er hatte ÜBERHAUPT keine Entzugserscheinungen, keine Schmerzen, keine Übelkeit, keine Ausfälle, kein übermächtiges Schmachten. Die Entgiftung ging viel zu leicht. Er blühte einfach auf, und die Ärzte fanden, dass er dort nicht hingehörte. Er bekam wegen all diesen positiven Nebenerscheinungen einen unglaublichen Höhenflug. Gegen Ende der Entgiftungswoche kam er zu mir nach Hause, und wir machten die ganze Nacht Liebe.

Am frühen Morgen ging er zurück zur Klinik und bekam einen Rüffel, aber da er nüchtern geblieben war, durfte er noch die beiden restlichen Tage in der Klinik bleiben. Nun kamen meine Eltern zu Besuch. Ich hatte für sie eine Ferienwohnung in der Nähe gemietet, und ich holte sie vom Flughafen ab. Sie fragten, wo Pavlos sei und ich entgegnete: »Im Krankenhaus. Er macht eine Alkoholentgiftung.« Er habe sich zur Entgiftung entschieden, weil er der Meinung gewesen sei, dass es etwas zu viel geworden sei in den letzten Monaten, würde aber bald entlassen. Ich war wegen dieser Offenbarung ziemlich aufgeregt und fürchtete ein Donnerwetter, doch sie reagierten gelassen.

Als er entlassen wurde, trafen wir uns alle im Institut. Pavlos sah extrem gut und gesund aus, meine Eltern waren zufrieden, zumal Pavlos meinem Vater ein technisches Problem mit dessen neuen *Notebook* lösen konnte. Wir fuhren alle zusammen los, meine Eltern in ihre Ferienwohnung, Pavlos und ich nach Hause. Es war alles friedlich und nett.

Am Abend kam Johann vorbei, und Pavlos trank mit ihm – zwei, drei Wein und Bier. Somit war er am ersten Abend nach der Entlassung schon betrunken. Sie hingen auf dem Balkon rum und scherzten und riefen mich dazu. Ich sagte, dass mir überhaupt nicht nach Scherzen zumute sei, dass Pavlos sich schon am ersten Abend volllaufen ließe. Johann meinte: »Wieso, er ist doch nüchtern«, und ich sagte: »Nein. Er ist völlig betrunken.«

»Sie hat Recht.« sagte Pavlos.

Man merkte das bei Pavlos eben nur an Mikroveränderungen in der Sprache, am leicht gesteigerten Sprachtempo, an minimalistischen Wiederholungen von Worten, Satzteilen oder mimischen Entgleisungen. Durch dieses Gespräch wurde mir klar, dass Außenstehende in der Regel nicht erkannten, ob Pavlos betrunken war, und das erklärte mir auch, warum ich selbst das vier Jahre lang überhaupt nicht bemerkt hatte.

Sie gingen dann zusammen aus, und Pavlos kam gegen Mitternacht zurück.

Ich ging am nächsten Tag arbeiten, und am Abend war ich mit Pavlos verabredet, um ein Buch aus Franks Wohnung zu holen, das Pavlos gerne zu Hause haben wollte. Ich holte Pavlos also ab, in einer Kneipe um die Ecke, und fand ihn schon ziemlich angetrunken. Ich sagte nichts, und wir fuhren nach Charlottenburg zu Franks Wohnung. Es war ein lauer Frühlingstag, wir waren trotz des Rückfalls guter Dinge und cruisten noch eine Weile durch die Nacht. Wir unterhielten uns – angeregt, zu angeregt. Pavlos steigerte sich in irgendeine Aggressivität hinein, alles wurde ein bisschen zu laut. Ich musste tanken, Pavlos sagte, er würde bezahlen gehen. Während er bezahlte, kippte er einen Kurzen in sich hinein, von dem er glaubte, dass ich ihn nicht sähe. Dann kam er zurück ins Auto und kippte noch den ›Offiziellen‹ hinterher. Wir fuhren noch ein wenig durch die leeren Straßen, bis Pavlos etwas geschmeidiger wurde. Zu Hause ging ich bald ins Bett. Ich wachte gegen 1 Uhr nachts auf und schaute nach Pavlos. Er schlief in der Küche auf einem Stuhl. Es sah furchtbar unbequem aus, und ich stupste ihn vorsichtig an der Schulter, um ihn zu wecken und ins Bett zu bringen. Er schlug die Augen auf – was für hasserfüllte Augen! Er schrie mich an: »Was soll das???«, packte mich am Arm und schlug mich mit aller Wucht. Ich wehrte mich und schlug im Reflex zurück. Er war so viel stärker als ich, gerade jetzt nach der Entgiftung, wo er wieder zu Kräften gekommen war und auch ein paar Kilo zugenommen hatte. Er schleifte mich zehn, zwölf Meter an den Haaren über den Boden zum Schlafzimmer. Ich rappelte mich auf, er schleuderte mich gegen die Kleiderstange, wo ich mir furchtbar das Knie verdrehte. Ich fiel aufs Bett, er kniete sich über meinem Brustkorb und strangulierte mich. Ich biss und trat mich frei, sodass ich in der Ecke auf dem Boden landete. Hier gab es kein Entkommen mehr; er stemmte sein ganzes Gewicht auf meine Brust, drückte mit seinen Händen meinen Hals zusammen, sehr fest und sehr lang. Dabei schrie er mit aller Kraft »ICH BRING DICH UM!«, starrte mir hasserfüllt, schwitzend, röchelnd in die Augen, und ich glaubte ihm aufs Wort. Sosehr ich versuchte, ihn von mir zu stemmen und zu treten, er war stärker und wie von Mordgelüsten getrieben. Er drückte hochkonzentriert und hasserfüllt meine Kehle zu. Mir schwanden die Kräfte und der Sauerstoff, doch er ließ nicht locker und würgte mich weiter. Mir wurde schwarz vor Augen, und ich konnte mich kaum mehr wehren, er drückte und drosselte und war ganz bei der Sache. Irgendwoher zog ich meine letzte Kraft und biss in seinen rechten Unterarm, so fest ich konnte. Im allerletzten Augenblick, bevor ich vor Sauerstoffmangel in Ohnmacht fiel, ließ er mich endlich los.

Pavlos hat mich in dieser Nacht beinahe getötet. Erwürgt. Ich habe diesen Angriff nur überlebt, weil ich es irgendwie geschafft hatte, mich so in seinem Unterarm zu verbeißen. Ich hatte Glück, denn die Grenze seiner Leidensfähigkeit war genau eine Millisekunde, bevor ich ohnmächtig wurde, erreicht. Mein Knie tat höllisch weh, ich hatte Todesangst, doch ich richtete mich auf, stolperte zum Telefon und rief die Polizei. Pavlos kam auch ins Wohnzimmer, und komischerweise ließ er mich gewähren. Während wir warteten, schrien wir uns gegenseitig an, zitternd, wahnsinnig. Fünf Minuten später war die Polizei da, und ich humpelte barfuß und im Schlafanzug ins Treppenhaus. Es waren etwa sechs oder sieben Polizisten und Polizistinnen. Die Polizistinnen blieben mit mir im Treppenhaus, die Männer gingen zu Pavlos in die Wohnung.

Ich erzählte, was vorgefallen war, vergaß dabei aber, dass er mich fast zu Tode gewürgt hatte. Die Polizistin fragte nach den Würgemalen am Hals, und wie durch einen Nebel erinnerte ich mich an das, was sich gerade vor 10 Minuten abgespielt hatte. Hätte die Polizistin nicht konkret danach gefragt, hätte mein Gehirn es ausradiert. Die Polizistinnen klärten mich darüber auf, dass ich für 14 Tage eine ›Wegweisung‹[1] erwirken könne.

Sie rieten mir regelrecht zur Wegweisung, denn dadurch wäre es Pavlos verboten gewesen, sich mir, der Wohnung oder dem Institut zu nähern oder sich dort aufzuhalten. Außerdem empfahlen sie mir dringend, ihn wegen häuslicher Gewalt anzuzeigen. Ich lehnte das alles ab. Ich sagte, dass ich im Gegensatz zu Pavlos wüsste, wohin ich gehen könnte, nämlich ins Institut oder zu Freundinnen, während in Franks Wohnung, zu der Pavlos einen Schlüssel hatte, noch nicht mal ein Sofa oder ein Bett stand. Ich sagte, dass ich gehen und mir bis morgen überlegen würde, was ich mittelfristig tun würde. Sie rieten mir stark davon ab, weil sie voraussahen, dass Pavlos weiter gewalttätig bleiben würde. Doch ich blieb bei meinem Entschluss, Pavlos für die Nacht die gemeinsame Wohnung zu überlassen. Ich brachte es nicht übers Herz, ihn hinauszuschmeißen, war er doch gerade erst aus der Entgiftung zurück – und wollten wir doch nächste Woche dieses bescheuerte Fest mit zwei- bis dreihundert Leuten feiern, an dem ich zu diesem Zeitpunkt immer noch festhielt!

Pavlos jedoch folgte dem Rat der Polizeibeamten und zeigte mich wegen Körperverletzung an. Die Bissmale an seinen Handgelenken sahen auch verdammt wüst aus. Zwei schwarze Halbovale. Er sagte zu den Beamten, dass er morgen die Wohnung verlassen und sich scheiden lassen wolle. Er wiederholte den Polizisten gegenüber viele, viele Male, dass er die Trennung und die Scheidung wolle, und erstattete Anzeige gegen mich wegen Körperverletzung, ohne mir dabei ins Gesicht oder in die Augen zu schauen. Seine Worte brachen mir das Herz. Neben der Drohung, sich scheiden zu lassen, verblassten seine Brutalität und die Todesangst, die ich gerade ausgestanden hatte.

Ich fühlte mich wie ein Scheiterhaufen. Ich fuhr ins Institut und versuchte, ein paar Stunden zu schlafen, denn am nächsten Morgen waren wir eigentlich mit meinen Eltern bei uns zu Hause zum Frühstück verabredet. Ich wachte mit einigen Hämatomen im Gesicht auf, einem furchtbar instabilen Knie und posttraumatischem Wirrwarr im Kopf und in der Brust. Vor Schmerzen konnte ich mich kaum bewegen, seelischen und körperlichen Schmerzen. Ich konnte mich kaum aufraffen, den Tag zu beginnen, doch ich musste, da meine Eltern darauf warteten, von mir abgeholt zu werden. Ich musste erst in die Wohnung fahren, um das Chaos, das wir angerichtet hatten, aufzuräumen. Zu Hause traf ich Pavlos an. Er war immer noch betrunken und unnahbar. Ich bat ihn, mir beim Aufräumen zu helfen. Er lachte mich nur aus. Ich räumte also allein auf, während er mich die ganze Zeit beschimpfte und pöbelte, was ich ihm angetan hätte, dass ich meine Gewalttätigkeit in den Griff bekommen müsse, und dass er mich verlassen würde. Dass er an jedem Finger fünf andere Frauen hätte, die sich nach ihm verzehrten, und dass meine Eltern ihm am Arsch vorbeigingen. Ich sagte immer wieder: »Dann geh jetzt, wenn du mir nicht helfen willst«, und stattdessen rief er die Polizei an. Er sprach mit der Polizei, und es kamen wieder drei Beamte vorbei. Erneut wurde mir geraten, bei abermaliger Gewalt eine Wegweisung zu beantragen. Die Polizeibeamten begleiteten ihn mitsamt einigen Habseligkeiten und seinen Medikamenten hinaus. Ich sah zu, wie er um die Straßenbiegung verschwand und dann die Polizeibeamten in ihr Auto stiegen und wegfuhren.

Ich war der verlorenste Mensch der Welt.

Ich fuhr los, um meine Eltern von ihrer Ferienwohnung abzuholen. Sie sahen mir sofort an, dass etwas nicht stimmte. Im Auto hörten sie sich die grobe Zusammenfassung der letzten Nacht an. Sie gerieten außer sich, machten ihrem zurückgehaltenen Hass auf Pavlos Luft und beichteten mir, dass Evi und Tolis, meine Schwiegereltern, ihnen auf der Hochzeitsfeier erzählt hätten, Pavlos' erste Ehe sei an seinen Alkoholismus gescheitert, und sie eigentlich nur darauf warteten, dass auch diese Ehe scheiterte. Sie hatten sich nichts anmerken lassen, doch seither waren sie alarmiert, und ihre verdeckten Sorgen und Vorbehalte platzten nun ungefiltert aus ihnen heraus!

Nach einigen Stunden klingelte der vollkommen betrunkene Pavlos an der Tür. Er kam hoch, und sah wie ein Clochard von der Straße aus. An der Tür fragte ich ihn, warum er zurückgekommen sei, und er murmelte, er wolle meinen Eltern persönlich sagen, dass es vorbei sei.

Was dann folgte, wird vielleicht für immer als das verhängnisvollste Sakrileg in meiner Familie gelten.

Pavlos zog kommentar- und grußlos an meinen Eltern vorbei in die Küche. Ich ging hinterher, um ihn zur Eile zu drängen. Es war mir nicht recht, dass er sich so vor meinen Eltern benahm und dass sie ihn so sahen. Ich schämte mich für sein Verhalten und wollte ihn dazu zu bringen, das, was er unbedingt loswerden wollte, schnell loszuwerden und dann zu verschwinden. Ich fand, dass sein Auftritt nur alles weitere verschlimmerte und ich sah förmlich, wie sich Pavlos Benehmen und Aufzug wie eine Brandmarkung in die Gehirne meiner Eltern hineinfraß. Ich fand ihn beim Mülleimer auf dem Fußboden liegend und sagte zu ihm, »Ja, dann komm halt und sag ihnen, was du zu sagen hast.«

Er kauerte auf dem Boden, gefangen in seinem Käfig aus Suff und Sucht. Es dauerte eine gefühlte Ewigkeit, bis er endlich zum Tisch im Wohnzimmer kam, und sich dort zu einer Rede aufschwang, die meine Eltern und mich völlig vor den Kopf stieß. Grob zusammengefasst sagte er, dass ich ihm zu Recht hinterher laufe, weil er wohlhabend, gutaussehend und gut im Bett sei. Meine bäurische Herkunft läge weit unter seinem Niveau, da er nämlich Aristokrat sei. Meine Mutter fragte ihn fünf, sechs Mal offen, ob er aufhören würde zu trinken, doch er schwafelte nur irgendeinen verletzenden Mist zusammen und gab nicht eine einzige klare Antwort Er schwadronierte irgendwas zum Programm ›kontrolliertes Trinken‹ und verfiel schließlich darauf, mich wegen meines Opportunismus runterzumachen, ›mich ins von ihm gemachte Nest gesetzt zu haben‹. Mein Vater, der sowohl größer als auch kräftiger ist als Pavlos, hielt sich zurück.

Wir kamen zu keinem Schluss, Pavlos wollte nicht gehen, auch kein Versprechen geben, sein Verhalten zu ändern, und so bewegte sich das Gespräch sinn- und würdelos im Kreis. Als wir ihn aufforderten zu gehen, bestand er darauf, zu bleiben und dass wir gehen sollten.

Ich kapitulierte irgendwann und sagte: »Ok, wir gehen.« Wir verließen die Wohnung in Richtung Institut. Meine Eltern mussten sowieso bald zum Flughafen, um ihren Rückflug anzutreten, und wir verabschiedeten uns erschöpft.

Ich übernachtete im Institut, und am nächsten Morgen rief Amber mich an. Sie hatte die Zusammenfassung der letzten zwei Tage schon von meiner Mutter gehört und wollte mich zu sich einzuladen. Ich folgte ihrer Einladung und war froh, dass jemand anderes das Kommando übernahm. Bei ihr angekommen tröstete und beriet sie mich und organisierte mir einen Schlafplatz. Ihre Nachbarin Christina war gerade für drei Wochen in Südamerika unterwegs, und Amber bat sie darum, dass ich ihre Wohnung nutzen durfte. Sie erlaubte es mir, obwohl wir uns nicht mal kannten.

Ich wohnte nun also erstmal im gleichen Haus wie Amber, und sie und Neil sagten mir jede moralische und praktische Unterstützung zu. Ich brauchte dringend Abstand zu unserer Wohnung, zu Pavlos und all diesem Wahnsinn. Im Gespräch mit Amber wurde mir klar, dass ich Pavlos nicht mehr sprechen oder sehen wollte, und ich sah ein, dass ich das Fest wohl absagen musste. Ich begriff, dass das zwischen Pavlos und mir vorbei war.

Eine Woche später sollte die große Feier steigen, das Hochzeitsfest im Beisein unserer Freunde, an dem wir die sokratische Zeremonie mit dem Philosophen Herrn Gutermann abhalten wollten und von ihm einen ›philosophischen‹ Segen für unsere Liebe bekommen sollten. Wir hatten etwa 250 Zusagen. Zwei Dutzend Leute wollten aus Süddeutschland und Griechenland kommen, die meisten davon aus Pavlos' Freundeskreis. Die brutale Entgleisung, bei der Pavlos mich beinahe umgebracht hatte, machte etwas mit meinem Gehirn. Ich konnte nicht so klar denken und kombinieren, wie gewöhnlich. Es kam mir vor, als hätte mein Verstand gelitten, meine Denkprozesse waren langsam und verschwommen. Die Tage danach kamen mir wie matschiger, trüber Nebel vor, und ich fühlte mich nicht mehr zurechnungsfähig. Amber half mir und besprach mit mir das weitere Vorgehen, um die Feier abzusagen. Ich trennte mich von der Illusion, dass es noch irgendetwas zu feiern gäbe, und sie rief Pavlos an, um ihm zu sagen, dass ich die Party abblasen würde. Er flippte aus. Ich saß daneben, als Amber mit Pavlos telefonierte, und hörte, wie er betrunken und selbstmitleidig lamentierte, dass es seine Party sei, und dass er ein Recht auf Party habe, und ich nicht einfach seine Freunde ausladen könne. Ich könne seine Party nicht absagen, und dass es eine gottverdammte Schweinerei sei. Und wo ich mich überhaupt verstecke, und ob Amber mich bei sich verstecke. Er wurde Amber gegenüber ausfällig auf eine lallende, unmotivierte, mir bis dahin eher unbekannte Art. Zuvor hatte er ihr gegenüber stets versucht, einigermaßen das Gesicht zu wahren. Dass er überhaupt lallte, hörte ich nun zum ersten Mal. Sein Verfall war offensichtlich, und er konnte nun wahrscheinlich vor niemandem mehr verbergen, dass irgendwas mit ihm nicht stimmte.

Ich schrieb eine Rundmail an alle, dass es einen großen Krach zwischen Pavlos und mir gegeben hätte und ich jedenfalls nicht zum Fest kommen würde. Sollte irgendjemand dennoch kommen wollen, dann solle man sich bitte mit Pavlos in Verbindung setzen. Ich für meinen Teil sagte jedenfalls die Party ab. Aus dem Freundeskreis kamen bestürzte Reaktionen. Sie suchten das Gespräch, Erklärungen. Mir wurde zugetragen, dass Pavlos nicht erreichbar sei, wo und wie man sich denn an ihn wenden könne … Ich wusste es nicht. Und so blieben auch die Absagen und Erklärungen an seine Freunde an mir hängen. All das schwächte mich zusätzlich, doch ich wollte die Fragen und Sorgen der Freunde nicht unbeantwortet lassen …

Viele der nun ausgeladenen Gäste fragten mich natürlich, wie es mir ginge und was eigentlich los sei, und den Menschen, zu denen ich Vertrauen hatte, erzählte ich vom Alkoholismus und der Gewalteskalation. Überraschenderweise erzählten mir fast alle, mit denen ich darüber sprach, dass auch sie selbst schonmal Ähnliches erlebt hatten, oder jemanden in einer ähnlichen Suchtsituation kannten. Den meisten anderen war offenbar bekannt, wie viel Leid Sucht im Umfeld des Abhängigen erzeugt. Nicht immer oder notwendigerweise war Gewalt bei den Erlebnissen der anderen ein Thema gewesen, doch dann quälten die verschiedenen anderen Spielarten der Sucht die Angehörigen, wie zum Beispiel Instrumentalisierung, Einbindung in suchtermöglichendes Verhalten, Verleugnung und Doppelmoral. Ich staunte. Fast jeder kannte die fatalen Auswirkungen von Alkoholismus und konnte gut nachempfinden. Zweimal hörte ich auch, dass der Vater oder der Partner an den Folgen von Alkoholismus gestorben sei.

Pavlos' Freunde aus der alten Heimat hatten durchaus gemerkt, ja, dass er etwas zu viel trinke, aber eben nicht so, dass man sich Sorgen machen müsse. Ein Freund sagte auch geradeheraus, dass es ihm nicht recht sei, mit mir darüber zu sprechen, zumal er fände, dass ihn das nichts anginge, solange Pavlos nicht selbst das Gespräch mit ihm suchen würde und wünschte mir »viel Kraft.«

Einige von Pavlos' engen Freunden und Familienmitgliedern, die sich von weiter her angekündigt hatten, kamen dennoch nach Berlin, auch wenn das Fest nun abgesagt worden war. Im Vorfeld hatte ich für ihren Aufenthalt eine riesige Ferienwohnung gemietet. Haris, Maria und Giorgios waren auch darunter. Haris und Maria wollten mich gerne sehen, ebenso Onkel Ioannis und Tante Fani.

Am Dienstagabend traf ich Fani und Ioannis. Sie waren extrem besorgt um ihren Neffen, um mich, um alles. Sie gaben mir das Gefühl, ihnen wichtig zu sein, und das tröstete mich sehr. Sie waren meiner Meinung, dass Pavlos dringend aufhören müsse zu trinken, und dass Abstand erstmal das Richtige sei. Beide umarmten mich herzlich und versprachen mir, mit Pavlos darüber zu reden, dass er einen Entzug machen muss.

Mit Haris liefen die beiden Treffen wie erwartet. Er bekräftigte mich in meiner Meinung, dass Pavlos aufhören müsse zu trinken und dass ich mich schützen müsse. Er unterstützte auch meine Entscheidung, Pavlos nicht mehr zu sehen und zu sprechen. An meinem Verhalten kritisierte er lediglich, dass ich das Ganze zu lange mitgemacht hätte.

Haris erzählte, er sei irritiert, weil Pavlos auch jetzt, wo Freunde und Verwandte von weit hergekommen wären, dennoch einfach für Stunden oder Nächte verschwand und für niemanden mehr erreichbar war. Obwohl es seiner Meinung nach nicht zu Pavlos passte, fragte er mich, ob ich glaubte, dass andere Frauen im Spiel waren. Ich erzählte ihm von der jungen Frau, die ich im Januar morgens in der Wohnung angetroffen hatte, von den kryptischen Nachrichten in seinem Handy und der sexuell übertragbaren Infektion. Ich hatte also nur Indizien, keinerlei Beweise, doch ich empfand die Unsicherheit als beunruhigend genug. Ich erzählte Haris auch, dass Pavlos immer stinksauer auf mich war, bis hin zu Gewaltattacken, wenn ich meine Befürchtungen aussprach, dass er fremd ging.

Maria traf ich auch. Ich bemerkte sofort, dass sie irgendwie auf Krawall gebürstet war. Sie erklärte mir in den ersten Minuten unseres Gesprächs, das Problem zwischen mir und Pavlos sei nicht der Alkohol, sondern ich, meine Aggressivität und Nörgelei. Sie war plötzlich der Meinung, Pavlos sei ohne mich in der Lage, sein Trinken und sein Verhalten zu kontrollieren, zumal beides erst seit dem Zusammenleben mit mir so schlimm geworden sei. … Irgendwas sei an mir, was das Schlechteste in ihm hervorrufe …

Ich wusste gar nicht recht, was ich sagen solle. Meine eher allgemeine Gegenrede, dass Alkoholismus eine progressive Erkrankung sei, und dass ich seinen Zustand als ein transientes Stadium in einem Jahrzehnte andauernden Alkoholmissbrauch sähe, in welchem es immer wahrscheinlicher zu Delirien und zu irreversiblen Schädigungen seines Organismus und seines Umfeldes kommen würde, ließ sie nicht gelten. Für sie war klar, dass er erst durch mein Zutun, durch meine Schuld so abgestürzt war.

Im weiteren Verlauf unseres Treffens sagte ich ihr, dass ich wegen der Hämatome in meinem Gesicht nicht arbeiten ginge. Sie antwortete: »Hast du Pavlos gesehen? Der sieht viel schlimmer aus als du!«

Ich dachte, dass sie von den Beißmalen sprach, und ich erklärte, dass Pavlos mich wahrscheinlich umgebracht hätte, wenn ich mich nicht auf diese Weise von ihm befreit hätte. Aber diese Verletzungen meinte sie gar nicht. Sie sprach von einer schlimmen, offenen Wunde auf seiner Stirn, die er sich angeblich bei Handgreiflichkeiten mit mir zugezogen hätte.

Ich wusste, dass diese nicht von mir sein konnte, und sagte ihr das auch direkt. Ich vermutete, dass er sich auf der Straße mit jemandem angelegt hatte.

Pavlos hatte Maria also innerhalb eines Tages einer Gehirnwäsche unterzogen. Sie war nicht mehr in der Lage, Pavlos' Verantwortung an seinem Elend zu erkennen. Ihre Anschuldigungen gegen mich waren ungeheuerlich: In ihren Augen habe ich Pavlos ins Elend gestürzt, da vor seiner Beziehung mit mir weder übermäßiges Trinken, noch Gewalt, noch Untreue Themen in seinem Leben gewesen seien. Mich verletzte und störte, was sie von mir dachte. Ihre Einschätzung war schlicht falsch: Lange bevor er nach Berlin gezogen war, hatte Pavlos ein Alkoholproblem gehabt, war untreu gewesen und in gewalttätige Auseinandersetzungen mit anderen Menschen geraten. Maria blendete das einfach aus, ein klassisches Verhaltensmuster Co-Abhängiger. Dabei begriff ich, dass Maria nahezu uninformiert über die Erkrankung Alkoholismus war – sie war voll in die Loyalitäts-Falle hineingetappt. Dennoch empfand ich ihr Verhalten mir gegenüber als überaus anmaßend. Dass sie Psychotherapeutin war, machte die Sache für sie nicht schmeichelhafter.

Sie erlebte nun seit ein paar Stunden ihren Cousin, der Job und Führerschein für die Sucht verhökert hatte, dessen Frau und Kinder Angst vor ihm hatten, der Löcher im Kopf und im Geldbeutel hatte, über deren Ursprung er nichts wusste. Er hatte durch seine Sucht so ziemlich alles verloren, was er sich aufgebaut hatte, und zeigte nun anklagend mit dem Finger auf mich, ausgerechnet auf mich, die während des ganzen letzten Jahres sein asoziales Verhalten ausgehalten, für ihn gehofft, und nicht zu knapp bezahlt hatte. Mitunter aus Angst, dass ihm etwas Unumkehrbares zustoßen könnte oder dass er sich totsäuft. Zu allem Überfluss unterstützte ihn Maria darin und warf mir manipulatives Verhalten und Selbstsucht vor – »Du wolltest heiraten, das hat ihn unter Druck gesetzt.«

In meinen Augen hatte sich Maria unter Pavlos' Einfluss innerhalb weniger Stunden als Psychologin, und damit als Fachfrau für Suchtfragen, disqualifiziert. Sie würde weder Pavlos noch mir und schon gar nicht uns beiden helfen. Im Gegenteil, sie unterstützte ihn bei seinem Trinken und warf mit vor, schuld an seinem Zustand zu sein. Deshalb wollte sie mich von Pavlos fernhalten – und ihm zum Trost bei seinen Schlückchen in Ehren Gesellschaft leisten.

Ich war verletzt.

Dass Pavlos das gesamte Elend dirigierte, war mir schon klar, doch ich hatte irgendwie erwartet, Maria würde das durchschauen Ihren Anschuldigungen zum Trotz, sagte ich zu, sie zum Flughafen zu fahren. Zumal sie sich kein Taxi leisten konnte, weil sie ihr ganzes Geld beim Feiern mit Pavlos ausgegeben hatte und ihr Rückflug morgens um fünf ging. Diese Verabredung gab mir das Gefühl, dass der Bruch zwischen uns nicht ganz endgültig war.

Wenn ich bedenke, was sie mir vorwarf – im Klartext Pavlos' Zerstörung durch manipulatives Verhalten – und wie sehr ich dennoch auf den Bestand der familiären Bindung hoffte, dann erkenne ich, wie abgrundtief krank wir alle waren. Pavlos, ich und Maria.

Immerhin erzählte mir Tante Fani nach dem Treffen mit Maria, dass Pavlos am Abend zuvor noch keine Kopfverletzung gehabt hatte und erst am nächsten Tag mit der Wunde aufgetaucht wäre. Als Erklärung meinte er lapidar, dass er dazu nichts zu sagen hätte. Das erzählte ich Maria, die gar nicht richtig zuhörte. Sie erkannte darin nur einen weiteren Manipulationsversuch Fanis, und so beschloss ich zu akzeptieren, dass mit Maria als Verbündeter nicht mehr zu rechnen war. Ich hatte in den Fachbüchern über Alkoholismus und Co-Abhängigkeit schon gelesen, dass Freunde und Familienmitglieder des Süchtigen oftmals einen anderen Schuldigen für die Sucht suchen, als die Krankheit selbst. Ich hatte auch gelesen, dass es ganz häufig die Partnerin des Alkoholikers ist, die dann als die Schuldige identifiziert wird. Theoretisch kannte ich also das Phänomen, dennoch verletzte es mich in meiner Integrität, meiner Loyalität, meinem Gerechtigkeitssinn. In meinem Selbstbild als hilfsbereiter Mensch, als liebende Frau. Ich fühlte mich zu Unrecht beschuldigt und vollkommen verkannt

Der 2. Mai, das Datum, an dem Pavlos und ich mit all unseren Freunden unsere Liebe und Ehe hatten feiern wollen, näherte sich. Schließlich informierte ich Markus Gutermann, den Philosophen, der die Zeremonie mit uns begehen wollte, dass alles geplatzt sei. Diesen Anruf hatte ich eine Weile vor mir hergeschoben, weil damit auch die letzte, trügerische Hoffnung für uns endgültig sank. Er reagierte betroffen und bot mir an, mit Ihm zu reden, wenn ich es bräuchte. Den Inhaber des Terrassen-Lokals, in dem wir feiern wollten, rief Amber für mich an. Er war stinkesauer wegen unserer Absage, und er schrie Amber durchs Telefon regelrecht an. Er drohte, uns wegen des ihm entgangenen Gewinns zu verklagen. Ich war Amber sehr dankbar, dass sie mir dieses Gespräch abgenommen hatte.

Nachdem alles abgesagt war, musste ich mir erstmal über die neuen Entwicklungen klarwerden. Mein Verstand und meine Gefühle waren zu einem Brei geronnen, in dem ich mich nicht mehr zurechtfand. Besonders half mir dabei, dass ich zumindest für zwei Wochen eine sichere Bleibe hatte. Meine Termine im Institut sagte ich für zehn Tage aus Krankheitsgründen ab. Ich war nicht krank, aber ich fühlte mich wie geschreddert. Dumpfe aber starke Schmerzen quälten meinen Körper, meine Muskeln und Gelenke, meine Eingeweide und meinen Kopf – ich fühlte mich wie im Krieg, Ich war vollkommen überfordert von den Entscheidungen, die ich treffen musste. Davon, gegen meine eigenen Gefühle zu handeln und mich von Pavlos und allem, was mit ihm zu tun hatte, fernzuhalten. Ich weinte sehr viel. Ständig zweifelte ich an meiner Wahrnehmung. Ich traute meinen eigenen Sinnen nicht mehr. Ich vermisste Pavlos so sehr, dass mir mein ganzer Brustkorb irrsinnig weh tat. Ich vermisste ihn schmerzhaft, doch wenn er anrief oder mir schrieb, blieb ich standhaft und reagierte nicht auf seine Nachrichten. Ich wusste, dass das überhaupt keinen Sinn gehabt hätte, zumal ich auf den sozialen Netzwerken verfolgen konnte, wie er jeden Tag mit seinen Gästen trank. Er postete Fotos von sich, seiner grässlichen Stirnwunde und seinen Cousins und Freunden in Bars, immer zeigte er sich in Feierstimmung, eine Flasche Bier in der Hand oder ein Glas Wein vor sich auf dem Tisch. Ich war nicht dazu bereit, mit ihm zu sprechen.

Die beißende Sehnsucht nach ihm trieb mich in den Wahnsinn. Ich strauchelte vor Herzschmerz und Angst, mein Leben verpfuscht zu haben, und ich fing wieder zu Rauchen an. Vom ersten Augenblick an rauchte ich ab jetzt zwei bis drei Schachteln am Tag. Es tat so weh, und die Kippen trösteten mich, genauso wie früher, in der Jugend, als Rauchen mich irgendwie von all der Zerrissenheit meines Lebens distanzierte. Rauchend legte ich eine Wand zwischen die Welt und mich, zwischen meinen Schmerz und mich.

In dieser Gefühlsmelange erwartete ich den 2. Mai, den Tag, an dem wir ursprünglich mit unseren Freunden unsere Liebe und Ehe feiern wollten. Der Tag, der dann aber zum Symbol für Scheitern und Gewalt wurde. Es war wunderbares Wetter mit strahlendem Sonnenschein. Ich rauchte Kette, meine Muskeln in üblen Dauerkrampf, die Nerven am Rande des Zusammenbruchs. Lorenzo meldete sich bei mir und fragte, was eigentlich los sei. Ich erzählte ihm die Kurzversion, und er sagte mir seine Unterstützung zu.

Der Abend kam, und ich ging mit ein paar Freunden essen. Im Restaurant brach ich immer wieder in Tränen aus und konnte mich kaum auf die Unterhaltung konzentrieren, auch wenn meine Gäste sehr verständnisvoll waren. Ich dachte die ganze Zeit an Pavlos und fragte mich, wo er wohl sei und wie es ihm ginge. Die Pianistin spielte *Besame mucho,* und ich weinte hemmungslos. Dieses Lied verband Pavlos und mich seit über 20 Jahren. Wir hatten unsere Hochzeit unter das Motto *Besame mucho* gestellt, unsere digitale Einladung zur Feier beinhaltete sogar das Lied in der Version von Zoe. Irgendwie verging jedoch auch dieser Abend. Wir verabschiedeten uns voneinander, und gegen halb vier Uhr morgens war ich mit Maria verabredet, um sie zum Flughafen zu fahren.

Ich übernachtete im Institut auf der Couch, da ich glaubte, sowieso nicht schlafen zu können. Lebensmüde und dem Tode näher als je zuvor erwachte ich weinend aus einem gelähmten Dämmern, und ich wollte nicht glauben, dass ich wieder aufgewacht war. In dieser Stunde wäre mir lieber gewesen, tot zu sein, endlich Stille. Alle Ängste und Trauer, die Anschuldigungen der Welt endlich zu Ende. Ich fühlte mich matschig, meine Gedanken sickerten spärlich als graubrauner Schlamm in mein Bewusstsein. Meine verheulten Augen öffneten sich in Zeitlupe, meine

Bewegungen waren vor Schmerzen unkoordiniert, mir war kotzübel, aber ich war zu schwach, um mich zu übergeben. Bleigewichte drückten von oben und zogen von unten meinen Körper hinunter, hinunter, hinunter. Wüste Finsternis verbrannte mich, verschluckte mich. Ich brauchte eine halbe Stunde, nur um mich aufzurichten.

Irgendwie holte ich Maria ab und hörte mir ihre verdrehte Einschätzung der Lage und ihre Vorwürfe an mich erneut an. Ich hatte keine Kraft, dagegen zu halten. Vor lauter innerer Verwirrung schaffte ich es, mich trotz Navi auf dem Weg zum Flughafen zu verfahren und noch zusätzlich geblitzt zu werden. Auf dem Heimweg verirrte ich mich ein zweites Mal, und diesmal so richtig. Was bedeutete auch Heimweg? Wo war denn mein zu Hause? Der Begriff hatte seine Bedeutung für mich nun endgültig verloren. Mein Leben lang ›Ausländerin‹, intellektuell und spirituell heimatlos, ohne dauerhafte Partnerschaft und Familie – und schließlich vor dem Scheiterhaufen der kurzen und gewaltvollen Ehe mit meiner *one and only love* – hatte ich kein zu Hause. Eine Adresse hatte ich schon, aber das war der Ort, an dem man zuletzt fast meine Menschenwürde und Vitalität aus mir herausgeprügelt hatte. Ich fuhr über eine Stunde auf den Umleitungen der Autobahnen und Schnellstraßen Brandenburgs herum. Der nahezu volle Mond hing tief am Himmel, als ob er im fahlen Lichte der Morgendämmerung meine Irrfahrt auf der A10 überwachte. Ich schüttelte mich vor Weinen und wollte nur noch tot sein. Was mich am Leben gelassen hat, weiß ich nicht.

*****

Zwei Tage später hatte Helen ein Karateturnier in Berlin, und ich hatte ihr versprochen, zuzuschauen. Ich fuhr hin und musste mich in der Eingangshalle der Sporthalle erstmal orientieren. Hunderte aufgekratzte Karatekids in ihren Kampfanzügen strömten an mir und an den Merchandising-Ständen vorbei, und es war ein einziges, lautes Tohuwabohu. Ich schaute in die vielen Gesichter der Kids, um zu sehen, ob nicht Helen darunter war, blieb jedoch mit meinem Blick an einer anderen Erscheinung hängen.

Ein älterer Mann, grau, fahl, schwer lädiert, mit krassen Verletzungen im Gesicht, langem, wirren grauen Haar und schlaff am ausgemergelten Körper herabhängenden Klamotten stand an einem Vereinsstand herum und schaute sich die ausliegenden Waren an. Ich rieb mir die Augen. War das etwa Pavlos? Ich ging, obwohl ich mich schon auf fünf, sechs Meter herangewagt hatte, noch näher heran. Die Person sah einerseits aus wie Pavlos, andererseits aber auch wieder nicht. Ich betrachtete die zerlumpte, greisenhafte Version, und mir graute vor ihm. Dann drehte er sich zu mir um und erblickte mich. Wie durch einen Dunst lächelte er mich ganz milde an, und ich lächelte zurück. Wir gingen aufeinander zu und umarmten uns lange. Er roch so nach Pavlos, und er fühlte sich an wie mein Pavlos. Aber seine blauen Augen waren gelb. Er war zu einem daueralkoholisierten Wrack verkommen. Was er von sich gab, war nur Unsinn, ich erinnere mich nicht mal mehr, worüber wir uns unterhielten. Irgendwann lief uns Helen in die Arme. Sie wahrte zu 99 % das alte Pokerface, doch einen zarten Schatten von Entsetzen und Angst konnte ich dennoch in ihren Augen erkennen. Sie plauderte kurz mit uns, und dann musste sie zu Heiner, ihrem Trainer, zurück, um sich auf den Wettkampf vorzubereiten. Wir saßen eine Weile auf der Tribüne herum und verfolgten die Wettkämpfe. Irgendwann kam Heiner vorbei und schüttelte uns die Hände – nicht einmal er konnte seinen Schock über Pavlos Aussehen verbergen. Der einzige, dem nichts auf der Welt peinlich zu sein schien, war Pavlos. Er machte anzügliche und niveaulose Bemerkungen über seine Potenz und seine Geilheit, und ich wusste nicht, wie reagieren. Es war sowieso egal, soviel war mir auch klar, Pavlos war in eine andere Welt entschwunden und für mich nur noch rudimentär zugänglich … Er wollte wissen, wo ich übernachtete, und ich verriet es ihm nicht. Mir war das Risiko, dass er mich wieder bedrängen und bedrohen würde, zu groß. Er war darüber gekränkt, aber auch das erschien mir nur noch wie der Schatten einer echten Emotion … Er war schon auf dem Weg ins Jenseits … Ich hatte Angst um ihn und um mich und um Helen und Sonja.

Er provozierte mich so lange mit Geschmacklosigkeiten, dass ich mich irgendwann, nachdem Helen nochmal vorbeigeschaut hatte und ich mich von ihr verabschiedet hatte, aus dem Staub machte. Ich fühlte mich ausgemergelt und niedergedrückt. Ich ging zurück in mein Asyl und legte mich schlafen.

Meine Eltern riefen mich täglich an. Sie waren in einem Daueralarmzustand und nicht in der Lage, ihre Sorge um mich mit sich selbst auszufechten. Ständig wollten sie wissen, ob ich nun endlich wieder zu Hause sei, und ob der ›griechische Taugenichts‹ endgültig aus meinem Leben verschwunden sei. Durch diesen wenn auch gut gemeinten Dauerbeschuss waren sie mir eine zusätzliche Last. Sie drängten mich, nach Hause zu gehen und Pavlos rauszuwerfen. Aber ich wollte gar nicht nach Hause. Für mich war ›zu Hause‹ der Ort, an dem ich von dem Menschen, dem ich am meisten vertraute, monatelang bedroht, zusammengeschlagen und fast zu Tode stranguliert worden war … Es war kein Ort, an den ich zurückkehren konnte. Ich kommunizierte das so auch, und brachte damit meine Eltern zielsicher auf die Palme. Umgekehrt galt das auch, weil sie mir in meinen dunkelsten Stunden nicht einfach Trost und Verständnis spendeten, sondern stattdessen weiter Forderungen an mich stellten und Direktiven erließen. Das war für alle Seiten unbefriedigend, und es war keine Entspannung in Sicht.

Sascha, mit der ich das Atelier teilte, das ich eigentlich gar nicht nutzte, rief mich an, um mir zu sagen, dass sie es aufgeben wollte, da sie es nicht mehr brauchte. Sie fragte, ob sie mich als Nachmieterin vorschlagen sollte. Es klang nach einem absoluten Glückstreffer, denn um in Berlin eine günstige Wohnung oder gar ein Atelier zu mieten, muss man gegen Dutzende von Mitbewerbern antreten und für den Vermieter attraktiver sein als alle anderen. Das traute ich mir in meinem Chaos nicht zu, zumal ich finanziell gerade so über die Runden kam. Saschas Angebot war seit einiger Zeit die erste Erleichterung. Das Atelier könnte ich zumindest für eine Weile behelfsmäßig als Unterkunft nutzen. Es war klein und billig. Zwar hatte es nur ein Waschbecken und kein Bad oder WC, aber das ließ sich ja einbauen. Die Übernahmeverhandlungen sollten schon in der folgenden Woche beginnen. Ich schöpfte etwas neue Hoffnung.

Am Abend des 5. Mai, unserem ›jour fixe‹, rief ich Pavlos an, ich konnte nicht anders. Den ganzen Tag hatte ich ihn wahnsinnig vermisst. Er war betrunken und aufgewühlt. Aber es entwickelte sich ein Gespräch. Indirekt sagte er erstmals, dass ihm leidtäte, mich geschlagen zu haben. Und er sagte mir, dass er an mich gedacht und mich den ganzen Tag wie verrückt vermisst hätte. Ich gab zu, dass auch ich ihn wahnsinnig vermisst hatte. Wir sprachen etwa eine halbe Stunde. Danach konnte ich zum ersten Mal wieder einigermaßen gut schlafen.

Die Tage in meinem Kurzasyl neigten sich ihrem Ende zu, weil Christine, Ambers Nachbarin, bald zurückkehren würde. Meine Freundin Carmen bot mir an, eine Weile bei ihr zu wohnen, sie würde vier bis fünf Wochen kaum zu Hause sein. Dankbar und erleichtert nahm ich das Angebot an. Ich bezog Carmens Gästezimmer und fing wieder zu arbeiten an. Die Arbeitsroutine wieder aufzunehmen tat mir gut. Noch wichtiger waren meine Freunde und Freundinnen, die mich nicht verurteilten für meine Co-Abhängigkeit und mich nicht mit Ratschlägen oder Vorwürfen zusätzlich plagten, sondern mir zuhörten und mir praktische Hilfe anboten. Ihre Hilfe und ihr unvoreingenommenes Verständnis gaben mir die Kraft, das Trauma und die Trennung auszuhalten. Den unschätzbaren Wert von echter Freundschaft bei der Überwindung von Co-Abhängigkeit kann ich nicht genug betonen.

Glücklicherweise wurde mir das Atelier vermietet und der Termin zum Abschluss des Mietvertrages verlief ohne Zwischenfälle. Ich hatte also erstmal Zeit, mich in Carmens Haus ein bisschen auszuruhen, und für die Zukunft würde mir das Atelier zur Verfügung stehen. Ich musste es nur ein wenig renovieren.

Nun war ich finanziell einfach abgebrannt, zumal ich immer noch Pavlos' Schulden beglich, und Geld auf sein Konto überwies, damit er überhaupt etwas hatte. Ich musste das Atelier in Eigenregie renovieren. Durch die gesicherte Bleibe, das Ausbleiben von neuen Katastrophen und die Distanz zu Pavlos konnte sich mein Gehirn ein wenig neu sortieren. Ich entwickelte wieder etwas Zuversicht. Es war unrealistisch, aber was war schon realistisch? Mit Pavlos hatte ich Dinge erlebt, die ich niemals für möglich gehalten hätte, eine ganz andere Dimension des Menschseins, irgendwo zwischen Hollywoodkitsch und Säuferdrama. Nach alledem konnte ich mir irgendwie nicht vorstellen, dass das mit Pavlos wirklich vorbei sein sollte. Diese Vorstellung, dass das noch nicht das Ende sein musste, gab mir neue Kraft und ein wenig Rückenwind. In meiner Illusion von einer gemeinsamen Zukunft deutete ich die Katastrophe, unser *dead end*, zu einer Krise um:

Was, wenn wir das erste Jahr unserer Ehe einfach komplett vergeigt hatten, die Jahre danach aber nur noch Besserung versprachen? Was, wenn wir uns, nach diesem Totalschaden zusammenrissen, unsere Fehler und Schwächen zugäben und abstellten und die Karten nochmal neu mischen würden: ohne Gewalt, ohne Alkohol, ohne Nörgeleien? Das war meine neue, revolutionäre Zukunftsvision, in der man zusammen durch dick und dünn ging und das Motto »In guten wie in schlechten Zeiten« noch etwas bedeutete.

In dieser veränderten und etwas offeneren Gemütslage rief ich Pavlos an. Er freute sich wahnsinnig und war von meiner Idee begeistert. Ich sagte ihm, dass er unbedingt nüchtern kommen müsse. Und dass ich mir nicht vorstellen könne, wie das alkoholisiert funktionieren solle. Er gestand, dass er mir einen ähnlichen Vorschlag habe unterbreiten wollen.

Die alten Gaukler Liebe, Hoffnung und Glauben wachten auf und rannten in meinem Herz herum, als gäbe es was zu feiern. Wir vereinbarten, uns in der Raucherlounge des Ritz Carlton zu treffen, dort, wo in der neuen Ära Berlin alles begonnen hatte. Ich war sehr, sehr aufgeregt und schon 20 Minuten früher da. Udo Lindenberg lief mir dort in die Arme, und ich freute mich darüber und fasste das als gutes Zeichen auf, zumal wir beiden Ausländerkinder mit Udo aufgewachsen waren und viele seiner sehnsüchtigen Lieder mochten. Udos ›Bis ans Ende der Welt‹ hatte Pavlos mir immer wieder vorgesungen.

Pavlos kam 20 Minuten zu spät, gerade als ich nervös, enttäuscht und geknickt wieder gehen wollte. Ich war schon vor dem Hotel, als ein Taxi vorfuhr und er ausstieg, und ich sah ihm an, dass er getrunken hatte, was mir einen bitteren Stich versetzte.

Wir nahmen uns in die Arme und küssten uns. Wir verbrachten den Nachmittag in der Raucherlounge. Ab und zu kam auch Udo auf ein, zwei Zigarillo-Längen vorbei und nickte freundlich. Er gehörte zu diesem Nachmittag dazu wie ein Maskottchen, die gute Seele für Ausgestoßene und Alkoholiker. Wir rauchten um die Wette, und Pavlos hielt sich mit dem Trinken zumindest ein wenig zurück. Wir redeten uns alles Mögliche von der Seele: den Schmerz und die Sehnsucht und die Verzweiflung. Er erzählte, dass auch er den zweiten Mai in einem schwarzen Loch verbracht hatte. Auch wenn wir uns gegenseitig geschlagen und gedemütigt hatten, die Liebe hatte uns nicht verlassen.

Wir verhandelten unsere Bedingungen für einen Neuanfang. Pavlos wollte uns noch eine Chance geben, wenn ich wieder nach Hause käme. Er sagte, dass ihm alles sinnlos erschiene, wenn ich nicht da sei. Und ich sagte, ok, aber nur solange er in meinem Beisein nüchtern war. Ich hätte solche Ängste wegen seines Alkoholmissbrauchs ausgestanden, dass ich so nicht weitermachen könne.

Wir hatten beide Angst, doch wir willigten beide ein. Wir wollten es diesmal richtig machen, damit endlich alles gut wurde. Wir wollten, dass es klappt.

An dem Abend gingen wir zusammen nach Hause und machten Liebe, lachten, weinten, aßen zusammen, hörten Musik, und für einen Moment schien die Welt wieder in Ordnung.

So ging das ein paar Tage. Ein fragiles Gleichgewicht, das jeden Moment zusammenzubrechen drohte, falls Pavlos trank oder ich zu schnell vorausmarschierte und neue Pläne schmiedete.

Ich schlief wieder zu Hause, Pavlos gab sich Mühe, nüchtern zu bleiben. Ich fing an, Vorbereitungen für die Renovierung des Ateliers zu treffen, und manchmal half er mir dabei. Die Wände mussten abgezogen, einige Steckdosen und Wasseranschlüsse verlegt, WC, Badewanne und Waschbecken eingebaut, schließlich alles verputzt und ein Fußboden verlegt werden. Es gab also Einiges zu tun …

In den folgenden Wochen kam es einige Male vor, dass er nachts wegging oder sich nicht an die vereinbarten Regeln hielt. Für mich waren dies bittere Enttäuschungen, besonders, als ich das erste Mal mitbekam, dass er ganz leise nachts rausgeschlichen war. Nach einer Abstinenz ist jeder Rückfall der ›erste‹, und jeder noch schlimmer als der zuvor, weil Hoffnung und Vertrauen immer teurer und jedes Versagen immer billiger wird, ganz gleichgültig, dass Rückfälle von vornherein zu erwarten sind. Die Angst vor Pavlos' Bedrohungen und körperlicher Gewalt steckte mir noch allzu fühlbar in den Knochen. Mein Knie war noch Wochen später stark lädiert, sodass ich humpelte. Manche Prellungen waren weiterhin sichtbar und schmerzhaft und meine Haare fielen mir infolge des Zugtraumas büschelweise aus. Da ich mit Rückfällen ins unkontrollierte Trinken gerechnet hatte, überließ mir Carmen zur Sicherheit ihren Zweitschlüssel. Sobald ich nachts aufwachte und bemerkte, dass Pavlos nicht mehr zu Hause war, flüchtete ich mich in ihr Haus. Wahrscheinlich verdanke ich dieser Vorsichtsmaßnahme, dass Pavlos mich nach der schlimmen Attacke im April nicht mehr schlug, denn ich entzog mich, bevor es gefährlich werden konnte. Zu dieser Zeit waren die Bedingungen, die ich Pavlos gestellt hatte, derartig erodiert, dass ich schließlich immer wieder heimkehrte, sobald er mir signalisierte, dass er wieder zu Hause war.

An einem Wochenende waren wir mit Lorenzo zum Bodenverlegen im Atelier verabredet. Richy, ein Freund, der Innenausbau und Installationen beruflich betrieb, Lorenzo und ich waren zum vereinbarten Termin vor Ort. Nur Pavlos kam trotz seiner Zusage nicht. Ich wurde richtig sauer auf ihn, weil er nicht mithalf. Er meldete sich erst am späten Nachmittag – hackedicht, aber in bester Stimmung aus der Moabiter Kneipe. Er war in Gesellschaft von Dietrich, seiner Kneipenbekanntschaft, und reichte das Telefon an ihn weiter. Dietrich klang ebenfalls angeheitert, und er erzählte mir, dass Pavlos mich liebe und er ein guter Mann sei. Ich solle nicht so viel mit ihm schimpfen. »Er ist ein guter Mann, nur das mit den Frauengeschichten, finde ich, sollte er lassen«, sagte er. Mir wurde kotzübel. Ich war sauer, weil Pavlos mich hängen lassen hatte, und dass er mich jetzt am Telefon mit dem versoffenen Dietrich abservierte, der mir obendrauf noch ekelhaftes Zeug erzählte. Ich entlud meinen Ekel gegen Dietrich, beleidigte ihn laut und nachdrücklich und legte wütend auf. Lorenzo und ich beendeten die Fußbodenarbeiten, und er tröstete mich, indem er mir sagte, dass er glaube,

Pavlos sei treu. Lorenzo war sowieso zu einem richtig guten Freund geworden, der mich darin bekräftigte, an meine Liebe zu glauben, und der mich darin unterstützte, Pavlos beim Entzug helfen zu wollen. Er versuchte niemals, mir auszureden, an Pavlos und an unsere Liebe zu glauben, wie dies beispielsweise meine Eltern oder Nadja taten.

So verstrich der Mai. Der Juni brachte eine Jobmesse in Hannover, wo wir zusammen hinfuhren und ein angespanntes, jedoch zumindest alkoholarmes und gewaltfreies Wochenende verbrachten, und Pavlos erweckte den Anschein, dass er sich tatsächlich um einen Job bemühte. Außerdem besuchte er für 10 Tage die Kinder in Süddeutschland, sodass es insgesamt etwas weniger Reibungsfläche zwischen uns gab. Als er zurückkam, half er mir im Atelier, und wir verbrachten die Zeit zusammen, immer ein wenig auf Messers Schneide. Er schrieb mir süße Nachrichten, wenn ich auf der Arbeit war, und schickte mir Fotos aus unseren glücklichen Tagen. Andererseits wirkte er unterschwellig permanent angespannt. Manchmal tigerte er unruhig in der Wohnung herum und atmete flach. Mir war vielleicht nicht ganz klar, welche Leistung ich ihm abverlangte. In meinem Verständnis war die Rechnung ganz einfach: Nüchternheit und alles läuft wieder – er findet einen Job, ich bleibe bei ihm, seine Kinder fassen wieder Vertrauen, und wir leben glücklich zusammen, bis wir sterben, im Gegensatz zu Alkoholismus und ich werfe ihn hinaus, er landet auf der Straße und stirbt einen sicheren, unehrenhaften Tod. Für ihn ging diese Rechnung nicht so klar auf, und er kämpfte wahrscheinlich in jeder Minute mit sich, »komm, ein Bierchen geht doch … was ist schon ein Bier, ein einziges kleines Bier … will die mich für dumm verkaufen und mir erklären, was ich vertrage??? Ich vertrage an einem Abend soviel, wie die nicht in einem Monat …!« Während dieses inneren Kampfes regte er sich schon über Kleinigkeiten furchtbar auf, wie zum Beispiel den Lärm, den die Müllmänner morgens machten, oder die Kassiererin, die nicht freundlich genug war. Aber er trank insgesamt weniger, zumindest, wenn ich dabei war, und es gab keine Gewalttätigkeiten gegen mich, und so hielt ich still und hoffte und bangte weiter, dass alles gut werden würde.

Für den 30. Juni hatten wir Konzertkarten für Tom Jones, wieder in der Zitadelle, wo wir das legendäre Robert-Plant-Konzert nach der zweiten Verlobungsfeier und manch anderes wunderbare Konzert erlebt hatten.

So waren wir zur Abwechslung uneingeschränkt sehr guter Dinge, als wir hinfuhren. Pavlos begann noch vor Konzertbeginn zu trinken, was unseren Deal zwar komplett aushöhlte, aber ich wollte an diesem besonderen Tag keine Spielverderberin sein. Tom sang uns die ganzen alten Lieder, *Laila, It's not unusual to be loved by anyone, Sex Bomb* usw., und wir sangen, tanzten, feierten. Auch nach dem Konzert blieben wir mit dem schottischen Paar, das wir am Abend kennen gelernt hatten, noch auf dem Veranstaltungsgelände und tranken einige Gläser Bier und Wein zusammen. Pavlos trank inzwischen wie ein Kamel, ein Bier nach dem Anderen, nur unterbrochen durch die Schnäpse zwischendurch. Irgendwann verabschiedeten wir uns, und ich fuhr uns heim. Zuhause angekommen drehte Pavlos die Verstärker auf volle Lautstärke und spielte auf seiner E-Gitarre, so laut, dass ich es kaum aushalten konnte. Ich ging zu ihm und bat ihn, die Musik etwas leiser zu drehen. Sein Faustschlag kam schneller, als ich schauen konnte.

Ich schnappte meine Tasche und haute ins Atelier ab, wo es zwar furchtbar chaotisch war, aber ich hatte wenigstens schon ein Gästebett und ein paar Decken dort hingebracht.

Nur der Schlüssel zur Toilette meines Nachbarn, ein Ladenbesitzer im Vorderhaus, passte irgendwie nicht mehr. Am nächsten Tag um 10 rief mich Pavlos an, und er klang zärtlich und verwirrt. Er fragte, wo ich sei, und ich antwortete, dass ich ins Atelier geflohen sei. Er sagte: »Komm heim«, und ich sagte: »Weißt du nicht mehr, was gestern Nacht passiert ist?« Er sagte: »Nein«, und es klang glaubwürdig. Ich sagte: »Du hast mich ohne Grund geschlagen«, und er verstummte. Ich hörte seinen lautlosen Schmerz, als ihm klar wurde, dass er wieder gewalttätig geworden war. Er klang beschämt, als er sagte: »Komm zu mir, bitte«, und ich fuhr nach Hause. Wir waren ratlos und traurig. Wir sprachen wenig und fanden keinen gemeinsamen Konsens, obwohl wir uns umarmten, und es ihm wirklich leidtat. Für ihn waren die Handgreiflichkeiten der letzten Nacht kein Aufruf zur totalen Abstinenz, anders als für mich. Ich wusste, er musste aufhören zu trinken, doch Pavlos glaubte weiterhin an das kontrollierte Trinken, obwohl er am Abend zuvor hoffnungslos unkontrolliert betrunken gewesen war.

Am Nachmittag musste ich zur Arbeit. Nachdem ich die Wohnung verlassen hatte, sah ich Pavlos vier Tage lang nicht – und ich hörte auch nichts von ihm. Er war verschwunden. Ich wusste nicht, wo er steckte, was er machte, ob er sich etwas angetan hatte, oder ob er jemanden so gereizt hatte, dass er zusammengeschlagen worden war und in der Gosse lag.

Bis Samstag war ich endgültig fertig mit den Nerven. Zum hundertsten Mal rief ich ihn an, und endlich nahm er meinen Anruf entgegen. Er war angesäuselt und in jenem grenzwertigen Gemütszustand, in dem zwischen guter Laune und unbändigem Zorn ein schmaler Grat war. Ich fragte ihn, wo er sei, und er meinte, in Remos Bar. Ich fragte, wann er zurückkommen würde, und er meinte lapidar »später«. Draufgängerisch ging ich zu Remos Bar. Dort saß er allein an einem Tisch und süffelte einen Drink. Seine Tasche, Schlüssel, Jacke, Tabak, Aschenbecher schön alles im 90 Grad Winkel um ihn herum drapiert. Das Weinglas in der Hand, die Beine abgespreizt. King Pavlos in seinem Element. Ich stellte mich vor ihn und motzte ihn an. Was das denn solle. »Ist das dein Jetzt-machen-wir's-richtig?« Ich beugte mich vor und nahm seinen Schlüssel vom Tisch, steckte ihn ein und ging zurück zur Wohnung. Nach Mitternacht klingelte er. Durch die Gegensprechanlage sagte ich ihm, dass er gehen soll, zu seiner Armee, die er ja seit Monaten aufgebaut habe. Er lamentierte und winselte, dass er gar niemanden habe, und nirgends hinkönne. Ich sagte: »Geh dahin, wo du die letzten vier Nächte verbracht hast«, und er wimmerte: »Nein, ich kann nirgendwo hin.«

Dieses eine Mal blieb ich hart. Ich ließ ihn nicht hinein. Es machte mich wahnsinnig, und ich musste eine extra Schachtel Zigaretten in dieser Nacht rauchen, um das auszuhalten, aber ich schickte ihn in die Wüste.

Am nächsten frühen Morgen kam er mit der Polizei. Die Polizisten klopften, ich öffnete die Tür, und Pavlos stand hinter ihnen. Sie sagten, dass Pavlos ein paar Sachen abholen wolle. Sie gaben ihm die Möglichkeit, seine Medikamente und ein paar Sachen mitzunehmen. Diese Möglichkeit konnte ich ihm nicht verwehren. Er behauptete, dass er noch ein Medikament im Auto hätte. So gingen wir alle zusammen zum Wagen und unter Beobachtung schaute er im Handschuhfach danach, fand es dort aber nicht. Man verabschiedete sich beim Parkplatz. Ich ging zurück zur Wohnung, er verschwand im Großstadtdschungel, und die Polizisten machten weiter ihren Dienst. Wieder in der Wohnung angekommen, bemerkte ich, dass mein Handy fehlte. Pavlos hatte es unbemerkt an sich genommen. Das war schon ziemlich dreist: Die Polizei anzurufen, um sich ›Geleitschutz‹ zu sichern, und dann unter den wachsamen Augen der Beamten mein Handy zu klauen … Nun rief ich meinerseits die Polizei vom Festnetz aus an. Die erklärten mir gleich, dass unter Eheleuten Begriffe wie ›mein‹ und ›dein‹ nicht immer scharf abzugrenzen seien, insbesondere wenn keine Gütertrennung zwischen den Partnern bestünde. Ich könne ihn nicht anzeigen, da ›mein‹ Handy zur Hälfte irgendwie auch ›seines‹ sei, dies müsste ich mit ihm verhandeln.

Ich arbeitete, kümmerte mich um das Atelier, besuchte sowohl meine Al-Anon-Gruppe als auch die Psychotherapeutin und versuchte, nicht durchzudrehen. Mein Vertrauen in Pavlos, in mich und meine Wahrnehmung war in einem seltsamen Zustand. Pavlos Worten und meinen Sinnen vertraute ich nicht mehr, aber ohne Vertrauen ist kein Leben möglich, weil man dann keinen einzigen Schritt mehr tun kann. Absprachen oder Termine werden gegenstandslos, so dass jegliches soziales Miteinander unmöglich wird. Weil man sich dann auf gar nichts mehr verlassen kann und nichts mehr vereinbaren kann. Und mir war einerseits klar, dass ich Pavlos Worten nicht trauen konnte. Andererseits: worauf denn sonst??? Er war doch mein Freund, mein Mann, der Junge für mich. Er hat mir doch in 20 Jahren niemals etwas vorgemacht. Wir hatten uns blind vertraut, immer. Seine Handlungen waren nun jedoch verquer, seine Worte auch. Was war nur los??? Manchmal sah er aus oder handelte, als wolle er mich direkt kränken oder kaputt machen. Was sollte ich damit anfangen?? Wo sollte ich damit hin? Eine Frau in der Al-Anon-Gruppe erzählte immer wieder von der neuen Frau ihres Ex-Mannes, die über vier Jahre gebraucht hatte, um zu begreifen, dass der Mann Alkoholiker war. Sie wunderte sich immer wieder über ihre Nachfolgerin, schüttelte den Kopf und sagte: »Ich versteh das nicht.« In meinem Leben war ich die Nachfolgerin, und ich hatte auch vier Jahre gebraucht, um zu verstehen, dass Pavlos Trinker ist. Aber was das bedeutete, hatte ich auch im fünften Jahr noch nicht begriffen … Da konnte ich noch so viele populärwissenschaftliche oder Fachbücher darüber lesen. Ich konnte den Inhalt der Werke tadellos nacherzählen, aber nicht auf mein eigenes Leben anwenden. Zwischen dem Fachwissen und dem eigenen Erleben stand immer die Überzeugung, dass Pavlos nicht alles zerstören würde. Er wollte doch auch nur glücklich und gesund sein. Doch damit lag ich falsch.

Trotz meiner Verwirrung funktionierte ich beruflich und sozial weiter einwandfrei. Als ich ein paar Tage später ein Campingklo ins Atelier brachte, weil mein Schlüssel zum Gemeinschafts-WC nicht mehr funktionierte, sah ich, dass Pavlos sich dort eingerichtet hatte. Sein Notepad und mein Handy lagen mit etwas Verpflegung auf dem Tisch. Das Gästebett war aufgestellt und benutzt. Ich setzte mich an den Tisch und überlegte, ob ich sein Notepad öffnen und seine Nachrichten lesen sollte. Allein von der Vorstellung bekam ich starkes Herzklopfen. Meine Hand bewegte sich langsam zum Notepad hin, sie zitterte. Das Zittern wurde zu einer Ganzkörperzuckung, es war wie ein epileptischer Anfall. Alle meine Muskeln verkrampften sich, Arme, Gesicht, Bauch, Beine, Kopf, und sogar mein Gehirn erstarrten in einem Spasmus, bis ich etwa 30 Sekunden später aufgab, zum Notepad zu greifen. Ich zog die zuckende Hand zurück, und die Muskulatur gab ganz langsam nach. Ich übergab mich ins Waschbecken und atmete meine Anspannung aus. Dann nahm ich mein Handy, schloss das Atelier ab und verzog mich wie ein geprügelter Hund.

Ich fuhr nach Hause und fiel in einen 12-stündigen, traumlosen Schlaf.

Eine Woche später – Pavlos war inzwischen bei Lorenzo untergekommen – hielt ich es nicht mehr aus und rief ihn an. Ich fragte ihn, ob er beim Einbau der sanitären Anlagen im Atelier mithelfen könnte. So verabredeten wir uns im Atelier mit Richy. Wir planten den weiteren Ausbau, eine Badewanne, ein WC und noch ein Waschbecken. Richy erklärte uns, was er tun konnte, und was nicht. Dazu schoben und räumten wir die Gegenstände ein wenig hin und her. Ich hob das Campingklo hoch, um es in eine Ecke zu tragen – und dabei floss eine kalte Flüssigkeit auf meine Brust und meinen Bauch und auf den Fußboden. Pavlos schüttelte verächtlich den Kopf. Ich guckte fassungslos und durchnässt in das Campingklo hinein und sah dort nicht entsorgten Urin und Klopapier. Überrascht machte mich ans Aufwischen des Urins vom Boden. Pavlos kommentierte das Ereignis mit folgendem Satz: »Jetzt schüttet sie sich den eigenen Urin über den Kopf.« Dabei hatte ich das Campingklo niemals benutzt. Auch in meinem Beisein hatte es niemand benutzt. So wusste ich, dass entweder Pavlos oder jemand, den er hier hergebracht hatte, sich darin erleichtert haben musste. Wegen des Klopapiers lag nahe, dass eine Frau das WC benutzt hatte. Nachdem Richy weg war, fragte ich Pavlos, wieso er oder sein Gast das nicht entsorgt hätte. Er meinte, dass ich selbst es nicht entsorgt hätte. Er bemühte wieder mal sein abgehalftertes Argument, dass ich zwanghaft eifersüchtig sei.

»Du erzählst doch Schwachsinn, du hast da selbst reingepisst und es dann vergessen.«

»Nein, ich habe es nur reingestellt, und niemals benutzt.«

»Ich hab es auch nicht benutzt.«

»Nein, nicht du, irgendein Besuch von dir.«

»Die Tür vom Gemeinschaftsklo funktioniert doch, es gibt gar kein Grund das Campingklo zu benutzen.«

»Das ist mir neu. Und deinem Besuch muss es auch unbekannt gewesen sein.«

»Du redest Schwachsinn, um nicht zugeben zu müssen, dass du es selbst vergessen hast.«

»Sag mal, ich weiß doch, ob ich das benutzt habe oder nicht. Ich hatte nicht mal Gelegenheit, es zu benutzen, weil ich seit letzten Montag, als ich es reingestellt habe, gar nicht mehr hier war.«

»Du bist blöd vor Eifersucht. Ich war mit niemandem hier.«

Diese demütigende Diskussion ging ohne Auflösung noch eine Weile so hin und her. Und obwohl ich mir zu 99,9 Prozent sicher war, dass Pavlos Damenbesuch mich bepisst und mit einem Wischtuch auf die Knie gezwungen hatte, bürstete er mich und meine Worte kaltblütig ab. Er schämte sich kein bisschen und benahm sich, als fühlte sich absolut im Recht.

Einige Tage später wollte ich zu Hause wegen der besseren Boxen mein Zweitnotebook verwenden. Ich sah, dass Pavlos dort auf Facebook eingeloggt war, und ich schaute mich auf seiner Seite um. Ich sah eine Konversation mit Giorgios, seinem Cousin, der sich fürs nächste Wochenende in Berlin angekündigt hatte. Pavlos und er wollten das Atelier zu Ende spachteln. Inzwischen hatten wir uns so verständigt, dass er vorübergehend im Atelier wohnte, auch wenn das eigentlich nur eine Baustelle war. Ich las die Nachrichten, die Giorgios und Pavlos austauschten und musste mich fast übergeben. Sie schworen sich auf ein Partywochenende ein, an dem sie die Puppen tanzen lassen wollten. Pavlos schrieb: »Bring Kondome mit, Cousin, die guten, aus Westdeutschland.«

Außerdem sah ich, dass er im März, als er in Griechenland gewesen war, mit einigen sehr stark geschminkten, nuttig gestylten Frauen Kontakt geknüpft hatte. Mir wurde unfassbar übel … Ich schrieb ihm einen ausführlichen Brief, in dem ich ihm einfach mal aufzählte, warum ich ihn eigentlich liebte. Ich gab mir richtig Mühe und schrieb ihm die Dinge auf, um derentwillen ich glaubte, dass er auch geliebt werden wollte.

Ich machte mich auf den Weg zu einer sonntäglichen Al-Anon-Gruppe in Neukölln, wo ich wieder neue Einsichten in das Leben anderer Angehöriger von Alkoholikern bekam. Ihre Erzählungen machten mir Mut. Zu sehen, dass andere Menschen mit der Sucht eines Angehörigen zu kämpfen hatten und dabei durchaus erfolgreich schienen, sowohl im Kampf mit der Sucht als auch in anderen Bereichen ihres Lebens, zum Beispiel im Beruf oder in der Kindererziehung, das gab mir Zuversicht. Ich fasste mir ein Herz und fuhr zum Atelier, wo ich erwartete, dass Pavlos und Giorgios die Wände abzogen. Ich steckte meinen Schlüssel in die Tür und bemerkte, dass er nicht funktionierte. Ich bekam ihn nicht bis zum Ende hinein. Also ging ich außen rum, zu den Fenstern, die ganz leicht erreichbar, weil ebenerdig waren. Ich sah auch, dass die Fenster offenstanden. Ich wollte durchs Fenster hinein, doch da drückte jemand – es war Pavlos – die inneren schweren Holzläden zu. Ich sagte: »Hey, was ist los? Lass mich rein!« Er sagte nichts, sondern klemmte erst nach einiger Ansprache sein Gesicht zwischen die Läden. Seine Augen waren gelb, sein Blick voller Abscheu, sein T-Shirt zerknüllt. Er sagte: »Nein, du kommst nicht rein«, und ich fragte »Wieso? Wieso komm ich in mein Atelier nicht rein?« Er sah aus, als wollte er etwas oder jemanden im Raum verbergen, und ich fühlte mich sofort zurückversetzt in die Situation vor vier Jahren, als Sonja im Sanatoriumhotel auf die Toilette musste, und Pavlos es schaffte, sie hinein und hinaus zu bugsieren, ohne dass sie mich sah. Ich wusste sofort, dass er etwas oder jemanden da drin vor mir versteckte. Ich ging zum nächsten Fenster, wo er das gleiche Spiel spielen, die Läden zudrücken und mich draußen halten wollte. Aber diesmal war ich etwas schneller als Pavlos. Ich war schon mit einem Bein im Atelier. Und ich sah eine Frau dort am Tisch sitzen, mit dem Rücken zum Fenster, die sich nicht umdrehte, um zu sehen, was passierte. Sie schaute einfach weiter die gegenüberliegende Wand an, während Pavlos immer noch versuchte, mich wieder herauszudrängen, und mich mit seiner ganzen Kraft fest gegen die Wand drückte, auch dann noch, als ich fragte: »Wer ist das Mädel? Was macht sie hier? Hey Mädel, wer bist du? Was machst du hier?«, während ich mich gegen seine Handgreiflichkeiten wehrte. Er ließ erst von mir ab, als sie aufstand, nach ihrer Tasche griff und schon auf dem Weg hinaus war. Da aber der Schlüssel umgedreht war, dauerte es einen Moment, und ich sagte: »Bleib, wer bist du? Wie heißt du? Geh nicht weg, rede mit mir! Was soll das? Bleib doch und rede mit uns.« Sie schaute mich endlich an und sagte: »Inga.« Ich sagte: »Ok Inga, bleib hier.« Pavlos korrigierte mich: »Sie heißt Inge.« Und weg war sie. Ich versuchte, Pavlos zur Rede zu stellen, was das sollte, warum der Schlüssel steckte. Und warum er mich nicht reinlassen wollte, insbesondere, wenn es ›nichts‹ war, oder ›anders als ich dachte‹. Er sagte Dinge, wie: »Das ist einfach eine Freundin, die mir manchmal mit Essen und Geld aushilft, und wir saßen einfach da und haben ein Video geschaut«, oder »Du bist krankhaft eifersüchtig«, oder »Sie war zufällig in der Nähe, und kam halt vorbei.« Das alles klang nicht gerade glaubwürdig, und ich schäumte vor Hysterie und er vor Wut. Pavlos rief Giorgios an, der angeblich nicht weit weg war. Und tatsächlich kam er wenige Minuten später. Er begrüßte mich, als ob alles ok wäre, und ich ging gleich ans Eingemachte: »Und – hast du mir auch ein paar gute Kondome aus Westdeutschland mitgebracht? Wie läuft's mit eurer Party? Wie kommt es, dass du ausgerechnet beim Damenbesuch nicht da bist?« Er wusste angeblich von nichts und mimte das Unschuldslamm. Ich fragte ein Dutzend Mal: »Wer ist die Tante und was macht sie hier? Und wieso ist von innen abgeschlossen?« Beide antworteten im Wechsel, dass ich Gespenster sähe und meine Eifersucht mich und uns alle kaputt mache, und wir schrien uns alle gegenseitig an. Irgendwann stieß mich Pavlos einigermaßen unmotiviert gegen das Schienbein, und ich konnte nicht leugnen, dass sein Fuß an meinem Schienbein sich vertraut und gut anfühlte. So abgrundtief gehirngefickt war ich. Ich musste aber weiterbohren, und nachdem ich wieder gefragt hatte, was die Frau hier zu suchen hatte, schrie Pavlos mir mit voller Lautstärke ins Gesicht: »Ich werd' die ficken!!« Ich schrie auf, ich schrie: »Was hast du gesagt??? Was hast du gesagt???« Und stürmte auf ihn los und schlug heftig viele Male auf ihn ein, bis Giorgios mich von ihm wegzog. Ich schrie ihn an:

»Hast du gehört was er gesagt hat?? Was hast Du gesagt???« Ich konnte mich kaum beruhigen. Während ich auf Pavlos einschlug, nahm ich wahr, dass Pavlos eine schmutzige und kalkulierte Show abzog. Er wehrte sich überhaupt nicht gegen mich, ließ sich von mir schlagen und überließ es Giorgios, ›ihn zu retten‹. Er hatte mich nur provoziert, damit er einen Zeugen hatte, der bestätigen konnte, wie krank ich war. Ich hasste und verachtete ihn dafür leidenschaftlich, Mordgelüste kochten in meinem Herzen über. Was hatte dieser Mensch für einen kaputten Charakter? Wann und wo war ich so vom Wege abgekommen, was hatte mich, meinen Verstand, meine Selbstachtung so ruiniert? Ich empfand mich und Pavlos als den letzten Abschaum.

Schließlich fragte ich Pavlos, der in seinem selbstmitleidigen Theater aus Rotz und Tränen aufging, was er davon hielte, wenn wir zwei Monate Pause machten und uns dann wieder träfen, um zu sehen, was möglich war.

Sofort lehnte er kategorisch ab. Selbst als Giorgios mir beipflichtete, blieb er bei seiner Meinung. Er sagte allen Ernstes: »Ich mach das nicht, weil du dann mit Hinz und Kunz ins Bett gehen wirst.«

Ich hatte all dem nichts mehr hinzuzufügen und machte mich aus dem Staub. Am nächsten Tag schrieb ich Pavlos eine E-Mail, in der ich ihn aufforderte, bis spätestens in einer Woche aus dem Atelier auszuziehen, da ich mir für diesen Zeitraum extra eine Woche Urlaub genommen hatte, um den Innenausbau zu managen. Und weil ich es schlecht ertrug, dass er plante, dort mit irgendwelchen Weibern zu vögeln. Ich schrieb, dass ich das Atelier ab nächster Woche mit einer Innenausbaufirma renovieren würde. Er reagierte nicht darauf, sodass ich ihm vier Tage später nochmal eine E-Mail gleichen Inhalts schrieb. In der Zwischenzeit grübelte ich über die ganze Misere nach, doch meine widersprüchlichen, aber sehr intensiven Gefühle verhinderten jegliche Klarheit. Am darauffolgenden Montag hatte ich einen Termin mit Herrn Walter von der Innenausbau-Firma, die Richy mir empfohlen hatte. Ich fuhr eine Stunde früher hin, um gegebenenfalls noch dies und das vorzubereiten.

Als ich im Atelier ankam, sah ich, dass Pavlos immer noch seine Sachen dort hatte. Sein Zeug lag ordentlich aufgeräumt, und daneben auch ein Gegenstand, der ganz sicher nicht sein eigener war: eine gebrauchte gelbe Frauenunterhose. Ich bekam kaum mehr Luft. Ich fand auf dem

Tisch einen Zettel auf dem stand: »Süßer, komm zum Duschen vorbei. Den Schlüssel kannst du einfach auf dem Küchentisch liegen lassen« Und eine Handynummer.

»*Süßer*«! Wer benutzte denn dieses Kosewort? Der beliebigste aller Kosenamen ... Noch schlimmer als ›Baby‹ ... OK. Nun fühlte ich mich endgültig berechtigt, in das Notebook hineinzusehen, und ich wurde durchaus fündig.

Ihr E-Mail-Austausch offenbarte, dass Pavlos und Inge mindestens seit einigen Wochen, vielleicht sogar Monaten eine geheime Beziehung führten. Ich sah, dass Pavlos ihr im Suff ›unsere‹ Liebes- und Hochzeitslieder geschickt und diese Liaison inzwischen unterschiedliche Phasen durchlaufen hatte; dass Inge beispielsweise die Affäre schon im Juni beenden wollte, sie dann aber wieder zusammenkamen. Ich wurde von Herzrhythmusstörungen, Extrasystolen und Atemnot traktiert. Sein »Ich werd die ficken!« war ein Lüge und Verarsche sondergleichen! Offensichtlich hatte er schon seit vielen Wochen nicht nur Sex mit ihr, sondern eine Parallelbeziehung – und somit fickte er in Wahrheit MICH. Er hatte mich monatelang betrogen, mir ins Gesicht gelogen, während ich in meiner Tasche den Liebesbrief herumtrug, den ich ihm geschrieben hatte, für den Fall, dass ich ihn sähe.

Ich rief Lorenzo an, von dem ich wusste, dass er ganz in der Nähe bei seinem Bruder war, und bat ihn, vorbei zu kommen. Er kam gleich zur Hilfe und konnte auch kaum glauben, was er sah. Er rief die Handynummer von dem Zettel an, und Inge ging ran. Lorenzo fragte sie, ob sie wüsste, wo Pavlos sei, und sie verneinte. Er fragte sie, da er mit Pavlos und mir gleichermaßen befreundet sei, was denn da zwischen ihr und Pavlos liefe. Sie sagte, dass sie dazu nichts sagen wolle und dass ›die beiden‹, also Pavlos und ich, das untereinander klären müssten. Sie sagte das alles in einem Ton größter bürokratischer Sachlichkeit und professioneller Freundlichkeit, als ob sie seit langem auf diesen Anruf gewartet und heimlich dafür geübt hatte. Aalglatt, keinerlei Verwirrung, kein Stocken, kein Räuspern. Einfach nur – »Wir alle sind erwachsen, und ich bin niemandem Rechenschaft schuldig.«

Das stimmte, sie schuldete mir und Lorenzo de iure nichts. Aber Anstand sah meiner Meinung nach anders aus. Es war ja nicht so, dass sie von mir nichts wusste. Spätestens seit meinem Auftritt im Atelier musste sie sich doch fragen, wer ich sei. Die Frage war nur – was erzählte Pavlos ihr über mich? Sie schien anzunehmen, dass ›ein Mensch, der glücklich ist, nicht fremdgeht‹. Ein geläufiger Erklärungsversuch, doch bei Alkoholikern ist Untreue oft nur ein weiteres Symptom für das ungehemmte Fortschreiten der Krankheit und den damit einhergehenden Kontrollverlust. Zu betrügen, lügen und zu vertuschen sind Nebeneffekte des Alkoholismus, so ähnlich wie gestörte Wundheilung bei Diabetikern. In einem späten Stadium nehmen sie ganz nebenbei eine ganze Kaskade von Verlusten in Kauf, nur um weiter trinken zu können. Mit dem Verlust elementarer Güter, wie Führerschein, Auto, Arbeitsstelle und Vermögen, das für Alkohol und feuchtfröhliche Runden in Bars und Kneipen ausgegeben wird, kollabiert auch das Wertesystem: Ehrlichkeit, Verlässlichkeit, Aufrichtigkeit, Selbstreflektion erodieren ganz allmählich, bis die Person nicht mehr wieder zu erkennen ist, sie ihren Verpflichtungen nicht mehr nachkommen kann und die nicht süchtige Umgebung sich schließlich abwendet, sodass der Rauswurf aus der Wohnung und manchmal sogar die Obdachlosigkeit folgt. Promiskuität gehört zum Repertoire Suchtkranker. Treue ist nur ein weiteres Gut, das geopfert wird, um weiter trinken zu können. Die Milchmädchenweisheit, ›wer glücklich in einer Beziehung ist, geht nicht fremd‹, ist zu plump, um auch nur ansatzweise die Lebensumstände von Suchtkranken und ihren Partnerinnen und Partnern zu beschreiben.

In der Wahrnehmung der Angehörigen und Außenstehenden, insbesondere Nichttrinkern, wird hierzulande Trinken genauso lange nicht als problematisch angesehen, wie es nicht zu diesen schweren und offensichtlichen Verlusten kommt. Das ist in der Regel erst nach jahrelangem oder jahrzehntelangem Missbrauch der Fall. Erst dann wird das Trinken zum Problem, für das ganz schnell ein Sündenbock gesucht wird. Oft genug muss die Partnerin, der Partner oder das Elternhaus herhalten. Dass das gewohnheitsmäßige Trinken selbst die Ursache für pathologisches Trinken sein könnte, wird nicht mal in Erwägung gezogen. Da nützen auch keine Studienergebnisse, die besagen, dass Trinker sich von Nichttrinkern nur durch zwei Merkmale unterscheiden:

1. Sie vertragen viel Alkohol
2. Das Umfeld des Suchtkranken, insbesondere in der Jugend, akzeptiert oder toleriert den Konsum von Alkohol

In Umkehrschluss bedeutet dies – man wird zum Trinker, weil man trinkt.

Lorenzo und ich saßen nach dem Telefongespräch mit Inge noch eine Weile zusammen, ich kurz vor dem Nervenzusammenbruch, und auch Lorenzo schien ziemlich durcheinander. Von Weitem hörten wir Pavlos kommen, da er lauthals vor sich hinsang. Er kam mit seinem Schlüssel hinein, schaute uns erst theatralisch amüsiert, dann von oben herab an und legte seine Jacke und seine Sachen ab. Lorenzo verließ das Atelier, damit wir in Ruhe reden konnten, aber hielt sich vor der Eingangstür auf.

Ich fragte, wem die Unterhose gehörte, und wieso Inge ihn ›Süßer‹ nannte. Seinerseits kam nur versoffener Unfug als Antwort. Er meinte, es sei seine Unterhose, die er sich im 1-Euro-Shop gekauft hätte, weil er mangels Waschmaschine noch nicht mal waschen könne, und dass er schließlich ja auch ein Süßer sei. Während ich versuchte, ein Gespräch mit ihm aufzubauen, sang er laut *Deep Purple's When a blind man cries*. Ich rief Lorenzo hinein und bat ihn dabei zu sein, während ich Pavlos den Brief vorlas, den ich ihm mitgebracht hatte. Ich fing an, den Brief lauf vorzulesen, und beiden fiel die Kinnlade runter.

Lieber Pavlos,
Du hast mich oft gefragt, was ich denn eigentlich an Dir liebe. In dieser Frage schwingt und schwang überdeutlich mit, dass Du mich als eine Frau wahrnimmst, die einem Phantasiegeschöpf nachjagt, das Du nicht bist. Du interpretierst meine Gefühle für Dich als etwas Surreales, eine Illusion, und mich als eine Frau, die Schwierigkeiten hat, oder unwillig ist, die Realität zu erkennen.
Ich gebe zu, ich habe Dir diese Frage immer nur so beantwortet, wie es für mich stimmig ist, nämlich dass meine Liebe für Dich ein Geschenk ist. Diese Liebe ist mir vom Himmel oder vom Karma oder von sonstwas ins Herz gelegt worden, und weder ich kann etwas daran ändern, noch Du oder Dein unterirdisches Benehmen. Ich gebe auch zu, dass ich selbst das auch ungewöhnlich finde, denn in anderen Konstellationen

habe ich Liebe als reziprokes Phänomen erlebt: Handlungen des geliebten Gegenübers hatten sehr wohl Einfluss auf die Qualität der Liebe. Liebevolles Benehmen erzeugte intensivere Liebe, und liebloses schwindende Liebe. Meine Liebe zu Dir wird komischerweise nicht durch Deine Handlungen beeinflusst. Ich kann willentlich auch nicht einfach den Hahn zudrehen. Und Du hast mich schon einiges an Kaltblütigkeit und Gewalt spüren lassen, und dennoch liebe ich Dich, so wie immer. So fühle ich und dazu stehe ich.

Ich gebe weiterhin zu, dass ich verstehe, dass Du eine andere Antwort erwartest. Du möchtest – glaube ich – von mir hören, was mir an Dir gefällt. Du verknüpfst also (meiner Meinung nach) Liebe mit bestimmten Eigenschaften. So will ich mich mal an einer Antwort versuchen, mit der Du vielleicht mehr anfangen kannst. Ich will Dir erzählen, welche Deiner Eigenschaften und Charakteristika auf mich besondere Anziehungskraft haben und Freude in meinem Herzen entstehen lassen. Ich bin mir darüber bewusst, dass meine Aufzählung weder in Inhalt noch Reihenfolge das ergeben wird, was Du Dir erhoffst, und dass Du Dir wahrscheinlich wünschst, dass ich Dich für Dinge liebe wie

- *Deinen analytischen, wissenschaftlich geprägten Intellekt*
- *Deinen Sinn für Kreativität und Humor*
- *Deinen politisch-sozialen Sinn für Gerechtigkeit*

Und so weiter.
Ich sag Dir, das sind auch Dinge, die mir gut gefallen, das alles gehört zu Dir. Ohne diese Aspekte wärst Du ein ganz anderer Pavlos, denn diese Dinge sind DIR wichtig. LOGO!
Ich kann Dich nicht anders sehen, als dass diese Dinge Dich antörnen und Dich bewegen. Du bist Du und ich steh auf Dich, TOTAL!
Ich sag Dir jetzt aber meine heutige, spontane Reihenfolge von Eigenschaften und Charakteristika, die MIR besonders gut an Dir gefallen. Mach mich dafür bitte nicht schlecht und halte mich nicht für dumm. So bin ich – sei froh darüber. So eine wie mich gibt es nicht nochmal.
Ich mag an Dir, heute hier, ganz besonders Deine

- *Moralisch-hygienischen Grundsätze und Deine Ordnungsliebe*
- *Dein ästhetisch-kinästhetisches Herangehen an Raum und Zeit*

- *Deine Freude an guten Düften*
- *Dass Du ein Fahrender bist, Deinen Spaß am Unterwegs sein*
- *Deinen Spaß an Sprache und Intellektualität*
- *Deine erotische Beziehung zu Zahlen, insbesondere zu den Ziffern 0, 1, 2 und 5*
- *Die Erotik, die von Anfang an zwischen uns knisterte und knistert*
- *Deine unglaublich schöne, wohlklingende Stimme*
- *Deine Musikalität, die Musikmachen, -hören, und Tanzen als ein einziges Ding sieht. Und dazu den ganzen mathematischen Aspekt, den Du darin feierst und mit dem du spielst.*
- *Deine Gesamtwirkung auf mich, die kurz gesagt inspirierend und aphrodisierend ist. Es gab sogar mal eine Zeit, in der Du beruhigend und entspannend auf mich wirktest. Dies hat mir ganz besonders gut gefallen und hat mich glücklich und zufrieden gemacht.*
- *Dein unabhängiger Geist, Deine eigenwilligen Entscheidungen und die Fähigkeit und Lust, Deinen eigenen schönen, schlauen Kopf zu benutzen.*
- *Und last, but not least – zumindest für jetzt und heute –*
  Deine Haltung zu Familie und Deine familiären Bezüge.

Ich könnte noch viele Blätter vollschreiben und so, aber ich glaube, dies ist zumindest ein Ansatz, Deine Frage mal so zu beantworten, wie Du es brauchst. Vielleicht täusche ich mich aber auch …
Nochmal möchte ich dazu sagen, dass meine Liebe für Dich nicht mit Deinen Handlungen verknüpft ist. Deine Handlungen können mich erfreuen, oder verletzen, aber meine Liebe zu Dir ist davon unberührt. Auch wenn Du das nicht gerne hörst.
Und natürlich kenne und fürchte ich Deine finsteren und dunklen Eigenschaften, wie

- *Affinität zu selbstzerstörerischen Aktionen*
- *Aggressivität und Gewaltbereitschaft*
- *Stolz und Hochmut usw.*

Ich bin ja nicht bescheuert. Das Thema Liebe ist komplex.
Mein Pavlos, meine Liebe für Dich ist rein und klar. Du brauchst diese nicht gering zu schätzen, oder schlecht machen, oder mich für blöd halten.

Du hast doch selber keine Ahnung, warum Du mich liebst.
Das „WARUM" ist hier wahrscheinlich die falsche Frage. Du wirst diese ohne Spiritualität und Gottesglauben nicht beantworten können.
Dafür verwette ich meinen dicken Arsch.
Also lass mir meine Liebe und beschwer Dich nicht mit Sinnlosigkeit.
Und klar hast Du ein paar Eigenschaften, die Du an mir gut findest, aber mir ist klar, dass Du mich nicht um derentwillen liebst. Das wäre keine Liebe, sondern lediglich Geschäft. Und so – als Geschäft – empfinde ich das, was Du mir an Wärme und Zärtlichkeit und Hingabe gibst, NICHT.
S.

Pavlos fing gleich nach den ersten Zeilen zu flennen an. Schon 100-mal hatte er vor mir geweint und so an mein Mitgefühl appelliert. Dahinter standen aber keine echten Gefühle wie Trauer oder Scham, sondern nur Ablenkungs- und Täuschungsmanöver. Zu oft hatte ich seinen Tränen der angeblichen Rührung geglaubt, um nicht zu wissen, dass er mir gerade ein paar Krümel vor die Füße warf, gerade so viel, dass ich ihm nicht endgültig den Rücken kehrte – seine Show, der nie irgendeine konkrete Verhaltensänderung folgte, hatte sich für mich abgenutzt. Sein selbstmitleidiges Geheule dauerte eine Weile an, und ich verachtete ihn dafür nur noch ein bisschen mehr. Aber gleichzeitig liebte ich ihn, deshalb hielt ich es kaum im selben Raum aus. In der Theatervorstellung vom gerührten Mann offenbarte sich seine ganze Rückgratlosigkeit. Lorenzo ertrug es auch nicht länger und ging wieder ins Treppenhaus. Ich sah Pavlos' Schlüssel auf dem Gästebett und griff danach. Er fasste nach mir und hatte mich schnell im Würgegriff. Irgendwie schaffte ich es, mich zur Tür zu schieben und Lorenzo die Tür aufzumachen. Er war sofort drin und trennte uns. Pavlos ging jetzt auf ihn los, doch er war sehr betrunken und dünn, während Lorenzo deutlich größer, kräftiger und vor allen Dingen nüchtern war. Pavlos scheuerte Lorenzo eine, und der nahm es übersportlich und schlug Pavlos so richtig grün und blau. Ich lief raus, um die Polizei zu rufen. Als ich zurückkam, war auf dem Boden eine riesige Blutlache zu sehen, Lorenzo kniete auf der Brust des blutüberströmten Pavlos und beide schlugen weiter aufeinander ein, bis Lorenzo endgültig die Überhand gewonnen hatte. Ich kann nicht verhehlen, dass es mir gerecht vorkam, dass Pavlos mal so richtig verdroschen wurde, und dass irgendwas in mir, neben all dem Schrecken und der Angst, dabei Genugtuung empfand …

Die beiden beruhigten sich etwas, und Lorenzo erhob sich von Pavlos Brustkorb. Auch Pavlos rappelte sich auf und, kaum auf den Beinen, provozierte sogleich wieder. Sie umkreisten sich ein paar Mal, und Pavlos, über und über blutig, griff erneut an. Diesmal dauerte es noch kürzer, bis Lorenzo ihn überwältigt hatte. Dann kam auch endlich die Polizei. Bis die Beamten verstanden hatten, was eigentlich los war, und beschlossen, wie sie damit umgehen würden, vergingen zwei ganze Stunden. In der Zwischenzeit kam auch Herr Walter, mit dem ich wegen des Innenausbaus verabredet war. Er guckte in die Runde der acht bis zehn Polizisten und zwei rumfuchtelnden, abgerissenen Streithähne, einer davon übel blutend – am Rand eine 40 Quadratzentimeter große, frische Blutlache. Herr Walter sah aus wie ein gutmütiger, polnischer Familienpapa, dem nichts Menschliches fremd war. Mit ihm machte ich aus, dass es wohl besser wäre, wenn er an einem anderen Tag nochmal wiederkäme.

Die Polizei beschloss schließlich, dass Pavlos den Schlüssel des Ateliers zurückbekommen und ich weiter in der Wohnung bleiben sollte. Von der ganzen Schlägerei war ich kaputt, aber dieses eine Mal war Pavlos noch viel kaputter. Er sah wirklich schlimm aus mit seinem Loch im Kopf und seinem blutigen T-Shirt …

Er machte sich auf den Weg, und Lorenzo und ich saßen noch eine Weile zusammen auf einer Parkbank, bis wir uns soweit beruhigt hatten, dass wir jeweils nach Hause gehen konnten. In dieser Nacht konnte ich nicht schlafen und war von tausend Dämonen getrieben, die mir literweise Schweiß und Tränen aus den Poren und Drüsen meines Körpers drückten. Meine Schultern, meine Bauch- und Kiefermuskeln, meine Beine und Arme fühlten sich an wie gequetscht, als wäre ich überfahren worden. In meinem Kopf pochte es unerbittlich. Die Ruinen meiner Wertvorstellungen bröckelten vor sich hin. Mein Leben war zerstört, und mir fehlte die Kraft, ganz neu anzufangen. Doch der Tiefpunkt war noch nicht erreicht …

Am nächsten Morgen um halb sieben klingelte Pavlos an meiner Tür, und da ich ihn nicht in die Wohnung lassen wollte, ging ich zu ihm hinaus. Wir verbrachten den Tag bis zum späten Nachmittag zusammen. Ich fragte ihn, was er jetzt noch wollte, und er antwortete, mit mir reden. Er sagte, mit Inge hätte es so angefangen, dass sie ihm Essen und Geld zugesteckt habe, und nun habe er sich in sie verliebt. Er erzählte, dass er mit Inge seit ein paar Tagen ins Bett ginge und daraus eine Parallelbeziehung entstanden sei. Es kam mir alles schlüssig und aufrichtig vor.

Und wenn es noch so weh tat, ich war froh, dass er mich wenigstens nicht mehr anlog. Ich ahnte ja schon die ganze Zeit, dass er mir Lügen auftischte, und das verletzte mich von allem am meisten. Als könnte ich die Wahrheit nicht ertragen, als müsste man mich vor ihr schützen. Schlimm war auch, dass er mich sogar dann noch belog, wenn ich die richtigen Annahmen äußerte. Wie oft wurde ich von ihm für meine Interpretationen geschlagen und angeschrien, bis ich ganz verstört und dumm wurde. Ich war erleichtert, zu erfahren, dass ich eben nicht nur die verrückte, eifersüchtige Alte war, sondern immerhin einige meiner grauen Zellen noch funktionierten. Pavlos erzählte, ich hörte zu und fragte nach. Er sagte, dass er nicht vorhabe, die Liaison mit Inge zu beenden. Und auch das Trinken würde er nicht aufgeben. Doch er sagte immer wieder, dass er mich nicht verlieren möchte und dass er mich liebt. Er trank zwei, drei Biere während unseres Treffens, und er wurde immer angespannter. Ob es ihm zu wenig war oder zu viel, war in diesem Zustand schon lange nicht mehr auszumachen. Sein Selbstmitleid und seine Unentschiedenheit nervten mich mehr und mehr. Er argumentierte sich alles so zurecht, dass er am meisten darunter leide, sich nicht entscheiden zu können, und ich dafür Verständnis haben solle. Angesichts unserer oder meiner Liebe zu ihm und angesichts seiner Bedürfnisse, müsse ich ihm das zugestehen. Er liebe mich ja auch unendlich und wolle mich auf keinen Fall verlieren, und ihm ginge es ja so schlecht, weil er mich betrogen hätte. Zu einem anderen Zeitpunkt hätte ich mich möglicherweise darauf eingelassen, doch nachdem ich seit Monaten nur noch in die Beziehung reinbutterte, hatte ich von seinen Manipulationsversuchen die Schnauze voll und ging nach Hause. Am nächsten Tag kam er wieder und wollte weiterreden, nur hatte er nichts Neues hinzuzufügen. Im Grunde wollte er einen Freibrief für Parallelbeziehungen oder Sexualkontakte, und dabei weder mit dem Trinken aufhören, noch seine Gewaltausbrüche in den Griff bekommen. Ich fand das alles so unfassbar miserabel und abgedroschen, so niveaulos und schmuddelig. Ich schrieb einen

Brief an beide und mailte ihn an Pavlos. Ich strich auf seinen Wunsch ein paar Passagen und mailte den Brief erneut an Pavlos, der ihn an Inge weiterleitete. Ich hätte das nicht tun müssen, denn natürlich hatte ich Inges E-Mailadresse und Hausanschrift zuvor abfotografiert.

Hallo Pavlos und Inge,
ich frage mich eben, welche furchtbaren Fehleinschätzungen Euch dazu gebracht haben, miteinander ins Bett zu gehen.
Inge, zuerst möchte ich Dir schreiben.
Pavlos hat mir erzählt, Du seiest ihm in den letzten Monaten eine gute Freundin gewesen und hättest ihm mit Essen und Geld ausgeholfen. Außerdem, dass Du auf ihn „aufgepasst hättest“ (das ist das Wort, das er gebrauchte), und dass Ihr die letzten Tage in Deinem Ehebett und in Susies Bett Sex miteinander hattet.
Pavlos hat Dir bestimmt erzählt, dass ihn und mich eine sehr lange und ungewöhnliche Liebesbeziehung verbindet. Abgesehen von den vielen romantischen, lustigen und verrückten Details, die ihn und mich verbinden, hast Du bestimmt von ihm erfahren, dass er extrem darunter leidet, dass unsere Beziehung in einem sehr kritischen Zustand ist.
Du weißt bestimmt, dass er der glücklichste Mensch wäre, wenn wir zwei uns wieder besser verstünden. Er liebt mich immer noch, und obwohl wir so viele Konflikte und Probleme haben, ist seine Liebe zu mir ungebrochen und meine Liebe zu ihm auch.
Die Gründe für unsere Krise sind vielfältig. Wahrscheinlich hat er Dir weniger von seinem eigenen Beitrag zur Krise erzählt, als von meinem. Dennoch, er will mich und möchte mit mir zusammen sein. Das hast Du, glaub ich, verstanden. So wie Du die Beziehung mit Deinem Mann auch nicht komplett aufs Spiel setzen möchtest.

Ich kann nicht schlafen, weil ich mir vorstelle, wie ich jemals wieder neben ihm liegen und schlafen soll. Und das obwohl wir ein unglaubliches, sehr erfüllendes und erfülltes Sexualleben hatten. Du kannst Dir vielleicht eine solche Liebe nicht vorstellen, die auf Treue basiert – Pavlos und ich haben aber genau das freiwillig für uns vereinbart. Unser Sexualleben konnte sich nur so erfüllend, vertraulich und hin-

gebungsvoll entwickeln, weil wir uns erstens zutiefst lieben und zweitens die Treue geschworen haben. Du hast Pavlos nun dazu verholfen, die Treue zwischen uns zu brechen.

Wie dachtest Du also – als gute „Freundin, die auf Pavlos aufpasst, ihm Geld und Essen gibt" könnte Sex zwischen Dir und Pavlos helfen, seine Beziehung zu mir zu verbessern? Zumal Du wusstest, dass dies sein innigster Wunsch ist. Findest Du nicht, gute Freundschaft beinhaltet, dem anderen zu helfen, dass es ihm dauerhaft besser geht – und zwar nicht nur für ein paar flüchtige sexuelle Momente, sondern mit Verständnis für die Person und echten Denkanstößen, wie er seine Lage verbessern könnte? Findest Du, gute Freundschaft sollte beinhalten, die eigene Sexualität in das geschwächte Eheleben des guten Freundes hinein zu tragen?

Inge, ich finde, du hast Pavlos geschadet, weil ich jetzt den Makel der Untreue mit Ihm erlebe. Das wird sich auch auf ihn auswirken. Du willst und kannst nicht für immer mit ihm leben. Du fährst Deinen eigenen Film, aber ich will und kann für immer seine Frau sein. Die Person, mit der er alt werden will. Mit der er ein Kind will.

Deshalb halte ich Dich nicht für eine Freundin, sondern für eine eigennützige, unbeholfene und unreflektierte Person. Du hast die wahren Bedürfnisse von Pavlos nicht gesehen, sondern nur Dein kurzes sexuelles Abenteuer, das – wie Du angeblich selbst sagst – keine Zukunft hat. Er sagte heute mehrmals glaubwürdig, dass er mit Dir ins Bett gegangen ist, weil ich nicht da war. Also wollte er nicht mit Dir, sondern mit mir ins Bett. Du warst verfügbar und süß. Ich war nicht verfügbar und sauer.

Ich war nicht verfügbar, weil er mich am 30. Juni wieder im Suff geschlagen hat, obwohl er mir am 12. Mai, an unserem Jahrestag, versprochen hatte, mich nie wieder zu schlagen. Nach seiner letzten Attacke habe ich ihn rausgeschmissen. Ich habe meiner Meinung nach nicht seinen Schlüssel geklaut, wie er das ausdrückt, sondern meine

Lebenssituation verbessert.
Pavlos hat mich innerhalb der letzten Monate unzählige Male in betrunkenem Zustand verprügelt. Ich musste viele, viele Male vor seinen Schlägen aus der gemeinsamen Wohnung flüchten. Ich will einfach nicht mehr fliehen müssen. Deshalb bin ich jetzt in der Wohnung und er ist draußen. Ich bleibe seine Ehefrau, weil ich daran glaube, dass er kein Schläger ist, sondern Säufer, der im Suff zu Gewaltexzessen neigt.
Er hat schon einige Schritte unternommen, sein Trinken besser in den Griff zu bekommen, und ich hoffe, er wird lernen, seine Gewaltbereitschaft anders zu kanalisieren.
Anregungen in Richtung Anti-Aggressions-Training zu machen, seine Alkoholabhängigkeit besser zu kontrollieren oder am besten ganz aufzugeben, würden ihm vielleicht wirklich helfen, (ohne zu wissen, wie viel Einfluss Du auf ihn hast) aber es hat sicherlich keinen Sinn, dass du deinerseits die Krise seiner Beziehung für dein eigenes sexuelles Abenteuer benutzt und ausnutzt.

Und jetzt zu Dir, Pavlos.
Mit welcher Ausstrahlung und mit welchem Text auf den Lippen läufst Du durchs Leben, dass eine andere Frau Deinen Körper berühren konnte? Einerseits sagst Du glaubwürdig, das Wichtigste in Deinem Leben sei unsere Liebe, und am meisten schmerze Dich, dass wir solche Konflikte haben. Wie dachtest Du, könnte außerehelicher Sex unsere Situation verbessern? Und was hast Du Inge gegenüber erzählt, sodass sie Dich überhaupt sexuell berühren durfte?
Also, meine guten und beratenden Freunde würden mir niemals zu Untreue raten, sondern zu solchen Dingen wie „geh auf ihn zu", „versuche, ihn zu verstehen", „wenn er Dich schlägt, ist das nicht er, sondern der Suff" usw. Weder meine männlichen noch weiblichen Freunde haben jemals von mir gehört, dass ich einfach gern mal wieder vögeln möchte, und ich habe von ihnen auch keine Avancen bekommen, die darauf abzielen, unsere Krise auszunutzen. Mein erstes Wort ist Pavlos und mein letztes auch. So laufe ich durchs Leben.
Wie läufst Du durchs Leben?

Stella

Beide reagierten nicht darauf.

Ich fuhr ins Atelier und fand dort einen recht ausgedehnten Wasserschaden vor: Auf dem neu ausgelegten Fußboden befand sich eine drei Quadratmeter umfassende Wasserlache, in der Mauerbrocken und Putz herumlagen, die von der Decke abgefallen waren. An der Decke selbst konnte man bis auf die Balken durchsehen.

Ich rief die Hausverwaltung an und hatte noch am selben Tag einen Termin mit meiner Sachbearbeiterin, die auch einen Handwerker mitbrachte, um sich den Schaden anzusehen.

Nun hatte ich neben Pavlos' Verlogenheit und Saufeskapaden auch noch einen amtlichen Rohrbruch im Atelier, infolgedessen dieses aller Wahrscheinlichkeit nach für ein paar Wochen unbenutzbar sein würde … Pavlos half mir nicht, stattdessen sorgte er mit seinen chronischen Ausnahmezuständen für permanente Alarmstimmung. Inzwischen stolperte er wieder täglich von einer Krise in die andere, mal war das Konto hoffnungslos überzogen, mal konnte er sein Handy nicht finden, mal war sein Notepad geklaut worden, oder er hatte einen wichtigen Termin verpasst. Mal hat er die Schlüssel oder das Portemonnaie oder gleich beides verloren. Und manchmal hat er einfach nur wieder in einer Kneipe Hausverbot erhalten und heulte mir deshalb die Ohren voll. Dennoch hatte die ›Beichte‹ eine scheinbar kathartische Wirkung, denn wir waren uns wieder etwas näher. Ich vermute, er war verwundert, dass ich ihn nicht wegen seiner Freundin verurteilte, sondern ermutigte, ehrlich zu sein. Ich erklärte, dass ich seine Lügen und Vertuschungen viel schlechter verkrafte als seine Untreue, allem Schmerz zum Trotz. Ich gab ihm seinen Schlüssel zurück.

Er hielt zwei, drei Verabredungen mit mir ein. Beim der dritten hatten wir Sex – bis ich zu meiner Al-Anon-Gruppe aufbrechen musste, was er als Unverschämtheit empfand. Er begleitete mich bis zur nächsten Kneipe, die ihm noch was ausschenkte, und auf dem Weg machte er höhnische Kommentare wegen meines Termins bei Al-Anon. Ich sah, wie er sich zu zwei, drei Leuten, die er offenbar kannte, an den Tisch setzte. Er winkte, und seine Kneipenbekanntschaften schauten mich vielsagend an.

Am nächsten Tag erfuhr ich auch, warum die Typen mich so angestarrt hatten: Ihnen war klar geworden, dass ich Pavlos' Frau sein musste und dass ich diejenige war, die zur Al-Anon-Gruppe ging. Er musste ihnen gegenüber irgendwas in der Art erwähnt haben, so sehr trieben ihn meine Al-Anon-Besuche offenbar um. Er berichtete mir, dass einer der beiden Männer daraufhin von einem Buch erzählte. Der Andere hatte es auch gelesen, sodass Pavlos den beiden bei der Unterhaltung darüber zuhörte. Es ging um das Buch ›Nüchtern‹ von Daniel Schreiber. Pavlos erzählte mir ganz fasziniert mindestens eine halbe Stunde davon. Beide hatten das Buch gelobt, weil der Autor sich darin wohl autobiographisch als ehemaliger Trinker outete und erzählte, wie er die Zeit als Trinker im Nachhinein wahrnahm, und wie er es geschafft hatte, da herauszukommen. Pavlos erklärte, einer der Männer habe jedoch bemäkelt, dass Schreiber sein Trinken schließlich lediglich durch eine andere Sucht ersetzt hätte, nämlich durch die Ersatzdroge *Anonyme Alkoholiker*. Aha. Ich fand das alles ziemlich bemerkenswert und besorgte mir schnell das Buch. Ja, ich las es in einem Zug und sehr interessiert durch. Ich fand es überaus spannend und berührend. Immerhin beschrieb er den Genesungsweg eines Trinkers aus erster Hand, wie diese Grauzonen, in denen Trinker ihr Leben nach außen zwar irgendwie auf die Reihe bekommen, in denen aber ständig kleine und große Katastrophen einander ablösen, die zu lustigen Schwänken aus dem Leben umgedeutet werden, und für die es natürlich immer individuelle Begründungen gab, wie »An dem einen Tag hatte ich zu viel Stress, an dem anderen hatte ich Liebeskummer, dann wieder hatte jemand Geburtstag.« und so weiter. Immer gab es Gründe zum Trinken, aber nie war das Trinken der Grund für die Ausnahmezustände in der Außenwelt, und schon gar nicht für die innere Leere und Verzweiflung, die dann wieder durch mehr Alkohol verdeckt werden musste. So kann ein echtes Alkoholproblem jahrelang vertuscht werden. Den sehr effektiven Vertuschungstaktiken stehen Menschen, Nichttrinker, gegenüber, die Alkoholprobleme anderer ohnehin nicht wahrnehmen: *»Menschen, die selbst kein Problem mit dem Trinken haben, erkennen Alkoholismus im Regelfall nicht. Sie denken, jemand habe einen großen Abend, feiere einfach gerne oder sei eben ein ›Genussmensch‹. Selbst, wenn sie den morgendlichen Kater bei einem Kollegen mitbekommen, selbst, wenn sie merken, dass der Freund oder die Freundin immer launischer, egomanischer und unzugänglicher wird und eigentlich nur noch sozialverträglich ist, wenn er oder sie trinkt, stellen sie die Diagnose Alkoholismus nicht.«*[2]

Seit ich offen das Alkoholproblem benannte, wurde ich zum Sündenbock. Pavlos warf mir vor, schuld an seinen Trinkgelagen zu sein: »Meine Frau macht mich wahnsinnig, sie liebt mich nicht so, wie ich bin, dauernd nörgelt sie an mir herum, dauernd will sie mir meinen Spaß verbieten …« Bevor ich in der Lage war, das Trinken als Problem zu identifizieren und zu benennen, waren hauptsächlich die Arbeitslosigkeit, die Trennung von seinen Kindern, die Anklagen meiner Eltern, mein Heirats- und Kinderwunsch die vorgeschobenen Gründe, sich zu betrinken. Es konnte aber auch die Bankenkrise, der finanzielle und kulturelle Untergang Griechenlands, die deutsche Überheblichkeit, einer der US-Amerikanischen Kriege, die Taliban, der IS oder sonstwas sein. »It is always 5 o'clock somewhere.« Der Autor beschrieb aber auch, wie er es geschafft hatte, vom Alkohol loszukommen. Als wichtige Komponenten nennt er seine Treffen bei den Anonymen Alkoholikern, zu denen ihn ein Bekannter mitgenommen hat, und das dort verwendete ›12 Schritte Programm‹. Nachdem ich das Buch ausgelesen hatte, ließ ich es überall auffällig liegen, in der Hoffnung, Pavlos möge es sich schnappen, aber so leicht machte er es mir nicht. Er übersah es ausdauernd und zuverlässig und rauschte lieber weiter mit Vollgas in die eigene Vernichtung.

Ich hatte immer noch Carmens Schlüssel und konnte bei ihr übernachten, wann immer ich wollte. Eines Nachts rief Pavlos mich dort um halb 5 Uhr morgens an, dass er sich ausgesperrt hatte und dass ich ihm aufschließen kommen solle. Ich war stinksauer und sagte ihm, er solle zu seiner Inge gehen, die ihm ja sonst auch immer öffne. Er ließ nicht locker, rief noch fünfmal an, sagte, dass er fror, und klopfte mich so wieder mal weich, und ich fuhr nach Hause, um ihm aufzuschließen. Ich fand ihn auf dem Bänkchen vor dem Haus schlafend, er sah aus wie ein betrunkener Bettler.

In einer anderen Nacht schliefen wir beide zu Hause, und Pavlos wachte aus einem Traum auf und schrie »Inge!!« Ich wurde davon wach und hätte kotzen können. Er rief in meinem, unserem Ehebett den Namen einer anderen Frau. Ich ließ ihn wissen, wie ekelhaft ich das fand. Er entschuldigte sich, doch es war grausam …

Ein paar Tage später fasste ich allen Mut zusammen und loggte mich nochmal in seinen Mailaccount ein. Ich las langsam und versuchte, ruhig zu bleiben. Ich verstand, dass er mich seit Monaten nicht nur mit Inge, sondern auch mit anderen Frauen betrogen hatte. Ich begriff, dass die Scheideninfektion wirklich von seinen Seitensprüngen stammte. Ich verstand, dass dieser Sex mit Fremden ein Mittel zum Zweck war, auch wenn mir der Zweck unklar blieb. Es ging ihm nicht um ein erfülltes Sexualleben, denn ich las in einer Mail an Arthur, dass er mit einer Frau eine Beziehung pflegte, die keinen Orgasmus haben konnte. Also niemals.

Ich begriff, dass es ihm bei seinen Affären nicht um die persönliche Verbindung ging, außer bei Inge. Diese wiederum pflegte einen wirklich hölzernen und unbeholfenen Stil, der sich nicht nur kühl las, sondern leider auch ziemlich einfältig. Aber vor allen Dingen wusste ich nun, dass ich mich nicht geirrt habe, und dass ich meinem Bauchgefühl doch ein bisschen trauen kann. Ich hatte gespürt, dass er untreu war, und er hat mich für meine Fragen und meinen Verdacht immer abgewatscht, und sogar geschlagen. Seine Reaktionen waren noch schlimmer als mein Verdacht, weil ich durch sein Handeln angefangen hatte, meiner Wahrnehmung zu misstrauen. Dass ich meiner Wahrnehmung nun doch ein bisschen trauen konnte, änderte nichts daran, dass in meiner Brust ein schwarzes Loch der Liebe verbrannte. Wie beschädigt meine Wahrnehmung und Urteilsfähigkeit durch Pavlos Trinken und meine Nähe zu ihm entstanden ist konnte ich erst Jahre später verstehen. Es war eine Kombination von alter Liebe und Vertrauen, verknüpft mit bewussten Täuschungsaktionen, wo er mich mit voller Absicht belog und noch mehr unbewussten Selbsttäuschungsmechanismen, die ohnehin permanent im Unterbewusstsein eines Suchtkranken laufen.

In den folgenden Tagen war er bei einer Bekannten in Schöneiche eingeladen, wo auch einige meiner Studienkommilitonen zugegen waren. Er rief mich von dort an, und reichte sein Handy an Peter weiter, einen meiner Kommilitonen, den ich während des Studiums nicht so gut kannte, der auf dieser Party von Pavlos jedoch schnell vereinnahmt wurde, nachdem er erfuhr, dass Peter mich kennt. Peter und ich plauderten ein bisschen, und er ließ irgendwie durchblicken, dass Pavlos dort mit der Hausherrin was am Laufen habe. Wahrscheinlich wollte Pavlos es in seinem kranken Hirn so, warum auch immer. Ich kommentierte das nicht, sondern hörte einfach zu und trauerte.

Zwei Tage später kam er zurück, und hatte unterwegs sein Notepad und sein Handy verloren. Dass er auf dem besten Wege in die Hölle war, wollte er nicht wahrhaben. Und ich auch nicht. Er verbrachte zwei Tage mit mir und ich stellte ihn im Park. Wir lagen auf der Wiese herum und ich sagte zu ihm: »Pavlos, ich weiß jetzt, dass Du nicht nur mit einer Frau Sex hattest, sondern mit vielen, und das schon länger, als seit ein paar Tagen.« Er lachte nur, bis er kapierte, dass bei mir eine neue Qualität der Selbstsicherheit im Spiel war. Ich sagte, »Es ist mir zu Ohren gekommen. Ich kenne in Berlin viele, viele Tausend Menschen. Leute tauschen sich aus, und mir wurden Dinge zugetragen.« Er bestritt alles. Und er sagte, er hätte selbst Gerüchte gestreut, und dass ich ihm verraten solle, wer mir das gesagt hätte. Ich vermute, er tippte auf Lorenzo, mit dem ich viel Zeit verbrachte, oder Arthur, mit dem er vertrauliche mails schrieb. Ich entgegnete, ich hätte die Infos nicht von unseren gemeinsamen Freunden, sondern aus einer anderen Quelle. Er blockierte komplett und tat so, als spinne ich, und er sagte immer wieder extrem aggressiv: »So geht's nicht, Stella!« Und ich sagte »Stimmt. Seh ich auch so.« Er verzog sich. Ich war aufgeschmissen. Nie zuvor hatte ich solche Paranoia, wie in dieser Nacht. Ich dachte, ich verliere ihn, er stirbt, mein Herz platzt, meine Aorta, mein Gesicht. Ich fühlte Herzrhythmusstörungen, Panikattacken, Brechreiz, alles auf einmal. Gegen 22 Uhr war ich so auf 180, dass ich anfing ihn in Berlin zu suchen! Ich fuhr zu Inges Haus, bis vor ihre Wohnungstür. Dort saß ich eine Stunde auf dem Treppenabsatz und traute mich nicht zu klingeln. Ich saß einfach nur da und versuchte, den Herzinfarkt durch ruhige Atmung abzuwenden. Ich hatte solche Angst, Pavlos zu verlieren, durch Trennung, durch Tod, durch Abwendung … ich war wie ferngesteuert. Irgendwann hatte ich für Minuten immer wieder meinen Finger an ihrem Klingelknopf, aber ich drückte nicht, sondern rannte die Treppen schließlich wieder runter. Zurück im Auto wollte ich aus meiner Parklücke herausfahren und fuhr gegen das hinter mir parkende Auto. Ich stieg aus, sah, dass ich das andere Auto nicht beschädigt hatte, und fuhr, mit einem bebenden Herzen im Hals, mich vor Weinkrämpfen schüttelnd, nach Hause. Ich weinte bis zur Besinnungslosigkeit. Dann kam Pavlos heim. Es gelang mir nicht, ihm meine Verzweiflung und meine Angst zu vermitteln. Ich erzählte, wie ich vor Inges Wohnungstür gesessen hatte, wie ich Fahrerflucht begangen hatte, wie die Verlustangst mich bis zur Besinnungslosigkeit verfolgt hatte, doch auch an diesem Abend war ich nur ein Spielzeug für ihn. Er wollte seine kaputten Spiele spielen, und ich machte mit. Sie nicht mitzuspielen, bedeutete in dieser finsterfahlen Suchtwelt, ihn zu verlieren. An jenem Abend ging das Spiel so:

Pavlos spielte Richter und Henker und ich war die Verurteilte und das Opfer. Pavlos sprach: »Komm, hau mir eine runter!«, und ich sagte »Nein«. Er sagte: »Komm, hau mir richtig eine runter, dann weiß ich, dass du mich liebst.« Und ich sagte: »Hab ich kein Bock drauf.« Er sagte: »Dann geh auf die Knie«, und ich sagte »Du spinnst.« Er sagte: »Komm, ich will dir was zeigen, geh auf die Knie«, und ich ging auf die Knie vor ihm. Er sagte: »Ok, und jetzt hau mir so richtig eine runter.« Ich sagte: »Ich will das nicht. Wieso denn?«

»Damit ich weiß, dass du Dinge für mich tun würdest, die du selbst nicht willst.«

»Das ist bescheuert«

»Ja, vielleicht, aber dann weiß ich, dass du mich liebst.«

»Du solltest eigentlich auch so wissen, dass ich dich liebe, ohne dass ich auf meinen armen Knien auf dem Beton rumrutschen muss, und mich mit dir schlagen muss.« Ich merkte schon während ich das alles erlebte, wie geistesgestört und kaputt das alles war, doch ich hätte einfach alles getan, was er verlangte – nur um mit ihm zusammen zu sein, egal unter welchen Bedingungen.

Er machte so lang weiter, bis ich ihm mit ziemlicher Wucht ins Gesicht schlug. Er sagte: »Gut. Gut, gut. Gut gemacht, Stellitsa! Und jetzt ich.«

Er schwang mir so gewaltig einen Haken ins Gesicht, dass ich goldene Sterne sah, und von meinen Knien auf die Hände vor seine Füße fiel, wo es ein paar Augenblicke dauerte, bis ich wieder zu mir kam und atmen konnte. Ich merkte, dass zwei meiner Zähne abgebrochen waren. Pavlos meinte: »Jetzt weißt du, dass ich dich bisher noch nie wirklich geschlagen habe. Wollte ich dir wirklich wehtun, dann würde jeder Schlag sich so anfühlen. Ich habe dich bisher EINMAL, und nicht hundertmal geschlagen.« Es klang triumphierend. Und ich fühlte mich wie eine halbtote, verletzte Ratte auf der Straße. Ich verzog mich ins Bett, und Pavlos ließ mich in Ruhe.

Frank, der sich große Sorgen um Pavlos machte, überredete ihn, mal seinen Hausarzt aufzusuchen. Er organisierte ihm sogar einen Termin, und er ›ordnete an‹, dass auch ich dabei sein sollte. So trafen wir uns alle bei Dr. Aman, der wirklich ein origineller Kauz war. Er wusste, dass sein Behandlungsraum nun mit zwei Ärzten und einem Künstler gefüllt war, um den Gesundheitszustand des einen Mediziners zu diskutieren, und zeigte sich von seiner charmantesten Seite. Seine Interpretation der Symptome waren klar: Pavlos zeigte prähepatische Befunde, die im Grunde auch schon ein Leberzellkarzinom ankündigten. Aber Pavlos sagte immer wieder: »Ich bin überrascht, also alles in Ordnung! Super!« Es war grotesk.

Irgendwann hob Dr. Aman kapitulierend die Hände und sagte: »Also ich bin nicht der Typ, der zu seinen Patienten sagt: Sie werden sterben.«

Pavlos zeigte mir den Ausdruck der Blutuntersuchung, auf dem HIV und Hepatitis C ausgeschlossen wurden, und er selbst schien davon einen richtigen Schub guter Laune zu bekommen … Spätestens hier sah ich ein, dass auch dieser Termin keinerlei Kursveränderungen bringen würde. Pavlos empfand Dr. Amans Auslassungen eher als Bestätigung – es ist keine Leberzirrhose und auch kein Krebs, darauf trink ich einen, oder zwei oder auch drei …

Er war gut drauf und wollte mit mir am nächsten Tag an den Stechlinsee fahren. Ich freute mich und buchte uns eine Pension am See, damit wir dort ein bisschen bleiben konnten. Seltsamerweise hatte ich so viel Musik im Kopf, von gebrochenen Herzen und obsessiver Liebe, dass ich einen weiteren Musik-Mix zusammenstellte. Unsere westliche Musikkultur handelt ja in erster Linie von obsessiver Liebe und Herzschmerz, zu viel Drogen, Alkohol und Kontrollverlust. In dieser Zeit erreichte Musik mich tiefer als sonst. Es kam oft vor, dass ein Song zu mir sprach, und ich nicht aufhören konnte, zu weinen. ›I'm going down‹ von Springsteen erwischte mich auf der Autobahn zu einer Fortbildung, ›How come you don't call me‹ von Alicia Keyes morgens beim Frühstücksradio, und auf meinen kurzen Arbeitswegen erlebte ich alte Klassiker wie ›I heard it through the grapevine‹, ›Ain't no sunshine‹, ›Jolene‹ , ›Don't speak‹, ›Like the way I do‹ in einer völlig anderen Dimension. Liebeskummer, Versagensängste,

Drogenprobleme, Todesängste und Todessehnsucht – damit scheinen Musiker sich immer schon beschäftigt und gut ausgekannt zu haben. Da stach ein herzhaftes ›I hate you so much‹ von Kelis geradezu konsolidierend heraus …

Der Mix, der in dieser Nacht entstand, wurde mein bester Musik-Mix *ever*. Dass Pavlos nicht zu Hause war, machte es mir einfacher. Zufrieden, dass ich die Nacht für mich allein hatte, feilte ich an der perfekten Abfolge der Stücke.

Am nächsten Morgen um 10 war Pavlos immer noch nicht wieder da, womit er die Fahrt ins Blaue für mein Verständnis jetzt schon sabotierte. Ich rief ihn an, und er ging ran. Er war guter Dinge, und ich sagte: »Komm heim, ich hab 'ne Überraschung für dich. Und wir müssen los, zum See.« Er sagte: »Ja ich komm, aber nicht gleich«, und ich fragte: »Wieso nicht?«, und er antwortete: »Ich bin hier, in meinem Revier.« Ich wurde traurig, weil ich begriff, dass er bei Inge war, und ich sagte: »Alter, wenn das dort dein Revier ist, was ist das hier dann?« Natürlich gab er keine gescheite Antwort drauf, und um diesen Quatsch zu beenden, sagte ich: »Komm, beeil Dich!«

Irgendwann kam er dann auch um die Ecke geschlendert und sah ziemlich betrunken, aber entspannt aus. Wir packten die Sachen zusammen und fuhren los, und ich legte die Mix-CD in den Player. Wir hörten Musik, die Sonne schien durchs offene Schiebedach, und wir fuhren an den See. Es war für den einen Moment eigentlich so, wie es sein sollte. Mein Mix war der Hammer. Pavlos weinte immer wieder, sang mit, schluchzte, nannte mich bei meinem Kosenamen … UND die Musik hörte EXAKT auf, als ich vor der Pension auf den Parkplatz fuhr. Es war wie maßgeschneidert! Wir mussten sehr darüber lachen, wie ich das so genau konstruiert hatte.

Nachdem wir unser Zimmer bezogen hatten, schlenderten wir zum Strand. Auf dem Weg wurde mir klar, dass ausgerechnet dieses Wochenende ein Dorffest stattfand, das sich entlang der Straße zum See erstreckte. Wir mussten also durch das Straßenfest hindurch gehen, wenn wir zum Strand wollten, und Pavlos war sofort in seinem Element. Saufen, Feiern und Musik, da kannte er sich aus … Er machte auch direkt weiter und kaufte sich ein Bier. Wir kamen nur wahnsinnig langsam voran: dieses zähe, fünf Schritte vor, dann stehen bleiben, den nächsten Bierstand beglotzen, sich in Szene setzen, zwei Schritte zurück, stehenbleiben, einen Kurzen bestellen und ein Weinchen süffeln ... ging mir so abartig auf den Geist. Ich wollte nur weg von diesem trampeligen, brandenburgischen Dorffest, einem üblen Alptraum, in dessen Soundtrack Helene Fischers ›Atemlos‹ noch der beste Song war, und weg vom Bier. Einfach in Ruhe am Strand mein Buch lesen oder mit Pavlos plaudern und plantschen ... Pavlos aber machte mit seiner Verzögerungstaktik weiter, die mir einmal mehr den Willen brach. Etwa zwei, drei Stunden später waren wir dann am Strand, und Pavlos verzog sich zum Kiosk, wo er sich sorgfältig um seinen Alkoholnachschub kümmerte und mit jungen Müttern flirtete. Ab und zu schaute ich rüber und schämte mich für ihn. Auf dem Rückweg zur Pension mussten wir wieder durch das Dorffest, das inzwischen sehr viele Besucher angelockt hatte. In der Mitte war ein Zelt mit Tanzfläche aufgestellt. Der DJ spielte Hits aus den 80ern, und ein paar Leute tanzten schon. Da musste Pavlos natürlich ganz vorne mit dabei sein. So gingen wir nicht heim, sondern feierten in unseren Strandklamotten mit. Wir tanzten und tranken und feierten, bis ›You got to fight for your right to party‹ von den Beastie Boys gespielt wurde. Dieses Stück kippte die gesamte Stimmung, und Pavlos wurde wie auf Knopfdruck stinksauer und unberechenbar. Er schrie mich an, dass ich sein Fest abgesagt hätte und er mich dafür hasste und verachtete, und dass ich das nie wieder gut machen könne. Er schubste mich auf der Tanzfläche an den Schultern. Und ich distanzierte mich um einige Schritte. Er schnappte sich einen Zeltpfosten, der immerhin etwa drei Meter lang war, und riss ihn aus dem sandigen Boden. Damit zielte er auf mich und blieb 10 cm vor meiner Schulter stehen. Er sah total unheimlich aus, mit seinem nackten, dürren, aber breiten Oberkörper, seinem ausgemergelten Gesicht und den langen Haaren, und dem Pfosten auf seinen Schultern. Es gab mutige Zeltbesucher, die eingriffen und versuchten, ihn zurückzuhalten, doch das gelang immer nur kurz. Irgendwann zielte Pavlos mit dem Pfosten auf einen anderen Betrunkenen, und mit ihm hatte er einen passenden Sparringpartner gefunden, der sich nicht lange bitten ließ. Der Typ, immerhin einen Kopf kleiner als Pavlos, rannte am Pfosten vorbei, direkt auf den wütenden Pavlos zu und warf ihn dabei nach hinten um. Beide fielen durch das Gebüsch am Zeltrand auf die dahinter verlaufende Dorfstraße.

Sie prügelten sich grün und blau und blutig. Pavlos hatte bereits eine klaffende und stark blutende Platzwunde an der Stirn, doch er prügelte sich weiter.

Irgendjemand rief die Polizei, die sich auch durch eine Sirene ankündigte. Als der andere Saufkumpan die Sirene hörte, zischte er, wie von der Tarantel gestochen, ab. Niemand kannte ihn, sodass von einer Anzeige abgesehen wurde, sowohl gegen Pavlos, als auch gegen den Anderen. Ich schämte mich und war genervt. Eine andere Frau kümmerte sich derweil um Pavlos' Wunde, sie tupfte ihm die Stirn ab, während Pavlos auf den Winkel achtete und Blickkontakt zu mir suchte, sodass ich die Szene auf jeden Fall sehen musste. Ich war einfach angeekelt. Am Ende fuhr ich ihn zum Vernähen der Wunde ins Krankenhaus.

Nach uns kam noch eine andere Frau ins örtliche Krankenhaus, und mit ihr die Polizei. Da ging es wohl um eine Trunkenheitsfahrt, doch Pavlos und ich wurden unruhig, weil wir nicht ausschlossen, dass es doch noch zu einer Anzeige kam. Aber die Polizisten kümmerten sich nicht um uns, und Pavlos bekam seine Wundversorgung um drei Uhr nachts durch einen jungen Kollegen, der mit Pavlos infantile Witzchen zum Thema Saufen machte. Spätestens jetzt, als der nächtliche Bereitschaftsarzt einer Landklinik beim Vernähen einer tiefen Verletzung nur blöde Alkoholwitze zum Besten gab, wurde mir klar, dass wir Mediziner qua Studium überhaupt keine Ahnung von Suchterkrankungen und Alkoholismus haben. Tatsächlich sah ich in diesem Moment ein, dass alle Kollegen, die Pavlos bis dato aufgesucht hatte, sich angesichts seiner Sucht unqualifiziert und unprofessionell verhalten hatten. Einzig die Psychologen und Sozialarbeiter aus der Beratungsstelle schienen zu begreifen, wie schwer das Problem wirklich wog.

Wir fuhren in unsere Pension, und Pavlos wollte etwas in meinem Handy nachgucken, da er keinen Empfang auf seinem eigenen hatte. Er nahm es mit in den Hof und kam erst eine Stunde später wieder. Er hatte mit Inge telefoniert und in meinem Handy meinen Nachrichtenverlauf mit Lorenzo durchgelesen. Dort fand er einigen schwarzen Humor auf seine Kosten, Sarkasmus, Verzweiflung und Ironie. Mitunter auch bescheuerte Erwachsenen-Witzchen, wie man sie unter guten Freunden manchmal auch austauscht. Er flippte darüber aus. Er schrie lauthals den

Hof zusammen, warf herumliegende Gegenstände umher, rüttelte am Außengeländer und machte eine Riesenszene, dass ich untreu sei, dass ich mit Lorenzo Witze auf seine Kosten machte, dass ich ihn verraten und verkauft habe und so weiter. Ich hasste ihn immer mehr. Ich verachtete ihn für seine Humorlosigkeit, für seine Niederträchtigkeit und seine Schwäche. Aber vor allem wegen seiner ekelhaften Versoffenheit. Ich konnte nicht adäquat reagieren, sondern ätzte einfach zurück. »Ach so, du machst mit Inge keine Witze über mich, du vögelst lieber nur und schlägst mich. Stimmt, ich bin total mies.« Er schrie mich an: »Wenn ich jetzt in diesem Moment wählen müsste, dann würde ich Inge wählen«, und ich sagte: »Machst du doch schon die ganze Zeit.« Und so drehten wir uns im Kreis.

Irgendwann schlief er dann doch ein und ich auch. Wir wurden vom Personal gebeten, nach dem Frühstück zu gehen, weil sich die Nachbarn über den Lärm beschwert hatten, doch ich handelte aus, dass wir noch die eine Nacht bleiben durften. Wir benahmen uns einigermaßen normal und feuerten nur unterschwellig aufeinander.

Am nächsten Tag fing mein Dienst nach dem Urlaub wieder an. Obwohl ich mich wie gerädert fühlte, musste um 11 im Institut sein, doch Pavlos sabotierte unseren pünktlichen Aufbruch schon wieder, und es schien, dass wir nicht rechtzeitig loskommen würden. Ich trieb ihn an, er fühlte sich unter Druck gesetzt und reagierte extra langsam. Sich bei den Hotelmitarbeitern noch entschuldigen und bei den Nachbarn umständlich verabschieden, und dann noch in Ruhe eine rauchen … Es war zum Ausflippen.

Ich wartete vor der Pension 20 Minuten. Irgendwann schlenderte er demonstrativ entspannt zum Auto, mit seinem Schutzverband an der Stirn und der verspiegelten Sonnenbrille hätte ich ihm am Liebsten noch eine reingehauen. Ich war total wütend. Als wir an der nächsten Tankstelle hielten, verschwand er irgendwo hinter dem Gebäude, und wieder wartete ich auf ihn. Ich musste ihn suchen gehen, weil er nicht wieder zurückkam. Ich fand ihn hinter der Tankstelle beim Telefonieren, und ich sagte, hey ich muss in 45 Minuten im Institut sein, und er bemühte sich immerhin zum Auto. Bevor er einstieg, stürzte er noch zwei Pfeffies in sich hinein.

Wir gerieten in einen Stau. Ich wurde richtig sauer und rief im Institut an, dass ich mich verspäten würde.

Ich sagte zu Pavlos: »Pavlos. Ich werde dich verlassen und mich scheiden lassen. Du bist der einzige Mann für mich, aber ich verlasse dich. Ich kann so nicht mehr leben, und ich will es auch nicht.«

Es fühlte sich an wie eine Lüge, aber die Worte kamen von allein aus meinem Mund. Über mich selbst staunend wiederholte ich diese Sätze mehrmals. Als müsste ich es mit eigenen Ohren hören, um es zu begreifen. Mein Verstand wusste längst, dass Trennung der einzige Weg war, um irgendwie zu überleben. Warum ich das erst jetzt aussprach – nach allen Beleidigungen und verbalen Verletzungen, die ich ihm im Laufe des letzten Jahres an den Kopf geknallt hatte – kann ich nicht genau sagen. Trennung war für mich ›No-go-Area‹ selbst im erbittertsten Streit, wo mir beispielsweise mal ein »Du versoffenes Stück Scheiße« entglitt, als er mich zum x-ten Mal wieder nachts aus dem Schlaf prügelte. Und auch jetzt, nachdem ich wiederholt ausgesprochen hatte, dass ich ihn verlassen würde, kamen meine Worte mir frevlerisch vor.

Zum ersten Mal wurde er etwas still. »Wieso willst du dich gleich scheiden lassen?«, und ich sagte: »Weil unsere Ehe nicht mal das Schwarze unterm Fingernagel wert ist.«

Wir fuhren im *Stop-and-go* langsam und größtenteils schweigend nach Berlin hinein, und er stieg an einer S-Bahn-Station aus.

Zu Hause sahen wir uns dennoch, und es fühlte sich nicht nach ›Schluss‹ an. Pavlos blieb abends zu Hause und terrorisierte mit seinem Lärm mich und die gesamte Nachbarschaft. Gegen Mitternacht stellte er sich mit seiner E-Gitarre und dem Verstärker auf den Balkon und drosch auf das Instrument ein wie ein Wahnsinniger – bis er nicht mehr konnte und einschlief.

Am nächsten Morgen wollte ich zur Arbeit fahren und sah, dass unser Auto einen Schaden hatte. Das Schiebedach war mit einem Stein zerbrochen worden, Millionen Scherben lagen auf den Sitzen verstreut. Ich fuhr mit den öffentlichen Verkehrsmitteln zur Arbeit und sagte die späteren Termine ab, um mich um den Schaden zu kümmern. Zunächst rief ich die Polizei und die Versicherung an, um zu klären, was zu tun sei.

Der nächste Schock schlug ein, als ich erfuhr, dass Pavlos den Versicherungsbeitrag nicht bezahlt hatte, und ich folglich seit Monaten ohne

Versicherungsschutz durch die Gegend fuhr. Ich war sehr aufgebracht, aber so unfassbar müde, dass ich dazu gar nichts mehr sagte, sondern die Versicherung um Kulanz bat, die Versicherungsprämie bezahlte und anfing, mich um die Schadensreparatur zu kümmern. Ich sollte mit dem Auto bei der Polizei zur Schadensmeldung vorbeikommen, sodass ich den Schaden offiziell bei der Versicherung melden und reparieren lassen konnte. Die Versicherung machte glücklicherweise mit, weil Pavlos immerhin schon seit über 20 Jahren bei ihr Kunde war.

Ich kam also vorzeitig aus dem Institut und wollte zur Polizei fahren. Pavlos meinte, dass er mitkommen wolle, was ich auch gut fand. Vor dem Eingang der Polizei angekommen sagte er zu mir: »Stellitsa, ich halte das nicht aus, jetzt auch noch bei der Polizei rumzusitzen, ich komm nicht mit.« Er dampfte ab und ließ mich mit den Problemen alleine. In der Polizei wartete ich über eine Stunde. Irgendwann fragte ich die anderen Wartenden, seit wann sie dort seien, und sie sagten: »Seit vier Stunden.« Ich beschloss, eine andere Polizeidienststelle aufzusuchen. In Pankow ging es super schnell, ich kam gleich dran und erhielt noch ein, zwei Hinweise für die Versicherung. Als nächstes fuhr ich zum Autohaus, wo mir eine provisorische Verklebung angeraten und mitgeteilt wurde, dass die Lieferung eines Schiebedaches über zwei Wochen dauern würde. Derweil könnte ich am Auto bei einem Auto-Glas-Reparaturservice einen provisorischen Schutz anbringen lassen.

Nun hatte ich neben zwei mentalen auch noch zwei veritable Dachschäden, den im Atelier und den am Auto. In guten Momenten fand ich das grotesk witzig, aber in schlechten Momenten begriff ich, dass die Dachschäden in meinem und Pavlos' Kopf nicht suffizient versorgt wurden … Im Gegenteil, wir wurden immer unzurechnungsfähiger und verrückter.

Als ich am Abend nach Hause kam, war Pavlos auch gerade angekommen, und er hatte sein Handy bei der Garderobe zum Aufladen eingestöpselt. Ich nahm es in die Hand und schaute seinen Nachrichtenverlauf an. Er hatte offensichtlich den ganzen Tag mit Inge und ihren Kindern am See verbracht, während ich mich um die Reparatur des Schiebedachs gekümmert hatte. Ich fand ihn so abstoßend und widerlich, dass ich mich übergeben wollte. Stattdessen schrie ich ihn an: »Du ekelhaftes Miststück, du hast den Tag schön mit Inge am See verbracht und mich allein gelassen, mit dem ganzen Autokram, für das du noch nicht mal die Versicherung bezahlt hast …« Einmal mehr schaukelten wir uns auf, und diesmal verschwand er aus der Wohnung, was mir sehr recht war.

Die nächsten Tage sahen wir uns nur sporadisch und voller Ingrimm, doch zum Ende der Woche stand ein gemeinsamer Trip nach Naxos an, weil dort ein mit uns befreundetes Paar Hochzeit feierte. Nachdem wir beide unsere Flüge unabhängig voneinander gebucht hatten, – wir hatten sogar zufällig den gleichen Flug um 5 Uhr morgens von Schönefeld nach Athen gebucht, um von dort aus mit der Fähre weiter zu fahren – und dies beiläufig herauskam, kauften wir ein gemeinsames Geschenk für das Brautpaar. Auf der Shoppingtour bat Pavlos mich um Geld für seinen Aufenthalt in Kavala nach der Hochzeitsparty auf Naxos. Er wollte sich dort mit seinen Eltern und seinen Kindern treffen. Pavlos ging am Abend zuvor aus, also checkte ich uns beide online ein und musste mich dafür in Pavlos' Mailprogramm einloggen. Sein Passwort hatte er offensichtlich nicht geändert.

Mein Blick blieb an einem E-Mail-Absender hängen: »Hotel Neapoli Kavala!« Mit dem Betreff »Your booking at hotel Neapoli in Kavala!« Ich konnte nicht umhin, die Mail anzuklicken.

Was ich dort zu lesen bekam, war für mein armes Gehirn und mein schweres Herz ein Abgrund. Ein Ding der Unmöglichkeit. Nicht vereinbar mit meinen Vorstellungen von der Welt. Doch ich las mit eigenen Augen, wie Pavlos Inge einlud, mit ihr die Tage nach der Hochzeit in Kavala im Hotel Neapoli zu verbringen. Das Hotel war fix gebucht, Inge geschmeichelt, und Pavlos mit ihr zärtlich verbunden.

Seine bisherige, offizielle Version war, dass er nach Naxos in Kavala seine Kinder und seine Eltern treffen würde. Zu genau diesem Zwecke hatte er mich um 500 Euro angepumpt. Anstatt zusammenzubrechen und zu weinen, putschte mich die Situation auf, und ich buchte meinen Rückflug um. Das wollte ich doch mal sehen. Ich wollte Inga und Pavlos stellen und sie mit ihren Lügen konfrontieren. Amber riet mir sehr davon ab, sie machte sich Sorgen um meine Sicherheit. Ich buchte trotzdem und war gespannt, was passieren würde. Mein Rückflug startete nun fünf Tage später als geplant von Thessaloniki.

Sehr knapp vor der Abfahrt kam Pavlos dann zu Hause an, völlig betrunken, und in Hochstimmung. Er lachte versoffen mit seinen verrückten Visionen und Stimmen im Kopf, packte irgendwie seine Tasche, und wir nahmen ein Taxi zum Flughafen. Seine Stimmung wurde merklich schlechter, als wir ein einer elendig langen Schlange zur Gepäckabgabe warten mussten, und bis wir endlich dran waren, stand er kurz vor einer Psychose. Unglaublich aggressiv, auf der Suche nach Streit. Dem Airline-Mitarbeiter gegenüber sagte er, dass wir nach Thessaloniki flogen, und als ich seine Aussage korrigierte, fing er wie geistesgestört zu kichern an. »Hahaha, nicht Thessaloniki, ja stimmt ja, Athen, Athen, stimmt …« Die Körper- und Handgepäckkontrollen dauerten auch ewig, und es schien, als würden wir den Flug doch noch verpassen, sodass ich davonzog und den trödelnden Pavlos hinter mir ließ.

Am *Boarding* sagte ich zum Bodenpersonal, dass mein Mann gleich nachkäme, doch dieses blieb unbeeindruckt. Im allerletzten Moment tauchte Pavlos dann doch noch auf. Es wurde nochmal spannend, als dem Bodenpersonal klar wurde, dass er betrunken war, und sich die Frage stellte, ob sie ihn an Bord lassen sollten. Da legte ich ein Wort für ihn ein, und wir durften einsteigen. Anstatt etwas Dankbarkeit zu zeigen, beschimpfte er mich aufs Abfälligste, sodass unsere Sitznachbarn sich schon einmischten. »He, was soll das? Kommen Sie mal runter!«, oder »Wenn Sie jetzt nicht endlich Ruhe geben, dann können wir nicht starten«, und Ähnliches. Pavlos nahm die Kommentare als Einladung, gegen die Sitznachbarn zu pöbeln und zu stänkern, und dann spuckte er die Handvoll Bonbons, die er in seinem Mund zerkleinert hatte, in einem kräftigen, hasserfüllten Prusten auf mich aus. Meine ganzen Haare, meine Jacke und mein Halstuch waren übersät von klebrigen Bonbonstücken und Speichel. Der Passagier vor mir, ein großer und sehr gutaussehender Mann, hatte das mitgekriegt und setzte seine körperliche Überlegenheit ein, um Pavlos zur Räson zu bringen. Der beruhigte sich schließlich und schlief ein.

Auf der Fähre nach Naxos trank sich Pavlos wieder in Stimmung. Ich kaufte Pavlos von einem fliegenden Händler ein Smartphone, weil seines mal wieder abhanden gekommen war. Pavlos wurde scharf und sagte: »Komm, lass uns zusammen aufs Klo gehen!« Für solche Späße seit jeher zu haben, vögelten wir auf der Bordtoilette und kamen schließlich am Abend in unserem Hotel auf Naxos an. Wir schmissen einfach unsere Sachen ins Zimmer und ließen uns vom Taxi weiter zur Hochzeitsparty bringen. Dort war eine unglaublich schöne, liebevolle und heitere Atmosphäre, es gab tolles Essen, Getränke, Musik, und das Hochzeitspaar und die Gäste waren in gehobener Stimmung. Pavlos und ich hielten uns etwas entfernt voneinander, sodass wir uns nicht angifteten. Er flirtete mit allen Frauen auf der Party, und mit einer oder zweien besonders intensiv. Es war wirklich stillos, und ich schämte mich fremd für ihn. Ich tanzte allein, und Pavlos sah nicht mal hin, sondern glotzte unverhohlen in fremde Dekolletés. Sein verliebter Satz: »Wenn du und ich jemals verkracht sein sollten, dann tanz für mich. Ich liebe dich, wenn du tanzt«, war nur noch eine blasse, schmerzhafte Erinnerung.

Das Fest ging zu Ende, alle waren betrunken, und dennoch fuhren einige wie selbstverständlich noch mit dem Auto in die jeweiligen Hotels. Pavlos und ich wurden auch zum Hotel gefahren, und schon im Auto waren wir auf Krawall gebürstet. Pavlos hatte sich wahrscheinlich von meiner Anwesenheit in seinem Flirten gestört gefühlt, während mich sein Flirten selbst störte, und mich ins Meer verzog. Auf der Heimfahrt stritten wir, und ich schämte mich vor den beiden, die uns fuhren.

Vom nächtlichen Bad im Meer hatte ich noch nasse Haare und mir ein Handtuch um den Kopf gewickelt. Ich ging über die schöne Hotelanlage voraus. Pavlos war hinter mir und zog überraschend und ruckartig am Zipfel des Handtuchs, sodass mein Nacken kräftig nach hinten gezogen wurde. Es erschreckte mich sehr und es tat übel weh in den Halswirbeln. Ich drehte mich um und trat und schlug nach ihm und beschimpfte ihn mit aller Schmuddel-Rhetorik, die mir einfiel. Er schlug zurück, und ich rannte davon ins Zimmer. Pavlos verirrte sich in der Anlage und kam erst nach längerer Zeit im Hotelzimmer an, als ich schon halb schlief. War ihm egal, denn er stürzte sich geradewegs mich und schlug heftig mich ein. Ich lag auf dem Bauch und reagierte nicht. Ich hatte mir vorgenommen, nie mehr zurückzuschlagen … Ich hielt das alles so nicht mehr aus und wollte bewusst diese verrückten Muster durchbrechen. Doch er hörte nicht auf. Er schlug mich einfach weiter, und immer heftiger. Mein Rücken brannte, meine Haut fühlte sich an, als würde sie aufplatzen, und ich konnte nicht still bleiben. Ich trat irgendwann mit beiden Füßen gegen ihn, und er fiel vom Bett, wobei er sich einen Zeh verletzte. Er heulte auf, verfluchte mich leidenschaftlich und blieb einfach auf dem Fließenboden liegen, auf dem er bis zum nächsten Tag schlief.

Ich hatte schlimme Striemen am Rücken, die keiner kommentierte. Wir machten mit der Hochzeitsgesellschaft einen Ausflug und hingen später am Strand herum. Es hätte so schön sein können, aber innerlich fühlte ich mich wie ein Wrack. Alles tat mir weh.

Beiläufig fragte ich Pavlos, wie er es fände, wenn ich nach Kavala mitkommen würde. Er blinzelte mich durch seine zugekniffenen Augenschlitze an und sagte: »Haja, überleg es dir halt.« Zwei Stunden später verkündete ich ihm, dass ich meinen Flug umgebucht hätte und bis nächsten Mittwoch mit ihm nach Kavala mitkäme. Zunächst beherrschte er sich einigermaßen, doch zunehmend wurde ihm bewusst, dass das für ihn alles ziemlich schwierig werden würde. Er brach mit mir einen Streit vom Zaun, warum wir nicht einfach zusammen Athen anschauten, warum zum hundertsten Mal Kavala, und wieso ich das nicht mit ihm abgesprochen hätte. Ich fand ihn einfach miserabel.

In den folgenden Stunden versuchte er, sein neues Smartphone zum Laufen zu bringen, und irgendwann schaffte er es. Ich fragte mich, wie er wohl Inge klarmachen würde, dass ich beschlossen hatte, mit nach Kavala zu kommen, und was dann wohl passieren würde.

Neben all dem Elend hatte diese Situation auch etwas sehr Komisches, soviel war mir damals schon klar … Da ich über sein doppeltes Spiel Bescheid wusste, wirkte sein Verhalten lächerlich und kurios. Sonst hätte ich einfach nur mitbekommen, dass Pavlos stinksauer ist und mit fadenscheinigen und unausgegorenen Argumenten Streit sucht. Und so eine Situation war ganz und gar nicht witzig, sie konnte allzu schnell gefährlich werden.

Am Nachmittag war Pavlos etwas ruhiger – irgendwie musste er sich mit Inge verständigt haben, und er sagte, ok, dann lass uns auf dem Weg nach Kavala einen Tag auf Santorini verbringen. Eine Idee, die mir auch gefiel.

Santorini war atemberaubend schön. Wir saßen auf Café-Terrassen herum, an schönen sonnigen Plätzen, aßen herrliches, griechisches Essen, und ließen zur Abwechslung mal Fünfe gerade sein. Weil Pavlos immer wieder rumnörgelte, hielt der Frieden nicht allzu lange. Was mir denn einfiele, so in seine Planung ›einzugreifen‹ und ihn so vor vollendete Tatsachen zu stellen? Ich ließ die Tiraden aber einfach an mir vorbeirauschen, wusste ich doch, dass das nur Nebenkriegsschauplätze waren, *as usual* …

Ich saß einfach alle seine Vorwürfe und Angriffe aus. Ich kümmerte mich auch nicht um eine Hotelreservierung und blieb dabei ziemlich ruhig.

Irgendwann, wir waren schon in Thessaloniki gelandet und auf dem Weg nach Kavala, rief er vom Bus aus im Hotel Neapoli an und regelte die Hotelreservierung auf Griechisch, aber mir war klar, dass die Reservierung schon bestand. Die Bestätigung vom Hotel ging an mein Handy. Mitten in der Nacht kamen wir in Kavala an und hatten den Türöffner-Code, doch wir setzten uns erstmal mitsamt unserem Gepäck und einer Flasche Bier vor das Hotel auf ein Bänkchen. Pavlos maulte und lamentierte und schimpfte mit mir, bis ich irgendwann zu ihm sagte: »Pavlos, hör auf. Ich weiß, dass Inge da jetzt wahrscheinlich drin ist. Ruf sie an und sag ihr, dass wir jetzt reinkommen.« Er fiel aus allen Wolken und lachte mich lauthals aus. Er schrie und krakeelte: »Du spinnst! Du bist wirklich noch durchgeknallter, als ich je gedacht hätte!« Diese Nacht verbrachten wir in einem Bett, aber wir waren beide völlig angespannt, Pavlos hielt die ganze Nacht sein Handy krampfhaft umklammert, und auch ich konnte kaum einschlafen.

Am nächsten Morgen ging ich runter, Kaffee holen, und ich fragte, ob unsere Freundin Inge Brockmann schon angekommen sei. An der Rezeption wusste man von nichts, und man wollte sich darum kümmern. Später, als Pavlos und ich zusammen zum Frühstück runter kamen, sprach mich die Mitarbeiterin an, dass für Frau Inge Brockmann keine Reservierung vorliege. Pavlos hörte das und fuhr herum, wie von der Tarantel gestochen. Dass ich ihm hinterherspioniere und was das solle. Ich sagte einfach: »Na, Inge muss ja irgendwo sein, oder nicht? Dann kann sie gleich zu uns dazu kommen, damit hier endlich die Wahrheit ans Licht kommt.«

Er verabschiedete sich kurz darauf, »um Maria zu treffen«, was ich ihm nicht glaubte. Ich war überzeugt davon, dass er Inge traf. Ich selbst verbrachte den Tag im Städtchen, wo ich mir die Sehenswürdigkeiten anschaute. Dabei stolperte ich fast über eine tote, verwesende Ratte, die vor einem Haus lag und die niemand weggeschafft hatte. Ich fotografierte sie, und ab dem Moment sah ich an jeder Ecke Vanitas-Symbole, Verwesung, Vergänglichkeit, Ruin. Es wurde ein Fotoalbum der Zerstörung und des Untergangs. Bröckelnde Mauern, vergilbte, abgegriffene Plakate, welkende Blüten, schrundige Katzen, leerstehende, Häuser, verwahrloste Flaschensammler.

In dieser heruntergekommenen Stimmung fiel mir ein, dass ich versuchen könnte, mich in Pavlos Mailaccount einzuloggen, um zu sehen, wo Inge steckte, sodass ich ein Internetcafé besuchte.

Dadurch wurde alles klar: Inge war gar nicht nach Griechenland gereist, weil Pavlos sich vor dem Reiseantritt vier Tage bei ihr nicht gemeldet hatte und sie ihn nicht erreichen konnte. Erst nachdem ich Pavlos eröffnet hatte, dass ich nach Kavala mitkommen würde, kontaktierte er sie. Ich fand sie unglaublich deutsch und plump. Ihre ganze Sprache, Interpunktion und ihr Gedankenfluss waren so langweilig und ungehobelt, dass es mich noch mehr verletzte, dass Pavlos ausgerechnet eine so unattraktive Frau mir vorzog.

Wie auch immer, ich verstand, warum er sich so sicher war, vor dem Hotel, und auch auf dem Weg nach Kavala, dass er sich sicher fühlen könne – er wusste, sie war gar nicht losgefahren, und er konnte sich vor mir also frei bewegen.

Wir waren an diesem Abend mit Maria, ihrem Freund Apo, Cousin Ilias und seiner Freundin Selina zum Essen verabredet. Pavlos sprach Apo den ganzen Abend lang versehentlich mit dem Namen von Marias Exmann an. Wir und auch insbesondere Apo machten ihn mehrmals darauf aufmerksam, doch er war nicht in der Lage, sich genügend zu konzentrieren. Selina und Ilias waren davon so peinlich berührt, dass sie sich gleich nach dem Essen verabschiedeten. Ich mischte mich auch ein und sagte: »Das ist echt das Letzte, du willst auch nicht mit dem Namen meines Exfreundes gerufen werden.« Er und Maria prusteten los vor Lachen, und Pavlos wankte zu ihr rüber, um ihr leise den neuesten Witz zu erzählen, dass er nämlich im Schlaf Inges Namen gerufen habe, als er neben mir lag. Er flüsterte zwar, aber alle hörten es, und ich verstand genug Griechisch, um zu verstehen, was er erzählte. Maria und er amüsierten sich köstlich. Als ich sagte, ich fände es widerlich, dass sie mir offen ins Gesicht lachten, sagte Maria allen Ernstes, sie lachten nicht über mich, sondern über die Situation, die ja nun wirklich selten komisch war, und dass ich mich überhaupt nicht zu wundern brauchte, bei meinem manipulativen Verhalten. Ich solle mir mal überlegen, warum Pavlos so schlimm an der Flasche hinge, seit er mit mir zusammen war. Am nächsten Tag kam zusätzlich das angeblich von Apo gestreute Gerücht auf, ich hätte am gestrigen Abend auf unangemessene Weise unterm Tisch Apos Nähe gesucht. Ich erklärte das Gerücht für lächerlich, doch Pavlos schaute mir dabei nur herablassend in die Augen, ohne sich zu positionieren. Es kam der Morgen, als Maria mich zum Flughafen fahren sollte. Ich fragte Pavlos, nachdem ich zusammengepackt hatte – »Und, kommt Inge jetzt, nachdem ich gehe?« Er winkte ab und sagte: »Nein.« Ich glaubte ihm kein Wort, aber ich wollte ihm glauben. Immer noch. Ich fragte ihn mehrmals, ob er Inge eingeladen habe, zu kommen, nachdem ich nun gleich weg sein würde. Jedes Mal schüttelte er nur den Kopf.

Ich flog nach Hause und ging arbeiten. Nichts hörte ich von Pavlos. Am *blue moon* im August fehlte er mir so sehr, dass ich still den Mond anheulte und mich fragte, wo und mit wem mein Schatz nur sei. Ein paar Tage später bekam ich eine kalte Mail von Pavlos, dass er wieder Darmblutungen habe und ich ihm seine Medikamente schicken solle. Tat ich natürlich sofort.

Nachdem Pavlos nun zwei Wochen nichts weiter von sich hören ließ und ich tatsächlich ab und zu auch mal schlafen konnte, fing mein Gehirn langsam wieder an, besser zu funktionieren. Ich ging zu einer Beratungsstelle für Frauen in Gewaltsituationen und hörte mir dort an, was ich tun konnte. Mir wurde dringend empfohlen, Antrag auf Zuweisung der Ehewohnung[3] zu stellen und das Türschloss auszutauschen. Darüber dachte ich ein paar Tage nach und beschloss dann, genau das zu tun.

Am nächsten Tag blieb ich länger bei der Arbeit, um mich der Auswertung einiger schwieriger Röntgenbilder und Computertomogramme zu widmen. Ich war allein im Institut, mein Büro war abgedunkelt, ich hörte leise, entspannende Musik. Ich wertete fokussiert ein Bild nach dem anderen aus und hatte Spaß an den Formulierungen der Befunde und Arztbriefe. Ich ertappte mich, wie ich es genoss, in Ruhe meine Arbeit zu machen. Meine Akribie, die Konzentration auf den Monitor, die Musik im Hintergrund half mir, im Jetzt und Hier anzukommen, mich selbst wahrzunehmen, und dass eigentlich jetzt gerade alles in Ordnung und sinnvoll war. Ich bekam endlich die dringend notwendige innere Distanz zu meinem kaputten Gefühlsleben. Ich schaute von außen auf mich und sah mich plötzlich außerhalb vom Teufelskreis. Mir wurde bewusst, dass ich nicht nur aus meinen Gefühlen bestand und dass ich es schaffen würde, auch ohne Pavlos weiter zu leben. Ich nahm meine Gefühle plötzlich als vorüberziehende Phänomene war, die sich ganz ohne mein Zutun verändern, wenn ich sie einfach nur ziehen lasse. Ich kam in einen wunderschönen Arbeitsflow und spürte, dass sich in meinem Kopf irgendwas gelöst, geändert hatte. Ich fühlte mich leicht und frei und endlich wieder klar. Ein Leben ohne Pavlos schien mir zum ersten Mal möglich. Schmerzhaft, ja, aber vorstellbar. Mir war nun klar, was ich zu tun hatte und schrieb es mir von der Seele:

Hallo, mein heiß geliebter Pavlos,

hier ist nun der dritte Brief, oder so. Das ist kein Zwischenstand, sondern ein Brief voller einfacher und klarer Gedanken und Gefühle. Ich schreibe Dir in glühender Liebe für Dich und ohne Angst.

Für mich hat sich etwas verändert. Letzten Mittwochnachmittag, auf Arbeit, merkte ich wie der Wahnsinn mich aus seinen Klauen freigegeben hat. Mit geht es gut. Ich bin wieder ok, ich spüre mich wieder selbst und erkenne mich auch wieder. Das war lange Zeit nicht so. Ich bin froh, aus dem Würgegriff des Wahnsinns frei gekommen zu sein. Ich bin leichten Herzens und heiteren Gemüts. Wie auch immer es dazu kam …

Ich will Dir heute erzählen, wie ich fühle und denke, und welche Einsichten ich habe. Denn ich bin klar und voller Mut.

Eben habe ich Dich auf Kyrioakos' Handy angerufen. Du fragtest, woher ich die Nummer habe, und ich sagte, aus Deinem Facebook-Account. Du meintest daraufhin: „Du kennst auch nix“.
Ich denke anders darüber, und zwar so:

Pavlos, ich stelle mir mein Leben an Deiner Seite tatsächlich so vor, dass wir wieder einander vertrauen können und sowohl die Accounts als auch die Herzen frei und offen liegen.
Ich möchte ganz selbstverständlich Dein Mailprogramm öffnen dürfen, wenn ich anders den Kontakt zu Dir nicht herstellen kann. Ich möchte, wenn ich glaube, dort eine Nummer zu finden, auf der ich Dich geschwind anrufen kann, Deinen Account öffnen dürfen. Auf eine natürliche Weise. Ich suche eine Info und schaue, wo ich sie bekomme, weil Du auch möchtest, dass ich sie bekomme und Dich anrufen kann, wenn mir danach ist. Normal halt. Kein Abstand, keine Widerstände, keine Geheimnisse, sondern ein natürliches und gesundes SEIN. In gegenseitigem Einverständnis. Ich möchte Dein Notebook mit der inneren Haltung öffnen können, dass ich dort die Information nehme, die ich brauche oder suche und nicht intime Nachrichten an und von anderen Frauen, Vertrauens- oder Ehebrüche vorfinden. Und zwar nicht, weil sie eilfertig aber notdürftig von Dir gelöscht wurden, sondern, weil sie nicht existieren.

Eine Beziehung, die auf Ausschluss, Geheimnissen, Vortäuschungen und Ähnlichem beruht, ist nicht meine Sache, und ich möchte so nicht mehr leben.
Unsere letzten ungefähr 16 Monate waren jedoch von genau solchen Kennzeichen geprägt. Von Misstrauen, Geheimnissen, Täuschungen, Vertrauensbrüchen, Gewalt, Angst, Schwermut, Unglück und so weiter. Wir haben uns da verrannt, sind von einer Spirale des Reaktionismus und der Unsicherheit erfasst worden, die immer schneller und tiefer in den Abgrund führte. Wir haben uns beide nicht anders oder besser zu helfen gewusst, als immer noch einen Schritt weiter zu gehen. Wir konnten uns beide nicht retten und dieser Abwärtsspirale entrinnen. Ich weiß nicht, wie es Dir geht, aber dieser Strudel hat mich freigegeben. Ich bin da nicht mehr.

Ich vermute aber, dass Du irgendwie immer noch da drinsteckst, weil Du nach wie vor Deine Geheimnisse und Parallelwelten hast, mit Deinen gesicherten Accounts, Passwörtern und Parallelbeziehungen, und irgendwelchen anderen Frauen, die auf Deinen Schenkeln Platz

nehmen. Du hast weiterhin Kontakt mit Inge, und ich vermute, dass Du Deine Parallelbeziehung mit ihr weiter aufrechterhältst. Du hast Deine Passwörter geändert, ich glaube mitunter, damit ich Deine Mails nicht lese, damit Du weiter Geheimnisse vor mir haben kannst. (Ich weiß nicht, ob das so stimmt, aber ich nehme das an.)
Geliebter Pavlos, Du kannst dieses Leben weiter haben. Ich kann daran nichts ändern. Du kannst weiter Deine Beziehung zu Inge haben, Du kannst weiter wichtige Aspekte deines Lebens nicht mit mir teilen, Du kannst weiter in diesen Strudel eintauchen. Ich weiß, dass ich daran nichts ausrichten kann.
Ich sage das im Bewusstsein meiner Liebe zu Dir, und in der Angst davor, dass Du aus meinem Leben verschwinden könntest. Und dennoch, so will ich nicht mehr leben. Ich habe das nunmehr eine ganze Weile getan (und Du auch) und bin immer verrückter dabei geworden.
Ich erkenne klar, dass es so war, und ich kann es nicht rückgängig machen. Daher lasse ich die Vergangenheit stehen, wie sie war, oder wie ich glaube, dass sie war. Aber meine Gegenwart und auch meine Zukunft werden anders sein.

Du kannst mir nichts Schlimmes mehr antun. Deine Geheimnisse können mir nichts mehr anhaben.
Denn ein Leben mit Täuschungen und Geheimnissen werde ich nicht mehr leben.
Weißt Du, ich werde nicht mehr versuchen, deine Accounts zu öffnen, weil ich fürchte, etwas für mich Schlimmes oder Verletzendes oder Geheimes darin zu finden. Oder weil ich von Dir keine Antworten bekomme. In meiner Vorstellung von einem glücklichen Leben kommen solche Verhaltensweisen nicht vor.

Was bedeutet das?, fragst Du Dich wahrscheinlich jetzt.

Ich stelle mir ein Leben vor, in dem wir mit offenen und leichten Herzen teilen, was zu teilen ist, und den anderen nicht aus wichtigen Teilen des Lebens ausschließen. Wenn Du eine andere Frau begehren oder eine oder mehrere Parallelbeziehungen haben und Du weiter die Nächte oder Tage

ohne mich verbringen willst auf eine Art, die mich ausschließt, wenn Du weiter im Trinken die Enthemmung suchen willst, dann kannst Du das haben. Aber dann werde ich nicht mehr Deine Stellitsa sein.
Dann werde ich ein Leben ohne Dich führen und Du eines ohne mich. An getrennten Orten mit eigenen Schlüsseln und Namensschildern. Denn so wie es ist, tut es mir zu sehr weh und hat mit meinen Vorstellungen von einem guten Leben nichts mehr zu tun. Ich kann und will nicht von Dir in der eigenen Beziehung ausgeschlossen sein. Ich will nicht aus lauter Misstrauen Informationen zusammen klauben, die mich dringend interessieren, die Du mir aber nicht freiwillig gibst. Ich will keine Gewalt, Provokationen, Alkoholexzesse, und auch kein Al-Anon. Ich will keine Täuschungen darüber erleben, mit wem Du Dein Intimstes, nämlich Deine Sexualität und Nähe und Dein Kostbarstes, also Deine Zeit, teilst.
Pavlos, das ist Zeitverschwendung. Und kostet irrsinnig viel Kraft und Lebensmut. Und ja, ein Leben ohne Dich bedeutet mir auch einen Riesenverlust, Versagen und kostet auch Lebensmut. Aber zumindest ist es ehrlich. Du stehst zu Dir und ich zu mir. Wenn du weiter so leben willst, wie in der letzten Zeit, dann kannst und wirst du das tun. Und ich werde nicht mehr Deine Frau und Freundin und Lebensgefährtin sein. So sehr ich Dich auch liebe, oder vielleicht auch WEIL ich Dich so sehr liebe. Ich bin ein Mensch, der liebt. Du sollst happy sein, und das tun, was du wirklich willst. Kann ich Deine Liebe und Deinen Respekt nicht freiwillig von Dir bekommen, dann will ich das auch nicht erzwingen und auch nicht haben. Ich kann Dein Verhalten und Deinen Umgang mit Alkohol nicht beeinflussen. Aber ich will auch nicht belogen und betrogen werden und ich will auch nicht, dass Du Dich verstellst.
Ich will auch keinen anderen Mann, als Dich. Und deshalb will ich auch keinen sich verstellenden und lügenden und betrügenden Pavlos.
Das ist alles Kokolores.

Ich weiß nicht, wie die Zukunft werden wird. Ich weiß nicht, wie wir das Vertrauen wiederaufbauen werden und/oder auch nicht, wie wir auseinander gehen werden. Ich weiß aber, dass ich Dich für immer willkommen heiße, wenn Du Dich für ein einfaches und klares,

ehrliches Zusammenleben mit mir entscheidest. Und ich weiß auch, dass ich nicht mehr mit Dir zusammen sein werde, weder in der Beziehung, noch in der Wohnung noch in der Ehe, wenn Du mich weiter belügen und betrügen willst. Jetzt weißt Du, dass ich ein einfaches, klares und ehrliches Zusammensein möchte. Aus vollem und reinen Herzen.
Ich weiß auch, dass ich das kann. Genau so bin ich in Wahrheit.
Und mit Dir. Ich weiß auch, dass wir dafür keine 20 Jahre Paar-Therapie brauchen, eigentlich brauchen wir nur den ehrlichen Entschluss, und dann geschieht es von selbst, ein bisschen so, wie als Du zu mir nach Berlin kamst, und die nächsten Schritte zwar mutig und radikal waren, aber wir sind sie ganz natürlich gegangen. Also wie damals, am Anfang, aber erwachsener und nüchterner. Das hört sich für Dich vielleicht jetzt blauäugig an, aber ich bin mir darin sicher, denn ich glaube an Dich und an mich.
Du weißt jetzt auch, dass ich Dich aufgeben werde, wenn Du weiter Deine Geheimnisse und Parallelwelten pflegen möchtest.

Wir werden für beide Wege Lösungen suchen und finden, die in Ordnung für uns sind. Ich mache jedoch keine halben Sachen mehr. Solltest Du das versuchen, werde ich früher oder später dahinterkommen und es wird einfach nur verlorene Zeit gewesen sein.

Dieser Brief ist mit einem liebenden Herzen geschrieben und ich weiß, dass Du Dich auch gegen mich entscheiden kannst. Ich gehe ein großes Risiko ein. Du predigst gleichwohl „I am not a man of betrayal" und „Ich bin ein ok-er Typ. „Ich weiß, dass Du Dich auch nach Einfachheit und einem Leben ohne Widerstände sehnst. Ich weiß aber nicht, wie stark dieser Aspekt von Dir noch ist.
Doch ein Leben mit Dir in Lug und Trug und Paralleliebschaften bedeutet mir nichts und ich will das nicht mehr aufrechterhalten.
Um keinen Preis. Entscheidest du Dich für das Parallel-Leben, wird meine Liebe abgewürgt und unerwidert sein, aber ich werde mich nicht mehr für Dich verbiegen.

Du sollst wissen, dass ich mir eigentlich wünsche, dass Du offen und ehrlich zu mir zurückkehrst. Das wäre die Erfüllung meiner Träume und würde mich glücklich und zufrieden machen.

Ich fasse zusammen:

Ich sehe zwei mögliche Entwicklungen oder Wege vor mir.

Entweder behältst Du deine Beziehung mit Inge oder sonst wem, deine Geheimnisse, deine Passwörter, deine freizügige Sexualität, deinen mich ausschließenden Zeitvertreib und deine Suche nach Enthemmung – all das behältst du, aber ohne mich. Wir haben jeder eigene Computer, Handys, Passwörter, Bankkonten, Schlüssel, Liebschaften und Namensschilder an der jeweils eigenen Haustür. Du machst Dein Ding und ich bleibe (vorerst) allein.

oder

Ti i ja zajedno, zauvijek, ganz einfach und klar, keine Widerstände, keine Lügen und kein Betrug. Wir sind liebende Menschen, die einander respektieren und gut zueinander sind. Wir haben gemeinsame Computer, Handys, Bankkonten, Schlüssel und Namensschilder an der gemeinsamen Haustür. Wir rufen uns an, wenn uns danach ist, und der Andere geht ganz normal bis überaus freudig ans Telefon. Wir bleiben ein Liebes- und Ehepaar, das die anstehenden Herausforderungen und Probleme gemeinsam meistert und das seine glücklichen Stunden gemeinsam genießt, ein Kind hat und glücklich und zufrieden gemeinsam altert.

Du denkst jetzt vielleicht, „der gute Junge kennt mindestens drei Wege". Verrat mir den Dritten, wenn du wirklich ein guter Junge bist. Ich sehe keinen dritten Weg. Neben der Ehrlichkeit und Einfachheit gibt es nichts Vergleichbares. Und alles Andere ist alles Andere.

Es kam genauso, wie ich es im Brief prophezeit hatte. Aber die Hölle dauerte noch einen Monat. In diesem Monat geschahen hässliche Dinge, Pavlos belog, betrog, und bestahl mich.

Als er wieder in Berlin zurück war, tauchte er überraschend in meinem Büro im Institut auf. Er sah so süß aus, und er lächelte mich an. Ich lächelte zurück, und wir fielen uns in die Arme. Er kam mit ›nach Hause‹. Aber er hatte keinen Schlüssel mehr: er hatte seinen Schlüssel verloren UND ich das Türschloss ausgewechselt!

Wir machten die ganze Nacht Liebe.

Am nächsten Tag ging ich zur Arbeit, und Pavlos schickte mir eine Nachricht, dass er später zum Atelier wolle, wo der Dachschaden wegen ungeklärter Versicherungsfragen immer noch nicht repariert worden war. Er fand, ich solle ihn hinfahren, und ich sagte ok. Als ich am Abend nach Hause kam, war er schon vollkommen betrunken und auf Krawall gebürstet. Er warf mir vor, dass er die Haustür offen lassen musste, als er hinausging, weil er keine Schlüssel mehr hatte. Und er wolle jetzt sofort zum Atelier. Ich sagte ok, und wir fuhren los. Nach ca. 300 Metern wurden mir seine Beschimpfungen unerträglich, sodass ich wendete und wieder nach Hause fuhr. Er war ziemlich perplex, und ich sagte: »Fahr selber zum Atelier.« Er griff zum Rücksitz und schnappte sich meine Handtasche, in der alle meine Schlüssel, Karten, Geldbeutel, einfach alles drin war. Mit der Tasche unterm Arm sprang er aus dem Auto und lief davon. Ich parkte und rannte hinterher. Wir sind beide in der Funktion unserer Knie ziemlich eingeschränkt, was das Laufen angeht, und so lief Pavlos humpelnd 100 Meter vor mir mit meiner Handtasche und ich humpelnd hinterher, so schnell ich konnte. Wäre es nicht so ekelhaft gewesen, wäre es zum Schreien komisch gewesen. Laut rief ich: »Haltet den Dieb, haltet den Dieb!«, und tatsächlich schnappte ihn ein Mann und hielt ihn fest, bis ich hinzukam. Das alles geschah vor der lokalen Polizeidienststelle, und schon nach einer Minute waren die Polizisten bei uns und trennten alle. Die Beamten kannten uns schon, sie wussten uns von vorausgegangenen nächtlichen Krawallen gleich einzuordnen. Wir sollten mit auf die Dienststelle. Ich bekam meine Tasche zurück, und Pavlos behauptete, dass er noch Medikamente in der Wohnung und im Atelier hätte und bekam Polizeigeleit. Als er auch aus dem Atelier ein, zwei Tüten mit Zeug rausgetragen hatte, durfte ich wieder in das Polizeiauto einsteigen, das mich nach Hause bringen sollte. Wir ließen Pavlos mit seinen Tüten und seinem Suff in Kreuzberg auf dem Bürgersteig stehen. Jetzt unterschied ihn endgültig nichts mehr vom allerletzten Penner von der Straße. Dieser Anblick, dieses Bild zersetzte alle meine noch vorhandenen Bekenntnisse von Liebe, Hoffnung und Glauben, und in meiner Brust klirrte es fahl. Ich konnte nicht glauben, dass ich das erlebte, und dass ich das Pavlos antat, viereinhalb Jahre, nachdem ich ihn mit den liebevollsten Gesten und Worten, roten Glitzerherzchen und lustigen Sprüchen über die Rettung aus der Obdachlosigkeit zu mir nach Berlin eingeladen hatte. In meinem Unterbewusstsein rumorte dieses Bild mit den Tüten auf der Straße wie ein Engramm und machte mich krank. Es symbolisierte unglaubliches Elend und Schmerz und verfolgte mich in meinen Träumen und auch bei der Arbeit. Immer wieder sah ich mich im Polizeiauto am Clochard Pavlos vorbeifahren und ihn in die Ungewissheit entlassen …

Dieses Bild suchte mich noch monatelang heim. Darin schloss sich ein Kreis, der Kreis von niemandenrettenkönnen und nichtgerettetwerdenwollen. Niemand konnte Pavlos retten, er selbst wollte sich nicht retten. Er hatte andere Pläne.

Er flog wieder nach Griechenland, und das passte mir gut. Äußerlich passierte erstmal nicht mehr viel, außer dass sowohl Pavlos als auch ich Sonjas Geburtstag vergaßen. Pavlos verfluchte mich, weil ich ihn nicht daran erinnert hatte. Im gleichen Gespräch sagte Pavlos zu mir, er sähe nicht, dass wir beide ein Kind zusammen zeugen. Ich war am Boden zerstört. Das war bis dato das Einzige, woran wir niemals gerüttelt hatten.

Sonja war zu Recht getroffen und traurig, dass ihr Papa und ich sie nicht zum Geburtstag angerufen hatten. Ich schickte ihr, so schnell ich konnte, ein schönes Geburtstagsgeschenk per Post, doch es war klar, dass da ein dicker Wermutstropfen dabei war.

Ende September telefonierten wir lange, und ich fragte Pavlos, wie er über unser nahendes einjähriges Ehejubiläum denke. Irgendwie konnte ich mich nicht damit abfinden, dass Pavlos das Kindermachen aus dem Programm gestrichen hatte. Ich fragte, wie er es fände, wenn ich zum Jahrestag nach Kavala kommen würde. Er sagte: »Ja, komm!«

Ich buchte meinen Flug und flog nach Griechenland.

Pavlos erwartete mich mit einem Geschenkchen am Flughafen in Thessaloniki. Soviel Bemühung hatte er lange nicht mehr für mich gezeigt. Wir flogen uns um den Hals und waren irgendwie gut drauf. Wir verbrachten drei wunderschöne, gelassene, freudevolle Tage, viele Stunden davon im Bett. Ich hatte meine fruchtbaren Tage, und Pavlos wusste das. Er sang mir mit seiner geliebten Stimme beim Liebe machen ›The Seed‹ von den Roots ins Ohr. Es war ein Wochenende wie im Himmel. Am dritten Tag war unser erster und einziger Hochzeitstag, und Pavlos holte uns morgens Kaffee von draußen. Als er zurückkam, berichtete er mir, dass er einen orthodoxen Priester kennengelernt habe, und dass ich mit runterkommen solle, um ihn auch kennenzulernen. Ich zog mich an, und wir gingen rüber zur Bäckerei, wo Pater Nektarios auf uns wartete. Er war sehr gütig und witzig, so wie man sich einen echten Geistlichen vorstellen möchte. Er sprach uns seinen Segen aus, schenke mir ein Madonnenbild und prophezeite mir in neun Monaten ein Baby. Wir lachten alle, und ich fühlte mich geborgen. Am Abend feierten wir in einem wunderschönen Restaurant mit Gartenterrasse außerhalb der Stadt, mit tollem Blick aufs Meer. Am nächsten Tag fasste ich mir ein Herz und sagte beim Mittagessen zu Pavlos: »Ich habe dir etwas zu beichten.« Und er sagte: »Ich habe dir auch etwas zu beichten.«

»Ok, wer fängt an?«

»Fang du an.«

Ich fing an. »Ich habe beim Familiengericht einen Antrag auf Zuweisung der Ehewohnung gestellt.« Er fragte: »Warum?«, und ich sagte: »Weil ich mich mit dir zu Hause sehr oft nicht sicher fühlte.« Damit war meine Beichte im Grunde abgearbeitet, er kommentierte nicht weiter und ließ es so stehen.

Dann fing er an. Seine Beichte dauerte fünf Stunden.

Er erzählte, dass er mich betrogen hatte. Viele Male, 30, 40 Mal. Seit Jahren. Mit Frauen, die er in den Bars und Clubs kennenlernte, und die er gewöhnlich nur einmal sah. Es gab auch einige, die er öfter getroffen hatte. Es gab Sex bei den Frauen zu Hause, in den Clubs, im Park, im Hotel, im Auto. Sie hießen Annabelle, Anita, Katrin, Steffi, Anahit und so weiter. Er habe mit Tom und Caro Sex zu dritt gehabt. Und mit Nutten in Kavala. Und mit Inge gehe er seit dem 2. Mai ins Bett, seit der Nacht also, in der mein Leben auch hätte enden dürfen. Soviel zum Thema ›Schwarzes Loch‹, dachte ich zynisch. Ich fragte, ob er sie denn immer noch sehe und ob sie im August nach Kavala gekommen sei, nachdem ich abgeflogen war. Er sagte: »Ja. Aber ich habe die Geschichte mit ihr vor etwa vier Wochen beendet.« Ich fragte und fragte und Pavlos antwortete und antwortete. Während dieser Offenbarung trank er ein Bier nach dem anderen und wurde zunehmend aggressiver und aggressiver. Er schrie mich mitunter an, während er über seine eigenen Missetaten sprach. Auf meine Fragen, »Und was machen wir jetzt damit? Willst du damit weiter machen? Oder willst du ein Leben mit mir?«, sagte er immer wieder: »Ich weiß nicht.« Er bat mich nicht um Verzeihung. Er erzählte und schrie sich alles aus dem Leib. Ich hatte irgendwann genug von allem und sagte, ich geh jetzt ins Hotel, und er kam mit. Am Sex-Video-Shop sagte er, da gehen wir jetzt rein, und er behielt mal wieder recht. Wir saßen im Pornokino, und er wollte, dass ich ihm einen runterholte, aber ich hatte keine Lust. Ich wollte zurück ins Hotel, doch Pavlos folgte mir. Er schrie mich an und suchte Streit, aber ich war zu kraftlos. Ich sagte »Ciao.«

Im Hotel angekommen buchte ich mir ein Zimmer für mich alleine. Ich konnte nicht mehr im gleichen Zimmer schlafen, ich war viel zu aufgewühlt. Und ich musste mich irgendwie zusammenreißen, zumal ich am nächsten Tag meinen Rückflug hatte und zum Flughafen musste. Ich packte schnell alle meine Sachen zusammen und nahm auch sein Handy und seine Kamera mit, die er im Hotelzimmer liegen gelassen hatte. Ich knöpfte mir sein Smartphone vor, und nach einer Stunde rumprobieren hatte ich das Passwort geknackt. Alle Nachrichten und Fotos standen mir nun zur Verfügung, und ich konnte sehen und lesen, was eigentlich Sache war. Natürlich war Inge im August nach Kavala nachgekommen, und natürlich hatte er ›die Sache mit ihr‹ nicht beendet, sondern sie schrieben sich nach wie vor Sexnachrichten. Er schrieb ihr belustigte und herablassende Nachrichten, dass ich mir angeblich in den Kopf gesetzt hätte, das zweifelhafte Ehejubiläum unbedingt mit ihm zusammen feiern zu wollen.

Ich sah Fotos von den beiden in Kavala, in Chalkidiki, unterm Vollmond, dem *blue moon*, zu dem ich wölfisch gejault, vor Sehnsucht nach ihm gelitten hatte. Inge sah auf den Fotos wie ein Gnom aus. Meine Welt verschwand in Finsternis.

Irgendwie schaffte ich es rüber zu gehen, in das gemeinsame Hotelzimmer, um Handy und Kamera zurück zu legen, und fand Pavlos quer über dem Bett schnarchend. Ich haute ihm erst seine Kamera, dann sein Handy mit voller Wucht an den Kopf, schrie: »Du widerliches Schwein, du verficktes Arschloch!«, und verschwand aus dem Raum. Ich wartete nicht ab, was er dazu zu sagen hatte.

Er war noch vor mir am Flughafen. Voll von versoffenem Selbstmitleid schenkte er mir zum Abschied eine Figur aus einem Überraschungsei, eine zerdrückte Bierdose und eine bis auf zwei Zigaretten leere Zigarettenschachtel.

Ich fragte ihn, was das solle, und er zuckte mit den Achseln. Ich glaube, er wollte irgendwie, dass ich ihn nicht verlasse. Aber noch mehr als das wollte er weiter saufen, durch die Welt vögeln und sich selbst zerstören. Deshalb sagte er auch nicht: »Verlass mich nicht«, sondern ließ nur ein paar müde, unmotivierte Beschimpfungen auf mich herabfallen. Ich zahlte es ihm mit gleicher Münze heim, und weg war ich.

EPILOG

Im Flugzeug kam das Grauen und das heulende Elend.

Ich beweinte meine Liebe, meine Ehe, meinen Pavlos und mich selbst.

Die Screenshots von Pavlos' Handy und Kamera zeugten von einem unvorstellbaren Doppelleben. Selbst in der Stunde der Wahrheit, in der Beichte, log er mich an. Mir leuchtete ein, dass ich dieses Leben nicht leben wollte. Die endgültige Trennung und die Scheidung zu überstehen, das stand mir nun bevor.

*****

Nach meiner Heimkehr trauerte ich und wütete ich – und spionierte ihm noch eine Weile in den sozialen Netzwerken nach. Er machte noch ein bisschen mit Inge weiter, die irgendwann auch kapierte, dass er jenseits von Gut und Böse lebte, und ihn dann auf ihre unnachahmlich plumpe Art fallenließ. Daraufhin lebte er wahllos seine Sex- und Alkoholsucht aus, achtete dabei aber stets darauf, mich möglichst zu ärgern, zum Beispiel, indem er mein Atelier für seine Sexaffairen nutzte, die er zu dem Zeitpunkt auch auf Sex-Portalen klarmachte, oder Penner und Junkies im Atelier ihren Rausch ausschlafen ließ, und einige Möbel verramschte, die ich im Atelier hatte. Zugleich drohte er mir per E-Mail oder auf seiner Facebook-Seite, mich und das Radiologie-Institut bei der Scheidung zu ruinieren. Manchmal konnte es vorkommen, dass er stundenlang an meiner Haustür klingelte, und sich für ein, zwei Stunden bei meinem Nachbarn aufhielt, um mich darauf erneut mit seinem Geklingel wahnsinnig zu machen. In der Zeit hatte ich schon richtig Angst vor ihm, sodass ich nicht wagte, hinauszugehen oder mich davonzuschleichen, wenn er gerade beim Nachbarn saß. Bis ich dann doch wieder die Polizei anrief und schließlich ihrer Empfehlung folgte, den juristischen Weg zu gehen:

Ich beantragte beim Familiengericht eine einstweilige Verfügung[4], dass Pavlos sich mir nicht nähern durfte. Während ich im schäbigen Büro des zuständigen Familiengerichts die Formulare ausfüllte, wurde ich von Weinkrämpfen geschüttelt. Dazu reichte ich die Härtefall-Scheidung ein, bei der man nicht ein ganzes Jahr getrennt leben muss, weil es unzumutbar wäre, einen Menschen so lange in einer Gewaltsituation ausharren zu lassen. Meine Anträge wurden beim Familiengericht angenommen, doch Pavlos wollte mich nicht so leicht gehen lassen. Er drohte über seinen Anwalt, der ihm schon bei der Scheidung von Sandra beigestanden hatte, einen Zugewinn- und Versorgungsausgleich einzufordern. Letzten Endes hielt er sich an die Auflagen und kam mir zumindest nicht persönlich in die Quere – aber insgeheim fehlte er mir jeden Tag. Ich sah und hörte nichts mehr von ihm bis zum Scheidungstermin, der wegen Pavlos' Sabotageakten erst zwei Jahre später stattfand.

Ich bat Sandra um ein Treffen, um ihr zu erzählen, dass Pavlos ein Alkoholproblem hat und gewalttätig ist und ich nicht mehr aufpassen kann, wenn die Kinder Pavlos besuchen. Sie fiel mir nach zwei Sätzen ins Wort und sagte, dass ihr klar sei, dass er Alkoholiker ist, und dass sie vorhabe, die Kinder zukünftig nicht nach Berlin zu lassen.

Sie erzählte mir, dass Pavlos in den Monaten vor ihrer eigenen Trennung von Pavlos auch schon nächtelang nicht nach Hause gekommen war, und dann und wann Saufkumpel von der Straße mit nach Hause brachte. Sie sagte, dass er sie bedroht hatte und dass er ihrer Meinung nach seinen damaligen Job im Fakultätsrat verloren hatte, weil er vor seinen Kollegen und Vorgesetzten seine Sucht nicht mehr geheim halten konnte. So verstand ich, dass sein Umzug nach Berlin vor fünf Jahren für ihn eine Chance gewesen war, sich aufzurappeln und neu zu starten. Dass ihn die Abwärtsspirale der Sucht damals schon längst erfasst und er sich mit mir nur vorübergehend etwas gefangen hatte. So verstand ich nun auch seinen Satz, den er mir vor einigen Jahren entgegenschleudert hatte: »Ich trinke doch total wenig …«

Ich erzählte Sandra, dass ich beim letzten Besuch der Kinder einige Tage mit Helen im Hotel verbracht hatte, weil Pavlos mich wieder zusammengeschlagen hatte, damit Helen dieses Geheimnis nicht weiter für sich bewahren musste. Sandra fragte zu Recht, warum ich sie damals nicht angerufen hatte, und ich wusste es nicht. Jetzt weiß ich die Antwort – ich war co-abhängig und half Pavos, seine Sucht zu vertuschen. Ich wusste, dass Pavlos seine Kids nicht mehr sehen würde, wenn Sandra erfuhr, dass Pavlos regelmäßig gewalttätig war. Meine Co-Abhängigkeit war stärker als die Einsicht, dass die Kinder bei uns nicht sicher waren, und ließ mich gefährliche Entscheidungen treffen. Ich war völlig verklebt im Kopf.

Wenn jemand mich fragen würde, was mir eigentlich geholfen hat, aus den Fesseln der Co-Abhängigkeit hinauszukriechen, dann würde ich sagen, dass es meine Freundinnen und Freunde, Meditation und mein Schreiben waren. Für eine Weile tröstete mich ein anderer Mann, bis auch das nicht mehr nötig war. Durch das Meditieren und Schreiben erfuhr ich Frieden und Freiheit. Ich las alles, was mir zum Thema Sucht und Co-Abhängigkeit zwischen die Finger geriet. So knackte ich verstandesmäßig die Ursachen meiner Co-Abhängigkeit. In der Rückschau wundere ich mich fast, wie einfach es war, den Schalter umzulegen und mein neues, leichtes Leben ohne die Sucht zu leben. Das eigentlich Unverständliche, oder Paradoxe, das schwer Verdauliche an der Geschichte ist, dass man sich, während man in den Strukturen der Sucht gefangen ist, nicht vorstellen kann, dieses Leben zu verlassen. Es sprechen viel zu viele und schwerwiegende Gründe dagegen: Die Angst um den süchtigen Partner, die Angst um die eigene Liebe, der Glaube an die Liebe und die Liebe selbst, die eigenen Bedürfnisse und Ziele. Man möchte beweisen, dass die anderen, Ungläubigen im Unrecht sind, und sich vor dem Stigma schützen. Solange der Schalter noch auf Co-Abhängigkeit stand, war es mir nicht möglich, mich frei zu entscheiden. Mein Gehirn war korrumpiert, verklebt, vernebelt.

Der kreative Prozess, dieses Buch zu schreiben, war ein weiterer Schritt in Richtung meiner Unabhängigkeit. Die Risiken, die ich dafür eingehe, sind hoch. Aber die Freiheit, das eine, einzige Leben so authentisch zu leben, wie ich nur kann, ohne mich dafür zu schämen oder zu verstecken, ist so wertvoll für mich, dass ich mich gegen ein Pseudonym entschieden habe. Darf ich denn ich sein? Ja, ich darf, und all die Vertuschungen, Verleugnungen, die Ignoranz und das Verdrängen, die eine Suchtkrankheit begleiten und überhaupt erst ermöglichen – all das liegt nun hinter mir.

Pavlos fand eine andere Frau. Er machte eine Entzugstherapie und ging eine Weile regelmäßig zu den Treffen der Anonymen Alkoholiker.

Die Eltern beruhigten sich langsam, und es konnten nun auch wieder Gespräche außerhalb ihrer Sorgen stattfinden.

Die Kinder verziehen uns auch, Helen besuchte mich nach ihrem Abitur mit ihrem Freund. Sonja hat wahrscheinlich mehr an allem zu knabbern, war sie doch viel jünger, als sie den Zerfallsprozess ihrer Familie und ihres Vaters erleben musste.

Der Scheidungstermin war ein Fest. Es war das erste Mal nach knapp zwei Jahren, dass wir uns wiedersahen. Die gesamte Zeit davor stand im Zeichen der Einstweiligen Verfügung: kein Kontakt, keine Nachrichten, keine Informationen, dafür aber Kopfkino, das immerhin durch die lange Zeit, die seit den letzten Kontakten vergangen war, schwächer und seltener wurde. Schon Wochen vor dem Scheidungstermin war ich unvorstellbar aufgeregt, Pavlos wiederzusehen, und dann noch zu so einem aufwühlenden Termin. Schon von Weitem sah ich ihn, und auf den ersten Blick begriff ich, dass auch er dem Wahnsinn entkommen war. Seine gesamte Ausstrahlung, sein Aussehen, sogar sein Kleidungsstil hatte sich komplett verändert. Er sah geordnet, geläutert und ganz schön unsicher aus. Meine eigene Verunsicherung war sofort wie weggeblasen, denn ich erkannte zweifellos, dass er nicht getrunken hatte. Somit wusste ich auch, dass er die Scheidung nicht weiter sabotieren und seine vermessenen Forderungen fallen lassen würde. Seine Ausstrahlung interpretierte ich so, dass er schon eine ganze Weile trocken sein musste, und so lächelte ich ihn schon aus der Ferne an, streckte ihm meine Arme entgegen, und er lachte zurück. Wir umarmten uns zur Begrüßung fest und lachten und weinten gleichzeitig.

»Stella, ist das wirklich wahr? Wollen wir uns wirklich scheiden lassen? Wollen wir auch das noch machen?«

»Ja.« Und ich prustete los und spielte ihm auf dem Handy Seiler und Speers ›Ham kummst‹ vor. Ich neckte ihn: »Liebst du mich denn immer noch?«, und er sagte: »Ja, das ist die Frage, mit der wir uns noch beschäftigen müssen.« Wir lachten und verabredeten uns für nach der Scheidung auf ein, zwei Tassen Kaffee.

Wir ließen uns scheiden.

Der Kaffee dauerte fünf Stunden, und spätestens da wurde uns beiden klar, dass wir uns nicht mehr hassten. Er bat mich um Verzeihung, und ich bat ihn um Verzeihung. Pavlos trank schon seit einem Jahr nicht mehr und war in Therapie. Ich fragte ihn, wo die ganze Gewalttätigkeit hin sei, und er meinte nur stotternd: »W-w-welche Gewalttätigkeit? Ich hab gar keine Gewalttätigkeit mehr.« Endlich, epithelus, napokon konnten wir wieder entspannen. Die Angst, der Hass, die Lügen durften sich endlich auflösen. Unsere Erleichterung und Verbindung muss man uns angesehen haben, denn die mediterrane Kellnerin, die uns den Kaffee servierte, meinte mit einem lieben und wissenden Blick, man sähe uns an, dass wir zusammengehörten. Wir lachten und klärten sie auf, dass wir uns vor 20 Minuten scheiden lassen hatten. Sie schaute irritiert, lächelte und wollte es uns noch nachträglich ausreden, aber wir waren endlich wieder froh miteinander – und damit, wie es war.

Einiges wurde schon an diesem Nachmittag aufgeklärt und berichtigt. Manche Puzzleteile wurden bei diesem ersten Wiedersehen zusammengesetzt. Andere erst in den Wochen und Monaten darauf, in denen wir immer wieder intensiv telefonierten, oder uns sogar trafen. Ich erfuhr, wie das Dokumentenmäppchen aus unserer Wohnung verschwand, wann er anfing mich zu betrügen, und wie es dazu kam. Es geschah ganz klassisch: »Mann lungert spät abends allein mit einem Drink in der Bar rum und lässt sich abschleppen.« Ab da war es mit seinem Treueversprechen vorbei und alle Hemmungen abgeschafft. Er vögelte mit wem auch immer, als könnte heimliches Fremdvögeln sein ramponiertes Selbstwertgefühl aufrichten. Ich erfuhr, wann und wie er Inge kennenlernte: In einer Bar, am griechischen Ostern, also als seine Eltern gerade in Berlin waren, um uns zu helfen, und ein paar Tage nachdem er mir das Tablet über dem Kopf zerschmettert hatte. So wurde mir nachträglich klar, dass er die vorgeblich ›im Park‹ oder ›im Club‹ durchgefeierten Nächte wohl eher in Inges Schlafzimmer verbracht und ich ganz umsonst um sein Leben gebangt hatte.

Er erzählte mir vom Moment der inneren Umkehr, an dem er eines Morgens in Franks Wohnung aufwachte, neben sich einen Straßenpenner erblickte und begriff, dass es für ihn nur noch zwei Möglichkeiten gab: die totale Abstinenz oder den Tod. Er fing an, das Buch ›Nüchtern‹[5] zu lesen, das er in einem der Kartons fand, die ich zu Frank geschafft hatte, und ging noch am selben Tag zu einem Treffen der Anonymen Alkoholiker.

Dennoch brauchte es einige Monate und verstörende Rückfälle, bis er wirklich abstinent lebte.

Ich erzählte ihm gleich nach der Scheidung, dass ich angefangen hatte, ein Buch über unsere Geschichte zu schreiben, und dass ich fürchtete, er würde mich wegen Verletzung seiner Persönlichkeitsrechte verklagen. Er reagierte ganz anders als erwartet: Er gratulierte mir zu meinem Entschluss, meinem Mut und war stolz auf mich.

Ich habe ihm verziehen. Er hat mir verziehen. Wir sind wieder gute Freunde.

Endnoten

1 Eine Wegweisung ist eine polizeiliche Opferschutzmaßnahme mit Sofortwirkung, in der der Gewalttäter für maximal zwei Wochen aus der Wohnung verwiesen wird. In dieser Zeit hat der Täter seine keine Wohnungsschlüssel, und das Opfer kann in Ruhe die nächsten Schritte überlegen.

2 Nüchtern von Daniel Schreiber, S. 109

3 Zuweisung der Ehewohnung: Grundsätzlich haben beide Ehepartner das gleiche Recht die gemeinsame Wohnung zu bewohnen. Im Streitfall oder nach einer Trennung kann ein Gericht die Ehewohnung einem der Partner zuweisen. Der andere verliert dabei sein Recht, dort zu leben. Dabei wird erwogen, für wen es wichtiger ist, die Wohnung zu behalten.

4 Einstweilige Verfügung zum Gewaltschutz: Gewaltopfer können vor Gericht ein Kontakt- und Näherungsverbot erwirken. Als Gründe zählen nicht nur körperliche Gewalt und Gewaltandrohung, sondern auch auch Telefonterror, Nachstellungen oder Stalking.

5 Nüchtern von Daniel Schreiber

Danksagung

Wäre alles glatt gelaufen, hätte es keine Neuentdeckung meiner selbst gegeben.

*****

Es fing damit an, dass mein Praxiskollege Armin und ich beschlossen, zum Jahresende 2016 die Spätdienste früher aufhören zu lassen.
Plötzlich hatte ich abends Zeit – zumal ich keinen Fernseher, keine Kinder, keinen Hund, und keinen Mann mehr hatte.
Micha (Dr. Michael Gutmann) schrieb mir eine E-Mail, ob ich nicht an seinem Schreibworkshop teilnehmen wollte, immer Dienstagsabends.
Ja, ich wollte.
Und mit den neuen Arbeitszeiten konnte ich es auch!
Dort lernte ich meine Schreibgruppe kennen: Conny, Isabelle, und Micha – nach inzwischen drei Jahren fühlt sich unser Zirkel wie eine Mastermind-Gruppe an, in der wir uns gegenseitig antreiben, weiterzumachen. Schreibblockaden, Zeitmangel, Stress, Kummer – alles darf hier besprochen werden. Am Ende landen wir doch immer wieder bei den schönsten aller Fragen: „Was hast du geschrieben?“ oder „Worüber hast du als nächstes vor zu schreiben?
Bald wurde mir klar, dass ich ein Buch schreibe – und ich las meiner Schwester Nanda, und meinen besten Freundinnen, Jessi und Abi aus meinem entstehenden Manuskript vor. Wir lachten zusammen über meine Schreibversuche und freuten uns! Mein ganzer Freundeskreis, meine Weiberrunde wurde zu einem Dreamteam aus einer Schreibenden und vielen Cheerleaders! Drei Frauen, denen ich besonders zu danken habe und die ich viel zu selten sehe, möchte ich besonders hervorheben: Ulrike C. T., Christine S. und Viktor K!

Andi (Dr. Andreas Lampert) bot mir an, ein erstes Lektorat durchzuführen. Seine Anmerkungen hoben das große Ganze schon mal um ein Vielfaches an. Falsch gesetzte Kommata, Tippfehler und Sätze, die im Nirvana endeten, wurden aufgespürt und korrigiert. Tamar (Dr. Tamar Lewinsky), eine weitere Frau, die ich viel zu selten sehe, schaute über das Exposé, und eliminierte dort die Fehler!

Und dann bekam ich Angst, dass andere potenzielle Leser unbeabsichtigt glauben könnten, sich in meinem Roman wieder zu erkennen oder sich anderweitig dran stoßen könnten – allen voran mein alter Freund und Ex-Ehemann (Special thanks to Rullis!) und seine Familie. Ich war auch sehr verunsichert, wie meine lieben Eltern, Armin, mein Super-Team und meine Patienten reagieren würden – was würden sie wohl denken, was würden sie wohl sagen? Sollte ich einfach unter einem Pseudonym schreiben? ... Ich bekam Angst und fing an jemanden zu suchen, der mich beraten konnte.

Zum Glück fiel mir der superschlaue Till (Dr. Till Tolkemitt) ein – er coachte und beriet mich und danach waren meine Ängste zwar nicht verflogen, aber ich erhielt neuen Mut, ganz zu meinem Schreiben zu stehen – mitsamt meinen Ängsten.
Die beiden wichtigsten Sätze von Till in seiner Funktion als Mentor waren

- Schreib erstmal zu Ende, und dann finden wir schon einen Verlag
- Hier ist die Telefonnummer einer großartigen Lektorin.

Juliane (Juliane Zaubitzer), die empfohlene Fachfrau, nahm erst ihr Hackebeil, dann das Rasiermesser und danach war der Text wie vom Unkraut befreit! Und das, obwohl ich unsere Zusammenarbeit durch meine Unerfahrenheit beinahe verunmöglicht hätte ...

Zum Glück brachte mich Maxim Biller wieder in die Spur, indem er mir sagte: „Du kannst dir nicht vorstellen, was für ein Glück es ist, eine Lektorin zu haben, deren Arbeit dir gefällt."

Endlich konnte ich das fertige Manuskript an Agenturen und einen Verlag versenden – bis auf eine noch immer ausstehende Antwort habe ich vier Absagen kassiert, die teilweise so nett und unterstützend geschrieben waren, dass sie mir indirekt den Weg dahin wiesen, das Buch auf eigene Faust zu veröffentlichen.
Zumal ich mit Philipp, einem der inspirierendsten Typen, die ich kenne, schon länger angefangen hatte täglich zu bloggen, wodurch ich ein paar Erfahrungen mit dem Veröffentlichen von Texten sammeln durfte.

Also musste ein Buchcover her und ich wusste nichts über Umschlag-Design und Herstellung. Auf der Suche nach jemandem, der das für mich machen könnte, fand ich Catherine Strefford!
Wir mailten ein bisschen hin und her und wenige Wochen später hatte ich fünf sensationelle Umschlags-Entwürfe. Zu diesem Zeitpunkt war

ich gerade bei einem Retreat von Creative Consciousness® – meiner Coaching-Alma Mater, und ich zeigte die Entwürfe unter den Teilnehmern und Teilnehmerinnen herum.
Es gab zu jedem Entwurf ungefähr die gleiche Anzahl an Fans.
So musste der Inner-Circle (Nanda, Abi und Jessi) wieder her, dem sich Sebastian, mein lieber Mann, hinzugesellt hatte.
Hier gab es keinerlei Indifferenzen – fünf von fünf Leuten stimmten für den gleichen Entwurf, ich inklusive.
Die Frau mit der Perlenkette sollte gewinnen.

Allen Menschen und Institutionen, die ich hier aufgezählt habe, danke ich aus tiefstem Herzen, ob namentlich genannt oder nicht. Ohne deren Unterstützung hätte ich das Buch womöglich niemals zu Ende geschrieben.
Danke, danke, danke!
Außerdem danke ich den Menschen bei Books on Demand, Tolino, Literaturtest, Rock'n Roll Letters, Al-Anon, den Anonymen Alkoholikern, der Berliner Polizei und den Menschen, die beim Berliner Krisendienst, bei der Sucht- und Drogenberatung, in Frauenberatungsstellen, und ähnlichen Hilfseinrichtungen arbeiten. Zudem danke ich meinen Lehrerinnen und Lehrern, Mentorinnen und Mentoren, Freunden und Freundinnen auf den sozialen Netzwerken, und den Lesern und Leserinnen meiner Blogs auf Wordpress und Medium. Und natürlich Annika Grützner, Ben Wolf, Lena Keck, Sabine Langohr, Dorothee Schöndienst, Anna Georgiew, Daniel Schreiber, Peter Goldammer, Fred Grimm, Nick Cave, Zeruya Shalev, Rene Descartes, Tom Robbins, Pitigrilli, Italo Calvino, Miroslav Krleža, John Updike, Juli Zeh, Haruki Murakami, Simone de Beauvoir, Anne Wilson Schaef, Barbara Sher, Julia Cameron, Marisa Peer, Paul Watzlawick, meiner Familie, meinen Freundinnen und Freunden und Coaching-Kolleginnen und -Kollegen im In- und Ausland, der griechischen Mythologie, dem kreativen und spirituellen Geist, und allen Schriftstellerinnen und Schriftstellern, Künstlerinnen und Künstlern, die ich liebe und verehre!

Das ist sie, meine Danksagung.
Meine größte Angst ist, dass ich jemanden vergessen habe ... Ich hoffe, dass das nicht der Fall ist ...

Buch

Die schicksalhafte Liebesgeschichte zweier jugendlicher, rebellischer Gastarbeiterkinder, die in der schwäbischen Provinz der 1990er Jahre zunächst unerfüllt versiegt. 20 Jahre später kommen sie – beide inzwischen erfolgreiche Mediziner – im Berlin der Weltfinanzkrise wieder zusammen. Doch Pavlos' heimliche Alkoholsucht zersetzt schleichend die Beziehung. Stella, die unerschütterlich an ihrer großen Liebe festhält, gerät in einen Strudel aus Co-Abhängigkeit, Obsession und Gewalt, während sie nach außen versucht, die Fassade aufrecht zu erhalten.
Gemeinsam rasen Pavlos und Stella in den Abgrund.
Erstmals wird hier das verstörende Beziehungsmuster einer Co-Abhängigkeit aus der Perspektive einer Frau erzählt.

Autorin

Karmen Jurela, Jahrgang 1974, arbeitet als Zahnärztin, ICF-zertifizierter Consciousness-Coach®, Bloggerin und Schriftstellerin. Die Autorin führt eine zahnärztliche Gemeinschaftspraxis und lebt mit ihrem Lebensgefährten in Berlin.
Basierend auf ihren langjährigen Erfahrungen mit medizinischer Hypnose und inspiriert durch die bahnbrechenden Erkenntnisse der positiven Psychologie, moderner Gehirnforschung sowie spiritueller Lehren schöpft Sie ihre größte Freude daraus, Menschen auf Ihrem Weg in ein selbstverantwortetes, gesundes, kreatives, freudevolles Leben zu begleiten:
Folge Deiner Berufung! INSPIRE – HEAL – REWIRE!

Weiterführende Informationen unter
www.panorama1.de
www.jurela.de
www.ichkreierealsobinich.com